D1629391

Das Buch

Der autobiographische Roman führt uns in die Welt des polnischen Ostjudentums der dreißiger Jahre. Aus dem Blickwinkel eines achtjährigen Jungen betrachten wir das Leben jüdischer Tagediebe, Gauner und Huren. In kindlicher Wahrnehmung und Phantasie erstehen liebevolle Detailbilder mit einem nicht enden wollenden Humor, selbst bei der Beschreibung leidvollster Erfahrungen. Die ostjüdische Lebenswelt erscheint ohne Heiligenschein, wird in ihrer Einzigartigkeit noch einmal begreifbar, bevor sie für immer zerstört wurde. Der Roman wurde 1991 im Prosawettbewerb der israelischen Zeitschrift Ha'aretz mit dem ersten Preis ausgezeichnet und bereits in mehrere Sprachen übersetzt.

Der Autor

Arieh Eckstein lebt heute als Maler in Rosh Pina, einem Dorf in Galiläa. Er wurde 1929 in Wilna geboren und verbrachte seine Kindheit in der Stadt Lodz. Während des Zweiten Weltkriegs war er dort im Getto und im Waisenhaus von Janusz Korczak, bevor er nach Auschwitz deportiert wurde.

Die Übersetzer

Revital Herzog, 1952 in Israel geboren. Sie studierte Kunstgeschichte in Jerusalem, wo sie auch Malunterricht bei Arieh Eckstein erhielt.

Thomas Felder (geboren 1953) wurde oft als Ausnahmeerscheinung unter den deutschen Liedermachern bezeichnet. Seine Aufnahmen wurden mehrfach mit dem Preis der deutschen Schallplattenkritik ausgezeichnet.

Arieh Eckstein

Tante Esther

Roman

Aus dem Hebräischen übersetzt von
Revital Herzog und Thomas Felder

Verlag Sindlinger-Burchartz

Meinem Sohn Ira Gorem in Liebe

Übersetzungslektorat: Alfred Hau
Umschlagzeichnung: Annabell Grasse-Herzog
Satz: Matthäus Felder
Druck: Senner-Druck, Nürtingen
ISBN 3-928812-14-9

1. Kapitel

Die *Esra*-Küche[1] soll geschlossen werden, heißt es. Seit dieses Gerücht umgeht, kriegt meine Mutter kein Auge mehr zu in der Nacht. Sie spricht nichts mehr, und das macht mir Angst.

Heute nacht saß sie reglos am Fenster. Nur an ihrem Seufzen konnte ich hören, daß sie überhaupt da war. In dieser Nacht hatte sie ein Gespräch mit Gott. Teile aus diesem Gespräch, genauer, aus ihrem Streit mit Gott haben mir sehr zu denken gegeben. Mir kamen viele Fragen, aber ich habe mich nicht getraut, sie zu stellen. In so einem Fall konnte eine Frage leicht eine Serie von Ohrfeigen auslösen. Gerade in letzter Zeit wurden diese Ohrfeigen immer raffinierter. Anfangs habe ich nur mal so eine oder zwei gefangen, und das war's dann auch. Aber ihre Ohrfeigentechnik hat sie mit der Zeit auf bemerkenswerte Art verfeinert.

Heute zum Beispiel hab ich eine ganze Reihe abgekriegt. Normalerweise fangen die Ohrfeigen auf der rechten Seite an, und dann gibt es zwei, drei auf die linke. Diese Seite wird in der Regel etwas unterversorgt. Heute gab es fast zehn Stück.

Als ich es dem Goddl erzählte, hatte der eine ziemlich nüchterne Erklärung: „Verstehst du", sagte er, „deine Mutter ist Linkshänderin. Ich krieg sie immer auf die linke Seite, weil meine Mutter Rechtshänderin ist."

Etwas an seiner Erklärung hat mich beruhigt: „Eine Ohrfeige von meiner Mutter", sagte Goddl, „ist schlimmer wegen der Fingerringe." Zum Glück hat meine Mutter alle ihre Ringe verkauft.

„Ho ho, was für ein Glück, Avrum Leib, daß du keinen Vater hast. Mein Vater haut mir nämlich immer die Fäuste rein (Goddls Vater war Boxer). Ein Fausthieb von meinem Vater, das sind ungefähr zehn Ohrfeigen von meiner Mutter. Vorgestern hab ich zehn Fäuste abgekriegt. Das sind mindestens neunzig Ohrfeigen von meiner Mutter."

[1] Suppenküche für Bedürftige

Was für ein Glück, daß ich keinen Vater hab. Aber daß Gott mich auch so lieb hat, darin waren wir uns einig, Goddl und ich. Dem Hadern meiner Mutter mit Gott zufolge war aber genau das Gegenteil richtig. Einen eigenen Standpunkt zu finden zwischen diesen beiden Weltanschauungen fiel mir nicht gerade leicht.

Mutter stand am Fenster und schüttelte ihre Faust gegen den Himmel. „Ach Gott", schrie sie, „was machst du an diesem Kind da rum, was hast du noch alles mit ihm vor! Reicht es nicht, daß sein Vater, dieser Hurenbock, abgehauen ist! Wenn die Küche dicht macht, dann strafst du das Kind damit am meisten. Wenn du so einer bist, Gott, was sollen wir dann noch gegen die *Gojim*[2] sagen, nu? Antworte jetzt endlich mal, du!" Als Gott immer noch schwieg, trumpfte meine Mutter auf: „Da schau her, du hast nichts zu sagen."

Dann wurde sie wieder sachlicher: „Und was ist mit seinen Schuhen und mit seiner Hose, diesem fast abgerissenen Gelumpe?"

Gern hätte ich ihr gesagt, daß sie Gott nicht so anlügen soll. Erst vorige Woche hab ich nämlich eine Hose gekriegt. Fast neu. Von Jona Krug. Aber in dieses Gottesgezänk meiner Mutter sich einzumischen, das lohnt sich nicht.

„Was soll ich mit ihm machen? Sag mir! Soll ich ihn auf die Straße rausschmeißen? Er ist doch erst sieben Jahre alt."

Hier wollte sie Gott schon wieder bescheißen. Ich bin nämlich bald acht.

„Was hast du eigentlich mit ihm vor? Du weißt genau, ich hab kein Geld dafür, ihn auf den *Cheder*[3] zu schicken. Was willst du dann? Soll er ein Dieb werden? Soll er sich jetzt schon allein durchschlagen? Glaubst du nicht, es ist noch ein bißchen früh für ihn?"

Die Klagen meiner Mutter trafen wieder nicht ganz die Wahrheit, denn Goddl zum Beispiel war ein Dieb. Und nicht nur er. Auch sein Vater, seine Schwester und seine Mutter. Und geschämt hat er sich deswegen überhaupt nicht. Goddl hat immer stolz erklärt: Wir Diebe helfen den Armen mehr als alle *Zaddikim*[4] zusammen.

Goddl hatte recht. Bei denen zu Hause fehlte es an nichts. Viel zu essen hatten die, und Goddl trug Schuhe. Von sowas konnte ich nicht einmal träumen. Und so faßte ich den Entschluß: Wenn ich mal groß bin, dann werde ich ein Dieb und helfe den Armen!

Ich schlief ein und hatte einen Traum. Ich sah lange Schuhreihen. In allen

[2] Nichtjuden

[3] Thoraschule für Knaben

[4] Gerechte

Farben und Formen. Alle Nachbarn standen Schlange vor einem Schuhstand, alle barfuß. Auch Cheinek, der Krüppel mit seinen Krücken, war dabei. Alle waren sie neidisch auf ihn: „Du hast's gut", sagten sie, „hast bloß einen Fuß, da brauchst du auch nur einen Schuh."

Goddl war der Verkäufer. Er trug Polizeiuniform.

„Wer kein Geld hat, muß den Platz räumen!"

Alle drehten sich langsam um und machten sich schnell davon. Auch ich wandte mich ab.

„Du, Avrum Leib! Du kriegst Schuhe umsonst. Such dir welche aus."

Gleich vorne in der Reihe standen glänzend braune Schuhe. Ich ging hin und wollte sie mir nehmen, aber die Schuhe fingen an, von mir wegzurücken. Ich lief hinterher, aber die Schuhe waren schneller. Goddl war auch verschwunden. Mitsamt allen Schuhen. Vom Laufen völlig erschöpft sank ich auf einen Stein. Die Schuhe stiegen nach oben. Immer höher und höher. Schließlich verschwanden sie wie eine Wolke hinter dem Horizont.

Noch vor Morgengrauen weckte mich meine Mutter ziemlich unwirsch: „Was liegst du hier rum wie ein Patrizier? Steh auf! Nimm einen großen Topf und stell dich in die Schlange. Ich hab erfahren, daß sie noch was austeilen, bevor sie die Küche endgültig zumachen. Brot und Marmelade, Sulzfisch und Zwiebeln."

Ich wollte meiner Mutter von dem Traum erzählen, aber sie schnitt mir das Wort ab: „Nur Reiche dürfen träumen. Arme Leute können sich den Luxus nicht erlauben. Aber sprich noch ein *Modeh Ani*[5], bevor du gehst."

Sie schwieg. Nach kurzer Denkpause sagte sie: „Geh. Eigentlich hast du nichts zu danken."

Vor der Tür der Esra-Küche warteten graue Gestalten. Zeschik und Meir spielten Murmeln auf der Straße. Ich setzte mich dazu.

„Sie schließen die Küche", sagte Meir als erster. „Schau dir die mal an. Die warten auf den Messias und glauben, daß die Küche heute noch aufmacht."

Die verhärmten Gestalten machten mir Angst. Sie sahen aus wie Lumpenpuppen oder wie Wäsche armer Leute an der Leine. Ich hatte ein paar Fragen. Aber diese Lumpen ohne Augen, Mund und Glieder gaben keine Antwort.

An der Haustür wartete meine Mutter. Ihr Blick sagte mir, daß sie schon Bescheid wußte.

„Avrum Leib", ihre Stimme klang weich und müde, „ich fahre nach Wilna. Metzger Nussen nimmt mich mit. Hier sterben wir noch vor Hunger. Beide."

[5] jüdisches Dankgebet

„Und was wird aus mir, kann ich mitfahren?"

„Nein, Avrum Leib. Niemand nimmt eine Putzfrau mit Kind. Du gehst unter die Menschen. Ich kann dir nicht helfen. Gar nicht."

Wir standen lange schweigend da.

„Wo sind die Menschen?"

„Weiß ich nicht. Aber nimm dieses Päckchen, bevor du gehst."

Auf dem Tisch lag ein rotes Tuch, mit lila Blumen bedruckt, zu einem Päckchen zusammengebunden. Das schob sie mir in die Hand.

„Avrum Leib, das ist alles, was ich dir geben kann. Aber was immer auch kommen mag, vergiß nicht, daß du ein Jud bist. Und wenn dir mal irgendwas Schlimmes passiert, was dir Angst macht, dann schrei *Sch'ma Israel*[6]."

Meine Mutter redete noch lange. Dann weinte sie. Aber mich beschäftigte nur die eine Frage: Wo sind die Menschen, und wie geht man zu denen?

Es hatte angefangen in Strömen zu regnen. Ich wollte mich in einer Toreinfahrt unterstellen. Aber alles war zu.

In den Hauswänden mit ihrem bröckelnden Putz sahen die geschlossenen Vorfenster aus wie angstvoll aufgerissene Augen, und alle diese Augen weinten Regentropfen.

Die Gestalten, die mir unterwegs begegneten, erinnerten mich an die Lumpenpuppen vor der verschlossenen Küche. Sie bewegten sich langsam voran, als ob sie überlegten, wohin sie gehen sollten. Wahrscheinlich suchten auch sie die Menschen. Deshalb hielt ich keine von ihnen an, um zu fragen.

Zusätzlich zum Regen blies auch noch ein eisiger Wind. Ich zitterte vor Kälte. Wind und Regen waren stärker geworden. Mein Kopf glühte, und von den Füßen herauf kroch allmählich eine Kälte, die sich in alle Knochen einnistete.

Ein Durcheinander von allen möglichen Gedanken tanzte mir im Kopf herum. Wo steckte meine Mutter, was war los mit ihr? In meiner Phantasie sah ich sie in Regen und Schlamm versinken. Mehrmals glaubte ich zu hören, daß meine Mutter mich rief, und ich glaubte, sie gar zu erkennen.

Ein Betrunkener ohne Mütze und Schuhe kam auf mich zu. Er blieb stehen und schaute mich mit verschwommenem Blick neugierig an. Vor Angst rannte ich weg.

Das Schlimmste war, daß die Lumpen, die ich statt Schuhen an den Füßen trug, inzwischen naß und voll Dreck waren.

Das Päckchen mit dem Brot von meiner Mutter war völlig durchnäßt. Meine einzige Sorge bestand darin, wie ich ein Dach über den Kopf kriege.

[6] jüdisches Glaubensbekenntnis, hier: Notgebet

An einem Haus war das Tor offen. Ich trat ins Dunkle und stolperte über eine Treppe. Jetzt saß ich da und spürte nichts als nur meine Müdigkeit. Ich schlief ein.

Im Traum war ich wieder zu Hause. Ich haßte dieses Haus. Ich haßte meine Mutter. Ich haßte die Welt. Mit dem größten Vergnügen hätte ich alles angezündet, alles kaputtgeschlagen. Ich wünschte mir, daß der Regen niemals aufhört. Ich wünschte mir, daß alle ertrinken.

Am allerliebsten aber hätte ich diesen Gott da umgebracht. Ich sah Gott als einen alten Mann, der oben im Himmel sitzt auf einem gepolsterten Sessel, mit einer Polizistenmütze auf dem Kopf. In der Hand hält er einen Knüppel und schaut ziemlich bösartig drein.

Gott befiehlt den Engeln: „Laßt es jetzt regnen, damit Avrum Leib naß wird."

Wenn ich nur gekonnt hätte, eine lange, lange Leiter hätte ich angeschleppt. Ich wäre hinaufgeklettert, ganz nach oben, und hätte ihn gekratzt. Ich hätte mir die Hand voll mit Fingerringen gesteckt und ihm solche Ohrfeigen runtergehauen, daß er endlich auch mal einen Geschmack gekriegt hätte von dem, was ich immer erleiden mußte. Oder ich hätte den Vater von Goddl hergebracht. Der hätte ihm mit seinen Fäusten eine saftige Lektion erteilt.

Die Kälte riß mich aus dem Schlaf. Ich hatte keine Ahnung, wie ich hierhergekommen war. Es regnete immer noch. Wo finde ich die Menschen bei so einem Wetter? Auf einmal war mir, als hätte ich Schritte gehört. Mein erster Gedanke war, mich zu verkriechen, damit sie mich nicht von hier fortjagen. Die Schritte waren ziemlich schnell. Wahrscheinlich flüchtete außer mir noch jemand vor dem Regen. Ich konnte mich nicht bewegen und war halb erfroren. Das Übelste aber war, daß ich meinen Durchfall nicht hatte zurückhalten können. Ich schloß die Augen und ergab mich in mein Schicksal. Sollte kommen was wollte, ich hatte keine Kraft mehr. Die Schritte hielten neben mir. „Avrum Leib, was machst du denn hier?"

Die Stimme klang weiblich und weich.

„Wer bist du?"

„Ich bin Tante Esther."

Ihr Gesicht war hell, die Haare leimfarben. Sie hatte grüne Augen, wie Mutter, wenn sie gut gelaunt war.

„Du bist ja ganz naß! Wie bist du hierher gekommen?"

„Mutter hat gesagt, ich soll unter die Menschen gehen, und ich weiß gar nicht, wo sie sind."

Ihr Gesicht wurde ernst. „Hurengesindel! Was haben sie mit dem Kind angestellt. Komm mit!“

Tante Esther war in aller Augen der Inbegriff des Bösen.

Wie oft hatte ich Zlata gehört, wie sie ihre Tochter Beile warnte: Mit dir wird's auch noch mal so enden wie mit Esther.

„Ich geh nicht mit“, gab ich zurück. „Mutter sagt, du bist eine Hure. Und nicht nur Mutter. Alle sagen das.“

„Was willst du dann machen?“

„Weiß nicht.“

Tante Esther kam näher zu mir, ging aber schnell wieder einen Schritt zurück. Wahrscheinlich konnte sie meinen Gestank nicht ertragen.

„Ich versteh schon. Aber du brauchst dich nicht zu schämen. Die Welt soll sich schämen. Warte hier auf mich. Ich hol eine Droschke. Nimm solang meinen Mantel, du schlotterst ja.“ Der Mantel roch nach Blumen.

Einmal war ich mit meiner Mutter draußen auf dem Land. Es war ein Frühlingstag. Die Welt war voller Blumen, und wir saßen mittendrin. Es lag eine eigenartige Süße in der Luft.

„Schau, Avrum Leib. Wie nah liegt der Gestank, in dem wir leben, beim Duft der Blumen.“

Ich schloß die Augen und versuchte, mir das Gesicht meiner Mutter vorzustellen, vergeblich. Tante Esther war schon wieder zurück:

„Avrum Leib, die Droschke wartet draußen. Wir fahren zu mir heim.“

„Tante Esther, ich schäme mich so, wegen meinem Durchfall. Ich konnte ihn nicht mehr zurückhalten.“

Keine Antwort von Tante Esther.

„Wo fahren wir hin?“ fragte der Kutscher. In seinem Mundwinkel brannte eine Zigarette. Wegen dem Rauch mußte er immer ein Auge zukneifen. Das andere hatte weder Wimpern noch Augenbrauen. Ein furchtbarer Wodkagestank ging von ihm aus, zum Ersticken.

„Jedem sein eigener Gestank“, meinte Tante Esther. „Fahr zur Volborskastraße!“

Ich weiß nicht mehr, wie lange wir fuhren. Nur an den Hufschlag der Pferde und an das Rattern der Räder im Regen erinnere ich mich noch. Die Droschke hielt vor einem niedrigen Haus mit kleinen Fenstern. Die waren mit Brettern kreuzweise zugenagelt. Es sah aus wie ein christlicher Friedhof.

Als der Kutscher sein Fuhrgeld verlangte, kamen die beiden in einen so komischen Streit, daß ich nur noch lachen konnte. Der Kutscher schrie rülpsend: „Ich will jetzt mein Geld. Gib's her!“ „Ich zahl dir mit dem Arsch.

Komm, wann's dir paßt", schrie die Tante zurück. Mir war schleierhaft, wie man mit dem Arsch bezahlen kann. Ich stellte mir vor, die Tante würde ihren Arsch in lauter kleine Münzen zerschneiden und den Kutscher damit auszahlen. Die ganze Zeit dachte ich darüber nach, wieviele Münzen man wohl aus dem Arsch meiner Tante machen könnte. Ich war sehr stolz auf meine Tante. Sie war eine Zauberin.

Eine Holztreppe, die wie ein alter Mann ächzte und stöhnte, führte uns hinauf zum Zimmer meiner Tante. Das Zimmer sah aus wie ein Kissenladen. Kissen in allen Farben und Formen lagen aufgeräumt auf dem niedrigen Bett. Neben dem Bett stand ein kleiner Tisch mit vielen Flaschen drauf. An der Wand hingen Kleider, die meisten mit Blumen. In der Fensternische saß ein Clown aus Lumpen, mit einem großen, lachenden Mund. Was mir allerdings am besten gefallen hat, ich konnte meinen Blick kaum davon abwenden, das waren die Würste. Würste, die in einer Reihe neben den Marmeladegläsern aufgehängt waren. Ich starrte hin wie hypnotisiert. Jetzt erst spürte ich, was für ein Hunger mich quälte.

„Avrum Leib, zieh erst mal deine stinkenden Klamotten aus. Die werfen wir fort. Mach schnell, der Gestank bringt mich noch um."

Die Tante hatte eine große Wanne mit Wasser gefüllt. „Steig da rein, daß wir dich waschen."

Dreimal wechselte sie das Wasser. Zuerst war das Wasser in der Wanne fast gelb, beim zweiten Mal war es grau. Erst bei der dritten Wanne wurde das Wasser langsam durchsichtig.

„Deck dich mal zu mit der Wolldecke, damit du nicht frierst."

Es war wie Zauberei, diese plötzliche Veränderung.

Ich lag auf dem weichen Bett, neben mir saß die Tante mit ihrem gütigen Lächeln. Alle paar Minuten streichelte sie meinen Kopf mit einer Hand voller Fingerringe. Im stillen wünschte ich mir, daß ich von dieser Hand nie eine gewischt kriege. Ich hasse es, wenn man mich streichelt, als wäre ich ein kleiner Pudel. Jede andere hätte sofort einen Biß abgekriegt oder einen Tritt. Aber meiner Tante konnte ich verzeihen. Vielleicht war ich einfach zu beschäftigt mit dem Anblick der Würste an der Wand.

Aus der Schublade des Tischchens holte die Tante etwas Viereckiges, das in Silberpapier eingewickelt war. Innen war es braun.

„Iß die Schokolade, bis ich das Essen fertig hab!"

Nie hätte ich für möglich gehalten, daß es so etwas gibt auf der Welt: Du steckst es in den Mund, und es schmeckt süß und duftet. Ich habe einmal gehört, daß die Reichen so viel Schokolade essen wie sie wollen. Aber zwischen Hören und Schmecken gibt es einen großen Unterschied. „Tante, ißt du von der Schokolade immer so viel wie du willst?"

„Ja, Avrum Leib", sagte die Tante lachend.

Im Herzen habe ich beschlossen, nur eine Hure zu heiraten. Aber das Wunder war noch nicht zu Ende. Die Tante ging zu ihrem Herd, wo sie ein paar Minuten beschäftigt war. Dann kam sie her und reichte mir vorsichtig, was sie zubereitet hatte. „Das ist Kakao, trink!"

Dies war das erste Mal, daß ich wirklich Lust gehabt hätte zu beten und Gott zu danken. Ach Gott, was für Geschenke kommen von dir. Man trinkt etwas Braunes, Süßes und Warmes, und schon ist man erfüllt von einem Gefühl, als sei man im Garten Eden. Erneut faßte ich den Beschluß, und diesmal ganz sachlich: Ich heirate mal eine Hure, und dann trinke ich den ganzen Tag Kakao und esse Schokolade.

Die Tante saß neben mir und fing plötzlich an zu singen. Nie in meinem Leben hatte ich eine Frau so singen gehört. Ihre Stimme füllte den Raum mit Traurigkeit. Es war ein Lied über Avremele Mavricher. Die Klage über ein Kind, aus dem das Leben einen Dieb gemacht hat. Der Gesang über ein Kind ohne Eltern. Das Lied endete mit dem Tod des Kindes zwischen Gefängnismauern. Dann verstummte die Tante, und ihre Augen standen voller Tränen.

„Warum weinst du?"

„Ich hab ihn gekannt."

Mir war das völlig egal. Meinetwegen konnte sie die traurigsten Lieder der Welt singen. Hauptsache, ich hatte Kakao und Schokolade so viel ich wollte.

„Schlaf du mal ne Weile. Ich geh und kauf dir neue Schuhe und Klamotten."

„Tante, zahlst du die Sachen auch mit dem Arsch?"

Erwachsene werde ich nie verstehen. Statt daß sie stolz darauf war, welchen Besitz sie in ihrem Arsch hatte, knallte sie mir eine Ohrfeige auf die rechte Seite. Wahrscheinlich sind alle in meiner Familie Linkshänder. Einer von ihren Fingerringen hat mir beinahe das Auge rausgehauen. Ich versuchte der Tante zu erklären, wie stolz ich darauf war, daß sie alles mit ihrem Arsch bezahlen konnte. Da brach sie in schallendes Gelächter aus und sagte: „Sei ruhig, du kleines Dummerchen. Ich geh erst mal mich waschen. Komm, faß mit an bei der Trennwand."

Jetzt wurde ich aufmerksam auf die Fotos, die an der Wand hingen.

„Der rechts da, das ist dein Vater", sagte die Tante hinter der Trennwand. „Er war der traurigste Mann, und ein einsamer Wolf. Du mußt wissen, daß er dich sehr, sehr geliebt hat."

„Ja, aber Mama hat gesagt, daß er nur Huren im Kopf hatte, und deshalb ist er abgehauen."

„Wart mal. Ich bin gleich fertig mit Waschen, und dann erzähl ich dir von deinem Vater."

Ich sah mir das Bild an und wurde sehr traurig dabei. Das Foto von meinem Vater war im Garten aufgenommen worden. Einmal hatte meine Mutter gesagt: „Wir bringen ihn um, ich und du. Wenn du groß bist, dann bringst du ihn um, auch wenn ich nicht mehr lebe. Versprich mir's."

Damals hatte ich's ihr versprochen. Aber jetzt bin ich mir nicht mehr ganz so sicher, ob ich's wirklich machen würde. Der Vater auf dem Foto lächelte so verschmitzt. Eine Haarlocke fiel ihm über die Augen. Die Tante kam hinter ihrer Wand hervor, und wir schauten beide miteinander das Foto an. Mich beschäftigte vor allem der Gedanke, wie sich in diesem kleinen Kopf von meinem Papa so viele Huren hatten verstecken können.

Um mich abzulenken, fing die Tante wieder an zu singen. Diesmal war es ein lustiges Lied über ein Mädchen, das einen König getroffen hat. Der König hat sich in das Mädchen verliebt, und das Mädchen lebt nun in einem Palast, aber es sehnt sich nach dem kleinen Hof seines Elternhauses. Nachher spielte die Tante mit mir noch Verstecken. Als wir müde davon waren, erzählte sie mir Geschichten über Avremele Mavricher, wie er den Armen geholfen hat. Das tat mir sehr gut, und ich wollte der Tante sagen, wie sehr ich sie lieb habe. Aber so etwas kriege ich nie über die Lippen.

„Jetzt bleibst du ne Weile allein und ich bring dir die Schuhe."

Die Tante ging raus und ich schlief ein. Als ich erwachte, reichte sie mir ein Hemd, eine Hose und eine Jacke. Die Hose war mir zu groß.

„Die schlagen wir um."

Die Schuhe stopfte sie mit Zeitungen aus. „Macht nichts, die passen dir noch, wenn du groß bist."

Ich wollte sie umarmen und ihr was richtig Schönes ins Ohr flüstern. Aber ich konnte nicht. Etwas war in mir zugeschnürt.

Plötzlich waren von der Treppe her schwere Schritte zu hören. Das Gesicht meiner Tante wurde ernst. Die Schritte kamen näher. „Avrum Leib", sagte sie aufgeregt, „ich kann dich nicht rauslassen. Es gießt schon wieder draußen. Versteck dich hinter der Wand. Keiner darf merken, daß du da bist. Setz dich auf den Hocker und gib keinen Mucks von dir. Und eins sag ich dir noch: Daß du mir unter keinen Umständen dahinter hervorschaust. Schnell, schnell, er kommt!"

Ich wußte nicht, wer da kommen sollte. Auch hatte ich Angst davor zu fragen. Die Tante schob mich unsanft in mein Versteck. „Setz dich da hin", und noch einmal wiederholte sie: „Schau ja nicht raus!"

Was hatte sie eigentlich vor? Was sollte ich nicht sehen? Es lag etwas in der Luft, das mir Angst machte. Was passierte, wenn man mich entdeckte? Vielleicht sollte ich besser verschwinden von hier. Ich wollte schon aufstehen und abhauen, aber es war bereits zu spät. Die Tür wurde geöffnet. Wer konnte das sein? Mit dem Fingernagel bohrte ich ein winziges Loch in den Stoff der Trennwand, da konnte ich durchschauen. Der Mann, der hereintrat, war der Kutscher mit seinen Augen ohne Wimpern und Brauen. Diesmal hatte er eine hohe Pelzmütze auf dem Kopf. Er trug eine Schafsjacke, eine braune Cordhose und Stiefel.

„Erstmal Geld", sagte die Tante in hartem Tonfall.

„Aber vorhin hast du gesagt ..."

„Kein vorhin", schnitt ihm die Tante das Wort ab.

„Also gut."

Die Tante zählte das Geld genau. „Ich bin soweit."

Der Kutscher fing an, sich auszuziehen. Erst die Mütze, dann die Jacke.

„Die Hose reicht."

Der Kutscher saß auf dem Hocker und zog seine Stiefel aus. Ein Gestank von gelbem Käse erfüllte den Raum. Danach zog er noch seine Hose aus und blieb halb nackt stehen. Beinahe hätte ich losgebrüllt vor Schreck. Der Kutscher hielt seinen riesigen Pipimann in der Hand. Ich war schockiert. Sein Pipimann war lang, dick, und rot wie ein Feuerwehrschlauch. Darunter hing ein schwarzer Bart wie der von Reb Idl.

Warum zieht er sich aus? Was hat er vor? Wo ist die Tante? Ich drehte meinen Kopf. Die Tante lag auf dem Bett, die Beine breit auseinandergestreckt. Zwischen ihren Beinen war ein ungeheures Loch, aus dem eine rote Zunge herausglänzte. Über ihrem Bauch standen die beiden Brüste. Dazwischen sah ich eine Nase mit zwei Löchern. Mich überkam ein Schwindelgefühl. In der Luft hingen lauter Rätsel. Warum haben sie sich ausgezogen? Was passiert jetzt?

„Komm schon. Worauf wartest du?"

Der Kutscher schob seinen Pipimann in das Loch meiner Tante. Jetzt sah ich den Hintern des Kutschers, voller Haare. Der Hintern hob sich, dann senkte er sich wieder nach unten. Sein Schlitz öffnete sich und zog sich wieder zusammen, im gleichen Tempo. Der Kutscher atmete schwer.

Plötzlich hörte ich einen Schrei von der Tante. Ich hatte das Gefühl, daß der Kutscher sie erstickte. Ich dachte, ich müßte sie retten, und zwar ganz schnell. Mir war klar, daß ich nie mehr Schokolade oder Kakao bekommen würde, wenn er sie erstickte. Ihr Geschrei wurde immer lauter, und mich packte Entsetzen. Da fielen mir plötzlich wieder die Worte meiner Mutter ein: Wenn du mal irgendwas siehst oder hörst, das dir Angst macht, dann schrei Sch'ma Israel!

In diesem Moment entschloß ich mich, die Tante um jeden Preis zu retten. In meiner Phantasie sah ich, wie sie mich mit tränenden Augen umarmt, mit einer riesigen Schokoladentafel in der Hand, um sich bei mir zu bedanken. Und dann, wie im Märchen, lebe ich mit ihr viele Jahre herrlich und in Freuden zusammen.

Ich schloß die Augen und schrie aus voller Kraft: „Sch'ma Israel!" Ein Sprung, und ich schlug meine Zähne tief in den Hintern des Kutschers. Ich hörte noch, wie er rief: „O Jesus!"

An was ich mich später wieder erinnern konnte, oder genauer, was ich spürte, war, daß ich aus der Nase blutete und daß mein rechtes Auge geschwollen war. Wieder das rechte. Die Tante und der Kutscher schlugen wie zwei Verrückte mit Fäusten auf mich ein. Ich sah nur noch eine offene Tür, und schon flog ich von einem Fußtritt des Kutschers über alle Treppenstufen nach unten, das Päckchen von Mutter hinter mir her. Zum Glück hatte es draußen aufgehört zu regnen.

In meinem Bein hämmerte der Schmerz von dem brutalen Tritt. Ich konnte kaum gehen. Trotzdem fing ich an zu laufen. Die Angst, der Kutscher könnte mich noch erwischen, trieb mich an. Auf einer Haustreppe kam ich zum Ausruhen, ganz fest in der Hand das Päckchen von Mutter. Wo sollte ich jetzt hin? Neben mir hielt eine Kutsche. Menaschke stieg herab. „Avrum Leib, was machst denn du hier?"

„Weiß nicht."

„Komm, setz dich auf die Kutsche. Hat man dich verdroschen?"

„Ja."

„So ist das halt im Leben", sagte Menaschke.

Unterwegs erzählte er mir, Mutter sei abgefahren und in unserem Haus wohnten jetzt Fremde. Er sah sich mein geschwollenes Auge und das geronnene Blut unter meiner Nase an.

„Wo willst du jetzt wohnen?"

„Weiß nicht."

Menaschke überlegte ein paar Minuten. „Du kannst bei mir wohnen. Im Stall. Da hast du's warm. Und du kannst Schmelke, das Pferd, versorgen. Zu essen gibt's da auch. Einverstanden?"

„Einverstanden.“

Der Stall von Menaschke ist in zwei Stockwerke aufgeteilt. Unten wohnt Schmelke, das Pferd, oben auf dem Dachboden, da schlafe ich. Zum Dachboden steigt man an einer alten Leiter hinauf, und man muß gut aufpassen, daß man nicht abstürzt. Es fehlen nämlich einige Sprossen. Die restlichen, noch vorhandenen, sind kurz vor dem Abfaulen. Menaschke war schon zweimal im Dunkeln runtergefallen. Bis heute hinkt er.

Ich mag diesen Platz sehr. Es ist warm hier, und wenn es regnet, höre ich's nur plätschern und bin froh, daß ich nicht draußen sein muß. An der Decke hängt ein Vogelnest mit Jungen. Heute morgen hat eine Katze versucht, sie zu fressen, aber ich habe sie mit einem Stock davongejagt. Zwischen zwei Fässern habe ich mir auf einem Strohhaufen mit ein paar Säcken ein Bett gemacht. In einem Sack ist trockenes Brot für Schmelke. Menaschke hat mir erlaubt, von dem Brot zu essen, so viel ich will. Das Brot ist trocken und schimmelig, schmeckt aber sehr lecker. Man muß es nur ein paar Stunden in Wasser einweichen und ein bißchen Salz dazutun, dann hat man eine echte Königsmahlzeit.

Mein Kopf tat mir immer noch furchtbar weh von dem Sturzflug über die Treppe. Das Geschwollene hatte sich bis zum anderen Auge ausgebreitet. Jetzt mußte ich auch noch feststellen, daß mir ein vorderer Zahn fehlte. Wahrscheinlich hab ich Fieber. Alles ist verschwommen, und ich fühle mich wie in einer Wolke. Manchmal fällt es mir schwer zu unterscheiden zwischen Phantasie und Wirklichkeit. In der ersten Nacht reite ich im Traum auf einem Pferd, ganz aus Schokolade. Während ich reite, esse ich Stücke von ihm. Was ich nicht mehr essen kann, das schmilzt zusammen und wird Kakao. Ganz besonders schmerzt mich, daß ich auf meiner Flucht einen von den Schuhen verloren habe, die mir die Tante gekauft hat. Jetzt bin ich neidisch auf Cheinek, der nur ein Bein hat.

Goddl besuchte mich und brachte mir einen Topf voll *Tscholent*[7].

„Wenn du wieder gesund bist“, sagte mir Goddl, „kann ich dir was anbieten. Brauchst keine Angst zu haben. Diebe lassen ihre Freunde nie im Stich. Oder sind wir etwa Zaddikim?“

Ich wurde neugierig und wollte gleich wissen, was er mir anzubieten hatte. Aber Goddl rückte nicht raus damit.

„Erstmal wirst du gesund. Aber eins kann ich dir jetzt schon versprechen: Du läufst nie wieder barfuß und hast immer Schuhe an den Füßen.“

Auch die Mutter von Goddl kam auf Besuch, aber sie blieb nur ein paar

[7] Sabbathgericht mit Bohnen und Fleisch, nachts auf kleiner Flamme gekocht

Minuten. Sein Vater, Nussen der Dieb, blieb eine ganze Weile bei mir. Ich mag Leute, die Geschichten erzählen, und Nussen ist ein echter Schatz in dieser Hinsicht. Die meisten seiner Geschichten handelten von berühmten Dieben, von ihrer Tapferkeit und ihrer Hilfsbereitschaft gegenüber den Armen.

„Nussen, Tante Esther hat mir ein Lied vorgesungen über Avremele Mavricher. Hast du ihn gekannt?"

„Der war mein Kumpel. Wäre er noch am Leben, dann würdest du heute nicht hier liegen. Wenn mir Gott hilft bei meiner Arbeit, die ich jetzt vorhabe, wenn alles klappt, dann wirst du mir helfen. Bei meiner letzten Arbeit war Gott mit mir, da hatte ich genug, um den Armen zu helfen. Jetzt werd du nur bald gesund. Morgen bin ich wieder da."

Als Nussen gegangen war, dachte ich darüber nach, auf welche Weise ihm Gott wohl beim Klauen geholfen hat. Wahrscheinlich ist Gott Schmiere gestanden und hat aufgepaßt. Und wenn jemand in die Nähe kam, dann hat Gott von oben heruntergerufen: „Nussen, hau ab!" Das heißt, Gott hat auch mitgemacht bei dem Diebstahl. Gott ist also auch ein Dieb.

Ich glaube, Goddl ist der weiseste Mensch der Welt. Er weiß alles. Es gibt nichts, was er nicht erklären könnte. Als ich ihn fragte, wie Gott seinem Vater beim Stehlen geholfen hat, da antwortete er mit einem sehr, sehr weisen Gesicht. Solche Gesichter kenne ich aus der Synagoge, wenn die Juden beten.

„Mit Gottes Hilfe, wie Gott dem Reb Wolf geholfen hat, so hilft er uns auch. Glaubst du etwa, der ist reich geworden durch Aufrichtigkeit? Hast du viele rechtschaffene Leute mit Geld gesehen?"

Das stimmt. Ich kenne niemand.

„Nu siehst du. Und vergiß das nicht. Morgen ist Freitag, und du bist bei uns zu Hause eingeladen. Du mußt wissen, daß wir nicht jeden einladen. Morgen abend hol ich dich ab."

Goddls Augen glänzten und schauten mich ganz genau an. Kleine schwarze Augen. Mich erinnerten sie an eine Maus. Goddls Bewegungen sind ziemlich nervös. Eigentlich kommt er nie richtig zur Ruhe. Immer ist er auf dem Sprung, bereit zu einer plötzlichen Flucht.

Goddls Eltern empfingen mich mit überschwenglicher Gastfreundschaft. Jetzt, bei Tageslicht, konnte ich feststellen, daß die Augen von Nussen, dem Dieb, ganz ähnlich aussahen wie die von Goddl. Auch die sprunghaften Bewegungen waren ähnlich wie bei Goddl. Seine großen Ohren richteten sich voller Mißtrauen gegen jedes Geräusch.

Dvora, seine Mutter, das krasse Gegenteil. Groß, mit Riesenbusen wie zwei Mehlsäcke, mit nach vorne gebeugtem Gang. Die ganze Zeit denke ich, daß sie wegen der großen Brüste noch das Gleichgewicht verliert und auf die Nase fällt. Da sie kaum noch Zähne im Mund hatte, konnte ich nicht verstehen, was sie redete. Ihre Worte waren von Spuckspritzern begleitet, aber ihr Mund und die dicken Lippen luden mich freundlich ein.

„Setz dich. Fühl dich wie zu Hause!"

Auf dem Herd stand ein Teller mit einem Berg Frikadellen, braun und glänzend.

„Du hast sicher einen Bärenhunger, mein Armer."

Ihre Hand streichelte meinen Kopf. Ich hatte keine Zeit, ihr einen Tritt zu geben, denn ich kann es nicht brauchen, wenn jemand mich einfach so streichelt. Dvora nahm mich fest in die Arme. Mein Kopf verschwand zwischen ihren Brüsten. Fast wäre ich erstickt. Der Geruch von Zwiebeln, Schweiß und Sauerkraut ekelte mich.

„Nimm erstmal einen Schluck Tee, du bist ja ganz bleich. Trink, trink! Merk dir: Wenn du ein Freund von Goddl wirst, dann fehlt's dir an nichts. Stimmt's?" fragte sie Goddl mit einem Augenzwinkern. „Stimmt's, Goddl?"

Obwohl ich großen Hunger hatte, konnte ich nichts essen. Ich hatte Angst. Die ganze Zeit wartete ich darauf, daß dem guten Essen die dazugehörige Tracht Prügel folgen würde. Ich wollte zurück zum Stall. Menaschke war mit Schmelke für ein paar Tage verreist, und es fiel mir schwer, allein dort zu sein.

„Komm, ich begleite dich."

Auf dem Weg erklärte mir Goddl, worum es ging.

„Heute Nacht statten wir Schmil, dem Schuhmacher, einen Besuch ab. Wir werden dir ein paar Schuhe anpassen, und du siehst aus wie ein Lord. Geh schlafen. Ich weck dich dann schon."

Ich betete zu Gott, er solle uns bitte nicht helfen. Mein Herz war wie Blei. Schmil war immer sehr freundlich zu mir. Nie war ich bei ihm vorbeigekommen, ohne daß er mich mit einem freundlichen Wort begrüßt hatte. Einmal lud er mich mit einem herzlichen Lächeln in seine Werkstatt ein: „Avrum Leib, das Teeglas wäre beleidigt, wenn du nicht aus ihm trinkst."

Schmils Werkstatt war dunkel und recht klein. Auf dem Regal standen Schuhe in allen Formen und Farben. Außerdem lag noch ein ganzer Haufen neben dem Tisch. Der Arbeitstisch war unter der Treppe, darüber hing eine Öllampe. Wir hatten damals miteinander Tee getrunken und dazu einen Kartoffelkuchen gegessen. Schmil hatte aus seiner Kindheit erzählt. Es war sehr schön für mich gewesen, aber auch sehr traurig. Ich betete, Goddl solle nicht kommen. Die Polizei solle ihn verhaften und er solle nie wieder aus dem Knast rauskommen.

Plötzlich hörte ich seine Stimme. Er trat ein wie ein Schatten.

„Komm, wir gehen. Und Gott ist mit uns. Komm schnell und beweg dich ganz leise."

Goddl gab mir keine Zeit zum Überlegen. Während wir gingen, hatte ich das Gefühl, als wären Hunderte von Augen auf mich gerichtet. Hunderte von Fingern grabschten nach mir, und Hunderte von Stimmen flüsterten mir zu: „Dieb, Dieb, Dieb!"

Alles Weitere passierte ohne mich, alles tat ein anderes Kind. Ein anderes Kind brach das Fenster auf, ein anderes Kind probierte Schuhe an, und ein anderes Kind lief mit Goddl davon.

„Das erste Mal ist's immer so", beruhigte mich Goddl. „Geh schlafen." Er verschwand im Dunkeln.

Statt zu schlafen, ging ich noch einmal zu Schmils Werkstatt. Ich warf die Schuhe durch das zerbrochene Fenster.

Ganz unerwartet tauchte plötzlich meine Mutter wieder auf. Sie war schlanker geworden und irgendwie fremd. Ein dickes Tuch beschattete ihre Augen. Gespannt blickten sie mich an.

„Bist du schon lange hier?"

Ich gab keine Antwort. Wie ich sie haßte! Ich konnte ihr nicht verzeihen, daß sie sich einfach so plötzlich aus dem Staub gemacht hatte. Ich schwieg.

„Avrum Leib, ich will dir erklären, was passiert ist." Sie zog eine Tafel Schokolade aus ihrer Tasche. „Das hab ich dir mitgebracht."

Die Schokolade faßte ich gar nicht erst an. „Bleibst du bei mir?"

„Nein, ich fahr wieder nach Wilna."

Es tat so weh. Es war Abend. Draußen brannten die Gaslaternen. Eine Reihe Laternen schien wie ein Kranz um den Kopf meiner Mutter. Ich wollte ihr etwas Warmes, Liebes sagen. Ich wollte ihr sagen, wie kostbar sie mir war. Stattdessen schleuderte ich heraus, voll Wut, um sie absichtlich zu verletzen: „Wenn du mir nichts zu essen gibst, dann bist du auch nicht meine Mutter."

So geht's mir immer. Statt irgendein freundliches Wort kommen immer nur harte, dreckige und verletzende Ausdrücke aus mir raus. Ich wollte es nie, aber schon wieder war es passiert. Mutter saß da, senkte ihren Kopf und verbarg das Gesicht. Ihr Rücken zitterte. „Du hast recht. Eine Mutter, die ihre Kinder nicht satt kriegt, ist keine Mutter."

Dann stand sie auf und schaute mich an. Seit dem letzten Mal hatten sich auf ihrem Gesicht so viele Falten gebildet. Ihre Augen lagen jetzt tiefer.

„Du siehst mich nie wieder. Ich fahr nach Wilna. Das verfluchte Blut deines Vaters ist es, das dir solche Wörter eingibt. Du wirst noch bereuen, was du da gesagt hast.“

Wieder wollte ich ihr sagen, wie sehr ich bereute, und daß es mir selber weh tut. Aber stattdessen kam's wieder anders: „Ich bereue gar nichts.“

Mutter stand auf, drehte sich um und verschwand unter den Laternen. Ich fühlte mich so allein, so verloren. Sicher war alles nur ein Traum, denn ich fand keine Spur von Schokolade am anderen Morgen.

2. Kapitel

Ich muß etwas erzählen, und weiß jetzt schon, daß mir keiner glaubt. Aber ich schwöre bei allem, was mir heilig ist, daß jedes Wort, das ich jetzt sage, der Wahrheit entspricht. Nie wieder im Leben werde ich einen Kakao trinken, wenn nicht alles stimmt. Ich habe gesehen, wie das Pferd Schmelke weint, als sei es ein Mensch. Zwei große Tränen flossen aus seinen Augen. Schmelke machte Geräusche wie ein Mensch, und das hörte sich ungefähr so an: „Oj, oj, oj." Das klingt fast jiddisch.

Mich würde interessieren, ob ich Schmelke auch verstanden hätte, wenn ich kein Jude wäre. Als ich Goddl davon berichtete, lachte er mich aus. Er ist immer so. An nichts glaubt er. „Ha, gleich erzählst du mir noch, daß Schmelke auch jeden Morgen sein Modeh Ani betet."

Niemand glaubt mir. Ich habe beschlossen, keinem mehr etwas zu erzählen, das heißt, keinem Menschen. Schmelke was zu erzählen, das ist etwas anderes. Jede Geschichte, die Schmelke von mir hört, erfreut sich großer Aufmerksamkeit. Schmelke schaut mich mit verständnisvollen Augen an und wiegt seinen großen Kopf hin und her.

„Oj, oj, oj, Avrum Leib", sagt er in singendem Jiddisch.

Ich erzählte ihm von meiner Mutter, daß sie kein Geld hat, mich auf den Cheder zu schicken, daß ich keine Schuhe habe, und von den Ohrfeigen, die ich immer von den Erwachsenen kriege. Die letzte Geschichte hatte sich Schmelke mit besonderer Aufmerksamkeit angehört, denn in diesem Punkt hatten wir sehr viel gemeinsam. Seine Jiddischkenntnisse weckten in mir die Erinnerung an eine Geschichte, die Menaschke mir erzählt hatte:

„Als ich mal von diesem Gaul runtergeflogen bin", sagte Menaschke, „da lachte dein Freund Schmelke laut. Das hörte sich an wie Hihihi. Dieser Hurensohn hat echt über mich gelacht. Dein Schmelke hat gejauchzt darüber, daß er nicht mehr arbeiten muß. Obwohl ich mir bei dem Sturz das Bein gebrochen hatte, schlug ich ihm die Schaufel über die Rübe."

Gut, dachte ich bei mir, soll er sein Bein alle zwei Wochen brechen, weil er Schmelke geschlagen hat. Für Schmelke und mich war es ein richtiges Fest. Für Schmelke, weil er nicht arbeiten mußte, und für mich, weil ich viel zu essen hatte.

Wie kam das? Ganz einfach: Wenn Menaschke krank war, kaufte ich für ihn Lebensmittel bei Moische Berl, und von dem bekam ich immer etwas Süßes. Einmal bekam ich sogar einen ganzen Kuchen, und nicht nur einen einfachen Kuchen, sondern einen Lebkuchen mit Rosinen. Ja, der Kuchen war schon ein bißchen trocken, aber der Geschmack … Echt Garten Eden! Die Hälfte aß ich selbst auf, die andere Hälfte gab ich Schmelke. So war das zwischen uns. Wir teilten uns immer halb und halb. Und ich schwöre noch einmal, daß ich gehört habe, wie Schmelke lachte, als wollte er sagen: Menaschke ist krank, und wir machen uns hier ein gutes Leben. Ich konnte mich nicht zurückhalten und lachte mit ihm zusammen. Dann erhob Schmelke wieder die Stimme und ich gleich hinterher. Wir lachten wie zwei total Verrückte.

Nach Goddl, denke ich, ist Schmelke der Weiseste auf der ganzen Welt. Wer ihn kennt, muß gar nicht nach dem Grund dafür fragen. Für seine Weisheit habe ich eine Menge Beweise, aber ich darf sie nicht verraten. Schmelke würde sich ärgern über mich.

So ist das bei uns. Eines aber darf ich wohl sagen: Schmelke ist sehr alt, und er hat eine Menge erlebt. Sein Problem ist nur, er kann es mündlich nicht weitergeben, und zwar wegen der Sprache. Ich glaube, ich bin der einzige, der ihn versteht. Im Geiste gegenseitigen Einverständnisses haben wir ein Abkommen miteinander geschlossen. Natürlich nicht rechtsverbindlich, denn weder Schmelke noch ich konnte schreiben, aber wir trafen einfach so die Übereinkunft: Wenn jemand Schmelke verletzt, dann muß ich ihm zu Hilfe eilen, und wenn jemand mich verletzt, dann muß Schmelke mir helfen. Dieser Vertrag zwischen uns wurde nach allen Regeln, die mir Goddl beigebracht hatte, inkraft gesetzt: Ich und Schmelke standen uns gegenüber, stießen unsere Stirnen gegeneinander und sagten dreimal (das heißt, ich sagte vor, und Schmelke nickte bejahend): Wir sind Brüder für immer und ewig.

Die Prüfung kam schon am anderen Morgen. Schmelke war krank. Ein Blick von der Seite genügte und es war klar. Schmelke konnte sich kaum auf den Beinen halten. Sein Kopf hing herunter, die Augen waren geschlossen. Ich wollte ihn trösten, wollte ihm eine Scheibe Brot in den Mund stecken, aber Schmelke reagierte nicht.

Zur Mittagszeit erschien Menaschke, besoffen wie *Lot*[8]. Schon von draußen hörte ich, wie er über Schmelke lästerte:

„Was haben wir hier eigentlich, eine Pension oder was? Der frißt mir noch das Fleisch von den Knochen."

Dann kam er herein: „Auf, Avrum Leib, spannen wir Schmelke vor die Kutsche. Wir müssen einen Sack Kalk transportieren."

Ich wollte ihm sagen, daß Schmelke krank ist, aber ich hatte Angst. Wenn Menaschke besoffen war, konnte er gefährlich werden. Die ganze Strecke peitschte Menaschke erbarmungslos auf Schmelke ein. Es gab Momente, da überlegte ich, wie ich ihn vom Wagen herunterstoße. Aber ich tat es nicht. Wie oft drehte Schmelke seinen Kopf nach der Seite und blickte zu mir zurück, als wollte er sagen: Nu, was ist jetzt mit unserem Vertrag? Vor lauter Scham schloß ich die Augen. Zu unserem Glück war der Laden von Reb Pinchas geschlossen.

Auf dem Rückweg fiel Schmelke ein paarmal hin. Ab und zu ruhte er für einige Minuten aus, dann ging er wieder weiter. Menaschke ließ nicht davon ab, ihn zu peitschen. Jeden Hieb spürte ich, als würde er mich selber treffen.

Den ganzen Weg sann ich nach Möglichkeiten, wie ich an Menaschke Rache nehmen könnte. Aber mir fiel nichts ein. Im Stall legte ich eine Decke über Schmelke. Seinen Rücken wusch ich später mit Seifenwasser ab. Langsam hatte ich das Gefühl, daß Schmelke sich wieder etwas beruhigte. Ich war todmüde und legte mich schlafen. Bevor ich die Augen schloß, versprach ich Schmelke hoch und heilig: „Ich werde mich an Menaschke rächen!"

Ich erinnerte mich an ein Rezept, mit dem man Menschen vergiften kann. Von Goddl wußte ich, daß man dazu drei große schwarze Spinnen braucht (in diesem Stall war das kein Problem, da gab es jede Menge davon). Dann muß man drei Frösche fangen, ihr Blut absaugen, mit den Spinnen sorgfältig zusammenmischen und das Ganze genau um Mitternacht verabreichen. Dazu muß man dreimal sagen: Daß du stirbst, daß du stirbst, daß du stirbst.

Mein nächster Gedanke ließ mich jedoch diesen Plan schon wieder aufgeben. Erstens hatte ich gar keine Uhr. Zweitens: Was mache ich, wenn Menaschke nicht trinken will? Kurz gesagt, es war alles nicht ganz so einfach. Deshalb gab ich den Plan wieder auf. Ich kletterte auf den Dachboden, legte mich auf meine Decke und versuchte, die Weltordnung zu verstehen. Durch das offene Dach blickte ich auf unseren Hof. Ein Teil des Hofs war von dunklen Wolken bedeckt. Wolken, die buchstäblich die Ecken der Hausdächer

[8] siehe 1. Mose 19, 33

anfaßten. Es gibt Wolken, die sehen aus wie Tiere, es gibt Wolken, die sehen aus wie Bäume, und es gibt Wolken, die sehen aus wie Lumpenpuppen; wie die Wäsche von Beile. Die interessantesten Wolken sind solche, die aussehen wie Engel. Ich überlegte: Wie kommen die wohl in den Himmel, was machen sie dort?

Goddl hatte mal gesagt: „Im Himmel wohnen Engel, und die passen auf Gott auf. Die Hälfte dieser Engel putzt ihm das Haus, die andere Hälfte kocht ihm sein Essen, denn er ist schon steinalt. Die Engel passen Tag und Nacht auf ihn auf. Sie haben Angst, daß er stirbt. Das wäre das Ende der Welt."

Obwohl ich die ganze Nacht Ausschau hielt, sah ich keinen Topf, in dem man für Gott kocht. Die Wolken am Himmel erinnerten mich an eine angesengte Wolldecke. Es war weiße Wolle, aus der graue Flecken herauskamen.

Und noch eine Frage stellte ich mir: Was macht Gott den ganzen Tag und bei Nacht? Nachts schläft er natürlich. Auch diese Erklärung hatte ich von Goddl. Woher wußte er das alles? Sogar über die Arbeitsplanung von Gott war er informiert. Als ich ihn fragte, antwortete er ganz verächtlich: „Du bist noch ein kleiner Kacker. Wenn du mal groß bist und lesen kannst, dann wirst du schon von alleine alles kapieren."

Ich mußte ihm zustimmen.

„Verstehst du", fuhr Goddl fort, „Gott sitzt im Himmel auf einem Polstersessel wie bei Wolf, dem Reichen. An seiner rechten Seite stehen Töpfe mit dem besten Essen der Welt. An seiner linken, auf einem gedeckten Tisch, liegt haufenweise Schokolade. Den ganzen Tag trinkt er Kakao. Am *Schabbes*[9] steht auf Gottes Ofen ein großer Topf voll Tscholent, wie bei Bäcker Feldmann. Der Topf ist so groß wie die ganze Zegerskastraße. Der Tscholent riecht wie ein Garten Eden, und manchmal duftet er sogar bis auf die Erde herunter."

Ja, das ist eine geprüfte Tatsache, denn am Schabbes rieche ich nicht nur den Geruch von Tscholent aus allen Richtungen, sondern auch den Geruch von *Zimmes*[10] und gehackter Leber mit Zwiebeln.

„Klar", sagt Goddl, „daß in solch einer überschwenglichen Stimmung die Engel für ihn singen und Geige spielen. Natürlich gibt es an einem Platz, wo Essen serviert wird, auch Fliegen. Ein Teil der Engel verjagt die Fliegen, damit sie Gott nicht stören. Ich habe das Gefühl, sie jagen sie ein bißchen zu weit, denn fast alle sind auf die Erde gefallen." Die meisten sind wohl im

[9] Sabbath

[10] geschnittene Karotten, mit Zucker gekocht

Stall gelandet. „Es kommt nichts auf die Welt ohne Gottes Einverständnis“, sagt Goddl. „Gott weiß zwar alles, aber er hat trotzdem auch noch seine Berater. Jeder Engel hat ein Gebiet, auf dem er sich besonders gut auskennt. Zum Beispiel gibt es einen Engel, der sich mit der Zegerskastraße Nr. 38 beschäftigt. So ein Engel kommt in den Hof, wendet sich mal hier und mal dort hin und kann auch unbemerkt in jedes Haus eintreten, denn er ist unsichtbar. Er schaut in alle Ecken. Da sieht er plötzlich eine Frau, die nicht geputzt hat vor Schabbes. Schnell fliegt der Engel in den Himmel und meldet: ‚Herr Gott, im Haus von Jona stinkt's.‘ Dann denkt Gott ein paar Minuten nach und gibt dem Engel den Befehl: ‚Flieg schnell runter und flüstere Reb Jona ins Ohr, er soll seiner Frau Dvoira ein paar in die Fresse hauen.‘ Reb Jona weiß nichts von einem Engel, weil er sowieso nie was gelernt hat. Aber er ertappt sich selbst dabei, wie er seiner Frau mit voller Wucht die Faust ins Gesicht schlägt.“

Auch das ist nachgewiesen, denn Dvoira ist bekannt für ihr schmutziges Haus. Ich hab selber gesehen, wie Dvoira wochenlang mit einem blauen Auge herumgelaufen ist. Das richtige Auge konnte man kaum noch erkennen. Mich interessiert, worüber der Engel Gott berichtet. Über den Stall? Über den Hof? Ich an der Stelle des Engels hätte ihm berichtet, wie Schmelke unter Menaschke zu leiden hat. Und vielleicht hätte ich Reb Jona zugeflüstert, daß er auch an Menaschke mal seine Fäuste ausprobieren soll. Ich glaube, es hätte ihm nicht geschadet. Menaschke hat zwar keine Faust, aber sehr wohl einen Tritt von Schmelke abgekriegt. Danach mußte er zwei Wochen lang das Bett hüten. Dies ist übrigens der Grund, warum ich an Gott glaube, und Schmelke auch.

Am Schabbes-Morgen kam Menaschke zurück aus der Synagoge der Fuhrmänner. Er war wieder mal betrunken, wie immer. Anlaß war diesmal die Beschneidung von Elo, dem Schmied. Einer der Feiernden hatte sich über Menaschke lustig gemacht. „Nu, Menaschke“, hatte Velvel Chaim, der Fuhrmann aus der Pliskastraße, ironisch gefragt, „wie lange hältst du deinen Schmelke noch? Willst du nicht bald Schuhe aus ihm machen lassen? Gib ihm nur gut zu fressen, mein Sohn mag weiche Schuhe. Gib ihm auch viele Eier.“

Goddl, der immer auf allen Festen dabei ist, erzählte mir, daß Reb Hirschel, der Hautabzieher, ihm fünfzig Zloty geboten hätte.

„Worauf wartest du noch?“ fragte er. Menaschke antwortete nicht. Später brach er ein Bein aus einem der morschen Tische, fuchtelte damit in der Luft herum und schrie: „Jetzt bring ich Schmelke um. Mir reicht's.“

„Nu, das wollen wir sehen", sagte einer der Anwesenden, „ob du den Mut dazu hast."

Wahrscheinlich flüsterte der Engel, der für die Zegerskastraße Nr. 38 zuständig ist, Schmelke ins Ohr: „Gib ihm einen Tritt, sobald er reinkommt. Aber so einen gewaltigen, daß er es ein paar Wochen lang nicht vergißt." Gegen so ein Engelgeflüster kann man einfach nichts machen. Ich war zu dieser Zeit gerade nicht im Stall. Aber als ich zurückkam, erzählte mir Reb Jona, was passiert war.

„Welch eine Wohltat hat dein Schmelke dem Menaschke zukommen lassen!"

„Was ist passiert?" fragte ich neugierig.

„Ganz einfach: Menaschke hat einen Tritt abgekriegt, jetzt liegt er im Bett."

Ich war stolz und glücklich. Zugleich zog auch eine schlimme Vorahnung in mir auf, aber ich vergaß das recht schnell wieder.

Nie hatte ich Schmelke so fröhlich erlebt.

„Ihi ihi ihi", begrüßte er mich triumphierend. In die Menschensprache übersetzt heißt das ungefähr: „Nu, was sagst du, Avrum Leib, bin ich nicht toll?"

Vor lauter Freude standen wir uns wieder gegenüber und drückten unsere Stirnen aneinander. Ich rief feierlich: „In Trauer und Freude halten wir zusammen."

Ich weiß nicht, was dieser streitsüchtige Engel dem Menaschke wieder geflüstert hatte, aber der kam schon wieder in den Stall, sobald er sich auf den Beinen halten konnte. Mit finsterer Miene stand er in der Tür und blickte erst auf mich, dann auf Schmelke.

„So, Avrum Leib, jetzt kannst du deinem Freund bald lebwohl sagen."

Ich verstand nicht, was das heißen sollte, lebwohl sagen zu Schmelke.

„In drei Tagen kommt jemand und holt ihn ab."

„Wer, und wohin?"

„Reb Hirschel, der Hautabzieher."

Ich kapierte nicht den Zusammenhang zwischen Hautabzieher, Reb Hirschel und Schmelke.

„Was, das verstehst du nicht? Wir bringen ihn um."

„Wen?"

„Nu Schmelke." Er lachte. „Ja. Sie machen ihn tot, und dann ziehen sie ihm die Haut ab, und aus der Haut machen sie Schuhe."

Schmelke hatte alles mit angehört. Schweigen hing in der Luft. Menaschke ließ sich bequem auf einer Kiste nieder, voll zufrieden mit dem Eindruck, den er auf uns gemacht hatte. Danach rieb er sich freudig die Hände.

„Meinst du vielleicht, ich könnte ihn noch durchfüttern? Wie lange arbeitet er schon nicht mehr? Er bringt mir nur Verluste ein. Da ändert sich auch nichts mehr dran. Er wird schließlich nicht jünger. Er ist alt und krank. Reb Hirschel zahlt fünfzig Zloty für ihn."

Ich war wie gelähmt, im Magen fühlte ich mich schwach und leer. Mein Blick fiel auf das Hemd, das Menaschke anhatte. Es war mit schwarzen Kreuzen gemustert, und das machte mir noch mehr Angst. Kreuze symbolisieren immer den Tod. Deshalb ist das Kreuz auch Symbol der Christen. Einmal erzählte mir Goddl, der einen Christen namens Bolek zum Freund gehabt hatte, Bolek sei gestorben, weil er, Goddl, zusammen mit Simcha ein Kreuz angepinkelt habe.

„Ein Kreuz ist immer das Zeichen für Tod und Verfolgung", so hat mich auch Mutter unterrichtet. „Nimm dich vor denen in acht, Avrum Leib", sagte sie leise, damit es niemand hören konnte. „Ein böser Christ wird immer einen schlechten Tod haben, ein guter Christ soll einen guten Tod haben. Wenn ihr also einen guten Christen findet, dann schneidet ihn in zwei Teile, damit zwei gute Christen daraus werden."

Die Kreuze auf Menaschkes Hemd bedeuteten Schmelkes Tod. Gott, wie ich ihn haßte. Ich haßte mich selbst, weil ich noch ein Kind war und weil ich Schmelke nicht helfen konnte. Ich haßte die Kreuze auf Menaschkes Hemd, ich haßte den Engel, der Menaschke zugeflüstert hatte, daß er Schmelke verkaufen soll. Ich haßte Reb Hirschel, den Hautabzieher, ich haßte die ganze Welt.

Menaschke stand auf, spuckte in hohem Bogen aus und sagte lächelnd: „Mach dir nichts draus, Avrum Leib, ich kauf dir dann neue Schuhe von Schmelkes Haut."

Menaschke verschwand. Ich blieb mit Schmelke allein. Aber das war nicht mehr der Schmelke, den ich noch vor wenigen Stunden gekannt hatte. Schmelke stand da mit gesenktem Kopf, und wieder sah ich Tränen in seinen Augen. Seine Beine zitterten. Von dem Gespräch zwischen mir und Menaschke hatte er alles verstanden. Auch ich hatte mich in dieser kurzen Zeit verändert. Ich wollte Menaschke suchen. Der Hof war leer.

Mir kam die Erinnerung an Velvel. Damals hatte ich mich genauso gefühlt. Velvel war das stärkste Kind im ganzen Hof. Sein Vater war der Metzger Josel Chaim, der zu den Reichsten in der Straße gehörte. Ich war dabei, als Velvel die Malkale verdrosch. Malkale hatte Tuberkulose. Als er sie schlug, standen alle drum herum, und niemand traute sich näherzutreten vor lauter Angst. Malkale gab keinen Laut von sich. Wie Schmelke. Nur die Tränen flossen ihr aus den Augen. Ich weiß nicht mehr, was mit mir los war in dem Moment. Ich kannte mich nicht mehr, sprang ihn an und schlug meine Zähne mit aller Kraft in sein Ohr. Diese Attacke kam so unerwartet, daß Velvel zu Boden fiel. Ich hatte den Mund voll Blut. Meine Zähne steckten tief in seinem Fleisch. Ich versuchte, den Mund aufzumachen, aber es ging nicht. An das Geschrei um mich herum kann ich mich noch erinnern, und an die Angstschreie von Velvel. Mutter kommentierte den Fall damals mit den Worten: „In dir kocht das verfluchte Blut deines Vaters."

Zu mir selbst murmelte ich: „Wenn Schmelke auch nur ein Haar gekrümmt wird, dann zünde ich dem Menaschke sein Haus an." Menaschkes Haus war aus Holz gebaut. Kein Problem, es anzuzünden. Aber in diesem Haus wohnte auch Borech, der Weber, und die Witwe Zlata mit ihren sechs Kindern. Ich ließ den Gedanken wieder fallen. Aber was tun? Auf jeden Fall mußte ich Schmelke jetzt klarmachen, daß unsere Vereinbarung immer noch Gültigkeit hatte. Sein Schicksal lag in meiner Hand.

Es schnürte mir den Hals zu. Ich mußte nach draußen und frische Luft schnappen. Schwarze Wolken stiegen über die Dächer. Schwarze Wolken zogen kleine weiße Wolken hinter sich her, wie Schafe, die zum Schlachten geführt werden.

Auf einmal hörte ich eine Klarinette. Die Klänge weinten und beteten wie Getzel, der Vorbeter an *Jom Kippur*[11]. Der Klagegesang begleitete die Schafe auf ihrem letzten Weg. Die Klänge drangen in mich ein wie ein jammernder, heulender Winterwind.

Auf einer Müllkiste stand Pinchas der *Meschugge*[12], oder Pinchas, der Messias, wie wir ihn auch noch nannten. Sonst hatte ich immer Angst vor ihm. Aber diesmal faßte ich Mut und ging zu ihm hin. Pinchas war barfuß wie immer und hatte die Hose bis zu den Knien hochgekrempelt. Auf der nackten Brust trug er *Zizit*[13]. Er schien gerade auf mich gewartet zu haben. Pinchas spielte weiter. Mit so einem Schmerz, glaube ich, kann nur ein Jude die Klarinette blasen. Vielleicht ist er ein Herold des Messias. Auch Schmelke empfand den Schmerz in diesen Klängen.

„Ihi ihi", schrie Schmelke in die Nacht hinein.

Ich beneidete alle Kinder, die weinen können. Wieder schnürte mir etwas

[11] jüdischer Buß-, Bet- und Fastentag

[12] der Verrückte

[13] Schaufäden an den Ecken des Gebetsmantels (nach 4. Mose 15, 38)

den Hals zu. „Was machen, Pinchas?“ fragte ich ihn leise, vielleicht eher mich selbst. Pinchas unterbrach sein Spiel und setzte sich auf eine Ecke der Kiste. Durch sein Haar, das ihm über die Stirn rutschte, glänzten schwarze, irre Augen.

„Was ist passiert, Avrum Leib“, fragte er mich mit unerwarteter Zärtlichkeit.

Ich berichtete von Menaschke und Schmelke.

„Pinchas, sie wollen ihn totmachen.“

„Ich spiel was. Ich spiele so, daß die Engel im Himmel Gott aufwecken, damit er das Schicksal wendet.“

Diesmal waren es Klänge, die hoch, und immer höher hinauf stiegen, bis sie mit den Wolken zusammen galoppierten.

„Hör auf mit dem Gedudel!“ schrie jemand aus dem Abort. Das Häuschen war niedrig und hatte zwei Türen, die beide durchgebrochen waren und gerade noch an einem Scharnier hingen. Das Häuschen stand mitten im Hof und wurde von allen Bewohnern gemeinschaftlich benutzt.

„Hör auf mit dem Gedudel!“ schrie wieder jemand. Es war die Stimme vom alten Leiser. „Hör auf damit. Deine Musik verstopft mir den Darm. Ich kann nicht scheißen!“

Verdammte Scheiße von Leiser. Alles wegen ihm. Hätte er nicht dazwischengeschrien, dann wären die Klänge bestimmt bis zu Gott in den Himmel aufgestiegen und Schmelke wäre gerettet gewesen. Pinchas hörte auf zu spielen. Er schaute ängstlich um sich, sprang von seiner Kiste und trat nah an mich heran. Ein übler Gestank ging von ihm aus.

„Siehst du, Avrum Leib, manchmal hängt das Schicksal einer lebenden Kreatur am Arsch vom alten Leiser“, sagte Pinchas und deutete mit dem Kopf nach oben, in Richtung Gott.

„Pinchas, aber was tun?“

„Hau ab mit ihm.“

Ich hätte ihn gerne noch einiges mehr gefragt, aber Pinchas verschwand im Dunkeln. Wieder zurück im Stall, unterrichtete ich Schmelke von dem Rat, den mir Pinchas gegeben hatte.

„Was meinst du dazu?“ fragte ich ihn.

Schmelke nickte. Ich konnte nicht schlafen. Uns blieben noch zwei Tage zum Fliehen. Ich sah schon Reb Hirschel, wie er sein Messer nimmt und Schmelke damit schlachtet, wie er ihm die Haut abzieht und Schuhe daraus machen läßt. Nur, weil er alt ist. Ich wünschte dem Menaschke, daß sie aus ihm auch Schuhe machen, wenn er einmal alt wird.

„Verstehst du, Schmelke“, erklärte ich ihm, „wir müssen diesen Ort verlassen. Hier wohnen undankbare Leute mit Herzen von Gojim.“

Warum hat Gott eigentlich die Gojim erschaffen, fragte ich mich. Wem nützen sie? Nicht einmal Goddl wußte eine Antwort auf diese Frage.

„Wir suchen einen Ort“, erklärte ich Schmelke, „an dem Juden wohnen mit jüdischen Herzen.“

Schmelke traute der Sache nicht so ganz. Ich hörte es an den Stimmen, die aus seinem Bauch kamen: „Oj oj oj, oj oj oj.“ Das bedeutete ungefähr: „Was wird aus uns, wenn wir keinen solchen Ort finden?“

Etwas verärgert, versuchte ich ihn zu beruhigen: „Was bleibt uns anderes übrig?“

Jetzt hatte ich Schmelke überzeugt, denn er schaukelte seinen Kopf von oben nach unten.

„Schmelke“, sagte ich zu ihm, „du bist bloß ein Pferd, weißt du, und du kannst nicht alles verstehen. Jetzt mußt du dich ganz auf mich verlassen.“

Schmelke nickte wieder mit dem Kopf. Er war einverstanden.

„Erst sorgen wir für Verpflegung.“

Ich füllte zwei Säcke mit trockenem Brot. Mit einer Schnur band ich sie zu und lud sie ihm auf den Rücken. Natürlich half mir Schmelke dabei, indem er sich auf den Bauch legte. Sonst hätte ich ihm die Säcke nicht aufladen können. Drei Decken nahm ich auch mit. Sie waren zwar schon zerrissen, aber besser als gar keine. Bevor wir den Stall verließen, standen wir uns noch einmal gegenüber, stießen unsere Köpfe sanft aneinander und versprachen uns gegenseitig, zusammenzubleiben, im Guten wie im Bösen. Schmelke war sehr aufgeregt.

„Jetzt darfst du keinen Laut von dir geben, bis wir vom Hof weg sind“, schärfte ich ihm ein. Wir hatten Glück. Es fing an zu regnen. Nebel stand im Hof. Ich ging nach draußen, um nachzuschauen, ob jemand in der Nähe ist. Die Häuser schwammen im Nebel. Am gefährlichsten war es, an der Synagoge vorbeizukommen. Ich näherte mich dem Gebäude. Im Fenster brannten ein paar Kerzen. Ich spähte hinein. Auf der Bank schlief Simche, der Synagogendiener. Neben ihm saß Getzel, der Kassierer, ins Thorastudium vertieft. Er wiegte seine Schultern vor und zurück in gleichbleibendem Takt. Über ihm war der Heilige Schrank, und darüber die beiden Löwen. Einem Löwen fehlten die Vorderbeine, dem anderen der halbe Kopf. Die übriggebliebene Hälfte war abgesunken, als wollte sie nach der verlorenen Hälfte Ausschau halten.

„Gott“, betete ich, „du bist doch auch schon alt. Stell dir vor, sie wollten aus dir Schuhe machen. Rette nun Schmelke, ich bitte dich von ganzem Herzen darum. Ich kenne ihn und weiß, daß er ein gutes Pferd ist. Nie hat er einem Menschen irgendetwas zuleide getan, außer dem Tritt, den er Menaschke versetzt hat. Aber das mußt du verstehen. Wenn Menaschke dich so gequält hätte, du wärst auch nicht anders mit ihm umgesprungen. Nie hat er jemand gebissen, so wie andere Pferde das tun. Gott, wenn du ihn rettest, dann verspreche ich dir …"

Mir fiel nichts ein, was ich versprechen wollte. Auch fürchtete ich, ein leeres Versprechen abzugeben. Dann aber versprach ich Gott doch noch, daß ich meine nächste Schokolade mit dem ersten Kind teile, das ich treffe. Später bereute ich ein wenig, was ich da versprochen hatte. Plötzlich war es mir wieder zu schade um die halbe Schokolade, die ich wegen diesem Versprechen geopfert hatte.

Ich ging zurück zum Stall. Schweigend traten wir ins Freie. Der Nebel war dichter geworden. In der Zegerskastraße sprang uns ein riesiger Hund an, schwarz wie der Satan. Schmelke verpaßte ihm einen Tritt, daß er auf die Seite rollte und winselnd davonlief. Ich war stolz auf Schmelke. Die ganze Nacht wanderten wir durch die Straßen der Stadt. Die Decken und das Brot auf Schmelkes Rücken wurden naß. Zweimal ging ein Polizist ganz nahe an uns vorbei. Ich erstarrte vor Angst. Aber die Polizisten nahmen keine Notitz von uns. Schmelke hielt einige Male an vor Müdigkeit. Ich mußte ihn aufmuntern und ihm erklären, daß wir jetzt auf keinen Fall haltmachen durften.

„Schmelke, sie werden Schuhe aus dir machen, kapierst du das nicht?"

Wir zogen weiter und hinaus aus der Stadt. Die Häuser blieben zurück. Jedesmal, wenn wir glaubten, eine Gestalt auftauchen zu sehen, versteckten wir uns zwischen Bäumen. Die, die wir trafen, waren ohne Beine. Nur ihre Köpfe schwankten im Nebel. Sie schwebten in der Luft, ohne den Boden zu berühren. Schmelkes Gang wurde immer schwerfälliger. Aus seinem Bauch kamen Geräusche wie von einem Kranken: Oj, oj, oj. In einem Wald hielten wir an und luden die Decken und die Säcke ab. Jetzt erst spürte ich meine Müdigkeit. Schmelke lag auf dem Bauch, und ich schlief neben ihm ein.

Vor Morgengrauen erwachte ich. Schmelke fraß Brot aus dem Sack. Wir lagerten neben einer Regenlache, in der ich mein Gesicht waschen konnte. Auch Schmelke wusch ich dort. Vor lauter Vergnügen gab er Töne von sich wie ein alter Jude, der heißen Tee trinkt: „Aja ja."

Der Nebel verzog sich, und die Sonne kam durch. Die Decken hängte ich zum Trocknen auf, und das Brot ließ ich aus dem Sack plumpsen. Es war nur noch nasser Teig. Über uns wölbte sich Geäst, um uns herum wuchsen Himbeersträucher, wilde Birnen und Äpfel. Ich pflückte haufenweise davon. Wir fühlten uns frei und satt. Ich wollte losrennen, mich herumwälzen und lachen vor Freude. Schmelke zeigte seine großen gelben Zähne, streckte sie gegen die Sonne und fing an zu lachen: „Hihihihihihi.“ Aus der Ferne antwortete ihm ein Vogel mit der Stimme einer verrückten Alten. Genau wie die Zipke aus der Glitzkestraße. Ich rief mit der gleichen Stimme zurück. Eine ganze Vogelschar gab mir Antwort. Ich schwöre, sie zwitscherten meinen Namen. Ich habe es ganz genau gehört: „Avrum Leib, Avrum Leib.“

Wir blieben den ganzen Tag im Wald. In der Nacht drang ein ängstliches Geheul zu uns her, fernes Klagen von Hunden: „Huhu huhu.“ Sicher lagen die Hunde an Ketten. Nur ein angeketteter Hund kann so herzzerreißend heulen. Als Malkele starb, gab der Hund Burek in seinem Kummer dieselben Laute von sich. Ich war der einzige, der genau wußte, wann Malkele sterben würde. „Avrum Leib“, sagte sie einen Tag vor ihrem Tod, „faß meine Hand an, das Fieber geht weg.“ Ich weiß nicht warum, aber es ekelte mich, ihre Hand anzufassen. Malka saß auf einem Stein in einem himmelblauen Kleid. Ihr Gesicht war ganz durchsichtig. Nur ihre großen schwarzen Augen glänzten wie zwei Sterne, bevor sie herunterfallen. Goddl sagte, solche Augen sind die Augen einer reinen Seele. Ihre Stimme kam aus weiter Ferne:

„Jeden Tag werde ich leichter. Ich esse nichts mehr.“

Ich schämte mich sehr, freute mich aber darüber, daß Malkele nichts mehr aß. Neben ihr lag ein Teller mit Gänseschmalzstullen und Fleischbrocken oben drauf. Wie immer hatte ich mächtigen Hunger.

„Dann gib’s mir. Ich eß es auf.“

Malkele nickte. Im Nu leerte ich den Teller, und weg war ich. In ihrer Nähe fürchtete ich mich ein wenig. Was wäre, wenn der Todesengel kommt, um sie abzuholen, und ich sitze dabei? Wer weiß? Vielleicht ist dieser Todesengel gerade zerstreut und nimmt mich aus Versehen gleich mit. Zur Sicherheit lohnt es sich jedenfalls, lieber Abstand zu halten.

Am nächsten Tag hörte ich Geschrei aus der Wohnung von Familie Gold. Als ich ankam, standen schon Leute herum.

„Sie liegt im Sterben“, sagte jemand leise.

„Nein, sie lebt nicht mehr.“

Jetzt hatten alle Mitleid mit ihr. Ängstliche Stille herrschte im Haus. Ich blickte zum Dach hinauf. Da sah ich, wie eine blaue Wolke im Himmel verschwand. Sie sah aus wie Malkeles Kleid.

Ganz ähnlich war Meirke gestorben. Auch er hatte Tuberkulose. Meirke arbeitete in der Textilfabrik. Er war acht Jahre alt, und mit acht darf man schon arbeiten. Zuerst verschwand das Lächeln aus seinem Gesicht. Später wurde das Gesicht grau, seine Augen senkten sich ein und verloren ihren Glanz. Sie blickten nur noch müde und gleichgültig drein. Als ich ihn zum letzten Mal sah, war er schon ganz eingefallen. Meirke war ein guter Sänger. Ich wollte ihn aufmuntern und bat ihn zu singen. „Nein, Avrum, ich bin müde."

Meirke spielte auf einer Geige, die er selbst gebaut hatte. Seine ganze Familie war in der Fabrik beschäftigt. Aber nur er mußte sterben. Als ich den Weber Borech fragte, warum nur Meirke tot ist, während alle anderen aus seiner Familie gesund geblieben sind, da antwortete er mir leise:

„Es gibt Tiere, die nicht im Käfig leben können. Das sind Seelen, die in ihrem letzten Leben Vögel des Gartens Eden waren. Sie wohnten oben zwischen den Bäumen und den Blumen."

„Aber warum verschloß Gott seine Seele so tief im Keller?"

„Oj, Avrum Leib, da fragst du mich zuviel."

Goddl dagegen erklärte mit ernstem Gesicht:

„Ach weißt du, Gott ist halt auch schon ein Penner geworden."

Ich wurde sehr traurig darüber, daß man sich nicht einmal mehr auf Gott verlassen konnte. Und was die Wiedergeburt anbelangt, so fragte ich mich, was Schmelke wohl in seinem letzten Leben gewesen sein mochte. Dem Gestank nach zu schließen, den er verbreitete, hatte er bestimmt in der *Mikwe*[14] der Zegerskastraße gearbeitet, neben der Feuerwehr.

Drei Tage und drei Nächte hielten wir uns im Wald versteckt. Wir hatten dort jede Menge zu futtern, was vor allem Schmelke in überraschender Weise veränderte. Geschwüre, die er am Rücken hatte, waren plötzlich verschwunden. Seine Haut fing an zu glänzen, und er lebte rundum auf. Die Umgebung war wie für ihn geschaffen: duftendes Gras, wilde Birnen in Hülle und Fülle und Äpfel, soviel er nur wollte. Sicher wäre er gerne für immer hier geblieben. Für mich standen die Dinge ein wenig anders. Das Brot, das wir aus dem Stall mitgenommen hatten, war aufgebraucht. Von den wilden Birnen bekam ich Dünnpfiff. Mir blieb keine Wahl, wir mußten weiter. Schweren Herzens unterbreitete ich Schmelke meinen Entschluß. Mit dem Nicken seines Kopfes erklärte er sich damit einverstanden. Aber wohin sollten wir uns wenden? Manchmal war ich völlig verzweifelt. Es gab Momente, in denen ich mir überlegte, Schmelke wieder zum Stall zurückzubringen und ihn seinem Schicksal zu überlassen. Schließlich wollten sie ja die Schuhe nicht aus mir machen. Schmelke mußte wohl meine Gedanken gelesen

[14] rituelles Reinigungsbad

haben, denn er senkte ergeben den Kopf. Ich verstand, was er mir sagen wollte: „Tu, was du für richtig hältst, ich bin in deiner Hand. Lieber, sie machen Schuhe aus mir, als daß ich dir noch zur Last falle.“ Aber sofort fiel mir unser Schwur wieder ein: Du und ich, wir sind Brüder, komme es gut oder böse für uns. Da schämte ich mich und streichelte Schmelke.

Wir warteten, bis es dunkel wurde. Ich untersuchte noch einmal die Umgebung. Alles war ruhig. Schwarze Wolken hingen bis in die Baumkronen herunter. Wir setzten uns in Bewegung. Der Wald wurde dichter und dichter. Die Baumgestalten machten mir angst. Vogelstimmen prophezeiten Schlimmes. Ein Gewitterregen mit Blitzen brach los. Blitze beleuchteten den ganzen Himmel, und es sah aus, als ob Hunderte von galoppierenden Wagengespannen unterwegs wären. Ein jaulender Wind strich durch die Baumkronen. Manchmal hörte es sich an wie Säuglinge, die im Dunkeln alleingelassen wurden, manchmal wie das Gebet von Juden an Jom Kippur. Ganz in der Nähe donnerte es. Das Echo klang so, als würden tausend Soldaten mit Pauken in Panik durcheinanderrennen. Von Angst getrieben riß Schmelke aus und verschwand im Dunkeln. Zweimal stürzte ich in eine tiefe Pfütze. Von oben bis unten war ich mit Dreck überzogen.

„Schmelke! Schmelke!“ schrie ich, so laut ich konnte, „komm zurück!“

Als der Wind nachließ, rannte ich los, um Schmelke zu suchen. Kurz darauf hörte ich auch schon seine Schritte an meiner Seite. Ich umarmte ihn mit all meiner Kraft. Etwas sauer war ich allerdings, weil er unsere Decken verloren hatte. Wir marschierten weiter, ohne zu wissen, wohin. Der Regen spielte verrückt. Das war kein Regen mehr. Gott schüttete das Wasser eimerweise vom Himmel herunter. Glücklicherweise bot uns ein überhängender Fels Obdach, wo wir den Morgen abwarteten. In der Dämmerung erspähte ich einen Pfad zwischen den Felsen.

Bald standen wir unvermutet vor einem strohgedeckten Holzhaus mit einem Schornstein, aus dem dicke Rauchwolken zum Himmel emporstiegen. Jetzt wurde mir erst bewußt, daß ich vollkommen durchfroren war. Ich traute mich nicht an das Haus heran. Vor jeder Begegnung mit Menschen graute mir. Wahrscheinlich wußte man in jedem Haus, daß ich mit Schmelke ausgerissen war, und alle suchten nach mir. Wenn sie mich einfangen, werde ich bestimmt den Rest meines Lebens im Gefängnis verbringen. Ich hatte schon einmal Gefangene mit Ketten an Händen und Füßen gesehen, die von bewaffneten Polizisten begleitet wurden. Sie kamen durch die Zegerskastraße. Schweigend standen die Leute an beiden Straßenseiten. An einen der Gefangenen kann ich mich erinnern. Er war der Kleinste von allen, mit dem Gesicht eines Kindes. Einen Augenblick lang schaute mich dieser Gefangene mit angstvollen Augen an.

„Das sind Diebe", flüsterten sie um mich herum. „Die haben nichts anderes verdient. Was müssen sie auch stehlen!" schrie neben mir eine Alte mit Kartoffelnase. „Sollen sie was arbeiten!"

„Gnädige Frau", sagte darauf ein Mann, „die sind im Gefängnis, nicht weil sie gestohlen haben, sondern, weil sie dabei ertappt worden sind."

Lautes Gelächter erhob sich. Ich glaube, der kleine Gefangene hatte es auch gehört, denn ich bemerkte ein kurzes Lächeln auf seinem Gesicht. Nächtelang träumte ich noch, ich selbst sei einer dieser Gefangenen, und die Ketten drückten mir auf Hände und Füße.

Lieber nichts riskieren. Zu dem Haus geh ich nicht hin. Ich beschloß, daß wir uns wieder in den Wald zurückziehen, aber es kam nicht dazu. Zwei Riesenköter rasten mit geöffneten Rachen auf uns zu. Glücklicherweise blieben sie innerhalb des Zauns, der ums Haus stand. Bei dem wilden Gekläff öffnete sich die Haustür. Heraus trat ein Bauer in dunkelgestreiftem Hemd, ohne Hut und Schuhe.

„Was machst hier, was bringt di her bei so me Sauwetter, woher kommst?"

Der Mann sprach in einem polnischen Dialekt, von dem ich nur wenige Brocken verstand. Bei uns in der Straße wurde nämlich Jiddisch gesprochen.

„Ich hab mich verlaufen", antwortete ich in schlechtem Polnisch. „Im Wald hab ich mich verlaufen. Vater hat mich losgeschickt, ein Pferd auf den Markt zu bringen."

„Bist a Jud?" fragte er mich mißtrauisch.

„Ja."

„Macht nix, auch a Jud is a Mensch. Komm, trockne dei Klamotte."

Immer noch überlegte ich, ob ich hingehen sollte.

„Nu was wartst, komm her."

Der Bauer hatte ein Gesicht wie ein Brotlaib, rund und braun. Das Auffallendste daran war sein breiter Mund. Dicke Lippen voll sabbernder Spucke. Der Anblick erinnerte mich an den Abwasserkanal der Zegerskastraße.

In einem großen dunklen Zimmer an einem Tisch saß eine kleine Frau, die ihren Kopf in ein schwarzes Tuch gehüllt hatte. Nur eine rote Nase voller Pickel schaute heraus.

„Was wolle die?" fragte die Nase.

„Se habe sich verlaufe", antwortete der Brotlaib.

„Gib'm des trockene Brot da und a warme Milch."

Die Nase musterte mich neugierig.
„Jude, ha?"
„Ja."
„Sagst, dei Vater hat di g'schickt zum Pferd verkaufe?" fragte die Nase.
„Ja."
„Wadek, geh und guck mal den Gaul a. Vielleicht kaufe mir den."
Der Brotlaib kratzte seinen Kopf mit einer Pfote, die einem Rechen glich.
„Gut, Magda."
„Sag, sag dem Moische ..."
Der Brotlaib unterbrach sie.
„Jeder Jud is Moische, versteh?"
„Jaja", stimmte ich sofort zu.
„Willst du ihn kaufen? Zum Arbeiten?"
„Noi, aus dem tät i Schuh mache!" lachte der Brotlaib. Während er lachte, spritzte der Abwasserkanal mit Spucke um sich. Das meiste traf mich.
„Wo is der Gaul?"
„Noch im Wald."
„Geh, schnell, spring, bring'n her. I wart."
Im Hui war ich draußen und rannte, was die Beine hergaben. Ich hatte Schmelke an einen Baum gebunden. Er graste in aller Ruhe. Ich band ihn los und raunte ihm aufgeregt zu: „Auf, komm, wir hauen ab. Ich sag dir unterwegs, was passiert ist. Schmelke, lauf los, bevor die noch den Hautabzieher bestellen."

Als wir weit genug entfernt waren, setzte ich mich auf einen Stein, um auszuruhen. Ich blick da nicht durch, sagte ich zu mir selbst. Angenommen, Schmelke würde gar nicht existieren, na und? Dann müßten die Leute halt barfuß laufen. Außerdem, was für Schuhe kann man schon aus ihm machen? Wer zieht sich überhaupt solche Schuhe an? Ich hab noch nie Schuhe mit Geschwüren gesehen.

Das Brot von dem Bauern teilte ich mit Schmelke. Ich wußte nicht, wie es weitergehen sollte. Vor den Leuten hatte ich Angst. Im Wald konnten wir unmöglich bleiben. Dafür hatte auch Schmelke Verständnis. Plötzlich stellte er die Ohren und wurde unruhig. Wir hielten einen Moment inne. Aus der Ferne drangen menschliche Stimmen zu uns her. Ganz sicher waren es der Bauer und seine Frau, die uns nachstellten. Vielleicht auch die Polizei. Wenn sie uns einholen, sagte ich mir, werde ich kämpfen, mag kommen was will. Ich hob einen dürren Ast auf und stellte mich kampfbereit hinter einen Baum, zum Äußersten entschlossen. Sch'ma Israel!, so hatte mich Mutter gelehrt.

Und ich hatte ihr darauf geschworen, das galt. Die Stimmen, die aus dem Wald kamen, waren nicht die Stimmen von Erwachsenen, sondern von Kindern.

„Schmelke, warte hier, ich schau nach, was los ist. Setz dich hin und sei ganz leise, bin gleich wieder da." Ich pirschte mich in Richtung der Stimmen vor. Mitten in einer Lichtung standen ein paar Gestalten um ein Feuer herum. Rechts davon waren zwei Zelte aufgeschlagen. Erst dachte ich, es seien Zigeuner. Vor denen hatte ich wahnsinnige Angst. Die ganzen furchtbaren Geschichten schwirrten mir durch den Kopf, in denen Kinder von Zigeunern entführt werden. Lautlos kehrte ich zu Schmelke zurück.

„Hör mal zu: Ich geh jetzt hin zu denen. Wenn es tatsächlich Zigeuner sind, dann ruf ich ganz laut Schmelke! Das bedeutet, ich bin in ihre Hände gefallen. Dann mach, daß du fortkommst, so schnell du kannst, und rette dich. Aber erstmal ganz ruhig. Kein Mucks, hörst du?"

Ich näherte mich den Fremden bis auf wenige Meter. Reglos stand ich da. Durfte ich meinen Augen noch trauen? Ich hätte mich auf dem Boden wälzen können, hätte singen und jauchzen können vor Freude. Zwei der Gestalten am Feuer waren Kaszik und Estherke. Kaszik war aus dem Waisenhaus ausgerissen. Kasziks Vater hatte seine Mutter mit einem Beil erschlagen. Die Geschichte war bekannt in der Straße. Aus Rache hatte die Familie von Kasziks Mutter seinen Vater umgebracht. Ich war am selben Tag bei denen am Haus und sah die Blutspuren auf der Treppe. „Nu, was hast du?" sagte Goddl damals zu mir, „bei denen ist sowas normal." Mich machte die Sache sehr traurig. Ich hatte Kaszik einfach gern. Vielleicht, weil er schwarze Augen hatte, wie die Juden. Vor blauen Augen hatte ich Angst. Sie erinnerten mich immer an Karpfenaugen. Es ist kein Glanz in blauen Augen. Selbst beim Lächeln ist es nur der Mund, der lächelt. Die Augen bleiben ohne Ausdruck. Kaszik stand damals neben der Treppe. Ich wollte zu ihm hingehen, um ihn zu trösten. Ich wollte ihm sagen, daß ich ihn mag, obwohl er ein Goj ist. Aber die Polizisten kamen mir zuvor. Sie wollten ins Haus. Als er sie kommen sah, verschwand Kaszik im Haus und schloß die Tür hinter sich zu. Alle Überredungsversuche der Polizei halfen nichts, auch nicht die schönen Worte der beiden Frauen, die dabeistanden.

„Ich mach nicht auf!" schrie Kaszik. „Wer mir zu nahe kommt, den schlag ich tot mit dem Beil, so wie mein Vater!"

Ich hätte so gern zugeschaut, wie Kaszik diese Weiber umbringt. Sie sahen aus wie zwei Riesenkröten. Beide hatten grüne Kleider an. Sie waren klein und dick, mit riesigen Brüsten und mit Bäuchen, so fett, daß man die Beine darunter kaum erkennen konnte. Eine dieser Kröten hatte sich unter dem Fenster postiert und versuchte mit ihrer Froschstimme, Kaszik zu bezirzen: „Mein Süßer, mein liebes Kind, wir wollen dir doch nur helfen. Wir nehmen dich mit ins Waisenhaus. Da geht's dir gut. Da hast du genug zu essen ..."

Plötzlich sah ich Kaszik auf dem Fenstersims stehen, wie er im hohen Bogen einer der beiden Kröten direkt auf den Kopf pinkelte. Die Kröte wich entsetzt zurück. Beim Ausweichen rutschte sie aus, fiel auf den Rücken und lag da mit weit geöffneten Beinen. Alle wollten ihr helfen, wieder hochzukommen. Ich sah noch, wie einer der Polizisten das Fenster eindrückte. Ein anderer hatte bereits mit einem Tritt die Tür aufgebrochen. Drinnen hörte ich das herzzerreißende Geschrei von Kaszik. Ich sah, wie ihn die zwei Kröten herausschleiften. Kaszik war weiß wie Kalk. Nur seine großen schwarzen Augen blickten voller Schreck und Haß.

„Ich will in kein Waisenhaus! O Jesus, hilf mir!"

Die beiden Kröten und die Polizisten verschwanden mit ihm in einem Auto. Später erfuhren wir, daß Kaszik zusammen mit zwei anderen Kindern aus dem Waisenhaus ausgerissen war. Man sagte, er habe auch eine Scheune in Brand gesteckt. Einem anderen Gerücht nach sollen sie bei ihrem Ausbruch den Leiter des Waisenhauses niedergestochen haben. Jetzt, sagt man, werden sie von der Polizei gesucht.

Und hier, mitten im Wald steht Kaszik vor mir. „Kaszik, Estherke!" schrie ich lauthals und rannte zu ihnen hin.

„Leibke", sagte Kaszik aufgeregt, „O Jesus, wie siehst du denn aus, wie kommst du hierher, du bist ja total verdreckt!"

Kaszik umarmte mich herzlich. Auch Estherke nahm mich immer wieder in ihre Arme. „Wie schön, dich zu sehen, Leibke."

Aus dem Zelt krochen zwei Kinder mit kahlrasierten Köpfen, bleich und abgemagert. Beide trugen dieselben Klamotten.

„Die sind mit mir zusammen abgehauen." Kaszik deutete auf sie. „Czeszek und Zigmund."

Wir setzten uns um das Feuer.

„Hast du Hunger?" fragte mich Kaszik.

„Ich fall gleich um."

Kaszik zog zwei Scheiben Brot aus dem Rucksack und eine dicke Wurst. „Iß, Leibke. Wir haben genug. Diese Wurst da haben wir bei dem Leiter mitlaufen lassen, diesem Drecksack."

„Ist das eine Schweinswurst?" fragte ich.

„Ja, warum?"

Meine Mutter hatte einmal gesagt: Wer ein Schwein ißt, wird selber ein Schwein und fängt an, Juden zu verhauen.

„Nein, Kaszik, mir ist es verboten. Ich bin Jude."

Ich hatte solchen Hunger. Da fragte ich mich: Ach, was wird es Gott schon ausmachen, wenn ich mal für eine halbe Stunde Goj werde. Davon wird die Welt schon nicht untergehen. Gott hat sicher genug andere Sorgen als ausgerechnet die, ob Avrum Leib gerade eine Schweinswurst ißt oder nicht.

Kaszik schaute mich lächelnd an. Dann zog er seinen Mantel aus und legte ihn mir über den Kopf.

„Jetzt sieht Gott gar nichts."

Ich schluckte die Wurst so schnell, daß es Gott bestimmt nicht gemerkt haben konnte. Estherke kochte Tee für uns alle. Ihre Bewegungen waren voller Anmut und Selbstbewußtsein.

„Sie ist hier die Königin", sagte Kaszik leise.

Estherke hatte eine enganliegende Hose an. Sie trug ein geblümtes Hemd, und alle bewunderten sie. Estherke bemerkte wohl unsere Blicke, und ihre Bewegungen wurden noch weicher und hoheitsvoller. Um Estherke rankte sich eine Legende. Es gab Leute, die sie die *Machscheife*[15] nannten. Manche behaupteten, sie sei gar keine Jüdin, sondern eine Zigeunerin. Als Säugling sei sie von Zigeunern ausgetauscht worden. Die Alten im Hof vermieden es, ihren Namen auszusprechen. Und wenn es ihnen trotzdem aus Versehen passierte, dann spuckten sie aus und sagten dazu: *Imach Schmah!*[16]

Estherke hatte sich einmal mit einem Feuerwehrmann davongemacht, natürlich mit einem Goj. Das hätten sie ihr ja vielleicht noch verziehen. Aber man munkelte, sie habe sich zum Christentum bekehrt. Das war zuviel für ihre Eltern. Ihre Mutter, Sure Hana, erlitt einen Schlag, und ihr Vater, Reb Getzel, der *Mohel*[17], wurde ganz verschlossen. Er konnte keinem Juden mehr in die Augen blicken, so schämte er sich. Für ihn war Estherke gestorben. Die Familie saß über sie *Sieben*[18].

Für mich war die siebentägige Trauersitzung ein Hochgenuß. Die Haustür bei Reb Getzel stand für jedermann offen. Während alle mit Beten beschäftigt waren, konnte ich mir den Bauch vollschlagen. Meine Taschen füllte ich mit *Latkes*[19] und harten Eiern. Würde in jeder Woche irgendein Jude zum

[15] jüdische Hexe

[16] hebräisch: Ihr Name soll ausgelöscht werden!

[17] Beschneider

[18] Sieben Tage Trauer um einen Toten, Nachbarn und Verwandte sorgen für Essen und Trinken

[19] Kartoffelpuffer

Christentum überwechseln, dann ginge es mir nicht schlecht dabei. Aber ich traute mich nicht, solche Gedanken dem Goddl mitzuteilen.

Estherke sah ihrem Bruder ähnlich. Auch von ihm hieß es, er sei Christ geworden. Als Student an der *Jeschiwa*[20] war er ein Genie, und alle prophezeiten ihm eine große Karriere. Ich bewunderte ihn. Erstens, weil er die Thora studierte, und zweitens eroberte er mit seinem guten Benehmen die Herzen der Menschen. Nie sah ich ihn ohne ein Lächeln oder eine witzige Bemerkung auf den Lippen. Einmal, als meine Mutter sich wieder beklagte, ich hätte aber auch gar nichts Jüdisches in mir, und der Satan würde schon proben, wie er den Empfang meiner Seele in der Hölle inszeniert, da traf ich ihn auf dem Weg zur Synagoge. Ich hielt an und stand ihm gegenüber. Kein Wort brachte ich heraus.

„Was ist denn mit dir los, meine Kakerlake", fragte er mich zärtlich.

„Chaim Josl", stotterte ich, „meine Mutter sagt, ich hätte keine jüdische Seele, und der Satan nimmt sie bald mit. Ich hab solche Angst."

Chaim Josl setzte sich auf einen Stein, und schon seine vertraute Stimme beruhigte mich wieder. „Avrum Leib, nicht nur ein Jude bist du. Du bist ein heiliger Jude, und zwar aus mehreren Gründen: Erstens ißt du das ganze Jahr über wie an Jom Kippur. Zweitens wohnst du wie an *Chag Sukkoth*[21]. Drittens bist du angezogen wie an *Purim*[22]. Niemand hat das Recht, dich in Gottes Namen zu bewerten. Avrum Leib, ich würde gerne noch mehr mit dir reden, aber du bist noch ein Kind. Vielleicht habe ich dir später noch sehr viel zu sagen, wenn du mal groß bist. Ein Jude zu sein, das ist ein Geschenk mit allerlei Gefahren und Schwierigkeiten. Da ist es nur natürlich, daß der Jude auch weise ist. Ein blöder Jud, das ist die Karikatur des Judentums."

Ich wußte nicht genau, was „Karikatur" bedeutet, aber seine Worte machten mich äußerst nachdenklich.

Keiner konnte sagen, was eines Tages plötzlich mit Chaim Josl los war. Ohne Ankündigung hatte er die Jeschiva verlassen. Zuerst wurde er Kommunist, dann wurde ein Dieb aus ihm. Schließlich ging er mit einer *Schikse*[23]. In meiner Erinnerung blieb sein weiches Lächeln und sein trauriger Blick, wie nur ein Jude ihn haben kann. Chaim Josl blieb verschwunden, und niemand hörte jemals wieder von ihm. Es gab natürlich mancherlei Gerüchte, aber die Wahrheit kam nie heraus.

[20] Talmudschule

[21] Laubhüttenfest (man wohnt in Laubhütten)

[22] jüdischer Fasching

[23] Schimpfwort für eine Nichtjüdin

Estherke setzte sich neben mich: „Avrum Leib, was gibt's Neues bei mir zu Hause, wie geht's meiner Mutter? Weißt du was von Chaim Josl?"

Nach ihrem Vater fragte sie nicht. Kaszik kam näher zu uns. „Sprich jiddisch, daß die nicht alles mitkriegen."

Ich berichtete von ihrem Bruder und von ihren Eltern. Alles was ich wußte.

„Sie saßen die Sieben über dich, Estherke", sagte ich ihr.

Estherke drehte den Kopf zur Seite. Wahrscheinlich wollte sie uns ihre Tränen nicht zeigen. „Also bin ich jetzt tot für sie?" fragte sie.

„Ja."

Wir saßen lange schweigend da.

„Avrum Leib, wie hast du eigentlich zu uns hergefunden?"

Ich erzählte alles von Schmelke, von Menaschke, von unserer Flucht.

Estherke lachte: „Du bist ein Held, Avrum Leib."

Immer wieder mußte ich meine Geschichte erzählen, und sie übersetzte alles ins Polnische.

„Wo ist Schmelke jetzt?" fragte Kaszik aufgeregt.

„Er ist im Wald."

„Also flitz los und bring ihn her."

Schmelke war nicht mehr an dem Platz, den wir miteinander ausgemacht hatten. Ich rannte durch den Wald und schrie: „Schmelke, komm zurück, das sind keine Zigeuner."

„Hihihihihi", hörte ich es schon neben mir.

Ich umarmte ihn. „Schmelke, wir sind gerettet. Das sind Freunde."

Auf dem Weg erzählte ich ihm von Estherke und Kaszik.

„Schmelke, wir sind in bester Gesellschaft. Die sind auch abgehauen."

Schmelkes Ankunft löste ein hysterisches Gelächter aus. „O Jesus, das ist doch kein Pferd, das ist der heilige Nikolaus, Sankt Klaus!" Alle tätschelten ihn freudig.

„Nu, ich hab's dir gesagt, Schmelke, das sind Freunde."

Schmelke wurde aufgenommen wie ein König. „Es lebe König Schmelke der Erste!" rief Kaszik. „Er lebe hundert Jahre!" riefen die andern.

Ich wechselte einen Blick mit Schmelke. Er war sich seiner Wichtigkeit bewußt, bog seinen Rücken gerade und schaute sich um. „I, hi, I, hi, jijiji", erklang seine Stimme auf Jiddisch.

Ich war der einzige, der ihn verstand. Ein paar Laib Brot, die wir ihm brachten, fraß er auf, als habe er gerade Typhus gehabt. Wir setzten uns ums Feuer. Czeszek und Kaszik fingen an zu singen.

„Wenn alle schlafen, dann komm ich zu dir“, flüsterte mir Estherke leise ins Ohr.

Ah! Mir war so wohl zumute. Etwas füllte mich mit Wärme. Etwas schnürte mir die Kehle zu. Ich war nicht mehr allein und hatte keinen Hunger mehr. Aber die Hauptsache war: Alle mochten Schmelke fast so gern wie ich.

„Wie schön, daß ihr alle Schmelke lieb habt!“

Da lachten alle. Kaszik stand mit komischen Bewegungen auf und schrie laut: „Ich schlage vor, daß unser Zirkus ab heute nach Schmelke benannt wird. Es lebe der Zirkus Schmelke!“ schrien wir hinter ihm. Fast bis Mitternacht sangen wir gemeinsam. Auch Estherke sang mit. Ihre Stimme klang etwas heiser. Als sich alle beruhigt hatten, sang nur noch sie allein. Sie sang dasselbe Lied, das mir Tante Esther gesungen hatte. Das Lied über Avremele Mavricher. Kaszik und die beiden anderen Kinder verstanden es nicht, weil Estherke auf Jiddisch sang. Aber die Stimmung des Liedes ergriff sie tief:

„Übersetz es uns ins Polnische“, bat Czeszek.

„Das Lied handelt von einem Kind, das ohne Familie, ohne Eltern, wie ein Tier auf der Straße aufgewachsen und schließlich zum Dieb geworden ist.“

Kaszik unterbrach sie genervt:

„Hör auf mit diesem Lied. Es ist das Lied von uns allen. Jeder von uns wird noch so enden.“

Die Stimmung wurde etwas gedämpfter. Alle versanken in sich selbst. Estherke versuchte die Gruppe wieder aufzumuntern:

„Kommt, nutzen wir den Regen und bereiten wir unseren Auftritt mit Schmelke vor. Du, Czeszek, bring was zu essen aus dem Dorf. Wir anderen verteilen solang unsere Aufgaben. Leibke, du bleibst natürlich bei Schmelke. Dem ziehen wir was Lustiges an. Aus Schmelke machen wir einen General. Einverstanden, Leibke?“

„Ich weiß nicht, darüber muß ich erst mal mit Schmelke reden. So ist das bei uns. Solche Entscheidungen treffen wir immer gemeinsam.“

Alle lachten.

„Also gut“, sagte Estherke, „wenn du meinst ...“

Schmelke war so mit dem Fressen beschäftigt, daß er nicht einmal seinen Kopf hob, als ich ihn rief. „Schmelke, was sagst du dazu: Gehn wir mit denen oder nicht? Ich kann es nicht allein entscheiden.“

Schmelke drehte sich demonstrativ weg und fraß einfach weiter. Sein Verhalten ärgerte mich maßlos. Mit voller Wucht versetzte ich ihm einen Fußtritt, der mir aber gleich darauf selber weh tat. Er war halt nur ein Pferd.

„Wenn du mir nicht antwortest, dann entscheide ich allein. Wir gehen mit, basta." Ich ging wieder zu Estherke und sagte zu.

„Also, dann machen wir jetzt die Kostüme für dich und für Schmelke."

Aus Karton bastelten wir einen dreieckigen Hut mit Glöckchen dran. Kaszik brachte von irgendwoher hohe Stiefel, und ich machte mich daran, sie zu bürsten. Aus Seilen fertigten wir einen langen Bart und einen kleineren Schnurrbart für Schmelke. Auf seinem Rücken brachten wir Generalsabzeichen an, seine Brust schmückten wir mit Medaillen. Verwundert schaute ich zu, wie Schmelke sich veränderte. Vorher war er noch ein armer Gaul voller Wunden, mit zitternden Beinen, einem blinden Auge, mit fallendem Kinn und großen gelben Zähnen im Maul. Vorher hingen seine Ohren schlapp herunter, aber jetzt sah Schmelke aus wie ein echter General. Einmal hatte ich ein Bild von einem polnischen General gesehen. Außer seinen großen Ohren und ein paar Kleinigkeiten, die den Unterschied zwischen einem Pferd und einem Menschen ausmachen, hätte Schmelke ohne weiteres auch einen Marschall abgeben können. Die Generalsrolle jedenfalls gefiel ihm ausgezeichnet. Ich stand ganz aufgeregt neben ihm und nutzte die Gelegenheit, als gerade niemand in der Nähe war.

„Schmelke", flüsterte ich ihm zu, daß keiner es hören konnte, „ich verspreche dir: Wenn ich groß bin und irgendwann mal in die Schule gehe und Lesen und Schreiben lerne, dann schreib ich ein Buch über dich und alles, was wir zusammen erlebt haben. In diesem Buch schreibe ich, daß auch Pferde eine Seele haben, daß auch sie Schmerz empfinden und in Ruhe alt werden wollen. Und vor allem, daß man keine Schuhe aus ihnen machen darf, nur weil sie alt sind und nicht mehr arbeiten können."

Schmelke, anstatt daß er verstanden und geschätzt hätte, was ich da für ihn tun wollte, drehte sich mit dem Hinterteil zu mir her, hob seinen Schwanz und schiß einfach auf mich herab. Ich wollte ihn anspucken. Ich wollte ihn verfluchen. Aber ich hatte zu viel Respekt vor seiner Generalsuniform.

Mir setzte Estherke einen Clownshut mit Glöckchen auf den Kopf. Die restlichen Klamotten in schreienden Farben hatte sie aus einem alten Kleid von ihr gemacht. Ich war leicht sauer auf sie. Natürlich sagte ich keinem etwas davon, aber innerlich war ich ziemlich enttäuscht. Warum hatten sie Schmelke als General angezogen und mich nur als Clown? Meiner Meinung nach sollte es genau umgekehrt sein. Kaszik spürte meinen Ärger wohl.

„Hier bestimmt Estherke, was Sache ist", flüsterte er mir zu. Ich hatte keine Wahl und mußte es so nehmen wie es war.

Das Kostüm, das Estherke für sich selbst genäht hatte, war blau. Sie trug eine bunte Kette, Schuhe aus Silberpapier und eine Krone in derselben Farbe. Ihre schulterlangen schwarzen Haare machten aus ihr eine echte Königin.

„Estherke, du bist ja eine richtige Königin. Du bist sehr schön", sagte ich.

Statt daß sie stolz auf meine Bewunderung gewesen wäre, oder wenigstens verstanden hätte, daß ich ihr einfach etwas Nettes sagen wollte, zog Estherke eine Grimasse. Ihre schwarzen Augen blitzten mich an voll Ärger.

„Warum, hab ich was Schlechtes gesagt?"

„Nein, du hast's ja gut gemeint, aber ich kann dir gar nicht erklären, wie schwer es ist, eine schöne Frau zu sein. Es ist ein Fluch und kein Geschenk."

Und um mich zu beruhigen, sagte Estherke mit einem wunderschönen Lächeln: „Nu, ist schon gut, Avrum Leib, sei nicht böse darüber, vergessen wir's. Ich wollte dich nicht verletzen. Bereiten wir jetzt lieber unseren Auftritt vor. Heute ist Schabbes. Morgen, am Sonntag, da müssen wir fertig sein."

Jeder bürstete seine Schuhe und säuberte die Klamotten. Die Spannung war groß. Sie waren schon ein paarmal aufgetreten, bevor ich dazustieß, aber dies war das erste Mal, daß der Bürgermeister persönlich eingeladen hatte.

„Warum striegelst du nicht Schmelke? Der ist voller Dreck."

„Mach ich nicht."

„Warum?"

„Sag ich dir nicht." Ich hab mich sehr geärgert, weil Schmelke sich gar nicht um mich gekümmert hat. Außerdem hat mich geärgert, daß alle sich nur um Schmelke kümmern. Auf einmal habe ich mich so überflüssig gefühlt.

„Ach Avrum Leib, spar dir deinen Ärger auf für die Zeit nach dem Auftritt. Wir müssen jetzt alles tun, daß wir Erfolg haben, sonst müssen wir hungern. Du bist ein Teil der Truppe, und jeder muß seinen Beitrag leisten."

Schweren Herzens erklärte ich mich einverstanden. Endlich kam die große Stunde. Am Sonntag bewegten wir uns in Richtung des Dorfes. Der Auftritt war genau auf die Zeit gelegt, in der die Bauern aus der Kirche kamen. Die Hauptstraße war voller Menschen, alle in Feiertagskleidern. Frauen hatten bunte Tücher und Röcke mit roten, gelben und grünen Streifen an. Männer trugen hohe, schafslederne Hüte, schwarze Kleider mit grünen Westen darüber, und braune Stiefel. Die Bauern und ihre Frauen lachten und schrien vor Aufregung. Beifallklatschen brachte uns in Stimmung. An der Spitze unseres Umzugs ging Kaszik mit einer Papptrompete. Hinter ihm Czeszek mit

Blechtellern als Zimbeln. Dann kam Estherke mit tänzelnden Schritten, lächelte allen zu und verteilte Kußhände. Zigmund, statt zu gehen, hopste wie ein Bock mit einer Pauke aus einer großen Kiste, mit rotem Papier geschmückt. Das brachte das Publikum zum Lachen.

Alle Aufmerksamkeit zog jedoch Schmelke auf sich, mit mir auf seinem Rücken. Sein Anblick mit Stiefeln und Generalshut, dekoriert mit Federn, brachte einen enormen Lacherfolg. Der Lärm des Orchesters war ohrenbetäubend. Kaszik, der vorausmarschierte, rief laut: „Der große Zirkus Schmelke ist stolz, internationale Schauspieler zu präsentieren. Hier sehen Sie eine Feuerschluckerin aus Afrika: Estherke. Sie ist die Frau von Zulukönig Achkaka dem Ersten. Hinter ihr sehen Sie das Pferd Schmelke, das als General in Indien war. Voller Medaillen wegen seiner seltenen Tapferkeit."

Von mir war keine Rede. Schmelke stahl die ganze Schau. Während ich auf ihm saß, gab ich ihm wieder einen Tritt.

„Meine Damen und Herren, der große Zirkus Schmelke erfüllt den Wunsch der Menschen in diesem Dorf, die ein gutes Herz haben und für ihren guten Geschmack berühmt sind."

Die Bauernkinder brachten Bleche und alles, was sie sonst noch in die Finger kriegen konnten, und rannten mit Lärm und Geschrei hinter uns her: „Hurra, hurra, es lebe der große Zirkus Schmelke!"

Estherke sammelte mit einem Teller die Spenden ein. Bei jeder Gabe lächelte sie und bedankte sich mit angenehmer Stimme. Einen rothaarigen Bauern mit riesiger Trinkernase und großem Schnurrbart umarmte Estherke.

„Gott sei mit Euch und der Herr Jesus segne Euch!"

„Antosch, zeig ihr, wie alte Männer küssen. Zeig ihr, daß du dieses Geschäft noch nicht verlernt hast", schrien einige der Leute.

„Los, nochmal!"

Die Bauern standen Schlange, um Küsse zu kriegen. Bald stellte sich heraus, daß der Alte mit dem großen Schnurrbart der Bürgermeister des Dorfes war.

„Schön, daß ihr gekommen seid, Kinder. Ihr seid alle zu mir nach Hause eingeladen."

Inzwischen hatte er aus seiner Tasche Geldscheine herausgezogen, und mit der Grazie eines polnischen Adeligen warf er sie in den Teller von Estherke. Wieder klatschte das Publikum. Schmelke bekam von der Frau des Bürgermeisters eine große Medaille, die aus einer Kartoffel gemacht war.

„Für deine Tapferkeit verleihe ich dir diese Medaille im Namen des ganzen Dorfes."

„Hurra, Schmelke!“ schrie das Publikum.

Der Teller mit dem Geld in Estherkes Hand sah aus wie eine Pyramide. Wir marschierten noch zwei Runden durch die Straßen des Dorfs. Ein paar Bewohner gesellten sich zu uns mit Pauken und Zimbeln. Wir kamen zum Haus des Bürgermeisters. Auf dem großen Hof standen schon ein paar Tische voll köstlicher Speisen. Mit hungrigen Augen schaute ich auf den Teller mit Gemüse und Früchten. Riesige Brotscheiben mit Wurst und Reihen von Bierflaschen waren da.

„Trink. Das ist eigenes Bier. Jeder kann sich selbst einschenken.“

Der Bürgermeister war anscheinend schon betrunken. Er murmelte und stotterte mit einem Hick: „Wer nicht trinkt, beleidigt mich. Verstanden?“

Wir hatten keine Wahl. Jeder mußte sich einschenken. Das Bier roch stark nach Wodka.

„Schmelke muß auch trinken!“ schrie der Bürgermeister. Doch nach einer kurzen Denkpause sagte er: „Ach, eigentlich ist so was Gutes zu schade für ein Pferd.“

Nach zwei Gläsern Bier waren wir alle betrunken. Mein Kopf wurde leicht, meine Füße schwer, und die Welt schwamm langsam mit dem Wind dahin. Schmelke entfernte sich langsam, dann kam er wieder näher, fast noch langsamer. Sein Generalshut hatte sich zur Seite gelegt. Manchmal war sein Kopf ganz verschwunden. Stattdessen sah ich Goddl mit Hörnern und einem lockigen Bart wie der von Reb Mottl, dem Suffkopf. Dann sah ich den Bürgermeister, wie er Estherke an den Haaren fortschleppte.

„Komm, ich zahl dich auch gut!“

Niemand hatte es bemerkt. Und wenn doch, so hatte keiner mehr die Kraft aufzustehen. Ich auch nicht. Wenige Minuten später hörten wir Schreie aus einem Zimmer des Hauses.

„Entweder du gibst Ruhe oder ich hol die Polizei!“

Estherke wurde ruhig. Ich weiß nicht, wie lange es dauerte. Estherke kam danach jedenfalls mit einem zerrissenen Kleid heraus. Sie stand ganz nahe bei Kaszik.

„Was hat er dir getan?“ fragte er mit verschwommenem Blick.

„Das weißt du nicht?“ fragte sie ihn verächtlich.

Langsam dämmerte mir, was Estherke damit meinte, als sie sagte, schön zu sein sei kein Geschenk, sondern eher ein Fluch. Kaszik erklärte mir mit sachlicher Stimme:

„Überall, wo wir ankommen, läßt es Estherke mit sich machen. Deshalb haben wir auch keine Scherereien mit der Polizei.“

Aus Estherkes königlichem Kleid glänzten die braunen Flecken ihrer Brüste und der nackte Bauch bis hinunter zu den Knien. Ich hatte solches Mitleid mit ihr, daß ich sagte: „Estherke, ich liebe dich."

Noch mehr liebe Sachen wollte ich ihr sagen, aber ich erhielt eine Ohrfeige als Dankeschön. „Alle seid ihr dieselben Schweine. Auch du. Wenn du groß bist, wirst du genauso."

Obwohl mir die Backe wehtat, war ich nicht sauer auf sie.

„Ich versprech dir: Wenn ich groß bin, dann werd ich nicht wie alle."

Estherke antwortete nicht. Sie drehte sich um und ging langsam in Richtung Wald, wir hinter ihr her. Als wir einen Moment allein waren, flüsterte sie mir zu: „Avrum Leib, dir glaub ich, daß du nicht so wirst wie alle anderen Männer."

Estherke blickte um sich, um sicherzugehen, daß niemand in der Nähe ist. „Nimm das. Es ist das Geld, das er mir dafür gegeben hat. Aber laß es ja keinen sehen. Vor allem Kaszik nicht. Er nimmt mir das Geld immer weg. Irgendwann bring ich ihn um. Wenn diese Truppe mal auseinandergeht, dann werden wir beide, ich und du, weiterwandern. Schmelke natürlich auch", sagte sie noch mit einem Lachen. „Warum bist du eigentlich noch ein Kind? Wenn du groß wärst, ja, dann ... Hmm."

Estherke brachte den Satz nicht zu Ende. Sie schaute auf irgendeinen Punkt vor sich hin. Wahrscheinlich hatte sie mich schon vergessen.

Die Auftritte wiederholten sich. Dieselbe Aufregung im Publikum. Estherke und die Dorfbürgermeister und die Nummer danach. Die gleichen Schreie, das zerrissene Kleid.

Einmal hielt uns die Polizei an. Am Abend versteckten wir uns in einem dichten Gehölz. Das war nach einem erfolgreichen Auftritt. Wir hatten eine Menge zu essen dabei. Kaszik brachte auch Bier. Wir saßen ums Feuer herum, aber diesmal sangen wir nicht. Etwas Schweres lag in der Luft. Jeder war in sich selbst versunken und suchte sich bald einen Platz zum Schlafen.

Normalerweise schlief Estherke Arm in Arm mit Kaszik. Aber diese Nacht schlief sie allein. Kaszik lief unruhig hin und her. Später hörte ich sie laut streiten. Ein paar Sätze drangen zu mir herüber:

„Wäre ich der Dorfbürgermeister, dann würdest du mit mir ficken. Gell?"

„Ich schulde dir gar nichts."

„Wo ist das ganze Geld, das du eingenommen hast?"

„Das ist mein Geld, und ich mach damit, was ich will."

Ich wußte natürlich, von welchem Geld die Rede war. Es war das Päckchen, das mir Estherke gegeben hatte. Ich prüfte nach, ob es noch bei mir war, und versteckte es in den Falten meiner Hose. Bald schliefen alle.

Ziemlich unsanft wurden wir von Polizisten geweckt, die uns umzingelt hatten. Wir hatten vergessen, das Feuer zu löschen, und Funken waren vom Wind in den Wald geblasen worden. Ein paar Polizisten standen mit drohenden Mienen um uns herum. Genauer gesagt, sie hatten gar keine Gesichter, sondern runde Flächen mit Schnurrbärten. Augen konnte man keine erkennen, weil sie hinter den Mützen versteckt waren. Ihr Anführer war ein kleiner, breiter Offizier. Ich hörte keine Worte, nur schnelle, nervöse Bewegungen, als ob sie Fliegen wegscheuchen wollten. Endlich beruhigte sich der Mann. Estherke ging aus dem Wald zu ihm hinaus, barfuß, mit einer Decke bekleidet. Darunter trug sie nichts weiter.

„Gut", sagte er nach kurzem Schweigen. „Wir nehmen diese Dame zur Untersuchung mit. Die anderen können hierbleiben." Keiner von uns konnte weiterschlafen. Ganz eng saßen wir beieinander, wie uns die Polizisten befohlen hatten. Estherke kam noch vor Morgengrauen zurück. Der Offizier begleitete sie. Bei Tageslicht sah er schon etwas menschlicher aus und zeigte gute Manieren. Wahrscheinlich versuchte er einen guten Eindruck auf Estherke zu machen.

„Nanana, Kinder, ihr habt Glück gehabt." Er lächelte Estherke zu.

Estherke versuchte zurückzulächeln, aber ihr Gesicht war müde und alt. Sie verschloß sich ganz. Auch wenn sie redete, hörte sich ihre Stimme fern und fremd an.

Überhaupt hatte sich die ganze Stimmung in der Truppe verändert. Auch mein vertrauter Umgang mit Schmelke kam mir abhanden. Ich konnte ihm nichts mehr erzählen, vielleicht, weil er so dick geworden war, und faul. Er beschäftigte sich fast nur noch mit Fressen. Ich glaube, die Rolle des Generals war ihm in den Kopf gestiegen. Seit er seine Medaille bekommen hatte, verachtete er mich in zunehmendem Maße. Vermutlich glaubte er selbst an seine Herkunft aus Indien, und daß er dort wirklich so tapfer gewesen war. Das Klatschen des Publikums brachte ihn total durcheinander. Schmelke war mir fremd geworden. Vielleicht erzähle ich aber auch nur so schlecht von ihm, weil ich einfach neidisch war. Alle interessierten sich nur für ihn. Mir schenkte niemand Beachtung. Ich war entschlossen, ihm nicht zu schmeicheln, auch wenn er General war.

Eines Tages kam Czeszek mit der Nachricht zurück, der Bürgermeister eines Dorfes, nur zwei Kilometer von hier entfernt, wolle uns für ein Gastspiel engagieren. Keiner von uns hatte Lust darauf, sich zu bewegen. Die letzten Nächte verbrachte Estherke schweigend neben mir. Wie gern wäre ich jetzt schon groß gewesen. Dann wäre ich mit ihr auf und davon gelaufen, und niemand hätte uns gefunden. Erst wollte ich ihr meine Gedanken mitteilen, aber ich tat es dann doch nicht. Vielleicht wegen ihrer wechselnden Launen.

Manchmal umarmte sie mich, nahm meine Hand in ihre und streichelte damit ihren Körper. Meine Hand ging zwischen ihren Brüsten spazieren und hielt schließlich bei einer Warze, so groß wie eine Erdbeere.

„Komm, Avrum Leib, Küß meine Brustwarze."

Ohne eine Antwort abzuwarten, drückte sie mein Gesicht kraftvoll gegen ihre Brüste. Das mochte ich gar nicht gern. Noch schlimmer wurde es, als sie mich zwang, meine Hand in ihre Unterhose zu stecken. Dort mußte ich sie zwischen den Beinen streicheln. Ekelhaft fand ich das. Die Unterhose war naß von irgendeiner klebrigen Flüssigkeit. „Fester! Mach fester!" forderte sie mit geschlossenen Augen und heiserer Stimme. Noch lange danach roch meine Hand trotz mehrfachem Waschen. Mit dieser Hand konnte ich den ganzen Tag keine Speisen mehr anfassen. Manchmal ärgerte sie sich über mich völlig ohne Grund. Manchmal kam sie ganz nah an mich heran und schaute mich lange an, ohne ein Wort zu sagen. Diese Momente mochte ich gern. Ihre Augen waren schwarz und weich wie Samt von der *Parochet*[24] in der Synagoge. Ich glaube, nur Juden haben Augen mit so einer tiefen Traurigkeit. In solchen Momenten konnte ich alles vergessen und ihr die unangenehmen Momente verzeihen. Wieder war Estherke die Königin. In so einem Augenblick hätte ich alles für sie getan.

Als Estherke wieder gegangen war, setzte ich mich unter einen Baum, schloß die Augen und baute mir einen Palast aus Blumen. Mein Palast sah anders aus als gewöhnliche Paläste. Ich hatte zwar noch nie in meinem Leben einen Palast gesehen, aber der Palast, den ich bauen werde, wird keinem anderen auf der Welt ähnlich sehen. Er wird ein hohes Dach aus blauen Blumen bekommen, so hoch, daß alle ihn sehen können. Wenn jemand kommen will, so wird er nicht lange suchen müssen. Die Wände werden aus Rosen sein. Um den Palast herum liegen Pfade aus roten Anemonen wie königliche Teppiche.

Bei Bronek hatte ich einmal ein Märchenbuch angeschaut. Auf der ersten Seite war ein Palast mit Türmen zu sehen. Auf jedem Turm standen Soldaten mit Schwertern in der Hand und hielten Wache. Sie hatten Schilde mit schwarzen Kreuzen. Die Soldaten hatten die Gesichter von bösen Gojim, die mir Angst einjagten.

Ich träumte weiter. In dem Palast, den ich baue, wird es auch eine Synago-

[24] Vorhang an der heiligen Lade (Thoraschrank)

ge geben, wie bei allen Juden. Nicht wie bei uns in diesem dunklen, stinkenden Hof. Die Betenden werden nicht in schwarzen Gewändern kommen. Es wird auch keine *Talessim*[25] geben, die die Gesichter verdecken. In meiner Synagoge wird das Gesetz gelten, daß man Gewänder in allen Regenbogenfarben tragen muß. Die müssen glänzen wie der Seidenmantel des reichen Herrn Wolf. In meiner Synagoge wird man nicht unbedingt beten müssen. Alles wird wie von selbst geregelt, dank dem Engel, der für die Zegerskastraße Nr. 38 zuständig ist. Dieser Engel wird Gott berichten:

„Herr Gott, unten ist alles in Ordnung."

Gott wird sich vor Vergnügen die Hände reiben, wird lächeln und Töne von sich geben wie ein Jude nach dem Tscholent am Schabbes.

Ajajaja, ajajajae, so ein Palast wird genau das Richtige für Estherke, denn sie ist einfach anders als alle anderen. Ihr Geruch ist anders …

Plötzlich, wie im Märchen, stand Estherke ganz nahe bei mir, barfuß in einem weißen Kleid, eine Blume auf dem Kopf. Ich versteckte mich hinter dem Baum, damit sie mich nicht sah. Sie war so nah, daß ich sie beinahe anfassen konnte. Estherke lief im Prinzessinnenschritt. In mir fing etwas an zu singen. Sie stand ein paar Minuten da und schaute öfters zur Seite. Ihr Gesicht war lichtüberflutet. Ich befürchtete, von ihr entdeckt zu werden, weidete mich aber an ihrem Anblick in meinem Versteck zwischen den Ästen.

Auf einmal hockte sich Estherke nieder und hob ihr königliches Kleid. Ich sah ihren schokoladefarbenen Hintern, und aus dem Schlitz fiel eine dicke braune Kerze heraus. Übler Gestank verbreitete sich in der Umgebung. Ich schloß die Augen. An meine Ohren drang eine Stimme, die angestrengt stöhnte. Ich wollte davonlaufen, nichts wie weg von hier. Das ist nicht Estherke. Irgend so ein idiotischer Engel hat sie mit einer anderen vertauscht. Der Blumenpalast, den ich ihr gebaut hatte, fiel in sich zusammen. Zuerst stürzte das Dach herab, das heißt, es fiel eigentlich gar nicht richtig herunter, sondern verschwand einfach so. Dann fielen die Wände. Die Blumen verblaßten ganz langsam vor meinen Augen und wurden braun. Was von ihnen übrigblieb, war ein stinkender, brauner Misthaufen, der mich an den Hintern von Estherke erinnerte. Ich rannte, so schnell ich nur konnte, zu der Steinmauer. Zwischen den Steinen wuchsen dornige Äste heraus. Mir tat es so leid, daß ich nie weinen gelernt hatte. Ein heftiger Schmerz erfaßte mich. Ich wußte nicht, was mit mir los war, und fing an, meinen Kopf mit all meiner Kraft gegen die Mauer zu rammen. Das tat mir nicht weh. Die Dornen wurden rot, und auch aus meinem Gesicht floß Blut. Müdigkeit und ein

[25] Gebetsmäntel, -schals (Sing. Tallit)

Schwindelgefühl überkamen mich. Von weit her hörte ich Kaszik, der mit ärgerlicher Stimme nach mir rief: „Wir brechen auf! Alle warten auf dich!"

Auf dem Weg zur Gruppe begegneten mir ein paar Bauern. Die Bäuerin stand einen Moment starr vor Schreck:

„Oj *Boże*[26], das ist Jesus!"

Auch der Bauer starrte mich voller Angst an. Ich verstand gar nicht, was sie von mir wollten. Ich hatte keine Ahnung, warum sie den Hut abnahmen, auf die Knie sanken, ihre Hände falteten und anfingen zu beten. Ich faßte an meinen Kopf und bemerkte, daß viele dürre Dornen daran hängengeblieben waren und daß eine Schnur aus geronnenem Blut an meinem Gesicht klebte.

Kaszik und Estherke warteten schon auf mich, fertig zum Aufbruch.

„Was ist passiert?" fragte Estherke. „Warum fließt dir das Blut über den Kopf?"

Mein Auge war inzwischen angeschwollen, so daß ich nichts mehr sehen konnte. Jetzt erst spürte ich Kopfschmerzen vom Rammen gegen die Mauer. Mir wurde schwindlig, und ich mußte mich setzen. Estherke versuchte mit einem feuchten Tuch meinen blutigen Kopf zu reinigen. Angeekelt schob ich ihre Hand weg. „Alles wegen dir."

„Wegen mir?" fragte sie.

„Ja. Aber ich sag dir nicht, warum."

„Nach dem Auftritt reden wir darüber. Jetzt komm, wir müssen gehen."

Estherke ging mit gesenktem Kopf. Ein paarmal drehte sie sich nach mir um. Ich wollte sie gar nicht sehen. Wahrscheinlich, um sich an mir zu rächen, umarmte sie Kaszik in auffälliger Weise, was mir sehr weh tat.

Der Umzug bewegte sich in Richtung Dorf.

„Wir machen eine Abkürzung", sagte Kaszik.

In den guten Zeiten, als ich noch mit Schmelke geredet hatte vor jedem Auftritt, sagte ich ihm immer etwas Nettes, zum Beispiel: „Wie geht's uns doch gut miteinander, Schmelke." Oder ich streichelte seinen Kopf und fütterte ihn mit Zuckerwürfeln. Diesmal entschloß ich mich, ihn nicht zu beachten. Es tat mir weh, daß Schmelke mein Schweigen mit Gelassenheit ertrug.

Die Truppe kam nur langsam voran. Kasziks Trompete, Czeszeks Pauke und Zigmunds Zimbeln vermochten die Laune nicht aufzubessern. Sonst war ich immer vorn gegangen. Diesmal war ich weit hinten. Was war geschehen mit Schmelke und mir? Wir hatten doch einmal unsere Stirnen aneinandergedrückt und uns versprochen, Brüder zu sein in guten wie in

[26] polnisch: Gott

schlechten Zeiten. Wer war schuld daran, daß dies alles nicht mehr galt?

Wir kamen durch den Friedhof des Dorfs, in dem wir auftreten sollten. Von hier aus konnten wir schon sehen, wie sich das Volk auf dem Platz versammelte. Kaszik verkündete die Ankunft des Zirkus unter dem Beifall der Anwesenden:

„Der große Zirkus Schmelke kommt vom anderen Ende der Welt! Der große Zirkus Schmelke kommt auf eure Einladung!“

Seine Stimme klang anders als sonst. Es lag Routine und Müdigkeit darin. Ich ritt auf Schmelke, und das Pappschwert baumelte an meiner Hand. Ab und zu versetzte ich Schmelke damit einen Schlag. Auf dem Friedhof lagen alte Grabsteine, mit Moos und Dornen überwachsen. Ein Stein war von einer gelben Kletterpflanze überwuchert, die in ein offenes Grab hinunterhing. Eine Marmortafel, die wohl ursprünglich als Deckel gedient hatte, lag zerbrochen daneben.

Plötzlich hielt Schmelke an, drehte sich einmal um sich selbst und brach zusammen. Keiner aus der Gruppe hatte den Vorfall bemerkt. Der Umzug ging weiter in Richtung Dorfplatz. Ich hatte gerade noch Zeit, von Schmelkes Rücken zu springen. Er zitterte, versuchte noch einmal aufzustehen, aber vergeblich. Aus seinen Nasenlöchern kam Blut. Ein paar Vögel landeten auf ihm. Ich versuchte sie wegzuscheuchen, aber sie kamen immer wieder. Aus der Ferne hörte ich das Orchester. Durch den Friedhof kamen zwei Bauern. Beide gingen barfuß und einer trug einen Strohhut mit Feder. Der andere hatte eine Strickweste an und hielt eine Schaufel in der Hand.

„Was ist passiert?“ fragte der mit dem Hut.

Ich gab keine Antwort. Die Bauern blickten einander an.

„Sollen wir ihm vielleicht die Haut abziehen für Schuhe?“

„Laß das, die Arbeit lohnt sich nicht. Für so eine Haut zahlt uns keiner einen Zloty. Komm, wir schmeißen ihn in das Grab, sonst verpestet er uns noch die ganze Gegend.“

Der Bauer schob Schmelke in das Grab und fing an, Erde draufzuschaufeln. Ich weiß nicht mehr, wie lange ich neben dem Loch saß. Die Musik hatte aufgehört, und es wurde langsam dunkel. Ich stand noch ein Weilchen neben dem Grabstein. Mir war gar nicht traurig zumute. Ich dachte mir, hätte ich nur schreiben können, dann hätte ich auf den Grabstein geschrieben: Hier ruht das Pferd Schmelke, das jiddisch reden konnte. Vielleicht hätte ich noch dazugeschrieben, daß meine Liebe zu ihm in der letzten Zeit nachgelassen hatte.

3. Kapitel

Wohin jetzt, Gott?

Zurückzugehen nach Lodz schien mir zu gefährlich. Dort wartete sicher die Polizei auf mich. Schließlich hatte ich Schmelke gestohlen. Ich sah mich schon an Händen und Füßen angekettet, wie ich es schon mehrmals bei Gefangenen gesehen hatte. Alle hatten rasierte Köpfe mit großen Ohren und waren mager. Die meisten hatten auch eine lange Nase und herabfallende Wangen. Davor hatte ich eigentlich gar keine Angst. Ich hatte sowieso einen kahlgeschorenen Kopf und große Ohren. Ich fragte mich, ob sie wohl auch kleine Ketten hätten, die an meine Hände paßten. Wahrscheinlich würden sie mich in ein kleines dunkles Zimmer setzen.

Ich erinnerte mich an die Prophezeiung meiner Mutter: Avrum Leib, du wirst dein Leben im Knast beenden. Wo ist sie jetzt, was macht sie? Ihre Gestalt war schon so weit weg. Kaum konnte ich mich entsinnen, wie sie aussah. Bevor sie mich wegschickte, damit ich unter die Menschen gehen sollte, fragte ich sie: „Wie kann ich erfahren, welche Menschen ich suchen soll?"

„Die dir zu essen geben, das werden die sein, die du suchst."

„Und wie soll ich nach Essen fragen?"

„Wenn du Hunger kriegst, dann wirst du schon wissen, wie das geht."

„Und warum sollen sie mir was geben? Sie haben doch selber nichts."

Alles schien mir so verworren. Das Essen, die Menschen, die Mutter. Ich fand mich nicht mehr zurecht in diesem Durcheinander. In der Zwischenzeit hatte ich traurige Erfahrungen mit Menschen gemacht. Ja. Ich wollte Tante Esther retten, und sie hat mich schier umgebracht mit ihren Schlägen. Bis jetzt tut mir immer noch der rechte Fuß weh, und ich höre es summen im Ohr.

Und weiter: Ich wollte Schmelke retten, damit sie aus ihm keine Schuhe machen. Deshalb muß ich jetzt mein Leben im Gefängnis beenden. Was mich am meisten durcheinanderbrachte, war, daß ich nach dem Rat meiner Mutter Sch'ma Israel gerufen hatte, und geholfen hatte es gar nichts.

Ich war so hungrig. Seit gestern hatte ich nichts gegessen, außer ein paar Äpfel, die ich gefunden hatte, und die waren auch schon halb verfault. Die Zeit, die ich mit Schmelke im Stall verbrachte, wo wir genug trockenes Brot hatten, schien mir jetzt wie der Garten Eden. Da entschloß ich mich endlich, wieder dorthin zurückzugehen, mochte kommen, was will. Dort kannte ich wenigstens alle. Aus der Ferne kamen sie mir nah und kostbar vor. Auch Menaschke schien mir nicht mehr so böse zu sein.

Was machen sie wohl alle? Ich hatte das Gefühl, es seien Jahre vergangen, seit ich den Hof verlassen hatte. Alles erschien mir so weit weg. Auch ich selbst kam mir viel älter vor. Wie hatte doch meine Mutter gesagt? Avrum Leib, du bist jetzt schon siebeneinhalb. Du bist kein Kind mehr. Meine Mutter hatte immer gesagt, daß Kinder von armen Leuten alt geboren werden. Wahrscheinlich hatte ich bereits viele Falten bekommen. An der ersten Pfütze hielt ich an. Ich kniete nieder. Vor mir floß die Weite des Himmels in der Pfütze. Auch Wolken gingen darin spazieren. Als ich unter den Wolken Vögel erblickte, sah ich nach oben in den gleichen Himmel, in die gleichen Wolken. Dieser Anblick brachte mich zum Lachen. Ich beugte mich weiter vor, damit ich mich selbst anschauen konnte. Das Gesicht, das mich aus der Pfütze anschaute, war dunkel, mit eingefallenen Backen und mit großen schwarzen Ohren. Ich staunte. Der Mund lachte, die Augen waren müde und alt.

Plötzlich sah ich neben mir noch ein Gesicht in der Pfütze. Ein flaches Gesicht mit einer kleinen breiten Nase. Der Kopf war glattrasiert und glänzte. Der Mund in diesem Gesicht lachte und hatte nur einen Zahn. Ich erschrak und hatte Angst aufzustehen. Mutter hatte mir einmal erzählt, daß es Dämonen gibt, deren Aufgabe darin besteht, Menschen zu erschrecken, vor allem Kinder. Sie erscheinen in verschiedenen Gestalten.

„In Disna, unserem Dorf gab es einen Fuhrmann", so hatte mir Mutter erzählt, „der Jakob hieß. Ich und meine Mutter fuhren nach Wilna. Wir fuhren den Fluß Dezwina entlang. Als wir bei der Brücke ankamen, stand dort ein Kalb und muhte. Wir hatten großes Mitleid mit ihm, und außerdem war uns ganz komisch zumute. Was macht so ein kleines Kalb auf dieser Brücke? Die Brücke war bekannt als ein Ort, an dem Dämonen mit den Menschen ihr Spiel treiben. Das waren so Gerüchte. Es gab Menschen, die all diese Geschichten glaubten, und andere, die nicht daran glaubten. Ich jedenfalls blieb auf dem Wagen. Reb Jakob und meine Mutter stiegen ab, um das Kalb zu holen. Ich sehe es noch genau vor mir: Es war ein sehr kleines Kalb. Es wäre wohl nicht allzu schwer gewesen, es auf den Wagen zu heben. Reb Jakob war ein starker Mann. Ich schaute vom Wagen aus zu, wie Reb Jakob das Kalb am Kopf hielt und meine Mutter an den Hinterbeinen zupackte. Zusammen versuchten sie es aufzuheben, aber es klappte nicht. Das Kalb war so schwer wie eine Kuh oder ein Pferd. Vorher gab das Kalb Töne von sich, bää, bää ..., wie jedes andere Kalb auch. Aber plötzlich, ich schwöre dir, Avrum Leib, fing dieses Kalb an zu lachen wie ein Mensch. Hahaha, lachte das Kalb und sagte in schlechtem Jiddisch: Nun, Reb Jakob, wo ist deine Kraft geblieben?

Meine Mutte erschrak derart, daß sie das Bewußtsein verlor. Reb Jakob, der ein frommer Mann war, fing an zu beten und *Sch'ma Israel* zu schreien. Da war das Kalb plötzlich verschwunden."

Meine Mutter wußte noch mehr Geschichten über Dämonen:

„Einmal bekam ich als Kind fürchterliche Pickel im Gesicht und weinte herzzerreißend. Ich war ein schönes Mädchen und hatte Angst, ich würde jetzt häßlich werden. Alle paar Minuten rannte ich zum Spiegel, um mein Gesicht anzusehen. Als ich einmal wieder hineinschaute (wir hatten einen großen Spiegel), sah ich darin noch eine Gestalt. Es war die Gestalt eines Mannes mit Glatze und einer kleinen Nase. Der Mann war ganz gelb. Er lächelte mich an, und in seinem Mund war nur ein einziger Zahn, so groß wie ein Hundezahn, ein gelber, scharfer Zahn. Ich fing an zu schreien, daß meine Mutter davon aufwachte. Natürlich erzählte ich ihr, was passiert war. Meine Mutter war eine fromme Frau. Sie fing an zu beten, und der Dämon verschwand. Später fanden wir heraus, daß der *Mesusa*[27] an der Tür nicht vollständig war."

Und noch viele andere Geschichten über Dämonen hatte ich von meiner Mutter gehört. Diese Geschichten hatte sie mir alle erzählt, als es zu Hause noch viel Brot gab und als der Ofen noch *Smires*[28] sang. Auf dem Ofen stand ein Riesenkessel, und Geräusche von kochendem Wasser erfüllten den Raum. Das waren seltene Momente. In solchen Momenten verschwanden alle Falten aus dem Gesicht meiner Mutter, und sie sah aus wie ein Mädchen. Das Zimmer füllte sich dann mit frommen Dämonen, meistens ganz einfache Juden.

Die Geschichten endeten stets mit Pogromen und Tod. Der letzte Satz hieß immer: „Und der christliche Abschaum überfiel uns mit Kreuzen in den

[27] Röhrchen am rechten Türpfosten mit Schriftworten auf Pergamentstreifen (als Schutz)

[28] Gesänge

Händen und tötete und schlachtete.“ Das Ende mochte ich gar nicht hören, immer gab es viel Blut und Geschrei.

Die Gestalt in der Pfütze schaute mich neugierig an. „Hihihi“, lachte die Gestalt mit der Stimme einer alten Frau. Im Mund des Gesichts in der Pfütze glänzte ein großer Zahn, gelb, noch größer als vorhin beschrieben.

„Mein Name ist Jakob“, stellte sich die Gestalt selbst vor. Mein Herz stand still vor Angst. Es gab keinen Zweifel, das war ein Dämon. Der Dämon setzte sich hin, zog aus der Tasche eine Flöte und begann darauf zu spielen. Es klang ruhig, wie von weit her mit dem Wind angeweht. Die Töne kletterten in die Baumkronen, fielen weich, wie dürre Blätter, ganz langsam auf die Erde zurück, um alsbald wieder vom Sturm hochgewirbelt zum Tanzen gebracht zu werden und erneut müde herabzusinken, kraftlos, schweigend. Hätte der Dämon geredet, wäre ich mit Sicherheit abgehauen. Die Klänge aber verzauberten mich. Ich hatte das Gefühl, diese Klänge kämen gar nicht aus der Flöte, sondern direkt aus dem Himmel. Es war so viel Kraft, Trauer und Sehnsucht darin, und letztlich doch eine Art Ohnmacht. Ich hob meinen Kopf und setzte mich dem Dämon gegenüber. Er saß da mit geschlossenen Augen, und die Flöte hörte nicht auf zu weinen, zu klagen, zu schweben wie fallende Blätter im Wind.

„Bitte, spiel nicht weiter“, sagte ich, „ die Klänge dringen in meine Brust und tun mir sehr weh.“

Die Flöte schwieg.

„Stimmt es, daß du ein Dämon bist?“ fragte ich ruhig.

„Nein, das ist der Dämon in mir drin. Hast du Hunger?“ fragte der Dämon.

„Sehr.“ Soll es von einem Dämon kommen oder von einem Goj, Hauptsache es gibt etwas zu essen. Langsam wurde es Abend. Der Wald vor mir wurde ein grauer Fleck.

„Komm mit, ich wohne nicht weit von hier. Ich hab eine Hütte im Wald.“

Der Dämon stand auf. Jetzt erst konnte ich sehen, wie klein er war. Sein Körper war der eines Kindes, sein Kopf hingegen groß, fast viereckig und mit riesigen Ohren. Ich weiß nicht mehr, wie lange wir gingen. Manchmal entschwand der Dämon im Dunkeln, um nachher wieder wie aus der Erde aufzutauchen.

„Das ist's, wir sind da.“ Die Stimme des Dämons klang plötzlich weich und schüchtern. Zwischen den Bäumen stand eine Hütte aus belaubten Ästen. Wie durch ein Wunder wuchs ein Feuer aus dem Boden. Der Dämon färbte sich rot. Erst jetzt wurde ich auf die beiden großen Wülste aufmerksam, die er auf seiner Stirn hatte. Obwohl ich nicht mehr daran zweifelte, daß ich es mit einem Dämon zu tun hatte, war ich ohne Angst, zumal er mir zwei dicke Brotscheiben anbot, mit Butter beschmiert und mit dem Geruch von Knoblauch.

„Iß, iß, es gibt genug.“

Nachher gab mir der Dämon noch ein heißes Glas Tee, sehr süß. Wir näherten uns dem Feuer. Der Dämon wärmte seine Hände über der Flamme. Seine Hände waren dünn, mit Krallen wie bei einem Gockel. Aber ich hatte keine Angst mehr. Wer zu essen gibt, vor dem braucht man sich nicht zu fürchten.

„Sag mal“, fragte ich, „haben Dämonen Familie, haben sie Vater, Mutter, wie die Menschen? Kannst du zum Beispiel deine Gestalt in ein Kalb verwandeln?“

Das Feuer brannte nieder. Nur die Glut flimmerte noch im Dunkeln.

„Sag mal, Dämon, haben Dämonen Schwestern und Brüder?“ fragte ich neugierig weiter. „Bist du schon alt geboren, oder warst du auch mal ein Kind?“

Da packte mich doch plötzlich die Angst. Vielleicht hatte ich ihn damit verletzt.

„Dämon, ich wollte dich nicht verletzen.“

„Macht nichts, ich bin nicht verletzt“, beruhigte mich der Dämon. Seine Stimme war so weich und menschlich, daß ich anfing, ihm alles zu erzählen, was mir auf dem Herzen lag. Der Dämon wiegte seinen Kopf immer wieder hin und her. Am Schluß fragte ich ihn:

„Dämon, was soll ich tun, wenn ich dich wiedersehen will?“

„Nichts, denk einfach an mich“, sagte er leise.

Dann fragte ich ihn, ob ich wohl nach Lodz zurückgehen sollte.

„Du sollst zurück“, raunte er.

Mir war warm, und ich war satt. Bevor ich einschlief, spürte ich noch, daß der Dämon mich mit einer Decke zudeckte.

Am anderen Morgen, als ich aufstand, war der Dämon nicht mehr da. Nur die Hütte und die Asche von dem Feuer zeugten davon, daß es kein Traum gewesen war. Öfters noch, wenn es mir einmal kalt war oder wenn ich Hunger hatte, dachte ich an ihn, aber er zeigte sich nie wieder. Lange saß ich noch bei den Resten des Feuers. Ein plötzlich aufkommender starker Wind fing an, die Asche vollends zu zerstreuen. Anfangs kam der Wind ganz leise angekrochen. Nur um wieder in der Asche zu rühren fuhr er auf einmal blitzschnell im Kreis herum. Mich packte die Angst, als der Kreisel sich in die Lüfte erhob und mich einlud, ihn mit trockenen Blättern und Papier beim

Tanz zu begleiten. Die Asche stieg immer höher empor, bis sie im Wald verschwunden war. Ich spürte eine Art Trennungsschmerz. Wahrscheinlich spüren die Menschen so etwas, wenn irgendein Verwandter gestorben ist. Natürlich wird niemand mir glauben, daß ich einen Dämon gesehen habe. Nicht einmal Goddl kann ich es erzählen, und schon gar keinem Erwachsenen, weil die ja sowieso nichts glauben. Wenn Schmelke noch gelebt hätte, er wäre der einzige, der mir Glauben geschenkt hätte.

Ich ging langsam in Richtung der Straße. Anfangs schaute ich mich sorgfältig um, ob die Polizei nicht hinter mir her wäre. Sie würden mir nie verzeihen, daß ich ein Pferd geklaut hatte.

„Dämon, paß auf mich auf", betete ich bei mir, und der Dämon kam mir zu Hilfe: In der gesamten Umgebung war nicht die Spur eines Polizisten zu sehen.

Am Weg entlang, zwischen den Bäumen versteckten sich kleine Häuser mit Strohdächern. Diese Dächer wirkten auf mich wie Strohhüte. Unter den Hüten blickten neugierige, viereckige Augen von Fenstern hervor. Wie war ich neidisch auf die Menschen, die darin wohnten.

Aus einem der Häuser kam eine Familie. Ein Mann, eine Frau und zwei Kinder. Das eine Kind, ein blonder Junge, war mit einer zerrissenen Hose angezogen und barfuß. Das andere war ein Mädchen, auch blond; auf dem Kopf trug sie ein rotes Band, das wie ein Schmetterling im Wind flatterte. Die haben's gut, dachte ich bei mir. Sie haben ein Haus und Eltern. Schade, daß ich ihre Stimmen nicht hören konnte, weil sie so weit weg waren. Da hörte ich auf einmal den Mann schreien, der eine Mistgabel in der Hand hielt. Ich sah, wie er dem Jungen ein paar Ohrfeigen verpaßte. Die Ohrfeigen mußten wohl ziemlich heftig gewesen sein, denn plötzlich verschwand das Kind im Graben. Da hörte ich den Dämon mit seiner leisen Stimme: „Nu, Avrum Leib, wie gut, daß du keinen Vater hast."

Nun bin ich wieder in Lodz. Vier Tage hat es gedauert, hierher zurückzukommen. Das meiste bin ich zu Fuß gewandert. Nachts halte ich mich im Wald versteckt. Zum Glück habe ich die Decke dabei, mit der mich der Dämon zugedeckt hat. Diese Decke riecht nach Feuer und Asche. Darin eingehüllt, lag ich auf dem Boden und schaute in den Himmel. Ich denke, Goddl hatte wohl recht mit dem, was er über das Geschehen dort oben sagte. Die Wolken wechselten ihre Gestalt. Nicht alle wissen es, aber im Himmel gibt es Häuser, Bäume, Tiere, Menschen, auch Pferde, die aussehen wie Schmelke. Ich sah die Gesichter von Goddl, von meiner Mutter, und auch das böse Gesicht von Menaschke. Unglaublich, wie die Wolkengestalten sich laufend veränderten. Da fließt eine Riesenwolke, lang wie ein Teppich mit Blumenornamenten. So ein Teppich fliegt langsam, langsam, bis er sich, weiß der Teufel warum, plötzlich verärgert zusammenrollt und in eine Lokomotive verwandelt, die Waggons hinter sich herzieht. Auf einmal hopsen aus den Waggons weiße Schafe heraus und suchen ängstlich das Weite. Ich versuchte auch das Gesicht des Dämons zu erblicken, aber ich konnte es nicht finden.

Immer wieder fuhren Wagen an mir vorbei, auf denen Bauernfamilien saßen. Ich bedeutete ihnen mit der Hand, daß ich Hunger hatte, und viele warfen mir ein Stück Brot herunter. Einmal kam sogar ein ganzer Salzfisch herabgeflogen. Ich versuchte einen der Wagen anzuhalten, gab mein Vorhaben aber schnell wieder auf. Einmal hielt nämlich ein Wagen tatsächlich neben mir an. Der Besitzer war ein dürrer alter Mann mit Riesenschnurrbart. Ich näherte mich dem Wagen voller Hoffnung. Der Bauer hatte eine Peitsche in der Hand. Aus der Nähe sah ich seine Augen, grün und schielend.

„Wohin?" fragte der Bauer.

„Nach Lodz."

„Bist du Jud?" fragte er weiter.

„Ja."

Der Bauer ließ seine Peitsche auf mich niedersausen. Ich hatte Glück, daß er schielte, so daß mein Kopf nicht getroffen wurde. Die Peitsche pfiff fürchterlich neben mir. „Gottesmörder! Ihr seid schuld an allen unseren Problemen", schrie er mit dünner Fistelstimme.

Erst am dritten Tag hielt wieder ein Wagen an. Nach der letzten Erfahrung beeilte ich mich diesmal nicht, näher heranzukommen. Die Augen des Fuhrmanns blickten mich an. In seiner Hand hielt er die Peitsche.

„Wohin willst?"

„Nach Lodz."

„Also, los, komm rauf." Der Wagen war voller Ferkel und Futtersäcke. Ich setzte mich auf die Säcke, so weit wie möglich weg von den Ferkeln.

„Hast du Hunger?" fragte der Bauer. „Ich hab einen Eimer voll mit gekochten Kartoffeln für die Ferkel. Kannst essen, so viel du willst."

Auf seinem Kopf trug er eine viereckige Mütze aus der Armee, ohne Schild. Er hieß Woiczek. Woiczek hatte einen langen dünnen Schnurrbart, wie eine Katze. In seinen Ohren und in seiner Nase wuchsen lange Haare. Ich glaube, man hätte daraus Zöpfe flechten können. Auf seiner Brust trug er ein großes Kreuz, darauf die Gestalt von Jesus, mit einem Bein und ohne Hände. „Das ist unser Herr Jesus", erklärte er mir in ärgerlichem Ton.

Jesus hatte um seinen Kopf ein *Beigele*[29] voller Dornen. Er machte ein leidendes Gesicht, als ob sie ihm vor einer Stunde einen Zahn herausgezogen hätten.

„Er war der Sohn Gottes. Verstehst du?"

Ich verstand nichts, aber ich wagte nicht, es zuzugeben. Ich fragte ihn nur, warum er nackt sei. Was ist das Problem für Gott, ihm einen Anzug, ja tausend Anzüge zu kaufen, und tausend paar Schuhe?

„Warum hat er keine Kleider?"

Woiczek kratzte sich am Kopf. „Ja, Gott hat ihm schon alles gekauft. Aber die Juden haben ihm alles wieder geklaut, weil sie Diebe sind, alle miteinander."

Ich wollte ihm sagen, daß alle Juden die ich kenne, weder einen einzigen Anzug, noch ein paar Schuhe besitzen. Tatsache. Ich bin Jude, und ich habe ein Hemd an, das mehr Löcher hat als Stoff. Aber als ich die kleinen Augen von Woiczek sah, die den Augen der Ferkel auf dem Wagen ziemlich ähnelten, ließ ich es.

Doch Woiczek gab nicht auf. In seinen Brusthaaren baumelte, im Takt mit dem Schwanken des Wagens, ein Medaillon, auf dem eine Frau zu sehen war. Sie trug einen blauen Schal mit goldenen Ornamenten. Auch ihr Gesicht drückte Leiden aus, ein etwas sympathischeres Leiden, so, als wäre ihr das Tscholent für den Schabbes verbrannt.

„Das ist seine Mutter, Maria, die Mutter unseres Herrn Jesus."

Ich fragte Woiczek: „Wenn sie die Frau von Gott war, warum haben sie sich dann scheiden lassen?"

Als Antwort bekam ich einen solchen Faustschlag, daß mir der Atem stockte.

„Hast du's jetzt kapiert?" fragte mich Woiczek triumphierend.

Ich nickte zustimmend. Aber ich nahm mir fest vor, mich nie wieder in die Familienangelegenheiten von Gott einzumischen. Ich tat, als ob ich schliefe. Mir schien, daß alles, was mit Gott zu tun hat, nach einem geschwollenen Auge riecht, oder – um Gottes willen – nach einer gebrochenen Hand. Wie hatte doch Reb Borech gesagt? Alles kommt von Gott. Auf Heuballen an beiden Wagenseiten standen zwei Futtersäcke voller Gerste. Ich lehnte meinen Kopf an einen von ihnen. Woiczek wollte ich ab jetzt keine Beachtung mehr schenken, aber er gab nicht auf.

„He, Jude, schlaf nicht ein!" schrie er mich an und fuhr mit seinen

[29] kranzförmiges Brezelgebäck

Erklärungen fort. „Nachdem unser Herr Jesus seinen Vater im Himmel verlassen hatte, kam er auf die Erde herunter, um die Menschheit zu retten. Hätten die Juden ihn nicht gekreuzigt, dann würden sie heute alle leben wie im Garten Eden. Die Juden sind an allem schuld."

„Aber ich hab das doch nicht getan. Ich war damals noch ein Kind."

„Das stimmt", gab Woiczek unsicher zu. „Aber was tut das schon zur Sache? Alle seid ihr Diebe!"

Damit ich das besser kapieren sollte, versetzte er mir noch einen Fausthieb.

„Und jetzt, mach daß du runterkommst von meinem Wagen, sonst schlag ich dich tot"

Schnell wie der Blitz ließ ich mich hinuntergleiten. Wenig später hielt neben mir ein Wagen mit lautem Ächzen. Ich drehte meinen Kopf nicht danach um. Nach meinen letzten Erfahrungen ging ich lieber zu Fuß weiter.

„He, wohin geht der Jude?"

Kaum zu glauben, wie ein paar jiddische Worte einem das Herz erwärmen können. Ich hätte gerne gewußt, ob Gott jiddisch redet. Die jiddische Sprache muß man gar nicht verstehen, sie geht einem direkt ins Herz. Jiddisch hat den Geruch von *Kneidelach*[30], von *Zimmes*[31], von *Challa*[32] am Schabbes. Das ist so einfach. Wenn ein Jude zum Beispiel *Tscholent* sieht, mit gefüllten *Kischke*[33], oder Zimmes mit Rosinen, dann muß man gar nicht reden, denn das alles ist jiddisch. Wie arm sind die Gojim, die kein Jiddisch können. Eigentlich haben sie es verdient, daß sie nie Jiddisch lernen werden. Ja, das haben sie verdient.

„Nu, wo will der Jude hin?"

Sein Jiddisch war aus Litauen, wie Kindergebabbel. Es war das Jiddisch meiner Mutter. Der jüdische Fuhrmann war ein Riese mit einem Riesenbauch und dicken Backen, die mit einem roten Bart geschmückt waren. Seine Augen waren schwarz und glänzten wie Butter auf einer Brotscheibe. Ich wollte ihm so viel erzählen. Ich wollte ihn umarmen, und, daß er mich auch umarmt. Aber es war immer dasselbe. Ich saß auf dem Wagen und schwieg.

„Wohin fährt jetzt der Jude?"

„Nach Lodz."

„Und was sucht der Jude in Lodz?"

[30] kleine Knödel

[31] geschnittene Karotten, in Zucker gekocht

[32] weißes Kranzbrot für Sabbath

[33] Gedärme

Als ich nicht darauf antwortete, fragte der Kutscher:
„Und wie heißt der Jude?"
„Avrum Leib."
„Und ich heiß Chaim Jossel."
Ich wollte einfach in Ruhe sitzen, weil ich todmüde war. Gern hätte ich meinen Kopf auch auf einen Stein gelegt zum Schlafen. Das einzige, was mich wirklich interessierte, war das Pferd von Chaim Jossel. Er redete noch eine Menge. Über das Geldverdienen, über seine Frau, und wie schwer das Leben sei.

„Entschuldige, Avrum Leib, daß ich die ganze Zeit rede. Den ganzen Tag habe ich den Mund gehalten. Jetzt bist du gekommen, da rede ich aus dem Herzen."
„Wie heißt dein Pferd?" fragte ich.
„Warum willst du das wissen?"
„Ich hatte ein Pferd, das hieß Schmelke. Es war so ähnlich wie dein Pferd."
Ich erzählte ihm vom bitteren Ende Schmelkes.
„Bist du blöd! Warum habt ihr ihn nicht verkauft? Wenn mir einer für ein Pferd wie meines da schon mal fünfzig Zloty anbietet, da schlag ich doch ein und nehm das Geld. Es ist doch nur ein Pferd. Wenn ein Pferd nicht mehr arbeiten kann, dann wird es umgebracht. Meines auch. Ich bin gerade auf dem Weg es zu verkaufen. Wünsch mir, daß ich so viel dafür kriege."
Da war ich auf einmal wieder ganz einsam, als wäre ich der einzige Mensch auf der ganzen Welt.
„Du bist noch ein Kind. Wenn du mal groß bist, dann verstehst du. Ein Pferd ist ein Pferd."
Plötzlich hielt Chaim Jossels Pferd an und drehte seinen Kopf in unsere Richtung. Aus seinen Augen kam ein Blick voll Schicksalsergebenheit.
„Wio,wio! Was stehst du da wie ein *Golem*[34]. Er schaut uns an, als hätte er was verstanden."
„Wio!"
Sofort sausten die Peitschenhiebe auf seinen Kopf. Nein, nein! Ich gelobte mir selbst: Niemals werde ich so wie alle Erwachsenen. Ganz laut wollte ich herausschreien: Ihr seid alle Lügner. Lügner!
Die Häuser standen auf einmal dichter um uns herum. Grauer und schmutziger. Ein Wald voller Schornsteine spuckte schwarzen dicken Rauch aus, der den ganzen Himmel bedeckte.
„So, jetzt sind wir in der Stadt", sagte Chaim Jossel.

[34] nach jüdischer Legende von Rabbi Löw geschaffener künstlicher Mensch

Ich sagte nichts.
„In ein paar Minuten sind wir auf dem Marktplatz."
„Laß mich runter, ich geh zu Fuß weiter."
Ich stieg ab, ging zu dem Pferd vor und streichelte es zärtlich. Ach Gott, wie fühlte ich mit diesem Pferd. Mir war, als falle es ihm genauso schwer, sich von mir zu trennen. Gern hätte ich noch meine Stirn an die seine gedrückt, so wie ich es mit Schmelke gemacht hatte, als Zeichen der freundschaftlichen Verbundenheit.
„Nu, los, geh aus dem Weg, ich hab's eilig!" regte sich Chaim Jossel auf.
Plötzlich rief jemand meinen Namen: „Avrum Leib, Avrum Leib!"
Ich drehte mich um. Vor mir stand Heinech. Heinech hatte früher in der Zegerskastraße gewohnt. Seine Eltern waren beide stumm und hatten immer Schabbes-Kerzen von Haus zu Haus verkauft. Keiner weiß, warum sie zusammen Selbstmord begangen haben. Heinech war ein schönes Kind. Ich beneidete ihn um seine Schönheit. Vielleicht war sie der Grund, daß ihn eine reiche Familie adoptierte. Seitdem hatte er sich verändert. Zuerst bekam er einen anderen Namen. Aus Heinech wurde Cheniek. Jetzt hatte er neue Kleider an. Eine weiße Bluse mit Krawatte, und das Wichtigste waren seine schwarzen Schuhe, neu und glänzend. Er verströmte einen Geruch von Sattheit und Reichtum. Ich schämte mich sehr mit meinen nackten Füßen, die in Lumpen gewickelt waren, mit meiner zerrissenen Hose und meinem Hemd voller Löcher. Wir standen uns gegenüber, verunsichert wie zwei Fremde. Ich beneidete ihn, daß mir schon die Tränen kamen, um die Schuhe, die Sattheit, den angenehmen Geruch, der von ihm ausging, und um seine Schönheit. Ich dagegen war klein und häßlich, in Lumpen gekleidet, barfuß. Alle Augenblicke schaute sich Heinech um, sicher aus Scham, falls uns jemand zusammen sehen würde.
Ich erinnerte mich an einen Vorfall wenige Tage, nachdem Malkele an Tuberkulose gestorben war. Damals hatte Heinech noch den Geruch der Zegerskastraße, und er war noch einer von uns. Es war abends, wir saßen in einer Stalltür, da sah ich, daß seine Augen voller Tränen waren. Auch darum beneidete ich ihn, daß er weinen konnte, und daß er auch in den schwierigsten Lagen Zärtlichkeit und gute Manieren zeigen konnte.
„Warum weinst du?" fragte ich.
Seine Stimme klang weich und ruhig. „Ich bin traurig. Was soll aus uns werden?"
Ich wußte nichts darauf zu antworten. Heinech war viel größer als ich, wahrscheinlich war er auch viel stärker. Auf jeden Fall schweige ich immer

sofort gegenüber dem Leid von anderen. Jetzt schaute ich ihn an, und ich haßte ihn ganz einfach. Ich haßte ihn, weil er keinen Hunger hatte, weil er ein Heim hatte, in das er zurückkehren konnte. In einem Anfall von Gestörtheit fiel ich über ihn her, so daß er in den Dreck plumpste. Seine neuen Klamotten wurden zu Lumpen. In meinem Kopf raste nur ein Gedanke: Ihn töten, damit es keinen Unterschied mehr gibt zwischen uns, damit alle dreckige Sachen anziehen, daß alle hungern und stinken wie ich.

Heinech lag im Dreck, bleich, erschrocken, und Blut strömte aus seiner Nase.

„Avrum Leib, warum?“ fragte er verwundert. „Ich wollte dich einladen zum Essen.“

Ich konnte nicht darauf antworten. Der blanke Haß hatte mich gepackt. Es gab nur den einen Gedanken in meinem Kopf: Ihn töten. Innerlich war ich sehr ruhig. Um uns herum versammelten sich Leute. Da sah ich, wie Heinech weinte, und ich erinnerte mich wieder an den Heinech aus der Zegerskastraße, Heinech mit meinem Geruch und mit meiner Traurigkeit. Irgend etwas geschah mit mir in diesem Augenblick. Ich schämte mich so, daß ich davonrannte. Von weitem sah ich noch eine Gruppe von Menschen um ihn herumstehen. Jemand schaute in meine Richtung. Einer versuchte mir nachzurennen. Ich hörte das Weinen von Heinech und die wütenden Stimmen der Bauern. Einer von ihnen, ein großer Mann mit grüner Hose und schwarzer Schirmmütze, einen Stock in der Hand, suchte nach mir. Ich entschloß mich, schnell unter den Wagen zu verschwinden.

Auf den Wagen saßen Bäuerinnen in Kleidern in allen Regenbogenfarben. Eine saß auf einem Haufen Birnen neben Kisten voller Käse und Hühnern in Holzkäfigen. Die Hühnerköpfe schauten verwundert durch die Gitter. Neben dem Wagen standen angebunden ein Riesenschwein und ein alter Gaul mit räudigem Fell. Der Gaul stand mit gesenktem Kopf, unbeteiligt an allem, was um ihn herum geschah.

Ich ging zu ihm hin und streichelte ihn. Damit er verstehen sollte, wie nahe ich ihm war, sprach ich jiddisch mit ihm.

„Du bist einer von uns“, sagte ich zu ihm, „du hast den Geruch der Zegerskastraße."

Der Gaul reagierte nicht.

„He, Kind, kauf dir den Gaul und mach Schuhe daraus“, schrie die Bauersfrau zum Gelächter aller Zuhörer. Ich ging davon und trieb mich zwischen den Wagen herum, die vollgeladen waren mit Obst, mit Sauerkrautfässern, Kisten voller Kartoffeln und Äpfel. In einem Holzgatter waren Kälber, Kühe und Schweine zusammengepfercht. Zigeuner mit schwarzen Hüten brachten Pferde zum Laufen. Einer von ihnen stand bei einem Käfig mit verlassenen jungen Hunden. Die Winzlinge waren mager und apathisch. Mir taten sie sehr leid. Eine Wolke von Fliegen hüllte sie ein, aber sie reagierten auch darauf nicht. Rechts von dem Käfig stand eine Gruppe von Kindern im Kreis um ein rot angemaltes Kaspertheater. In einem großen beleuchteten Fenster, das von beiden Seiten mit einem Vorhang geschlossen war, stand eine Puppe mit weißen Haaren, eine Krone auf dem Kopf. Die Königinnenpuppe bettelte mit weinerlicher Simme:

„Bring mich nicht um, Herr Drache!"

Über ihr drohte ein Drache mit offenem Maul und schrecklichen Zähnen.

„Ich freß dich gleich auf!"

Der Drache war in Schwarz gekleidet. Auf seinem Kopf trug er das *Streimel*[35] eines frommen Juden. Unter dem Streimel hatte er ein paar lange Locken und einen langen Bart. Der Drache redete schlechtes Polnisch mit jüdischem Akzent:

„Ajajajajae, ich liebe christliche Mädchen. Ich brauche ihr Blut zum Passah!"

Das Publikum reagierte voll Wut:

„Ja, ja, so sind sie!" schrie ein Mann mit Pelzmütze.

„Nur polnische Mädchen wollen sie!"

Inzwischen hatte der Drache auf der Bühne ein langes Messer gezogen. Die Prinzessin wollte flüchten.

„Herr Drache, töte mich nicht!" bettelte sie. „Ich geb dir alles, was du willst."

Der jüdische Drache ging nicht darauf ein. Sein sabberndes Maul war fast vollständig von der langen Nase verdeckt. Aus den riesigen Nüstern wuchsen schwarzgelockte Haare.

„Ajajajae, ich rieche, rieche Christenblut."

Das Volk war voll Spannung und Haß. Einen Moment lang dachte ich, es würden gleich welche aufstehen, die Bühne umkippen und aus dem jüdischen Drachen Hackfleisch machen.

„Bringt ihn um, den jüdischen Drachen!" schrien die Leute. Ihre haßerfüllten Blicke wanderten umher. Wahrscheinlich suchten sie nach einem richtigen Juden. So schnell ich nur konnte, rannte ich davon. Ich befürchtete, sie würden mich beschuldigen, ich gehöre zur Drachenfamilie. Aus weiter Ferne hörte ich noch die dumpfen Stimmen wie Hundegebell.

35 schwarzer Hut mit Fellsaum

Ziellos streifte ich über den Markt. Was für eine Menge von Früchten, von gelbem und weißem Käse. Daneben Würste zwischen glänzenden braunen Kümmelbrotlaiben. Die Gerüche gingen mir durch Nase, Augen und Ohren. Ja, ich konnte sie tatsächlich hören. Ein aufgeschnittenes Brot zum Beispiel, mit Rosinen wie kleine schwarze Augen, lachte mich förmlich aus: „Ha, du hast Hunger, ich weiß. Nu, los, nimm mich, klau mich, ich bin so lecker. Iß mich. Ich hab den Geschmack vom Garten Eden."

Die Käslaibe fingen an, über mich zu lachen: „Weißt du überhaupt, was das ist, ein Brot mit Käse?"

Da mußte ich plötzlich selber lachen, denn die Käslaibe fingen untereinander Streit an, wer von ihnen wohl der leckerste sei. Ach, wie gern hätte ich ihren Streit geschlichtet, ich meine, von jedem einmal ein Stück probiert, und hätte dann entschieden, welcher am besten schmeckt. Als Richter jedenfalls hätte ich mich für die Würste entschieden. Lang, dick und wichtig, wie ein reicher Mann unter Armen.

Neben mir standen zwei abgemagerte dreckige Hunde, die ihre langen Zungen heraushängen ließen. Ich schaute sie, und sie schauten mich an. Ganz sicher hatten wir dabei dieselben Gedanken. Unsere Anwesenheit bereitete der Bäuerin offensichtlich Sorgen.

„Was habt ihr hier zu glotzen? Kscht, macht daß ihr verschwindet!"

Schweren Herzens mußte ich mich von der ganzen Pracht verabschieden und mich mit Krautblättern begnügen, die auf den Boden gefallen waren. Immerhin fand ich darunter auch ein paar Birnen, beinahe unbeschädigt. Ohne Vorwarnung hatte sich der Himmel verdunkelt. Ein kalter, verrückter Wind begann mit wütendem Gejaule zwischen den Ständen herumzusausen.

„Hoho, hihi", der Wind lachte die Verkäufer aus. Wie ich diesen Wind beneidete. Genau so würde ich es auch machen. Ich glaube, der Wind hatte mich verstanden. Ich war dabei, in die Hände zu klatschen, vor allem, als auch noch ein großer Käseberg zusammenstürzte. Die Käslaibe fingen an, in alle Richtungen zu rollen. Einer rollte mir direkt vor die Füße. Die Bäuerin rannte und schrie hinter mir und hinter dem Käse her. Alle Engel der Zegerskastraße waren auf meiner Seite, denn genau in diesem Moment stürzte ein sintflutartiger Wolkenbruch herab. Mit dem schweren Riesenrad von Käse in meinem Arm flüchtend suchte ich nach einem Unterschlupf. Der Bäuerin gelang es nicht, uns zu erwischen. Sie war fett, behangen mit einer Unmenge von Röcken in allen Farben.

Inzwischen stand der Marktplatz voller Pfützen. Der Regen wurde noch stärker. Jeder suchte nach einem Dach. Die Bauern verkrochen sich unter ihren Wagen. Einige deckten sich mit Planen zu und äugten aus Schlitzen darunter hervor. Ich spürte förmlich ihre Blicke auf mir. Alle beugten sich dem Sturm und dem Regen, außer der Käsebesitzerin. Etliche Male rutschte sie aus und landete in den Pfützen.

„Gib den Käse wieder her, du Hurensohn!“ schrie sie mit hysterischer Stimme. Ich wollte schon aufgeben und ihr den Käse hinwerfen, damit sie ihn frißt und daran erstickt.

„Dich krieg ich noch! Dich schlag ich tot! Aus dir mach ich Käsaufstrich!“

Ich hatte keine Lust, ein Käseaufstrich zu werden, schon gar nicht unter den Händen einer solch wütenden Frau. Ich wußte gar nicht, daß Käse so schwer sein kann. Einige Male fiel ich selber damit hin und wurde naß und mit Dreck verschmiert. Das Unglück nahm seinen Lauf. Ich hörte schon den keuchenden Atem der Bauersfrau knapp hinter mir. Gleich hatte sie mich.

Zwei Umstände haben mich vor ihren Fängen gerettet. Erstens fiel die Frau in einen tiefen Wassergraben; nur ihren Kopf sah ich noch aus den Fluten auftauchen. Zweitens sprang ich über einen Holzzaun und atmete erst einmal kräftig durch. Hinter dem Zaun hörte ich noch ihr Gezeter und wurde ganz traurig davon. Ein Schamgefühl überkam mich. Ich blickte auf den gelben Käse mit seinen großen Löchern und auf meine dreckverschmierten Hände. Da saß ich unter diesem Zaun, brach mir ein Stück aus dem Käse heraus und schob es in den Mund. Er schmeckte bitter und ekelhaft. Ich warf den ganzen Käse ins strömende Wasser, wo er sofort verschwand.

Ich war erleichtert. Lange saß ich noch da, geschlagen, kraftlos, ohne Lust, wieder aufzustehen. Der Regen ließ nach, und ein kalter Wind fing an zu blasen. Ich suchte nach einer Unterkunft. Vor mir öffnete sich ein weiter Platz, ganz von Wasser überschwemmt. Wolken rollten wild darin herum. Auf einmal schaute da unter den Wolken eine Hütte heraus. Um sie herum bogen sich Bäume unter den Windböen. In der Ferne trafen sich die Wolken im Himmel mit den Wolken im Wasser. Aus Richtung der Hütte hörte ich menschliche Stimmen, aber ich konnte mich ihnen nicht nähern. Ein riesiger Hund an einem Seil bellte wie verrückt und fletschte die Zähne.

Die Tür öffnete sich, und heraus trat Jankele. Jankele Großkopf, oder Melonenkopf, wie sie ihn auch nannten. Ich war überrascht, ihn hier zu sehen.

„Avrum Leib, was machst denn du hier?“ fragte er mich verwundert.

Auf einmal wurde mir schwindlig. Übelkeit und Ekelgefühle überkamen mich, und ich mußte mich erbrechen. Jankele verschwand und kam wieder, mehrmals hintereinander. Immer, wenn sein Melonenkopf in den Wolken auftauchte, mußte ich fürchten, er könne jeden Augenblick explodieren.

In der Tür stand noch ein Mann, neben ihm ein Mädchen. Beide hatten sie keine Köpfe, sondern Wolken mit Augen und Ohren. Da wurde mir langsam bewußt, daß ich auf Decken gebettet war. Im Mund hatte ich einen bitteren Geschmack, über mir sah ich eine Holzdecke. In meinem Schädel klopften kleine Hämmerchen. Später hörte ich ein Hämmern aus weiter Ferne, das immer leiser wurde.

Als ich erwachte, saß neben mir Jankele. „Was ist los mit dir, Avrum Leib? Wenn's dir noch schlecht geht, ruh dich erstmal aus. Erzählen kannst du später."

Jankele schaute mich mit hellen, ausdruckslosen Augen an. Es war, als ob die Augen sich vom Kopf entfernt hätten und über ihm schwebten. Viele im Hof nannten ihn einen gutartigen Verrückten. Schwangere Frauen hielten sich fern von ihm aus Angst vor dem bösen Blick. Jankeles Stimme klang ruhig und kam von weit her, oder aus dem Bauch. Ich hatte immer den Eindruck, Jankele sei aus Einzelteilen zusammengebaut und jedes Teil arbeite für sich allein. Als sein Vater gestorben war, lief die Mutter davon. Im Dorf munkelte man, sie sei mit einem Goj abgehauen. Jankele blieb allein mit seiner Schwester Veigele zurück. Veigele hatte goldene Haare und blaue Augen. Sie hatte das Glück, daß sie von einer reichen Familie adoptiert worden war, wie Heinech. Einmal traf ich sie zusammen mit einer dicken Frau, die mit Schmuck behangen war wie ein Weihnachtsbaum. Veigele hatte ein weißes Kleid an und rote Schuhe. Ich grüßte sie, aber mein Gruß wurde nicht erwidert. Jankele verschwand vom Hof. Es ging das Gerücht, er habe sich einer Zigeunergruppe angeschlossen und sei auf Wanderschaft.

„Das ist Anton." Er deutete auf einen Mann mit Pelzmantel. „Und das ist seine Tochter Alina."

Die beiden saßen in einer Ecke. Ich sah nur ihre Schatten.

„Ich wohne mit ihnen zusammen. Sie sind zwar Gojim, aber gute Menschen."

Nachher fuhr er fort: „Goddl sucht dich."

„Mich sucht er?"

„Ja. Deine Mutter ist zurückgekommen und sucht dich auch. Sie lebt in der Wohnung von Velvel, dem Kassierer."

Mir kam es recht komisch vor, daß ich wieder eine Mutter haben sollte und daß jemand nach mir suchte. Freuen konnte ich mich kein bißchen darüber und blieb völlig teilnahmslos.

„Avrum Leib, du hast keine andere Wahl, du mußt zurück."

Schweren Herzens erklärte ich mich damit einverstanden.

4. Kapitel

In der Zeit meiner Abwesenheit vom Hof hatte sich viel verändert, alles war sehr traurig. Der Hof sah noch verkommener aus und älter. Ein Teil von Goddls Haus war eingestürzt, und die beiden Familien, die darin gewohnt hatten, lebten jetzt in der Synagoge. Dort traf ich Goddls Mutter. Von ihr erfuhr ich, daß Goddl und sein Vater bei einem Einbruch ertappt worden waren und nun im Gefängnis saßen. Als sie mir das erzählte, hatte sie Tränen in den Augen.

„Meine Armen. Meine Seelen. Aber es gibt Gott im Himmel, und er wird ihnen helfen. Und du, mein kleiner Vogel, wenn du Hunger hast, wenn du was brauchst, dann komm zu mir."

Sie zitterte beim Weinen und ihre großen Brüste schaukelten und klatschten wie Hände gegeneinander. Von ihr erfuhr ich, daß Menaschke gestorben war. Sie hatten ihn neben seinem Stall gefunden, mit einer Wodkaflasche in der Hand. Seine Frau war vom Hof verschwunden und zu ihrer Schwester gezogen. Ich weiß nicht, warum ich mich über die Nachricht von Menaschkes Tod gar nicht freuen konnte. Ich hatte ihm doch so viel Schlimmes gewünscht. Jetzt war er tot. Ich hatte keinerlei Rachegefühle. Es ist immer traurig, wenn jemand stirbt oder das Haus verläßt. Was ich ihm dennoch wünsche ist, falls er in den Himmel kommt, daß er dort Schmelke trifft und daß dort ihre Rollen vertauscht werden. Menaschke wird dann ein Pferd und Schmelke der Kutscher. Im Himmel ist ja alles möglich. Aber wie ich Schmelke kenne, wird er Menaschke verzeihen. Er hat so ein weiches Herz, und nicht nur das. Er hat die Seele eines Juden, der immer zur Vergebung bereit ist. Ich bin mir ganz sicher, daß Schmelke aus Menaschke niemals Schuhe machen würde.

In Menaschkes Wohnung lebte jetzt Reb Pessach, der auf einem Auge blind war, mit seiner Familie. Pessach war ein kleiner Mann mit kleinen Händen, die immer in Bewegung waren, als ob sie Geld zählten. Er handelte mit Eiern, die seine Frau auf dem Markt verkaufte. Wenn ihre vier Kinder nebeneinanderstanden, sahen sie aus wie eine Treppe. Alle hatten sie gelbe Gesichter, als würde der Dotter, den der Vater verkaufte, ihnen daraus hervorfließen. Der ehemalige Stall dient Reb Pessach jetzt als Schuppen. In der Nacht kletterte ich auf das Dach und schaute hinein. Alles hatte sich verändert. Keine Spur mehr von der Krippe oder von dem Dachboden, auf dem ich geschlafen hatte. Auch hier war etwas gestorben, auch hier herrschte Traurigkeit. Der Stall war jetzt voller Kisten und Späne. Es war ein Platz für Vögel, Ratten und Katzen daraus geworden.

Scheindele, die mit den Zöpfen, zu unterscheiden von Scheindele mit der Glatze (wegen einer Hautkrankheit), hatte einen reichen Mann geheiratet und war mit ihm nach Amerika ausgewandert. Ehrlich gesagt tat mir das schon ein bißchen weh, weil ich sie sehr mochte. Natürlich hatte ich nie jemand davon erzählt, außer Schmelke. Der konnte Geheimnisse bewahren. Auch Scheindele selbst konnte ich es nie sagen, solange sie da war. Manchmal zog ich sie am Zopf und rannte weg. Jetzt war sie in Amerika. Hätte ich schreiben können, dann hätte ich ihr vielleicht einen Brief geschickt und ihr darin erklärt, wie sehr ich sie liebte. Ich hätte auch geschrieben, daß ich bereit wäre sie zu heiraten, wenn ihr reicher Mann sie eines Tages verlassen sollte. Aber erstens konnte ich nicht schreiben, zweitens hätte sie schon warten müssen, bis ich einmal groß bin.

In der Wohnung von Reb Velvel, dem Kassierer, wo wir jetzt wohnen, hat sich nicht viel verändert. Reb Velvel ist alt und krank und wohnt bei seinen Söhnen, Pessachs Frau bei seiner Tochter. Wir haben Glück gehabt. Reb Velvels Möbel waren angefault, so daß niemand sie kaufen wollte. Schlimmer noch waren die Holzwürmer. Reb Velvel hat uns auch ein Bett mit Daunendecke hinterlassen. Die ist zwar ziemlich zerrissen, aber meine Mutter hat sie geflickt. Jetzt ist sie voller Flicken, aber die Hauptsache ist ja, daß man sich damit zudecken kann. Ich und meine Mutter schlafen darunter. Ein anderer, für uns bedeutsamer Glücksfall ist der Ofen, den Reb Velvel zurückgelassen hat. Man konnte ihn nicht verkaufen, weil er mit Ziegeln direkt in die Mauer eingebaut ist. In diesem Ofen fanden wir Töpfe mit Besteck, eine Pfanne und einen Kerzenständer aus Ton für den Schabbes. Meine Mutter sagt, es sei ein Himmelsgeschenk, und damit hat sie vielleicht gar nicht so unrecht. Überhaupt habe ich den Eindruck, daß Gott uns allmählich freundlicher gesonnen ist. Woher weiß ich das? Ganz einfach: Als wir in die Wohnung einzogen, setzten wir uns auf das Bett, und wie immer fing meine Mutter an zu jammern: „Was soll aus uns werden, Avrum Leib, wir haben nichts zu essen und kein Holz für den Ofen ..." Die Wohnung war kalt und feucht. Wir saßen nur da und ödeten uns an. Eigentlich hätte ich ja schon etwas zu sagen gehabt, nämlich, daß Goddls Mutter bereit war, uns zu helfen. Oder ich hätte ihr von dem Dämon erzählen können, den ich getroffen hatte. Er hätte uns bestimmt auch geholfen. Aber ich schwieg lieber.

Da geschah das Wunder. Plötzlich ging die Tür auf, und herein trat eine Frau in einem Pelzmantel, mit einem Riesenhut, der fast das ganze Gesicht bis über den Mund verbarg, so daß es aussah, als ob der Hut redete. Hinter ihr stand ein kleiner Mann mit einem riesigen Kopf. Auf der Stirn klafften zwei Wunden. Wir schauten einander ziemlich lange an. Ja, es war der Dämon. Ich erkannte ihn tatsächlich wieder. Ich glaube, er mich auch, denn er lächelte mich an. Ich rannte hin zu ihm, er hatte den Geruch von Feuer. Ja, ich hatte gewußt, daß er kommen würde.

„Weißt du noch, wer ich bin?" fragte ich aufgeregt und wandte meinen Kopf dem redenden Hut zu. Meine Mutter erschien so klein in ihrer Gegenwart, und ich hatte großes Mitleid mit ihr. Ich gab ihr Zeichen mit der Hand, aber sie redete die ganze Zeit mit dem Hut. Ich wollte sie trösten und ihr meine Freude mitteilen. Ich wollte ihr sagen, es bestehe nun kein Grund mehr zur Sorge, weil mich der Dämon gefunden hat. Zum Beweis wollte ich ihr sagen: „Schau, er hat den redenden Hut mitgebracht."

„Avrum Leib, bedank dich bei dieser Dame. Sie ist von *Esra*[36]. Gott hat sie uns hergeschickt. Sie werden uns Kartoffeln, Zucker und Mehl bringen."

Ich sah das ganz anders als meine Mutter.

„Es stimmt nicht, daß es von Gott kommt. Man kann ihn ja gar nicht sehen. Das ist Tatsache. Es war mein Dämon, der uns geholfen hat."

Ich war richtig glücklich. Ich hatte gewußt, daß er kommen würde. Plötzlich wurde es ganz ruhig. Meine Mutter schaute den redenden Hut an, und der redende Hut meine Mutter.

„Was für ein Dämon?" fragte sie.

„Nu der, der mit ihr gekommen ist. Der, den sie da mitgebracht hat."

Mit meinen Augen suchte ich nach dem Dämon, damit ich ihn meiner Mutter zeigen konnte. Vergeblich. Der Dämon war weg.

„Aber er muß doch hier sein, nu!"

Ich rannte hinaus, dem Feuergeruch nach. Der Hof war leer. Lange saß ich neben dem Stall.

Als ich zurückkam, war es warm in der Wohnung, und aus dem Ofen heraus kroch der Duft von Kartoffeln. Es tat mir sehr weh, daß meine Mutter

[36] jüdisches Hilfswerk

mir keinen Glauben schenkte. Wegen des Unglaubens meiner Mutter hatte sich der Dämon aus dem Staub gemacht. Immer ist es dasselbe mit den Erwachsenen. Nichts glauben sie einem. Ich konnte gar nichts genießen, weder die Kartoffeln noch die Wärme in der Wohnung. Ich bin weit weg von meiner Mutter. Vor einiger Zeit noch wäre ich abgehauen, aber meine Mutter sagte mir leise und schmerzvoll:

„Avrum Leib, ich hab nur dich, und das hält mich am Leben."

So entschloß ich mich dazubleiben. Es gibt Dinge, die sollte man keinem Erwachsenen erzählen, nicht einmal der eigenen Mutter.

Nach ein paar Tagen sahen wir die Kartoffeln und das Mehl langsam zu Ende gehen. Ich schätzte, der Vorrat würde noch etwa zwei Tage reichen. Wenn wir ganz sparsam damit umgingen, vielleicht noch vier Tage. In der Nacht betete meine Mutter zu Gott und ich zum Dämon. Er kam nicht, aber ich spürte genau, daß er bei mir war.

Ich weiß gar nicht mehr, wer uns dieses Mal geholfen hat. Jedenfalls bekam meine Mutter Arbeit bei ihrer Schwester, und zwar genau in dem Moment, als uns das Essen ausging. Da ziehen wir jetzt hin. Ihre Schwester hat zwei Kinder, Hadaske und Jankele. Meine Mutter muß sie betreuen, und ihre Schwester ist bereit, uns aufzunehmen.

„Avrum Leib, ich bete dich an. Sei ein Mensch!"

Ich versprach es ihr. Mir war es inzwischen egal, wo wir lebten, hier oder bei ihrer Schwester. Sie hieß übrigens Frau Biczkova. Bevor ich beschreibe, wie sie aussieht, muß ich euch erzählen, wie sie sich benimmt: Wenn Gäste zu Besuch sind, muß meine Mutter „Frau Sarah" zu ihr sagen. Ist sie mit ihr allein, dann nennt sie meine Mutter „Sarahle", denn meine Mutter ist fünf Jahre älter als sie. Ich muß jedenfalls immer „Frau Biczkova" zu ihr sagen, obwohl sie meine Tante ist.

Wenn wichtige Gäste kommen, dürfen meine Mutter und ich nicht in der Nähe sein. Auch die Mahlzeiten nehmen wir gesondert in einer kleinen Küche unter der Treppe ein, nicht zu vergleichen mit der großen Küche, wo Frau Biczkova ihren Gästen alle möglichen Neuheiten und Raffinessen vorführt. Dort gibt es Schränke mit Fenstern, durch die man Gegenstände in allen Farben sehen kann. Aber das ist nur für die wichtigen Gäste. Ich und meine Mutter essen aus Blechtellern. Unter keinen Umständen erlaubt mir Frau Biczkova, in ihre Küche zu kommen. Sie sagt, ich hätte den Blick eines Mörders und das verfluchte Blut meines Vaters. Mit meinem Blick würde ich sie gewiß töten, auch wenn sie ein noch so gütiges Herz besitzt.

Auch mit Jankele und Hadaska treffe ich mich selten. Ich leide darunter, daß sie mich auslachen, aber meine Mutter bat mich darum, es zu erdulden. Sie lachen darüber, wie ich angezogen bin. Ich hasse sie abgrundtief. Gestern, anstelle meines Abendgebets, betete ich zum Dämon, er möge sie bitte umbringen. Frau Biczkova haßt meinen Vater, darum habe ich mich dafür entschieden, ihn zu lieben, ihn trotzdem zu lieben, damit sie hochgeht. Aber das darf man meiner Mutter nicht erzählen, weil sie ihn auch haßt.

Frau Biczkova hat fünf Zimmer. Alle sind mit roten weichen Teppichen ausgelegt. Zwei Zimmer sind immer abgeschlossen, denn sie sind für wichtige Gäste reserviert. Frau Biczkova schreit die ganze Zeit und ärgert sich wegen jeder Kleinigkeit. Immer hat sie rote verweinte Augen. Das ist wahrscheinlich eine Familienkrankheit bei uns.

Soweit also, wie sie sich benimmt. Jetzt will ich beschreiben, wie sie aussieht. Frau Biczkova ist wesentlich größer als meine Mutter und viel schlanker. Meine Mutter sagt immer, sie würde sich selbst auffressen. Das ist mir nur recht, soll sie sich fressen, bis nichts mehr von ihr übrigbleibt. Ihre Hauptanklage gegen die Welt ist, daß Gott sie mit Pickeln bestraft hat. Ständig schmiert sich Frau Biczkova irgendwelche Salben an den Kopf, worauf sie sich ein Tuch darüberzieht, das ihre lange Nase noch mehr betont. Meine Mutter wünscht ihr, daß ihre Pickel zunehmen, und daß ihre Hände so kurz werden, daß sie sich nicht mehr kratzen kann. Dieser Fluch meiner Mutter bringt mich immer zum Lachen. Noch mehr lachen muß ich darüber, daß Frau Biczkova immer gebeugt herumläuft wegen chronischer Bauchschmerzen. Dann schleppt sie ihren mächtigen Arsch hinter sich her, als gehöre er gar nicht zu ihr. Ich wünsche, sie vergißt ihn eines Tages einmal. Dann fragt sie bestimmt:

„Zischke, hast du vielleicht meinen Arsch irgendwo gesehen?“

Sie vergißt nämlich grundsätzlich alles. Eine Aufgabe meiner Mutter besteht darin, alles zu wissen. Sie muß hart arbeiten, während ich im Zimmer bleibe und zum Fenster hinausschaue. Nur abends hat sie Zeit zum Ausruhen.

Gestern lachte Frau Biczkova meine Mutter aus, so daß sie weinen mußte. Mir tut das immer weh, wenn meine Mutter weint. Es ist, als ob etwas in mir selbst weinte.

„Warum weinst du?“ fragte ich leise.

„Warum? Weil ich Mitleid mit dir hab.“

„Mit mir, warum das?“

„Du weißt gar nicht, warum, was …“

Meine Mutter sprach den Satz nicht zu Ende.

„Auch in meinen schlimmsten Träumen habe ich mir nie vorgestellt, einmal die Dienerin meiner eigenen Schwester zu sein."

Danach mußte gleich die Bitte an mich kommen, meinen Vater umzubringen, und so war es auch.

„Wenn du groß bist", sagte meine Mutter, „bring ihn um, deinen Vater, diesen Hurenbock."

Damit sie endlich aufhörte mich zu belästigen, versprach ich's ihr, und um sie abzulenken, fragte ich sie:

„Warum fahren wir nicht mit Frau Biczkova zu ihrem Sommerhaus?"

„Sie müßten sich mit uns schämen."

„Soll ich sie auch umbringen, wenn ich groß bin?"

„Halt deinen Mund. Du bringst noch eine Katastrophe über uns."

Mein Vater zieht mich sehr an. Auf dem Foto, das ich bei Tante Esther einmal gesehen habe, steht Vater allein im Garten und sieht sehr einsam aus. Ich hatte Mitleid mit ihm und schlief ein. Im Traum sah ich meinen Vater mit einem großen Kopf. Daraus stiegen reihenweise Huren, die alle aussahen wie Hadaske, und alle rochen nach Parfüm und Mandelseife. Anfangs versuchte ich noch, sie zu zählen, aber es waren so viele, daß ich aufgeben mußte. Dann verschwanden die ganzen Huren wieder und mein Vater blieb allein übrig. Statt einem Kopf hatte mein Vater einen riesigen Kessel, aus dem Dampf aufstieg. Ihm gegenüber saß meine Mutter mit glücklicher Miene.

„Das ist die Strafe dafür, daß du uns sitzengelassen hast. Deshalb kocht jetzt das Blut in dir."

In letzter Zeit beschäftigt mich auch zunehmend die Frage des Tötens. Ab welchem Alter ist es erlaubt?

„Mutter, wann werde ich groß?"

„Mit Gottes Hilfe wirst du schon groß."

„Ja, aber wann? Ab welchem Alter darf ich töten?"

„Avrum Leib, du meine Katastrophe, sowas will ich überhaupt nicht hören. Oj Avrum Leib, was soll aus dir werden? Red nicht so einen Blödsinn. Geh und spiel mit Jankele. Geh raus."

„Ich will nicht."

Meine Mutter dreht sich gegen die Wand und schweigt. Schade, daß wir die Wohnung von Reb Velvel verlassen haben. Dort waren wir allein. Es stimmt zwar, daß wir Hunger hatten, aber das war ja nichts Neues. Hier gibt es zwar zu essen, aber unter großer Erniedrigung. Jetzt darf ich zur Strafe gar nicht aus dem Zimmer, weil ich Simcha, dem Sohn des Hausbesitzers, in den Finger gebissen habe. Dabei schwöre ich, er hat selbst angefangen; zwar nicht mit mir, aber mit Benjamin, einem alten Hausierer, der immer betrunken ist. Der riecht nach der Zegerskastraße, nach Knoblauch und Zwiebeln, während Simcha nach Sattheit und Schokolade riecht.

Ich glaube, mein Vater wäre sehr stolz auf mich, würde er mich so kämpfen sehen mit einem Kind, das doppelt so groß ist wie ich.

Ich hasse reiche Leute. Ich glaube, statt einer Seele haben sie einen großen Topf voll Essen. Sie wissen nichts als nur essen, essen, essen.

Auf meine Mutter kann man sich verlassen. Alles, was sie wirklich beherrscht, ist Weinen.

„Lieber Dämon, bitte mach, daß ich schon größer bin!"

Meine Mutter steht auf, ohne mich anzuschauen. Ich weiß gar nicht, warum ich ihre Katastrophe sein soll. Diese Anschuldigung tut mir sehr weh. Ich bin einfach überflüssig. Aus der Küche höre ich die erregte Stimme von Frau Biczkova und die weinende Stimme meiner Mutter.

„Sag mir doch, was ich machen soll. Ihn auf die Straße rauswerfen? Das hab ich schon mal getan, und das Herz ist mir gebrochen dabei. Ich liebe ihn nicht weniger als du deine Kinder auch. Es stimmt, er ist ein harter Junge, aber daran ist nicht er schuld."

„Nein, nein, ich kann ihn nicht mit uns mitfahren lassen."

„Was soll ich dann mit ihm machen?"

„Gib ihn ins Waisenhaus. Ich kenne eine Frau, die dort die Organisation macht. Sie kommt am Samstag, da kannst du mit ihr reden."

Langes Schweigen. Aha, sie wollen mich in ein Waisenhaus stecken, wie Kaszik. Und zwei Riesenkröten werden mich in ein Auto zerren. Nein. Ich werde mich nicht ergeben. Ich werde beißen und kratzen. Da geh ich nicht hin. Abhauen. Abhauen. Weit weg von hier. Weg von Frau Biczkova, von Hadaske und von Jankele.

Schnell packe ich eine Decke zusammen, Brot, ein Messer und den schwarzen Pullover meiner Mutter. Schuhe lohnen sich nicht mitzunehmen, die sind sowieso vollkommen durchlöchert. Ich würde abhauen, und alle würden nach mir suchen. Ich gehe wieder auf Ausschau nach den Menschen. Was ist mit Tante Esther? Was mit Estherke? Wohin sind sie alle verschwunden? Wo ist Kaszik? Und der Dämon?

Man sagt, es gibt Zaubersprüche, mit denen man Dämonen hervorlocken kann. Meine Mutter hat einmal erzählt, in Disna habe es eine Frau gegeben, die Tote, Dämonen und Gerechte anrufen konnte. Als ich sie fragte, ob sie sich an die Zauberworte erinnern könne, regte sie sich schrecklich auf über mich und befahl mir zu schweigen. Ich glaube, meine Mutter weiß den Zauberspruch. Aber warum sagt sie ihn mir nicht? Ich versteh meine Mutter wirklich nicht mehr.

Das Schweigen in der Küche setzt sich fort. Diese Gelegenheit muß ich nutzen. Mit dem Päckchen in der Hand nähere ich mich der Haustür. Umsonst. Die Tür ist abgeschlossen. Ich kehre zurück und setze mich aufs Bett, bedrückt und gleichgültig, mir ist alles egal.

Wenige Minuten später höre ich Frau Biczkova tief seufzen: „Also gut, dann soll er halt mitfahren mit uns. Aber man muß ihn anziehen. Es ist zum Blamieren, wie er aussieht." Sie geht aus dem Zimmer.

Gleich darauf kommmt sie mit einem Kleiderpaket zurück.

„Die Kleider sind in wunderbarem Zustand. Man muß sie nur ein bißchen kürzer machen. Es sind Kleider von Jankele. Oe, mein gutes Herz bringt mich noch ins Grab."

Im stillen sage ich: „Amen."

„Könnte man wenigstens einen dankbaren Blick aus ihm herausbekommen! Nichts. Nur seinen Haßblick. Ich sag dir die Wahrheit: Manchmal hab ich Angst vor ihm. Ruf ihn doch mal. Irgendwann wirst du noch sehen, daß ich recht hab."

„Avrum Leib!" ruft mich meine Mutter.

Auf dem Weg zu Frau Biczkova flüstert sie mir zu:

„Sag Danke. Lächel mal ein bißchen, du Dieb, meine Katastrophe."

„Ich sag nichts. Sie soll sterben!"

Auf dem Tisch liegt ein blauer Matrosenanzug mit goldenen Knöpfen.

„Probier mal an", sagt meine Mutter in niedergeschlagenem Ton.

„Siehst du, ich hatte recht."

„Sag Danke", flüstert meine Mutter.

Sag ich nicht. Alle Klamotten auf der Welt sollen verbrennen. Die Biczkova soll sterben. Und auch meine Mutter soll sterben, sage ich im stillen. Ich habe große Lust, auf ihr herumzuhopsen, ihre Augen mit meinen Fingernägeln auszukratzen, aber ich gebe auf.

„Probier an!" befiehlt meine Mutter in drohendem Tonfall.

Ich ertrinke regelrecht in diesem Anzug. Ich hasse ihn. Mit meinen anderen Klamotten konnte man auf dem Müll spielen. Dort gab es immer eine Überraschung. Aus einem alten Schuh kann man beispielsweise ein herrliches Segelboot machen. Man braucht nur einen Stock in die Mitte zu stecken, ein Tuch daran zu knoten und es auf einer Pfütze schwimmen zu lassen. In Gedanken kann man damit weit wegfahren.

Auf dem Tisch neben den Kleidern steht eine blaue Blechdose, darauf ist ein Bild mit einem Dorf voller Bäume. Ein barfüßiger Mann mit einem Strohhut spielt Gitarre. Er hat einen großen Schnurrbart und lächelt. Neben ihm steht eine Tasse Kakao. Keine Biczkova und keine Mutter. Ich bleibe allein mit diesem Mann und seiner Gitarre. Unter den Bäumen gehe ich in meinem Matrosenanzug spazieren, und die Bewohner des Dorfes staunen alle über die goldenen Knöpfe. Ich setzte mich neben den Mann mit der Gitarre. Wir trinken zusammen Kakao. Plötzlich verschwindet das Dorf wieder. An Stelle von dem Dorf, dem Mann, dem Kakao und der jubelnden Menge steht jetzt die Biczkova da, mit einer Schere in der Hand.

„Ich will die Knöpfe“, schreit Jankele. „Meine Knöpfe!“

Mit jedem Knopf, den die Biczkova abschneidet, verschwindet der Mann, der Kakao, die Bäume und die betrügerische Menge.

„Mist kriegst du. Keine Knöpfe“, sagt Jankele und streckt mir die Zunge heraus.

„Wenn ich groß bin, töte ich euch alle!“

Da stellt sich die Biczkova ganz schnell neben ihren Sohn.

„Uns töten? Und alles wegen meinem guten Herzchen? Ich laß einen Mörder aufwachsen unter meinem Dach. Dein Leben wirst du im Knast beenden!“ schreit die Biczkova und verschwindet.

Meine Mutter schlägt wild auf mich ein.

„Wenn sie uns rausschmeißen, wo sollen wir dann hingehen? Sag, meine Katastrophe.“

Mir blutet die Nase. Ich fühle keine Bitterkeit gegenüber meiner Mutter. Todmüde schlafe ich ein.

Im Traum erscheint mein Vater. Der Dämon hält Jankele fest, und mein Vater steht da mit einer Axt in der Hand.

„Ich muß dich umbringen. Du quälst meinen Sohn.“

Jankele, voller Todesangst: „Avrum Leib, sag deinem Vater, daß er mich nicht umbringen soll!“

„Und die Knöpfe, gibst du sie zurück?“

„Ja, in Gottes Namen. Ich geb sie zurück!“

„Nu gut, Vater, laß ihn leben.“

Aber ich bin mir nicht sicher, ob ich es so richtig gemacht habe.

In einem Extra-Abteil des Eisenbahnwaggons, vollgepackt mit Koffern, fahren wir zum Sommerhaus. Am Fenster sitzen Jankele und Hadaske und ziehen den vorbeigehenden Bauern Grimassen. Grüne Streifen von Feldern und Baumkronen schaukeln, vom Wind gestreichelt. Darüber blauer Himmel. Der Zug schnauft schwer unter der Last so vieler Koffer von Frau Biczkova. Die Räder des Zugs jammern zähneknirschend: „Bicz-ko-va, Bicz-ko-va, Bicz-ko-va ...“, und das Pfeifen der Lokomotive antwortet: „Wiiiiiiiiie schwer sie ist, uff, uff, uff, wiiiiiiiiie schwer sie ist ...“

Auf einem der Bahnhöfe steigt eine Gruppe von uniformierten Kindern zu. Ihre Köpfe sind kahlrasiert wie bei Gefangenen. Alle haben große Ohren.

„Vom Waisenhaus“, flüstert jemand.

Ein Pfiff des Stationsvorstehers, ein Wink mit der grünen Kelle, und der Zug setzt sich wieder in Bewegung. Die rasierten Köpfe mit den großen Ohren lachen und schieben sich gegeneinander. Mit ihren Uniformen sehen sie aus wie ein Körper mit vielen Köpfen.

„Schaut mal, eine Kuh!“ schreit ein rasierter Kopf.

„Schaut mal, ein Storch!“

„Du bist selber ein Storch, das ist doch ein Adler.“

Neben mir sitzt eine alte Bäuerin mit einem Gesicht wie eine reife staubige Tomate.

„Warte mal“, sagt sie zu ihrem Sohn. „Paß auf das Paket auf. Setz dich lieber drauf, bis ich zurück bin“, sagt die Tomate zu dem Kind, das ihren Rockzipfel in der Hand hält. Eine leimfarbene Locke fällt ihm über die Stirn und seine Augen sind blau wie der Himmel hinter den Fenstern. Der Bub hat eine Bundhose an und ist barfuß. Ich schaue mich um. Biczkova schläft. Ihr Kopf liegt auf einem Paket, und aus ihrem offenen Mund blinken lauter goldene Zähne. Meine Mutter schläft auch. Jankele und Hadaschke schauen zum Fenster hinaus.

„Gehst du auch zum Sommerhaus“, frage ich das Kind.

„Nein, zur Hochzeit meiner Schwester, und nachher meinen Vater besuchen, weil er sitzt.“

„Wo?“

„Nu, im Knast.“

„Warum?“

„Weil er einen Polizisten umgebracht hat mit einer Mistgabel. Mein Vater ist ein Held“, sagt das Kind stolz.

„Und wie heißt du?“

„Staszek. Willst du Bildchen sehen?“ fragt Staszek.

„Ja.“

„Siehst du, Indianer auf Pferden. Schöne Pferde, gell?“

„Schön.“

„Weißt du“, sagt Staszek, „in unserem Dorf hat der Blitz ein Fohlen erschlagen.“

Jetzt sehen wir die Tomate wieder auf uns zukommen.

„Wer ist sie?"

„Es ist meine Mutter."

„Bah, wie fett die ist!"

„Ah ja, fett."

„Und haut deine Mutter dich auch?"

„Ja, klar. Sie gibt mir zu essen, und dann haut sie auch. Sehr kräftig."

„Meine Mutter haut auch", sage ich stolz.

„Staszek, wo bist du? Du gehst mir noch verloren. Wer ist der da?" fragt die Bäuerin ihren Sohn, als sie mir näher kommt. „Wer ist dieser kleine Jude? Was will er von dir?"

Staszek antwortet nicht.

„Er wird uns noch was klauen. Weg da! Alle Juden sind Diebe!"

Eine kräftige Ohrfeige saust mir auf die Backe. Ich spüre, wie es anschwillt und heiß wird.

„Weg hier, du kleiner Jude!"

Ich höre gerade noch eine Ohrfeige, die auf Staszek herunterkommt.

„Du paganische Seele. Du sollst nicht mit Juden spielen."

Ich suche das Weite, solange das noch möglich ist.

„Wo bist du gewesen?" fragt meine Mutter. „Was ist dein Gesicht so geschwollen?"

„Das ist von dieser fetten Bäuerin da drüben, weil ich mit ihrem Sohn gespielt hab."

„Was? Mit einem Goj hast du gespielt? Du paganische Seele, du."

Ich spüre die Hand meiner Mutter auf der anderen Backe, daß es mir in den Ohren klingelt.

„Nie wieder sollst du mit einem Goj spielen. Verstanden?"

„Verstanden." Ich setze mich ans Fenster und schlafe ein. Wie lange ich geschlafen habe, weiß ich nicht mehr. Das Geschrei von der Biczkova weckt mich auf. Es stellt sich heraus, daß wir den Bahnhof verpaßt haben, an dem wir hätten aussteigen sollen. Mit verstrubbelten Haaren und roten Augen beschuldigt sie zuerst einmal meine Mutter.

„Warum hast du nicht aufgepaßt, wo wir aussteigen müssen!"

„Ich war doch hier noch nie. Du kennst doch den Weg."

Biczkova zählt die Koffer und Pakete, die am Gleis stehen.

„Mein Gott. Zwei Koffer fehlen! Die Kinderkleider!"

Ah, wie toll. Jetzt geht's mir richtig gut. Das ist die Rache für die abgeschnittenen Knöpfe. Das haben sie verdient.

Niemand kommt, uns abzuholen. Deshalb müssen wir das Gepäck selber tragen. Noch bevor der Zug sich wieder in Bewegung setzt, klopft Staszek gegen die Fensterscheibe, nachdem er sich vorher vergewissert hat, daß seine Mutter nicht zuschaut.

„Willst du die Bildchen? Ich brauche sie nicht mehr. Es sind Bildchen mit Cowboys auf Pferden."

Staszek hat eine geschwollene Backe, so wie ich. Ein Auge ist leicht verdeckt dahinter. Beide brechen wir in Gelächter aus, und Staszek wirft die Bildchen aus dem Fenster.

„Danke, Staszek! Staszek, wo finde ich dich?"

„Du paganische Seele, du ..." höre ich noch die Stimme seiner Mutter.

Dann verschwindet Staszeks Kopf im Zug, der sich auch schon bewegt. Die Räder kreischen. Nach einem ungeduldigen Fauchen der Lokomotive nimmt der Zug Fahrt auf und entfernt sich immer rascher.

Mir zieht sich das Herz zusammen. Ich würde Staszek gern wieder treffen.

„Staaaszek!" schreie ich. „Auf Wiedersehen!" Aber das Gekreisch der Räder auf den Schienen läßt meine Worte untergehen. Wären wir zusammengeblieben, ich hätte ihm so viel erzählen können.

Ich sitze auf einem der Koffer. Vor mir ein grauer Häuserwald. In einem Hof voller Pferde und Wagen stehen die Kutscher. Bei einem von ihnen, einem Mann mit Riesenstiefeln und Pelzmütze, die ihm bis auf die Augen fällt, steht die Biczkova. Sie fuchtelt mit den Armen, als wolle sie Fliegen vertreiben. Der Kutscher kratzt sich gelassen am Kopf. Endlich, nach einer Weile Verhandeln, laden wir das Gepäck auf den Wagen, der schier auseinanderbricht. Meine Mutter und die Biczkova setzen sich auf die Pakete, und ich sitze vorn beim Kutscher. Unser Zugpferd ist fett, fast krankhaft aufgedunsen.

„Dio, du Satanssohn, beweg dich. Nur fressen willst du!"

Der Kutscher gibt ihm kräftig die Peitsche.

„Warum peitscht du ihn? Das tut ihm doch weh", sage ich.

Der Kutscher antwortet nicht. Er riecht stark nach Wodka. Ich gebe das Gespräch mit ihm auf und betrachte mir den Weg. Vor uns liegt ein Feld voll gelber Dornen und ein Wald wie ein Fleck. Riesige Baumkronen verflechten sich über unseren Köpfen und verstecken den Himmel. Stille umgibt uns. Beide Seiten des schmalen Pfads sind bedeckt mit einem Teppich aus dürren Blättern. Zwischen den Bäumen verbergen sich die Geheimnisse von Göttern, ewige Waldmärchen.

Alle schweigen. Die schweren Atemzüge des Pferdes, das weiche

Geräusch der Blätter und die Stimmen der Vögel wecken im Herzen Angst und Zittern.

„Hihihi", lacht da ein kleiner Walddämon.

„Hohoho", antwortet aus den Bäumen ein rauh krächzender Vogel.

Ab und zu durchbricht ein Leuchten die Finsternis. Grüne Tieraugen funkeln und verschwinden wieder im Dunkel der Sträucher wie Poltergeister. Angstvoll rücken wir zusammen, um nicht allein zu sein in dieser furchterregenden Welt.

Da fängt meine Mutter mit leiser Stimme an zu erzählen wie zu sich selbst:

„Vor vielen, vielen Jahren lebte einst ein Prinz, der sehr bekannt war für seinen Judenhaß. Die Bande, deren Anführer er war, hatte ihr Versteck in den Wäldern. Nachts kam sie heraus, um Reisende zu überfallen und ihnen Geld und Schmuck zu rauben. Nicht selten töteten sie die Menschen, die sich dagegen zu wehren versuchten. Viel jüdisches Blut hatte der Prinz auf dem Gewissen, und die Knochen der Getöteten bleichten an den Wegrändern und ängstigten die Herzen der Reisenden. Die Seelen der Opfer, die nicht in jüdischen Gräbern zur Ruhe gekommen waren, klagten ihr Leid mit Geschrei und Weinen zwischen den Bäumen.

Eines Tages kam in diesen Wald ein bettelarmer *Jeschivebucher*[37], der sich verirrt hatte auf seinem Weg zur Thoraschule des verstorbenen Rabbi Mendel, dessen Seele Gott immer gute Ratschläge gegeben hatte. Man sagt, Rabbi Mendel habe einen scharfen Verstand und ein warmes jüdisches Herz gehabt.

Es war an einem Freitag. Die Sonne war längst hinter dem Horizont verschwunden, da ging der junge Mann in den Wald, wo er einer Gruppe Kaufleute begegnete. Die Kaufleute kannten sich nicht in der Thora aus. Als die ersten drei Sterne am Himmel sichtbar wurden, baten sie den Jungen, er möge für sie zur Sabbathkönigin beten. Baruch, so hieß der junge Student, war sehr gläubig und fing an aus ganzem Herzen zu beten. Nach dem Gebet breiteten die Kaufleute ihre mitgebrachten Speisen aus. Sie waren reich, und jeder von ihnen zog aus seinem Paket dunkles Brot mit Rosinen, gebratene Hähnchen und allerlei Früchte, ohne jedoch Baruch zu beachten, der hungrig an einem Baum saß. Bescheiden wie er war, erbat er sich nicht einen Bissen von den Kaufleuten. Aber er war nicht der einzige, der hungrig blieb. Auch der Kutscher, der die Kaufleute hergeführt hatte, durfte nicht am Mahl teilnehmen. Baruch verlangte für sich nichts, aber er bat die Kaufleute, jeder von ihnen möge dem Kutscher eine Scheibe von seinem Brot abgeben.

[37] Thoraschüler

‚Ich bitte nicht für mich selbst. Ich bitte für euren Kutscher. Er ist zwar ein Goj, das stimmt; aber es steht geschrieben: Wir waren als Sklaven in Ägypten und litten auch Hunger. Daran sollten wir uns erinnern und unser Essen mit dem Kutscher teilen.‘

‚Wenn du so fromm bist, dann gib du ihm doch von deinem ab. Wer weiß, wie lang wir noch unterwegs sind. Sollen wir dann um Gottes Willen hungern müssen?‘

Baruch schwieg. Da erinnerte er sich daran, daß in einer seiner Taschen noch eine trockene Brotscheibe übriggeblieben war von vor zwei Tagen. Baruch teilte dieses Stück Brot in zwei Teile. Die eine Hälfte gab er dem Kutscher mit der Entschuldigung:

‚Das ist alles, was ich hab. Es tut mir leid, Herr Kutscher, aber ich bin arm.‘

‚Jetzt kann ich mich bei dir nicht bedanken, aber die Zeit wird kommen,zu der ich's dir vergelte.‘

Der Kutscher saß neben Baruch, streute ein wenig Salz auf das Brot und fing an zu essen.

Am nächsten Morgen brachen sie auf.

‚Komm, sitz bei mir auf‘, sagte der Kutscher zu Baruch. ‚Du bist zwar ein Jude, aber Gott wohnt in deinem Herzen. Fahr mit, laß mich nicht allein mit bösen Menschen.‘ Baruch hatte Mitleid mit dem Kutscher und war einverstanden.

Der Wald wurde immer dunkler, die Bäume standen dichter, das Gespann fand nur noch mühsam seinen Weg hindurch. Plötzlich erschauderten die Kaufleute vor Entsetzen, denn sie sahen sich von einer Räuberbande umzingelt. Sie hatten solche Angst, daß keiner von ihnen sich zu wehren getraute. Mit Seilen gefesselt brachten die Räuber die Kaufleute in ihr Versteck. Dort nahmen sie ihnen Geld und Schmuck ab und warfen sie nackt hinaus. In ihrer Verzweiflung fingen die Kaufleute an zu Gott zu beten, er möge sie retten.

Mitten in der Nacht brachten die Räuber die Kaufleute in eine Höhle, wo sie der Räuberhauptmann erwartete. Es war der Kutscher. Es wurde totenstill im Raum, und der Kutscher redete zu Baruch:

‚Du hast aus lauter Mitleid eine trockene Brotscheibe geteilt, während diese hier – er deutete auf die Kaufleute – Kuchen fraßen, ohne die Hungrigen zu beachten. Deshalb bist du frei. Als Dank gebe ich dir das Geld dieser Verfluchten.‘

Mit diesem Geld baute Baruch ein Waisenhaus, ein Altersheim und eine

Synagoge. Die Jahre vergingen, Baruch wurde immer weiser, und sein Name wurde in der ganzen Stadt berühmt."

„Und was wurde aus den Kaufleuten?" fragte die Biczkova.

„Die wurden geschlachtet", sagte Mutter triumphierend.

Biczkova zuckte zusammen vor Angst, vielleicht, weil sie merkte, daß ihr Ähnliches passieren könnte.

„Gibt's in diesem Wald Räuber?" fragte ich den Kutscher.

„Was für Räuber?" fragte er erstaunt zurück.

„Ich frag, ob in diesem Wald ein Raubüberfall vorkommen kann."

„Natürlich. Hier werden die Reichen auch von Räubern überfallen", sagte der Kutscher. Ein Lächeln glänzte unter seinem Schnurrbart, und Fältchen fächerten sich um seine Augen.

„Stimmt es, daß arme Leute nicht von Räubern überfallen werden?" fragte ich, um mich selbst zu beruhigen.

„Was können sie schon von ihnen holen, Läuse?"

„Das stimmt. Was können sie schon von uns holen."

Die grüne Kiste und das schwarze Tuch meiner Mutter waren im Haus von Biczkova geblieben. Wie gut, daß wir arm sind, dachte ich.

„Frau Biczkova", sagte ich zu ihr, „wenn die Räuber uns überfallen, dann schlachten sie euch, und wir kriegen das ganze Geld, so wie bei Baruch."

Ich hatte noch nicht ausgeredet, da klatschte auch schon die Hand meiner Mutter mir ins Gesicht.

„Meine Katastrophe, halt dein Maul!"

„Der hat jemand, dem er ähnlich werden will. Ein Sohn von Menasche, sein Name sei verflucht", sagte Frau Biczkova.

„Was hab ich denn Besonderes gesagt? Mutter hat auch schon gesagt, daß man die Reichen schlachten soll."

„Mein Gott, ich hab einen Mörder mitgenommen!"

Am Sonntag kamen wir beim Sommerhaus an. Frau Biczkova hatte meiner Mutter deutlich gemacht, daß sie mich nicht mehr erträgt. Ihre Augen glänzten und ihre Nase, die sonst immer wie eine Erdbeere aussah, wurde etwas blasser.

„Wenn du willst, daß ich ihn hier behalte, mußt du besser auf ihn aufpassen. Er muß im Zimmer bleiben. Auf keinen Fall will ich ihn sehen. Nicht nur ich, auch meine Kinder. Sie haben auch so schon genug unter ihm zu leiden."

Biczkova schlug mit der Faust auf den Tisch.

„Ich will ihn nicht mehr sehn. Diesen! Diesen! Diesen!"

Ihr ganzer Leib zitterte; ihr Kopf, um den sie ein Tuch gebunden hatte, zitterte mit. Die Haare fielen ihr auf die Augen; ihre Nase schob sich darunter hervor wie eine Karotte mit zwei Löchern. Ihr Gesäß tanzte einen Tanz für sich allein. Nach oben, nach unten, nach rechts und nach links.

„Aber wie kann ich ihm verbieten, das Zimmer zu verlassen?“

Biczkovas Arschtanz geriet aus dem Takt. Aber ihre Hände hörten nicht damit auf, meiner Mutter hinterherzugestikulieren. Ich blieb allein. So viele Sachen, so viele Abenteuer, alles im Eimer jetzt. Ich werde eingesperrt und kann die Welt nur durchs Fenster sehen. Das Fenster war hoch, und fast nur den Himmel konnte man sehen, wenn man hinausblickte. Ein paar blaue Schmetterlinge flogen um die Blumen herum. Jetzt verloren die Schmetterlinge ihre Farbe und wurden grau. Auch die Blumen verloren ihr Rot und falteten sich zusammen. Weit hinten am Horizont war ein Wald zu sehen. Ein Wald, den selbst Biczkova nicht hatte aus der Landschaft radieren können. Ein Wald, in dem sich Räuber versteckt hielten. Sie wurden mir so vertraut, vertrauter als meine Mutter, die nur weinen und beten konnte. Da werde ich in der Nacht hinschleichen und warten, bis sie auftauchen. Bestimmt hat jeder von ihnen einen langen Bart bis zu den Knien, an der Hüfte ein großes Messer und in jeder Hand eine Pistole. Ihren Anführer kann man an den bunten Federn am Hut erkennen. Sicher wird er mich fragen:

„Avrum Leib, wie können wir dir helfen?“

Sie haben doch auch dem Baruch geholfen und ihm ganz viel Geld gegeben. Jetzt mußte ich mich fragen, was ich wohl mit dem ganzen Geld machen würde. Nie hätte ich geglaubt, daß ich einmal so ein Problem haben könnte, nicht zu wissen, wohin mit so viel Geld.

Zuerst kauf ich ein Haus mit ganz vielen Blumen drum herum. In der Küche sollen riesige schwarze Töpfe stehen aus Metall, wie bei den Reichen, und in jedem Topf ein anderes Gericht. In einem Topf sind Kartoffeln mit Fleisch, im anderen rötliches Zimmes mit Rosinen.

„Und was ist mit der Biczkova?“ werden die Räuber sicher fragen.

Hm. Was soll man mit ihr machen? Ich überlegte. Die Biczkova soll in einem winzigen Zimmer wohnen und den ganzen Tag kochen. Jedem armen Menschen, der an unsere Tür kommt, soll sie einen großen Teller geben mit allem darauf, was er sich wünscht. Wäre meine Mutter neben mir gestanden, ich hätte sie bestimmt eingeweiht in meine Idee.

„Was?“ hätte sie mich verärgert gefragt, und ihr Gesichtsausdruck hätte mir bereits mitgeteilt, daß ich all dies schnell vergessen solle.

Ich habe niemanden, dem ich meine Gedanken und Pläne anvertrauen kann. Alle sind gegen mich. Die Tür zum Garten stand offen. Ein Vogel pfiff ein Verachtungslied. Dann stand er auf der Erde und fing an zu tanzen. Sein Schwanz bewegte sich auf und ab. Dieser Vogel hat mich genervt. Ich warf einen Stein nach ihm, da verschwand er unter den Büschen, ohne jedoch mit seinem Verachtungsgepfeife aufzuhören. In dieses Verachtungsgezwitscher stimmte schließlich eine ganze Vogelschar mit ein.

„Ruhe!" schrie ich.

Das Gelächter machte mich noch wahnsinnig. Sogar die Blumen machten noch mit den Vögeln mit. Die roten Pelargonienköpfe nickten zum Einverständnis. Alle waren sie gegen mich. Da packte mich vollends die Wut. Mit einem Stein in der Hand pirschte ich mich an die Spottvögel heran und traf einen von ihnen so, daß er hinkte. Ein anderer ergriff die Flucht. Da erhob sich der ganze Schwarm in die Luft und verschwand. Jetzt war nur noch mit den Blumen abzurechnen. Mit einem Stock fing ich an, die Köpfe mit ihrem ekelhaften roten Lächeln abzuschlagen. Von all den Blumen blieb nur noch ein Haufen Blätter und Stengel übrig, aus dem noch ein paar freche rote Augen herausschauten. Was war das für ein Gefühl. Ich war Sieger. Ein wunderbares Gefühl. Sie lagen schweigend zu meinen Füßen und hatten kapituliert. Plötzlich hörte ich von oben einen Schrei. Unmittelbar danach prasselte ein Hagel von Fäusten auf meinen Kopf.

„Ach du lieber Gott, er hat die Blumen kaputtgemacht. Räuber! Und alles nur, weil ich so gutherzig bin."

Für einen Augenblick verlor ich das Bewußtsein. Ihre Fäuste ließen keinen Körperteil aus. Ich fiel auf die Blumen. Mein Kopf lag in den roten Händen der Pelargonienblüten. Ich spürte die Schläge nicht mehr, nur noch ein wirres Durcheinander in meinem Kopf. Aus meiner Nase floß Blut in einer roten Schnur, und Erschöpfung überkam mich. Der Geruch der Blumen war unerträglich. Ich wollte aufstehen, aber es ging nicht. Mein Kopf war aus Blei, und meine Füße gehörten nicht mehr zu mir. Ein Schatten trat in meine Nähe. Er sah aus wie meine Mutter.

„Avrum Leib, was ist passiert? Wer hat dir das getan?"

Für einen Moment verstand ich ihre Frage nicht und versuchte mich zu sammeln.

„Das war die Biczkova."

„Warum?"

Die Stimme meiner Mutter klang ruhig und bedrohlich. Es war gar nicht ihre Stimme.

„Steh auf und komm mit."

Ihr Blick verhieß nichts Gutes. „Sie hat meinen Sohn geschlagen, ich bring sie um", zischte sie durch die Zähne.

Wir gingen in die Küche, und meine Mutter zog unter dem Ofen einen schweren Schürhaken hervor. Plötzlich war ich stolz auf sie. Das war nicht mehr meine kleine, weinende Mutter. Zwar hatte sie keinen Bart, aber eine Räuberin hätte sie ohne weiteres werden können.

„Avrum Leib, wenn ich sie umbringe, in der gelben Tüte unter der Matratze findest du Geld."

„Und was soll ich damit machen?"

„Du fährst nach Lodz. Da wird sich schon jemand finden, der auf dich aufpaßt."

„Wer?"

„Weiß ich nicht. Aber ich trau dir schon zu, daß du durchkommst."

Ich wollte ihr sagen, daß sie die Biczkova nicht töten soll. An ihrem Blick konnte ich aber sehen, daß mit ihr nicht mehr zu reden war. Ich war sehr neidisch darauf, daß sie schon groß war und töten durfte. Ich mußte noch eine Weile warten bis dahin.

„Komm mit!"

Die Tür von Biczkovas Zimmer war verschlossen. Meine Mutter stemmte sich mit einer Kraft dagegen, die ich ihr nie zugetraut hätte. Die Tür sprang auf. Die Biczkova saß auf dem Sessel mit einer Zeitung in den Händen. Eine Riesenbrille mit schwarzem Rand hing auf ihrer Nase. Ihr Körper zuckte in den Polstern zusammen.

„Du hast meinen Sohn gehauen?" fragte meine Mutter mit fester Stimme. Nur ihre Lippen zitterten und verrieten, was in ihr vorging.

„Ha, du kommst ihn noch verteidigen, statt daß du ihm noch mehr davon gibst, was er von mir gekriegt hat."

„Das Leben hat ihm genug gegeben. Und jetzt frag ich dich: Warum hast du ihn geschlagen?"

Der Schürhaken in Mutters Hand hatte angefangen zu tanzen. Sie trat näher an den Sessel.

„Schlägt man so auf ein Kind ein, was?"

„Was ist denn, ich hab ihn verhauen, wie er's verdient hat."

„Haust du deine Kinder auch, bis sie bluten?"

„Seht mal, seht. Eine große Enthüllung. Ich hab den Sohn von *Meschumad*[38] Menasche gehauen."

Plötzlich lebte der schwere Haken in der Hand meiner Mutter auf. Er

[38] religiöser Überläufer

sauste hoch und nieder, immer auf Biczkovas Kopf. Dabei fing er an laut zu sprechen:

„Das ist für mein Leiden! Das ist für meinen Sohn! Das ist für mein gebrochenes Leben!"

Der Haken sprach immer schneller. Ein Wasserfall von Wörtern sprudelte heraus. Biczkova, die nicht aus ihrem Sessel herauskam, strampelte in letzter Anstrengung mit den Füßen. Ein paarmal traf sie auch meine Mutter mit einem Tritt. Da schwieg der Schürhaken. Aber das bedeutete Gefahr für meine Mutter, denn Biczkova war wesentlich größer als sie.

Mit einem Satz fiel ich über Biczkova her wie der Hund Burek. Der Hund Burek war klein, fast wie ein Kind. Aber dennoch habe ich selbst beobachtet, wie er mit aufgerissenem Rachen den besoffenen Aaron angefallen hat, als er ihn getreten hatte. Seine Zähne bissen sich in Aarons Bein, und der mußte flüchten. Aaron war so ein Riese und Bureck war so klein, und trotzdem.

Biczkovas nackte Beine waren grau, voller Haare und gelber Fettflecke. Es war das Fett, daß sie tagaus, tagein fraß. In dieses Fettpolster bohrte ich meine Zähne. Der Geschmack war ekelhaft. Es roch nach einer Salbe, die sie sich gegen Rheumatismus daraufgeschmiert hatte.

„Oj, er beißt mich. Räuber, Mörder. Hilfe!"

Meine Zähne gingen tief hinein, ich hatte den Mund voller Haare. Über mir hörte ich den schweren Atem meiner Mutter und das dumpfe Geräusch von Schlägen gegen den Kopf der Biczkova. Ihr Kopf war bestimmt innen hohl, denn die Schläge gaben ein Echo, wie wenn jemand gegen ein leeres Faß klopft. Biczkova verlor das Bewußtsein. Ich und meine Mutter standen neben ihr. Aus ihrem offenen Mund war das künstliche Gebiß herausgefallen. Es lag auf dem Boden und lächelte. Wahrscheinlich hatte es auch sehr unter ihr zu leiden gehabt. Meine Mutter untersuchte, ob Biczkova noch lebte. Ein Auge von ihr war geöffnet und rot wie Pelargonien. Ich spuckte aus und traf mitten in das Auge. Die Spucke fing an zu fließen, als ob das Auge Tränen weinte.

„Jetzt, Avrum Leib, verlassen wir diesen Platz ganz schnell."

Mutter mit dem großen Koffer, ich mit einem kleinen Päckchen in der Hand, so versuchten wir möglichst keinem Menschen auf der Straße zu begegnen.

„Avrum Leib, wir müssen jetzt ganz schnell laufen, damit wir den Zug nicht verpassen."

„Wohin gehen wir jetzt?"

„Nach Lodz."

„Und was machen wir da?“

„Wir werden uns trennen, und du gehst in ein Waisenhaus.“

„Und du, Mutter?“

„Ich weiß noch nicht. Vielleicht fahre ich wieder nach Wilna.“

„Besuchst du mich dann auch?“

„Hör auf zu reden, du brichst mir noch das Herz. Ich werde dich nie im Stich lassen.“

Ich wollte noch sehr viel sagen. Zum Beispiel wollte ich ihr sagen, daß ich nie mehr auf Blumen trete. Ich war bereit, alles zu tun, nur damit ich nicht ins Waisenhaus komme. Kaszik hatte mir erzählt, das Waisenhaus sei ein großes graues Gebäude, an dem alle Fenster vergittert sind. Alle tragen sie dort braune Klamotten, und man hat immer Hunger. Und das Schlimmste: Wegen jedem kleinen Fehler gibt es Schläge.

Auf Mutter kann man sich nicht mehr verlassen. Sie hat zwar die Biczkova geschlagen, weil die mich verhauen hat; aber wie wird sie es erfahren, wenn ich dort auch geschlagen werde? Sie ist dann weit weg.

Plötzlich hielt Mutter an, wurde bleich und sagte mit ruhiger Stimme wie zu sich selbst:

„Was nun? Die gelbe Tüte mit dem Geld ist dort unter der Matratze geblieben. Wir können nicht mit dem Zug fahren. Wir müssen zu Fuß gehen. Ein Glück, daß wir was zu essen im Koffer haben. Hast du Hunger?“

Ich nickte.

Wir saßen am Wegrand. Der Koffer diente als Tisch. Obwohl ich großen Hunger hatte, obwohl das Brot mit Gänseschmalz und Zwiebeln bestrichen war, was ich so gerne mochte, konnte ich es nicht anfassen.

„Avrum Leib, iß! Ich weiß nicht, wann unsere nächste Mahlzeit sein wird.“ Ihre Gestalt wurde fast eins mit der Dunkelheit. Ab und zu konnte ich sie wieder im Mondlicht sehen. Es wurde kalt. Wir deckten uns mit ihrem gestrickten Wollschal zu. Wir waren uns so nah und doch so weit voneinander entfernt.

„Was soll aus dir werden, Avrum Leib? Ich krieg Angst, wenn ich nur daran denke. Wenn nicht ins Waisenhaus, dann gehst du wieder zu Tante Esther.“

„Tante Esther ist gut“, sagte ich.

„Ruhe, ich will gar nichts von ihr hören.“

Da tauchten plötzlich zwei Lichter auf und kamen näher. Die Lichtstreifen krochen schwerfällig die Straße entlang. Schon hörte man das Husten eines Motors. „Komm, wir stellen uns an die Straße. Vielleicht können wir sie anhalten." Wir standen am Straßenrand und fuchtelten mit den Armen. Die Lichter kamen näher, ein viereckiges Tier mit blinkenden Augen. Die Lichter waren gelb, und in ihrem Schein sah alles fahl und trostlos aus.

„Wohin?"

Aus dem Bauch des Biests kam eine männliche Stimme. Der Mann redete polnisch. Ich konnte nur einen großen Schnurrbart sehen.

„Nach Lodz."

Im Führerhaus war wohl noch ein zweiter Mann, denn wir hörten einen Streit zwischen ihnen. Die andere Stimme war sicher dagegen, uns mitzunehmen. Meine Mutter ging schnell hin, mit weichen Schritten, denen ich voll Bewunderung nachschaute. Nie hätte ich geglaubt, daß sie zu solchen Bewegungen überhaupt fähig ist. An meine Ohren kamen einzelne Satzfetzen:

„Was ist mit dem Kind?" fragte eine heisere Stimme.

„Wir warten, bis er einschläft."

„Oh, das kann lang dauern, bis er schläft."

„Dann soll das Kind im Führerhaus sitzen und wir wechseln uns ab. Du, Wladek, machst den Anfang. Du gehst als erster mit ihr nach hinten. Da gibt's Stroh. Mach, daß du bald fertig wirst."

„Geh ins Führerhaus", flüsterte mir meine Mutter zu. Ihre Stimme war mir fremd. Sie klang bedrohlich und erinnerte mich an die Stimme von Tante Esther, als sie mit dem Kutscher stritt.

„Avrum Leib, wir haben keine Wahl. Wenn wir hier über Nacht bleiben, kann's noch schlimmer kommen. Schnell, geh ins Führerhaus."

Unsanft schob sie mich hinauf. Der Fahrer hatte einen Mantel mit hochgestelltem Kragen, der sein Gesicht überschattete.

„Ist das deine Mutter?" fragte der Mantel.

„Ja."

Über meinem Kopf hing ein Spiegel. Der Mantel fing an, irgendeine militärische Melodie zu singen. Die Lichter des Autos tasteten vorsichtig den Weg ab. Helle Flecken rannten vor uns her.

„Aha, deine Mutter ist schön, ja?" fragte der Mantel.

In dem Spiegel über mir sah ich meine Mutter mit hochgeschobenem Kleid daliegen.

„Zieh das Kleid aus", sagte eine männliche Stimme ärgerlich.

„Mir ist kalt", sagte meine Mutter.

Meine Mutter lag da, halbnackt, die Beine auseinandergespreizt. Auf sie hatte sich ein nackter Mann gelegt, der Riesenschuhe an den Füßen hatte.

Die Beine meiner Mutter legten sich auf seinen Rücken. Ihre Bewegungen wurden immer schneller. Ich schloß die Augen. Ich wollte das nicht sehen. Hilflosigkeit und Scham stieg in mir hoch. Dreimal hielt das Auto an, und die Fahrer wechselten sich ab.

„Aha, du hast eine Mutter, die bei der Sache ist", sagte einer der Fahrer. Endlich zog sich meine Mutter an, und das Auto hielt noch einmal. Jetzt saß sie angekleidet neben mir im Führerhaus.

„Avrum Leib."

Ich antwortete nicht, und mit meiner ganzen Kraft gab ich ihr einen Tritt. Meine Mutter setzte sich weiter weg von mir. Ihr Gesicht war ruhig und beinahe ohne Falten. „Du bist noch ein Kind, du verstehst nichts."

Ich konnte noch sehen, wie die Hand meiner Mutter zärtlich über das Bein des Fahrers wanderte. Meine Mutter ist mir so fremd. Jeder ihrer Annäherungsversuche entfernt mich noch weiter von ihr. Die Hand auf dem Bein des Fahrers kann ich nicht vergessen. Vielleicht ist das gar nicht meine Mutter. Vielleicht haben sie mich mit einem anderen Kind vertauscht. So viele Gedanken schossen mir durch den Kopf. Vielleicht ergibt sich noch eine Gelegenheit zum Abhauen.

„Jetzt kommen wir dann bald zum Gemeindebüro. Da treffen wir uns mit dem Sekretär."

Vielleicht kann ich noch entwischen, bevor wir da reingehen. Wer hilft mir jetzt aus der Patsche?

„Mutter, gibt es noch Räuber auf der Welt?"

„Die Welt ist voll mit lauter Räubern."

Endlich. Ein Hoffnungsschimmer.

„Wo sind sie?"

„Überall. Und jetzt sei still und benimm dich. Wenigstens wirst du keinen Hunger leiden im Waisenhaus. Ich hoffe, sie nehmen dich dort an."

Im Waisenhaus kann ich nicht unterkommen, es ist kein Platz frei. Das ergab sich aus dem Gespräch mit dem Gemeindesekretär. Dieser hat seinen Kopf mit einem Bart geschmückt. In seinem breiten Gesicht glänzen winzige Augen wie Rosinen in einem Topf Gänsefett.

„Ich, das heißt – wir – haben alles überprüft. Es gibt keinen Platz. Solche wie ihn gibt es viele, aber Platz nicht. Ja. Unserem Volk mangelt es nicht an Katastrophen."

„Ich weiche keinen Schritt weg von hier. Wo soll ich denn mit ihm hingehen? Mich umbringen, das ist das einzige, was mir noch übrigbleibt. Wo ist Ihr jüdisches Herz? Helfen Sie doch!"

Der Sekretär schaut mich unbeteiligt an und danach meine Mutter, genau wie der Fahrer. Sein Blick wandert eindringlich über meine Mutter. Wenn ich einmal Räuber bin, dann töte ich ihn als ersten. Plötzlich habe ich eine lange Liste von vielen, die ich umbringen möchte. Es ist gar nicht leicht, sie alle zu zählen.

In das Zimmer kommt eine kleine Frau in langem Kleid bis an die Knöchel, das Gesicht voller Falten wie ein verschrumpelter Apfel. Ihre Augen blicken auf meine Mutter voll Zärtlichkeit und Mitleid.

„Und wie heißt du, Kind?“ fragt mich der Sekretär.

Ich gebe ihm keine Antwort. Wenn er es jetzt wagt, mir näherzukommen, dann kriegt er einen Tritt von mir. In dem Zimmer hängt ein Geruch von Moder. Die Wände mit dem blätternden Putz sehen aus wie eine Hautkrankheit. An der Wand hängt das Bild eines Mannes mit langem schwarzem Bart und Pelzkappe. Er hat schwarze Augen, die mich verunsichern.

„Ich bewege mich nicht weg von hier, da könnt ihr machen, was ihr wollt.“

„Vielleicht etwas später, Madame“, sagt der Sekretär. „Komm ohne das Kind, dann können wir vielleicht in Ruhe darüber reden.“ Seine Augen blicken auf meine Mutter wie ein Hund auf das Fleisch im Metzgerladen.

„Moment mal“, erinnert sich die kleine Frau, „vielleicht können wir doch was arrangieren. Vielleicht kein Waisenhaus, aber vielleicht finden wir eine Familie, die ihn aufnehmen würde. Ich kenne da eine persönlich. Sie sind zwar arm, aber nette Leute.“

Meine Augen starren auf den schwarzbärtigen Mann auf dem Bild.

„Ich seh schon, mein Kind, dieser Mann gefällt dir. Weißt du auch, wer er ist?“

„Nein.“

„Das ist ein frommer Mann. Er heißt Baal Schem Tow und war ein großer Gerechter. Er lebte wie ein einfacher Mann, fällte Bäume im Wald und verschenkte sie an arme Leute“, sagte der Sekretär.

Wie ein Blitz schießt mir der Gedanke durch den Kopf: Bestimmt hatte er sich nur als Holzfäller verkleidet und war in Wirklichkeit Räuber, so wie auch dieser Kutscher. Der Mann auf dem Bild schaut finster und weise drein. Er hat den Armen geholfen, und das erweicht mein Herz.

„Was schaust du ihn so an“, fragt mich der Sekretär, „wärst du auch gerne so ein weiser Schüler wie er?“

„Nein.“

„Nein?“ wundert sich der Sekretär. „Was wolltest du denn gerne sein?“

Das erzähl ich ihm nicht. Er ekelt mich an. Sein Gesicht glänzt vom Fett.

Diese dicken Lippen, die großen Ohren. Mit seinem Benehmen erinnert er mich so sehr an die Biczkova. Mit seiner Selbstgefälligkeit und seinem Hochmut.

„Nu sag, sei nicht so schüchtern. Was würdest du gerne sein?"

„Ich will ein Räuber werden, und ich werde zuerst dich umbringen und danach die Biczkova."

Ich fing zwei starke Ohrfeigen. Im Zimmer lag gespanntes Schweigen. Nur der Mann an der Wand lächelt mich aus seinem Rahmen verständnisvoll an und flüstert mir ruhig zu, so daß keiner es hören kann:

„Räuber müssen auch mal zwei Ohrfeigen einstecken können, das Räuberleben ist nicht leicht."

Wie mir diese Worte einleuchten!

Jetzt sind wir auf dem Weg zu Familie Licht. Je näher wir der Adresse kamen, die uns der Sekretär gegeben hatte, um so enger und leerer wurden die Gassen. Kaum noch Kinder waren zu sehen. Die wenigen Mütter und Kinder wühlten in den Abfallhaufen wie riesige Fliegen. Bei einem Laden mit braun gestrichener Brettertür blieben wir stehen. Das Schaufenster war voll Kuchen.

„Willst du Kuchen?"

„Ja."

„Iß, ich weiß gar nicht, wann ich dir einmal wieder so einen Kuchen kaufen kann."

Meine Mutter aß die eine Hälfte und gab mir die andere. Obwohl ich großen Hunger hatte, konnte ich den Kuchen nicht essen. An meiner Kuchenhälfte hatten sich ihre Zähne abgezeichnet, ich ekelte mich. In Gedanken sah ich Mutter immer noch, wie sie sich mit den beiden Autofahrern küßte und wie ihre Hand einen fremden Mann streichelte.

„Ich eß ihn nicht."

„Warum?"

„Sag ich nicht."

Wir gingen weiter. Die Häuser wurden kleiner, grauer und versanken im Schlamm. Nur eine Kirche ragte protzig heraus, mit rotem Dach, hohen Fenstern und einem eisenbeschlagenen Tor. Auf beiden Seiten des Portals standen bemalte Statuen. Sie trugen ein lange blaue Gewänder mit goldenen Sternen, hatten Kronen auf dem Kopf und schiefe Gesichter. Eine von ihnen erinnerte mich an Frau Biczkova, wenn sie Migräne hatte. Es geschah ihr recht, daß jeder Wagen, der hier vorbeifuhr, sie mit Dreck bespritzte. Die andere Statue erinnerte mich an meine Mutter, wenn sie weinte. Wenn alle christlichen Heiligen leiden müssen, dann hat meine Mutter einen Ehrenplatz unter ihnen. Alle meine Bekannten hatten viel zu leiden. Ich denke, auch Kaszik könnte hier als Statue herumstehen. Auch Malkele, und selbst ein Standbild von Schmelke wäre hier am richtigen Platz. Die Liste meiner Skulpturen wurde sehr lang. Ich hoffte, sie fänden alle einen Platz in dieser Kirche. Die Skulptur von Biczkova hätte ich aber doch weit von der meiner Mutter weggestellt, sonst wäre es denen womöglich noch eingefallen, Streit miteinander anzufangen.

„Mutter, warst du irgendwann schon mal in einer Kirche?"

„Was? In einer Kirche? Was redest du da, was für Gedanken (sie spuckte aus), aus Gojims-Köpfen! Was soll aus dir noch werden, wenn ich nicht bei dir bin?"

Meine Mutter versuchte anzuhalten und mich zu umarmen, als wollte sie mich vor bösen Mächten in Schutz nehmen. Aber ich wich zurück.

„Ich will nicht, daß du mich umarmst!"

Sofort bereute ich, was ich gesagt hatte und wollte sie um Verzeihung bitten. Ich ahnte, daß ich sie sehr lange nicht mehr sehen würde.

„Du hast das Herz deines Vaters, ohne Gefühle, ohne Zärtlichkeit."

Spät am Abend kamen wir schließlich bei der Adresse an. Das Haus, das wir gesucht hatten, fand sich in einem Gewirr von Fassaden, die sich alle sehr ähnlich sahen. Ein Haus klebte am andern, so daß es aussah wie ein einziges langes Haus. Schwarze Fenster sahen aus wie Münder, denen ein Schrei auf den Lippen erstorben war. Es gab auch Fenster, die von Öllampen erleuchtet waren, zitternd, wie sterbende Seelen. Meine Mutter zog am Klingelgriff. Das Echo kam von weit aus der tief schlafenden Gasse. In einer Ecke stand ein Wagen mit vorgespanntem Pferd. Lange Schatten versteckten sich zwischen seinen Rädern wie gespenstische Tiere. Wir hatten Angst.

„Siehst du, Avrum Leib", sagte meine Mutter, ohne mich auzuschauen, „so sieht unser Leben aus, leer und verloren im Dunkeln."

Noch einmal zog meine Mutter an der Klingel. Nach ein paar Minuten näherten sich Schritte. Wahrscheinlich ein alter Besoffener, dachte ich.

„Wer ist da?" hörte ich eine Frauenstimme.

„Wir wollen zu Familie Licht."

„Sie wollen zu Familie Licht", schrie eine männliche Stimme lachend.

„Was geht das dich an? Man will was von dir, dann antworte gefälligst."

„Ach sei nicht böse, Magda, ich mach nur so."

„In welcher Sache?" fragte die Stimme.

„Ich möchte meinen Sohn in Pflege geben."

Die Tür öffnete sich. Der Pförtner dort war sehr klein, mit dickem Bauch und ein bißchen nach vorn gebeugt.

„Zu schade um ihn. Jetzt haben sie wieder ein Opfer erbeutet. Ihr Name sei verflucht. Diese Blutegel. Aber das geht mich nichts an. Wenn ihr die Treppe raufgeht, müßt ihr vorsichtig sein. Es gibt kein Geländer, und das Holz der Stufen ist geflickt wie das Hemd eines Bettlers. Die erste Tür rechts im ersten Stock."

Der Pförtner schaute uns noch lange nach und hörte nicht auf sich zu kratzen, als hätte ihn eine große Schar Flöhe überfallen.

„Blutegel, Blutegel", murmelte er zu sich selbst. Blutegel, Treppe wie das Hemd eines Bettlers, diese Worte klangen nicht gerade vertrauenerweckend.

„Mutter, los, wir hauen ab von hier, ich hab Angst."

„Wohin?"

Die Stimme meiner Mutter klang hohl wie ein Gegenstand, der zu Boden gefallen ist. Wirklich, jetzt ist alles aus. Im Treppenhaus schlug uns Gestank entgegen. Es wurde schlimmer, je näher wir der Tür kamen. Kurz bevor wir oben ankamen, sagte meine Mutter:

„Was auch kommen mag, denk nie, ich hätte dich verlassen. Wenn ich dich nicht besuche, dann ist das ein Zeichen dafür …" Hier brach sie ab, suchte nach den richtigen Worten, sagte aber nichts weiter.

Warum ist der Mensch so einsam, wenn es ihm schlecht geht? Wo ist Kaszik, wo ist Estherke? Wo ist Goddl, der alles weiß? Ich erinnerte mich an seine Worte: Bei uns Dieben wird ein Freund nie im Stich gelassen. Dann lohnt es sich vielleicht doch, ein Dieb zu werden. Warum will meine Mutter unbedingt, daß ich ein aufrichtiger Mann werde, daß ich auf dem Cheder studiere, und daß ich ein guter Jude werde? Das sind doch alles Betrüger. Warum betrügt mich meine Mutter und läßt mich allein? Alles wegen mir. Ich hätte die Blumen nicht kaputtmachen dürfen. Aber eigentlich ist mir alles egal. Was soll's? Hab ich die Blumen halt kaputtgemacht. Sie haben's nicht anders verdient. Warum haben sie mich auch ausgelacht. Kaputtmachen. Die Blumen auf der ganzen Welt kaputtmachen. Und nicht nur kaputtmachen. Man muß die Welt verbrennen. Ich hasse, ich hasse!

Die Frau, die uns begrüßte, war ziemlich groß, mit einem breiten männlichen Gesicht. Unter einer Perücke blickten zwei schwarze Augen hervor, flink wie bei einer Maus. Wir gingen in ein Zimmer mit einer niedrigen verrußten Decke. So stark, wie die Frau dastand, sah sie aus, als würde sie die Decke stützen. Auf dem Tisch, der mit verschiedenen Gegenständen bedeckt war, stand eine kleine Öllampe und ließ schwarzen Rauch aufsteigen. Die Möbel waren alt, und ein Geruch von Kuhdung ging von ihnen aus.

„Ich hab mir schon Sorgen gemacht wegen euch“, sagte die Frau mit männlicher Stimme.

„Schwer zu finden, vor allem nachts.“

„Natürlich, natürlich.“

Wir stehen mitten im Zimmer und mustern einander.

„Und wie heißt du, Kind?“

„Avrum Leib.“

„Ich heiße Malka und arbeite hier.“

Sie zeigte auf Haufen von Kuhdärmen.

„Das ist mein Einkommen. Ich putze sie für den Metzger Moisches Ruil.“

Plötzlich, als erinnerte sie sich an etwas:

„Was bin ich nur für eine Hausfrau. Wir stehen hier rum wie Telegraphenmasten. Bestimmt habt ihr Hunger. Und ich schwatze euch voll, anstatt euch was anzubieten. Nehmt Platz. Vielleicht Gänsefettfrikadellen?“

Die Bescheidenheit, die Armut, die großen Hände mit den Warzen, ihre einfache Sprache fingen langsam an, mich zu erobern. Ihr ganzes Wesen strahlte menschliche Wärme aus.

„Hast du Hunger?“

„Ja.“

„Das gefällt mir, wir werden uns anfreunden.“

Ich konnte mich nur langsam für sie erwärmen. Malka kam näher und streichelte meinen Kopf, ohne es selbst zu merken. Wie ich das haßte. Es überkam mich auf einmal, ohne daß ich wußte, was ich tat. Mit all meiner Kraft biß ich ihr in die Hand, versetzte ihr einen Tritt gegen das Knie und verschanzte mich ganz schnell hinter dem Tisch. Ich untersuchte alle Gegenstände, ob sie mir als Waffe dienen könnten. Im Zimmer war ein großes Durcheinander. Malka schrie laut auf, und auch meine Mutter schrie. Malkas Hand war blutüberströmt.

„Sag Entschuldigung“, schrie meine Mutter.

„Sag ich nicht.“

Ich hielt eine große Gabel in der Hand. Sollte sich mir jemand nähern, würde ich zustechen.

„Satan. Das ist das verfluchte Blut deines Vaters.“

In Malkas Augen standen Tränen. Wahrscheinlich tat ihr die Hand weh.

„Beruhig dich, Kind. Beruhig dich, Avrum Leib. Wir haben nichts gegen dich.“

„Der ist wild, was kann ich machen?“ sagte meine Mutter.

Wieder bin ich schuld, schoß es mir durch den Kopf, wie damals, als ich die Blumen kaputtgemacht hatte. Ich wollte mich bei ihr entschuldigen, aber stattdessen kam etwas anderes heraus:

„Wenn jemand näherkommt, bring ich ihn um.“

Müdigkeit überkam mich, als hätte jemand eine Daunendecke über mich gelegt. Die Stimmen von Malka und von meiner Mutter entfernten sich. Ich sah noch Malkas Finger, den sie wie einen dürren Ast in die Höhe hob, so daß er einen langen Schatten an die Wand warf. Meine Mutter ließ ihren großen Kopf auf die Brust heruntersinken.

„Ich bin nicht böse auf ihn“, versicherte Malka meiner Mutter. „So hat's ihm das Leben beigebracht. Sieben Töchter sind schon bei mir. Er wird der achte. Bei uns waren immer wieder Zöglinge. Einmal war eine Frau da, Beile hieß sie. Genau wie bei Ihnen, gnädige Frau, war ihr der Mann abgehauen. Vielleicht bleiben Sie noch ein paar Tage hier, bis sich das Kind beruhigt hat und anfängt, sich an uns zu gewöhnen.“

„Ich kann nicht, ich muß fahren. Aber bevor ich losfahre, sag ich dir was: Er ist ein wildes Kind, aber gut. Paß auf, daß er nicht mit Gojim spielt. Bei Gelegenheit schick ich Geld, daß er auf dem Cheder studieren kann.“

Noch eine ganze Weile konnte ich die langen lustigen Schatten von Malka und meiner Mutter beobachten. Sie wackelten hastig mit dem Unterkiefer, als hätten sie heiße Kartoffeln gegessen.

„Mutter, fährst du morgen?“ fragte ich vor dem Einschlafen.

„Nein, Avrum Leib, ich bleib noch ein paar Tage.“

Meine Mutter stand vom Tisch auf, und – ohne ihre Beine zu bewegen – fing sie an im Zimmer herumzufliegen. Ich versuchte sie zu fangen, aber sie entkam zwischen den Möbeln. Vielleicht hätte ich sie erwischt, aber der Tisch mit den vielen Gegenständen war ein zu großes Hindernis. Meine Mutter verabschiedete sich aus der Ferne und winkte mit ihrem Taschentuch, wie man es macht, wenn ein Zug wegfährt.

„Avrum Leib, schlaf jetzt. Ich fahre nicht.“

5. Kapitel

Die Wohnung von Malka liegt halb im Schatten. Der Boden besteht aus angefaulten Brettern. Neben dem Fenster hängt ein zerbrochener Spiegel und darunter das Hochzeitsfoto von Malka und ihrem Mann, dem Riesen Gerschon. Von diesem Bild sind nur die Schuhe übrig, die untere Hälfte des Kleides und die rechte Hälfte ihres Kopfes. Die andere Hälfte des Kopfes ist von den Würmern aufgefressen. Von ihrem Mann Gerschon ist nur noch der Mantel übrig, riesige Knöpfe und eine Pelzmütze.

Den größten Platz im Zimmer nimmt ein Riesentisch ein. Tagsüber dient er dem buckligen Chaim als Arbeitsplatz, nachts schlafe ich unter ihm auf einem Brett. Zusammen mit mir schläft da auch die kleine Tochter, die man Cholera nennt. Eigentlich heißt sie gar nicht Cholera, sondern Beile. Aber wegen ihrem unerträglichen Charakter nennen sie sie alle Cholera. Überhaupt haben bei Malka alle einen besonderen Namen, und nichts darf man verwechseln. Einen einzigen Fehler habe ich gleich mit einer Reihe saftiger Ohrfeigen bezahlt. Nur Malka weiß die richtigen Namen, und vielleicht hat auch sie diese bereits vergessen. Alle haben ziemlich lustige Namen, zum Totlachen. Fangen wir bei der großen Tochter an. Sie heißt Kosak, weil sie hohe Stiefel hat. Die nächste Tochter heißt Klotz. Ich meine, dieser Name paßt sehr gut zu ihr. Sie bringt es fertig, auf der Stelle zu stehen und sich nicht zu bewegen, bis man sie wegschiebt. Danach kommt eine Zitz, weil sie so große Brüste hat.

Mich, beispielsweise, nennen sie Avrum Leib den Punie, oder Punie Bastard. Punie heißt bei uns so viel wie Russe. Meine Vorfahren stammen nämlich aus Rußland. Meine Mutter nennen sie Zippke die Litwatschka, denn sie redet Jiddisch mit litauischem Akzent. Dann gibt es noch eine Sack, weil an ihr alles herunterhängt wie Lappen. Ihr richtiger Name ist Rahel. Sie hat einen Verehrer, einen Lehrling des Schneiders Nissim. Bald sind wir sie los, weil sie heiratet. Die Frau des buckligen Chaim behauptet, sie würden ein glückliches Paar abgeben, denn ein Schneider und ein Lappen paßten immer gut zusammen.

Von allen Töchtern mag ich eigentlich nur die Älteste, Luba. Sie ist die einzige, die keinen Spitznamen hat. Luba ist fast nie zu Hause. Manchmal ist sie mehrere Tage weg. Sie ernährt sich selbst und gibt einen Teil ihrer Einkünfte an die Familie ab. Es ist, als gehöre sie gar nicht richtig dazu. In ihrem ganzen Aussehen liegt irgendein Geheimnis, was mich an Tante Esther erinnert. Der gleiche Parfümgeruch, immer sauber und müde. Sie hat große, schwarze Augen und zwei Zöpfe wie eine Krone um ihren Kopf geflochten. Manchmal sitzt Luba reglos am Fenster, und etliche Male habe ich sie weinen sehen. Nicht laut weint sie, aber die Tränen hinterlassen in ihrem Schminkpuder Fäden, von den Augen, an der Nase vorbei, bis zum Mund. Sie tut mir sehr leid. Einmal fragte ich sie, warum sie weint.

„Weil das Leben einer Frau so traurig ist."

„Warum ist das traurig?"

„Weil ich in den Augen der Männer nur ein Stück Fleisch bin. Aber was erzähl ich dir da, du bist ja noch ein Kind. Weißt du, Avrum Leib, ich hab keine Lust zu leben. Ich muß die ganze Zeit an die Frau des Geigers Novak denken."

„Was ist mit ihr?"

„Sie hat sich umgebracht. Sie hat auch auf der Straße gearbeitet, wie ich. Das war schon passiert, bevor ich zu Malka kam. Die Novaks wohnten über uns. Jetzt ist die Wohnung leer. Es heißt, man könne dort noch das Geigenspiel von Novak hören. Er hat sich auch umgebracht. Nach dem Tod seiner Frau fing er an zu trinken, und nachts spielte er traurige Stücke. Seitdem habe ich Angst davor, im Dunkeln aus der Wohnung zu gehen. Eines Nachts bildete ich mir ein, ich hörte eine Geigenstimme. Die Melodie war kaum herauszuhören, denn draußen stürmte es wie verrückt."

Ich bin erst seit wenigen Tagen hier, aber mir kommt es vor, als hätte ich immer schon hier gelebt. Mir ist so traurig zumute. Alles ist klebrig, und alles stinkt. Der Gestank kriecht durch die Haut, ins Herz, bis in die Seele. Ich versuche, möglichst allen aus dem Weg zu gehen, und die meiste Zeit tue ich so, als ob ich schlafe.

„Er hat Sehnsucht", sagt Malka traurig. „Wie er immer schweigt, da kriegt man kein Wort aus ihm heraus", sagt Rahel und fährt fort: „Aus solchen Typen wird nichts Rechtes. Er wird sein Leben wie der weiße Cheinek im Knast beenden. Er ist genauso."

„Hast du ihn gekannt?" fragt Luba ärgerlich.

„Nein, aber so sagen sie."

„Jetzt sagen sie so", ärgert sich Malka. „Aber als es ihnen dann mal schlecht ging, zu wem kamen sie dann immer gelaufen? Und als der alte Joene aus seiner Wohnung rausflog, wer hat ihm da geholfen? Wer kam mit dem Messer in der Hand zu seinem Hausbesitzer und drohte ihm, so daß Joene schließlich in seiner Wohnung bleiben konnte?"

„Ja, er war ein Verbrecher, aber einer mit jüdischem Herz. Er war sich nicht zu schade, einem Juden seinen letzten Zloty zu geben."

Ich stelle mich schlafend und gelobe im Herzen, in seine Fußstapfen zu treten. Die Gestalt des weißen Cheinek ergreift Besitz von mir, wie auch die Geschichten über Urke Nachalnik. Das Gespräch verstummt, die Nacht senkt sich über alle herab und im Zimmer wird es ruhig. Eingerahmt durch den Vorhang, steht die Nacht hinter dem Fenster, eingehüllt in den alten Mantel des riesigen Gerschon. Ich versuche einzuschlafen, aber meine Aufmerksamkeit wird auf eine Riesenuhr gelenkt, mit einem Drachenkopf und einem Pendel, rosarot wie eine Zunge. Im Maul des Drachens steckt diese große Uhr wie ein Knochen im Rachen, vielleicht der Grund, weshalb der Drache so ein furchterregendes Gesicht macht. Ein blasser, müder Mond hält einen Augenblick am Fenster inne. Seine Müdigkeit erinnert mich an meine Mutter. Sorgenvoll und müde schaut sie mich an und sieht aus, als wäre sie an diesem Fenster gekreuzigt.

Das sture Geratter eines Weckers reißt mich aus dem Schlaf. Der Ton klingt alt und heiser. Der Wecker war Malkas Hochzeitsgeschenk. Kein Wunder, daß er jetzt heiser und alt ist. Im Kerzenlicht sehe ich Malka auf dem Bett sitzen. Der Schatten unter ihrer Nase verändert seine Form mit jeder Kopfbewegung. Mit geschlossenen Augen verrichtet Malka ihr Morgengebet. Zu mir herüber dringt ihr ruhiges Gemurmel wie das Geraschel von windbewegten Papierblättern. Wie schön, daß ich jetzt nicht aufstehen muß. Draußen ist es noch dunkel und kalt. Malka erhebt sich schwerfällig. Ihr langer Schatten reicht bis zur Decke und sieht aus wie ein gehenkter Mann. Dann legt sich der Schatten auf den Boden und verschwindet zusammen mit dem weißen Fleck ihres Nachthemds in Richtung Ofen. Minuten später hört man das Reiben eines Streichholzes auf der Schachtel, eine fröhliche Melodie von brennendem Holz, und schließlich Malkas schwere Schritte auf der Treppe.

Um sechs Uhr kehrt Malka mit Körben voller Därme zurück, und die Luft füllt sich mit einem stinkend-klebrigen Geruch. So fängt der Tag an. Halb schlafend drehen sich alle langsam mit Kleidungsstücken in der Hand. Die weißen Körper, die roten Augen erregen Ekelgefühle in mir, allerdings auch Neugier. Die Hängebusen, die nackten Hintern und die schwarzen Dreiecke unter dem Bauch wecken außer der Neugier auch Schamgefühle in mir. Ich schließe die Augen, aber die Körper verschwinden nicht. Jedes Zusammentreffen zweier Körper löst einen Streit aus. Ich habe das Gefühl, die Körper sind prall gefüllt mit Geschimpfe, und ohne ihre Münder wären sie sicher längst erstickt. Die Oberschimpferin ist Hanna, Malkas Schwester. Jedes Wort von ihr strotzt vor Schmutz und Gift. Unter ihren grauen Haaren, die aufs Gesicht fallen, blicken Hannas Augen wie ein Tier im Käfig. Aber ich muß dazusagen, ihre Schimpfwörter sind vortrefflich; zum Beispiel:

„Daß der Balkon auf deinen Kopf fallen soll und du eine Dauerwelle davon kriegst", oder: „Daß dir ein Bein abfällt und du stattdessen einen Besen findest, dann hast du immer einen sauberen Boden."

Und sofort stelle ich mir Wolf (den Hausbesitzer) vor, fett und kurz, mit einem Besen im Arsch. Ich kann mich nicht mehr zurückhalten und breche in Gelächter aus.

„Was hast du zu lachen, du Bastard?" fragt Hanna, als suchte sie schon lange eine Gelegenheit, Streit anzufangen.

„Weil das so lustig ist. Wie kann man mit einem Besen im Arsch gehen, statt mit einem Bein?"

„Du wirst noch mal ein Bein verlieren, dann weißt du's. Hast uns ja grade noch gefehlt, du."

Ihr Gezeter ist grenzenlos. Das ganze Theater läuft ab wie das Tick Tack des Uhrpendels. Ich weiß nicht genau, ob es stimmt, was ich sage, aber von Rahel hörte ich folgendes:

Hanna und Rahel waren gezwungen zu heiraten. In dem Dorf, wo Chaim wohnte, war eine Epidemie ausgebrochen. Ich weiß nicht mehr, was es für eine war, sie hatte einen schwierigen Namen. Jedenfalls wütete sie furchtbar unter den Juden, so daß einige Rabbis sich zu einem Rat versammelten. Sie kamen zu dem Beschluß, daß die Epidemie erst aufhören würde, wenn sich ein Paar verheiratet, das wegen körperlicher Gebrechen keine Möglichkeit zum Heiraten hat. Da brachten sie aus dem einen Dorf den Chaim, den kein Mädchen wollte, weil er einen Buckel hatte und zudem noch arm war. Aus dem anderen Dorf brachten sie die Hanna, die auch keiner wollte, weil sie so groß war, keinen Busen hatte und schielte.

Die Hochgestellten der Dörfer fanden sich auf dem Friedhof neben dem Grab des Gerechten, Rabbi Getzel, ein, dessen Seele im Garten Eden weilt, wo sie Ratschläge an Gott gibt, wie er am besten auf das Leben und Schicksal der Juden einwirken kann. An dieses Grab also brachten sie das Paar zum Heiraten, und es wirkte tatsächlich. Die Epidemie verschwand, als ob sie nie dagewesen wäre, und die ganze Gemeinde feierte dieses Wunder.

Ich habe ja da so meine eigene Meinung. Ich glaube, als die Krankheit Hanna gesehen hat, nahm sie Reißaus und ließ sich einfach nicht mehr blicken, solange noch eine Seele in ihr wohnt. Glücklicherweise gibt es jede Woche Streit und Schlägereien. Dabei haut jeder mit Kuhdärmen auf die Köpfe der anderen. Manchmal geht auch mal eine ganze Woche ohne Gehaue vorbei, dann bricht die große Langeweile herein, die Zeit kriecht im Schneckentempo dahin wie formlose Wolken am Herbsthimmel.

Ein richtiges Fest bringt uns Schimschon Beckel ins Haus. Er ist ein großer, schlanker Kerl und hat ein langes Pferdegesicht. Auf seiner rechten Backe hat er eine Schnittnarbe, die vom Ohr bis zum Mund geht. Schimschon hat gelbe Tabakzähne und kleine schwarze Augen. Mit jeder Kopfbewegung tanzen seine Ringellöckchen lustig hin und her. Schimschon weiß viele Geschichten, darin kommen, wie im Kino, immer massenhaft Tote und Verwundete vor. Lustig ist es schon, unser Leben. Gut, daß ich kein Arzt bin. Schimschon lacht durch seine Augenschlitze.

„Und du, Avrum Leib, was willst du mal werden, Arzt oder Dieb?"

Ich muß wieder daran denken, was meine Mutter gesagt hat: Ich hab es nicht verdient, dich als Dieb zu sehen. Und dann passierte es doch einmal, als ich mir einen Schuh von Biczkova klaute, um daraus ein Segelboot zu bauen.

„Ein Arzt wollte ich schon werden."

„Ein Arzt?" fragt Schimschon voller Bewunderung. „Ach so, um die Möglichkeit auszuschließen, daß du doch noch ein Dieb wirst."

„Ich will kein Dieb werden, sonst kriegt meine Mutter Ärger."

„Ach Gott, deine Mutter ist jetzt weit weg. Keine Mutter, keine Oma von dir, nur ich, Schimschon Beckel, ich mach aus dir einen Menschen, jaja", seufzt Schimschon. „Nur den Menschen helfen, das hätte ich gern gewollt. Und keiner versteht das. Aber wahrscheinlich ist das eben mein Charakter. Wenn ich einen Menschen mit einem schweren Paket sehe, dann bin ich immer bereit, ihm die Last zu erleichtern. Oder wenn ich jemand sehe mit vollen, langen Taschen, ich würde krank werden, wenn ich sie ihm nicht kürzer machen könnte. Das habe ich noch von meinem toten Vater, er war Schneider."

„Du verfaulst noch mal im Kerker", prophezeit ihm Hanna mit verdrossener Miene.

„Laß die Hexe“, sagt Rahel und bettelt: „Erzähl uns was Lustiges.“

Schimschon achtet nicht auf Rahels Bitte. Sein Blick richtet sich ganz auf mich. Offensichtlich läßt ihm meine bedachtsame Art keine Ruhe.

„Ich muß dir beibringen, wie man mit dem Messer kämpft, sonst bist du verloren im Leben.“

„Jaja“, sage ich überlegen.

Schimschon steht auf, beugt sich vor, zieht seinen Kopf tief zwischen die Schultern und schaut mich an, als würde er sofort losspringen.

„Siehst du irgendeinen daherlaufen, dann ziehst du dein Messer raus und tust so, als wolltest du ihn abstechen. Aber das ist nur ein Trick. Der Typ achtet nur auf die Hand mit dem Messer, während du ihm mit voller Wucht in die Magengrube trittst. Dann ist er fertig.“

Schimschon hypnotisiert mich mit seinen katzenhaften Bewegungen.

„Oder noch besser: Du brichst eine Flasche in der Mitte durch, mit der Hälfte, die in der Hand bleibt, haust du ihm kräftig zwischen die Augen. Während der Kerl sein Gesicht in den Händen hält, gibst du seinen Gedärmen blitzschnell Gnade.“

„Was ist Gnade?“

„Du ziehst seine Gedärme in die Freiheit.“

„Aha“, antworte ich unsicher, ohne zu wissen, warum die Gedärme Freiheit brauchen.

Nach seinem Unterricht im Messerkampf zeigt uns Schimschon, wie man als Taschendieb vorgeht. Schimschon steckt zwei Finger in eine gedachte Tasche und spielt die Blicke des Opfers.

„Ojojoj, ich kann nicht mehr“, lacht Rahel laut auf.

Aber die längste Zeit verbringt Schimschon im Knast, und dann bringen ich und Rahel ihm Päckchen. Man muß ziemlich lange am Eisentor anklopfen, bis sich ein winziges Fensterchen öffnet, in dem ein Auge mit hellen Wimpern, eine halbe Nase und ein halber Schnurrbart erscheint. Das Auge schaut uns mißtrauisch an und fragt mit einer fetten Stimme:

„Für wen ist das?“

„Für Schimschon Beckel“, sagt Rahel.

„Gebt her“, sagt das Auge kurz.

Rahel schiebt das Paket durchs Fenster. Wir bleiben noch einige Augenblicke in der Hoffnung, das Auge wiederzusehen, aber umsonst. Das Fensterchen bleibt stumm und geschlossen. Auf dem Heimweg denkt Rahel laut: „Mir macht das nichts aus, daß er ein Dieb ist. Aber der ist ein Scheißkerl, kein Dieb, ein Scheißkerl. Verstehst du, Avrum Leib?“

„Ja, Scheiße. Kein Dieb", bekräftige ich.

„Du bist selber ein Scheißkerl", ärgert sich Rahel über mich.

Als wir nach Hause kommen, steht Hanna mit einem zufriedenen Lächeln in der Haustür.

„Nu, wie geht's unserem Prinzen, hat er gekriegt, was er braucht?"

„Paß bloß auf, daß du nicht gleich kriegst, was du brauchst."

„Vielleicht helft ihr mir lieber mal bei der Arbeit, statt zu streiten. Ich hab noch ein paar Därme zu putzen", sagt Malka inmitten von Darmhaufen.

Schabbes ist ein zauberhafter Tag, wie eine Zauberin, die die Menschen verändert, daß man sie nicht wiedererkennt. Aus den Gesichtern verschwinden die Falten, und die Münder lächeln. Sogar Hanna vergißt zu schimpfen. Schwer zu sagen, ob der Schabbes deswegen so schön ist, weil die Leute lächeln, oder ob die Leute wegen dem Schabbes lächeln. Der Fußboden ist gewöhnlich mit goldfarbenem Sand bedeckt. Ich verteile den Sand mit einem kleinen Rechen, und das Zimmer ertrinkt in einem Ockerlicht. Zögernd und erwartungsvoll nehmen alle um den Tisch herum Platz. Es ist warm im Zimmer. Durch die Ritzen des Ofens leuchtet das Rot der Flammen. Der blaue Emaillekessel gibt Töne von sich wie ein satter Kater.

„Stimmt es, daß der Kessel aussieht wie ein Feuerwehrmann mit Pfeife?" frage ich.

Bei anderer Gelegenheit hätte ich bestimmt eine Absegnung von Hanna gekriegt, aber diesmal begnügt sie sich damit, sich einen Kreis auf die Stirn zu malen.

„Wo siehst du einen Feuerwehrmann mit Pfeife?"

Wie kann man so etwas nicht sehen? Der Deckel sieht doch ungefähr aus wie ein Helm, und der Ausguß des Kessels, wo der Dampf entweicht, sieht doch aus wie eine Pfeife. Malka gießt Tee in die Tassen. Es sind Tontassen mit aufgemalten Blumen. Traurigkeit überkommt mich; meine Gedanken laufen meiner Mutter nach. Wo wird sie wohl sein? Vielleicht ist alles um mich herum nur ein Traum. Vielleicht verschwinden Malka, Hanna und alle, wenn ich nur die Augen aufmache. Immer, wenn ich einen bösen Traum hatte und ihn meiner Mutter erzählte, umarmte sie mich, spuckte in alle vier Himmelsrichtungen, leckte mir die Augen und murmelte: „Daß deine bösen Träume auf die Köpfe der Gojim niedersinken sollen."

Von meiner Mutter blieb mir nur die Erinnerung und die Sehnsucht. Ich bin wie gar nicht anwesend in diesem Zimmer.

„Avrum Leib, was ist los mit dir", fragt Malka besorgt.

„Gar nichts, ich hab Bauchweh."

„Vielleicht trinkst du ein bißchen Tee?“

„Vielleicht mit einem Stück Zitrone drin“, bietet mir Chaim scheu an. „Soll ich's dir geben?“

„Ja“, antworte ich.

Der Kessel klingt wie eine Lokomotive, die statt Rädern Pferdebeine hat. Wild schlagen die Hufe. Neben den Schienen hört man im Bahnhof das Gemurmel von Leuten. Zweifelnd sagen sie: „Es wird ihm nicht reichen.“

„Was ist ihm passiert?“ fragt eine Frau, die aussieht wie Malka, und beantwortet gleich selbst ihre Frage: „Er weint.“

„Nu, beruhig dich. Da, nimm ein Stück Zitrone“, sagt Malka.

Die Zitrone hat die Augenfarbe meiner Mutter. Ein paar Sekunden versucht die Zitrone in dem Teeglas nach oben zu kommen, ertrinkt aber nach ihrem fehlgeschlagenen Versuch.

„Gelt, es hilft“, sagt Malka.

„Ja.“

Wie an jedem Schabbes, erzählt Malka wieder vom Tod ihres Mannes Gerschon.

„Es gibt keinen Gerechten und keinen Arzt auf der Welt, bei dem ich nicht gewesen wäre. Auch bei dem Gerechten Reb Herschel aus Alexandrow war ich. Er saß mit geschlossenen Augen da. Wahrscheinlich konnte er das Leid in meinem verheulten Gesicht nicht mit ansehen, oder er hörte das Wehklagen des ganzen Volkes Israel. Wer von uns einfachen Leuten kann das schon wissen. ‚Rebbe, hilf‘, weinte ich und küßte seine Hände. ‚Ich kann dir gar nicht helfen, liebe Frau. Fahr heim, und Gott wird dir helfen.‘ Er wies den Synagogendiener an, mir einen halben Apfel zu geben. ‚Gib das deinem Mann. Und wenn Gott helfen will, wird er gesund.‘ Ich nahm den halben Apfel und fuhr beruhigt nach Hause. Auf dem Weg dachte ich: Der Gerechte weiß schon, was er tut, aus seinem Mund redet doch der Himmel. Also ging ich zurück nach Hause, gab meinem Gerschon den Apfel, und tatsächlich verbesserte sich sein Zustand. Er bekam wieder Appetit, seine Schmerzen ließen nach, und er wurde wieder dicker. Es sah aus, als würde mein Gerschon tatsächlich gesund. Aber der Todesengel gab nicht auf. Eines Nachts erwachte ich von Geschrei: ‚Bring ein *Minjan*[39], denn es kann bald zu spät sein.‘ Schon wenige Minuten später erkannte mein Gerschon niemanden mehr. Er senkte seinen Kopf ins Kissen und hielt in den Händen den halben Apfel, den er von dem Gerechten bekommen hatte. Die Kerze auf dem Tisch fiel plötzlich um, obwohl kein Wind ging. ‚Er ist da und will mich mitneh-

39 Gebetskreis von mindestens zehn Männern

men', schrie Gerschon und kämpfte mit jemandem, den nur er sah. Als die Kerze wieder angezündet wurde, war mein Gerschon bereits tot. Er war verlöscht wie die Kerze. Wenn das Schicksal des Menschen im Himmel geschrieben steht, dann kann auch kein Gerechter helfen. Was hätte es Gott gestört, wenn mein Gerschon noch unter uns sitzen würde?"

Malka schließt ihre Geschichte und wischt sich die Tränen aus den Augen. Malkas Gesicht macht mich sehr neugierig. Es ist von der Sonne gebräunt wie alte Möbel, mit vielen Rissen, die aussehen wie Spinnweben. Von der Nase zum Mund sind die Falten tiefer, um die Augen herum dünner, wie eine feine Stickerei. Die Falten auf der Stirn erinnern an einen tiefgepflügten Acker. Wenn sich Malkas Augen mit Tränen füllen, sieht man darin einen kleinen blauen Kessel. In den Tränen sieht er aus wie ein kleines Boot, das steuerlos umherschaukelt. Eine große Träne mit Kessel darin schwimmt in einem tiefen Schlitz bis zum Mund. Meistens erzählt Malka auch noch von ihrem Bruder, der in der Zeit der Pogrome umgekommen ist. Er erschien seinem Vater im Traum.

„Im Traum bat er darum, in *Israels Grab*[40] beerdigt zu werden. Nach seinem Tod wurde er in ein abgelegenes Wasserloch geworfen, deshalb konnte er nicht die ewige Ruhe finden. Seine Leiche wurde tatsächlich an dem Ort gefunden, den er im Traum gezeigt hatte. Er wurde daraufhin auf einem jüdischen Friedhof in Anwesenheit eines Minjan begraben, und über seinem Grab wurde ein Grabstein errichtet. Ein paarmal ist er dann noch im Traum erschienen, um sich zu bedanken."

Eines Nachts erschien Malkas Bruder wieder in ihrem Traum. Um ihn herum waren Engel mit Fackeln in den Händen. Als Malka aufwachte, stellte sich heraus, daß die ganze Wohnung in Flammen stand. Ich kämpfte mit meiner Neugier und hatte den schweren Verdacht, daß die Engel selbst die Wohnung angezündet hatten. Aber ich hielt lieber meinen Mund. Die Geschichten sind immer zu Ende, sobald drei Sterne am Himmel sichtbar werden. Der Zauber des Schabbes ist vorbei. Morgen gibt es wieder Geschimpfe und harte, kalte Blicke.

Die einzige Gestalt, die mir wirklich gut gefällt, ist der bucklige Chaim. Er, mit seinem großen Zwergenkopf, betrachtet die Welt mit den Augen eines geschlagenen Hundes. Chaim hat sich schon längst mit seinem Schicksal abgefunden. Ihm ist alles klar, und er verzeiht allen. Auch seiner Frau Hanna verzeiht er, wenn sie ihn ausschimpft und mit einem Stock verprügelt und mit allem, was sie sonst noch in die Hand bekommt. Er drückt sich in die

[40] auf einem jüdischen Friedhof

Ecke neben der Nähmaschine, bittet um Verzeihung, daß er überhaupt einen Platz auf der Welt beansprucht, und für die ganzen Untaten seiner Frau hat er nur eine Antwort: „Das ist mein Schicksal, da kann man nichts machen."

Nachdem Schmelke tot ist und Goddl im Knast sitzt, steht mir Chaim noch am nächsten. Hätte ihm einmal jemand in die Augen geschaut, dann hätte er den unschuldigen Blick eines Kindes erblickt. Nur Malkele, die an Tuberkulose gestorben ist, hatte auch so einen Blick. In seinen Augen ist nichts Unreines, es wohnen Tiefe, Wärme und Reinheit darin. Chaims Nähmaschine ist alt und hustet vor Anstrengung wie er selber. Sein kleiner Körper zittert wie aus Angst vor dem Rattern des Rades und vor dem Blitzen der Stahlnadel. Könnte seine Nähmaschine schimpfen, dann sähe sie aus wie Hanna. Wenn wir einmal unter uns sind, erzählt Chaim die Geschichte von seinem Buckel. Aber zuerst schaut er sich immer um, damit er sicher geht, daß seine Frau nicht da ist.

„Hast du mal gehört, wie meine Frau mit mir schimpft, wie sie mir alle Schlechtigkeiten der Welt an den Kopf wirft?"

„Ja."

„So ist das. Als dann auf meinem Kopf kein Platz mehr dafür war, fielen die Schläge auf meinen Rücken. Wenn meine Frau mich haut, dann bücke ich mich und fange die Schläge alle mit meinem Rücken auf. Und so geht das: immer noch eins drauf, noch ein Schlag, noch ein Geschimpfe, und so hat sich mein Buckel gebildet. Jedes Kind, das keine Eltern hat und unter fremde Menschen geworfen wird, muß damit rechnen, so einen Buckel wie ich zu bekommen."

„Glaubst du, daß ich auch so einen Buckel habe, wenn ich groß bin?" frage ich ängstlich.

Chaim schweigt lange und schaut mich voller Sorge an: „Das hängt ein bißchen auch von dir selber ab."

„Was kann ich dann machen?"

Chaim kommt näher an mich heran, blickt wie immer um sich und erzählt mir ein Geheimnis:

„Wenn sie dich schimpfen und hauen, dreh dich nie um. Steh immer mit dem Gesicht dem Geschimpfe gegenüber. Wenn du nur einmal unaufmerksam bist und dich umdrehst, dann ist alles verloren. Das Geschimpfe wird auf deinen Rücken niederprasseln, und das ist der Anfang von einem Buckel."

„Warum hast du dich dann umgedreht?"

„Als ich das endlich kapierte, da war es schon zu spät. Verstanden?"

„Nein“, gebe ich zu.

„Ich will versuchen, es dir auf ganz einfache Art zu erklären: Bis der Messias kommt, wird es immer Buckel auf unserer Welt geben.“

„Muß das denn so sein?“

„Es fällt mir schwer, deine Frage zu beantworten, aber soviel ich weiß sieht es so aus: Gott hat wohl ein paar Buckel zu verteilen, da fragt er sich bestimmt, an wen er sie abgeben kann. Wenn er dem Kind von reichen Eltern einen Buckel verpaßt, dann wird ihr Geschrei und die Gebete von den Gerechten, die dafür bezahlt werden, so hoch zum Himmel steigen, daß er keine Ruhe bekommt. Also, was tut er dann? Er verteilt seine Buckel einfach an Kinder, die keine Eltern haben und kein Geld für die Gebete der Gerechten. So bleibt er ungestört.“

„Chaim“, frage ich ihn leise und erwartungsvoll, „woher weißt du das?“

„Ganz genau kann ich's dir nicht sagen, aber soweit ich gesehen habe, waren Kinder mit Buckel immer nur in dunklen, dreckigen Wohnungen, wo der Hunger herrscht.“

„Aber warum ist das so?“

„Meiner Meinung nach liegt alles nur am Geschimpfe. Jedes Schimpfwort, das aus einem Mund herauskommt, ist wie ein Staubkorn. Viele solcher Körner werden zu einer Wolke, und so eine Wolke verdunkelt dann die Sonne. Die Sonnenstrahlen haben keine Kraft mehr, in die Wohnungen zu kommen, dann setzt sich die Dunkelheit auf die Zimmerwände und auf die Seele. Wo es dunkel ist, da vermehren sich die Schimpfwörter. Das ist die Weltordnung.“

Chaims Geschichten machen mir Angst. Er weiß über die Geheimnisse von Himmel und Erde Bescheid. Vielleicht ist er einer der *Lamed Wavnikin*[41], die auf der Welt umhergehen und aussehen wie ich und du. Woran man sie erkennen kann, hat meine Mutter gesagt, sei eine brennende Kerze über ihren Köpfen.

Ich entschloß mich, das herauszufinden. Jene Nacht lag ich wach, und richtig, mitten in der Nacht sah ich einmal, daß über Chaims Kopf eine Kerze brannte, damit er bis zur Morgendämmerung arbeiten konnte. Das erschütterte meinen Glauben aber gar nicht. In meinen Augen blieb er einer der Lamed Wavnikin, denen wir es verdanken, daß diese Erde überhaupt noch existiert.

Alles, was Chaim tut, hat einen tieferen Sinn. Ich war sehr stolz auf die

[41] hebräisch (Sing. ein Lamed Wavnik): 36 zur Erde gesandte Gerechte, Heilige in Menschengestalt

Freundschaft mit Chaim. Am Samstag abend, als bereits drei Sterne aufgegangen waren, sagte Chaim, er müsse zur Synagoge wegen *Minjan*[42].

„Du gehst jetzt nicht raus", schrie Hanna ihn an, „du machst deine Arbeit hier fertig. Morgen kommen sie und wollen ihre Westen abholen."

„Hanna, ich muß gehen, und ich bin sofort wieder zurück."

Chaim wandte sich der Tür zu, Hanna hinter ihm her. Ihr Gesicht wurde bleich, und ihre Augen blickten wie irre. Ich hatte das Gefühl, gleich würde etwas Schlimmes passieren. Chaim machte die Tür auf und ging zur Treppe, Hanna wie ein Wirbelwind hinterher. Plötzlich hörte ich einen Schlag und Geschrei. Es war das Geschrei von Chaim. Alle rannten wir hin. Hanna war über alle Berge. Am Fuß der Treppe konnte man schwere Seufzer vernehmen. Mit einer Öllampe eilten ich und Malka an die Stelle, um zu sehen, was passiert war. Chaim lag mit dem Gesicht nach unten und atmete schwer. Ich und Malka drehten ihn um. Seine Augen waren geschlossen, Blässe und Schweiß bedeckten sein Gesicht. Mit vereinten Kräften schleppten wir ihn hoch und legten ihn aufs Bett.

„Ich glaube, Chaim hat das Rückgrat gebrochen, Avrum Leib, lauf los und hol Schwieder, den Krankenpfleger."

„Es ist zu spät", sagte Chaim ruhig. Er hatte seine Augen geöffnet, als wollte er die ganze Welt noch einmal sehen. Chaim schaute sich um:

„Malka, ich bitte darum, daß alle rausgehen und mich mit Avrum Leib allein lassen. Ich bitte sehr darum."

Ich hatte ein bißchen Angst vor Chaim und seinem Blick. Ich wollte mit den andern rausgehen.

„Avrum Leib, bleib bei mir, setz dich her."

Wir waren allein. Chaim nahm meine Hand in seine, die sich etwas kalt anfühlte. Er roch nach modriger Wäsche.

„Avrum Leib", über sein Gesicht huschte ein Lächeln, „bevor ich sterbe, will ich dir das größte Geheimnis meines Lebens anvertrauen. Ich verrate dir Zeichen, die das Kommen des Messias ankündigen."

Am liebsten wäre ich abgehauen. Ich hatte Angst, wußte aber nicht wovor.

„Avrum Leib", sagte er mit klarer Stimme, „das auffällige Zeichen, das auf die Ankunft des Messias hindeutet, ist einfach. Es wird nachts passieren." Chaims Blick hob sich zur Decke. Er redete mit jemand, den ich nicht sah.

„Da wird es einen Riesenknall geben, der die ganze Erde zum Zittern bringt. Es wird ein furchtbarer Knall. Alle Buckel werden auf einmal explodieren und die Menschen stehen plötzlich alle wieder aufrecht."

42 Gebetskreis von mindestens zehn Männern

„Auch du, Chaim?“

„Für mich ist es schon zu spät. Es wird ein Knall, als kämen tausend Blitze auf einmal vom Himmel herunter, und alles Böse wird zittern vor Angst, und die Köpfe der Blitze werden wie tausend Kanonen, bis alles, was krumm ist...“

Chaim bringt den Satz nicht zu Ende. Nach einer längeren Pause redet er weiter:

„Es wird die Geschichte einer neuen Welt, in der keine Staubkörner in der Luft sein werden. Der Himmel wird klar sein wie der Blick eines Kindes. Die Sonne wird alle, alle gleich gut wärmen, und es gibt keine dunklen Zimmer von armen Leuten. So wird es in der Messiaszeit sein, und die ganze Welt wird eine große Familie.“ Chaim lächelt in sich hinein. „Und stell dir vor, Avrum Leib, du gehst auf die Straße und wirst von allen gegrüßt: Friede sei mit dir, Reb Avrum Leib.“

Chaim schließt seine Augen. Ein Schein der Messiaszeit wandert über sein Gesicht. Chaim ist plötzlich schön und gerade.

„Wird auch Hanna nicht mehr schimpfen?“ frage ich zweifelnd.

„Natürlich, es ist doch die Messiaszeit. Alles wird weiß sein wie das Brot eines Reichen am Schabbes.“

„Und was ist mit Wolf und seiner Frau, werden sie auch explodieren?“

„Ja“, sagt Chaim kurz.

„Auch ihr Sohn Zeineck wird explodieren?“

„Auch.“

„Und dann kommt meine Mutter zurück?“

„Wenn sie einen Buckel hat, ja.“

„Chaim, sie hat einen Buckel auf der Nase. Reicht das?“

„Ja, Avrum Leib, ein Buckel auf der Nase reicht. Und dann kommt deine Mutter zurück, und ihr werdet immer zusammensein.“

Was für ein Glück, daß meine Mutter einen Buckel auf der Nase hat.

Chaim schlief ein. Am Abend bekam er hohes Fieber. Ich holte den Krankenpfleger Schwieder, der auch Malkas Mann betreut hatte. Schwieder war groß und schlank, mit hartem Kragen und randloser Brille. Er untersuchte und machte ein besorgtes Gesicht:

„Ich denke, sein Rückgrat ist verletzt. Man kann nicht viel machen.“

Malka weckte mich zärtlich: „Avrum Leib, bring von der alten Towa die Arznei, die der Krankenpfleger aufgeschrieben hat.“

Die Nacht hatte keine Besserung gebracht. Ich und Malka wechselten nasse Tücher auf seiner Stirn, um das Fieber zu senken. Chaim atmete schwer.

Seine Finger kratzten auf der Bettdecke. Seine Frau Hanna saß vor ihm auf dem Stuhl. Ihre Blicke beschuldigten ihn, sie hätte bald niemanden mehr zum Beschimpfen. Am Nachmittag beruhigte sich Chaim ein bißchen. Nur sein Mund bewegte sich. Er ging auf und zu wie bei dem Karpfen, den Malka zum Schabbes gekauft hatte, vor dem Schlachten. Chaim starb ruhig, ohne zu klagen, genau wie er auch gelebt hatte. Ich war eingenickt. Im Schlaf hörte ich Malka ganz ruhig sagen:

„Er leidet nicht mehr, gelobt sei der Herr der Gerechtigkeit."

Das letztere sagte sie auf Hebräisch, was ich nicht verstand. Ich hörte nur, daß er nicht mehr leidet, und freute mich. Dann legte ich mich hin.

Ich wurde von vielen Stimmen geweckt. Von meinem Schlafplatz unter dem Tisch aus sah ich einige Nachbarn, die vor und zurück, nach rechts und nach links schaukelten. Ihre Lippen bewegten sich schnell, als würden sie untereinander einen Wettbewerb austragen, wer am schnellsten mit dem Gebet fertig sei. Ich suchte Chaim unter ihnen. Das Bett war leer. Chaim lag auf dem Fußboden, mit einem weißen Laken zugedeckt. Neben seinem Kopf brannten zwei Kerzen. Mir fiel es schwer zu glauben, daß Chaim nicht mehr am Leben sein sollte. Ich dachte, er würde sich aus Spaß unter dem Laken verstecken, und wartete darauf, daß er plötzlich aufsteht und sagt: „He, Avrum Leib, da hab ich dich aber auf den Arm genommen, was?"

Die Nachbarn hatten aufgehört zu beten. Alle hatten schwarze lange Mäntel an und trugen schwarze lange Bärte. Alle hatten schwarze Hüte auf. Alle wirkten auf mich, als seien sie aus dem Film „Ali Baba und die vierzig Räuber" geflüchtet, den ich einmal im Kino gesehen hatte. Dicke Finger mit schwarzen Fingernägeln faßten das Bettuch an seinen vier Ecken, und ich sah den kleinen, schaukelnden Körper von Chaim darin. Er war verschwunden, und nach ihm verschwand auch seine Frau Hanna. In der Wohnung war alles unverändert. Die Uhr mit dem Drachenkopf tickte ihre Melodie mit der langen Zunge des Pendels. Manchmal drohte der Drache mit seinem Maul die runde Uhr zu verschlucken. Der blaue Kessel atmete mit denselben Tönen seinen dicken Dampf aus. Nur Chaims Nähmaschine war mit einem löchrigen Sack abgedeckt.

Nach ein paar Tagen kamen zwei Männer mit schwarzen Bärten und trugen die Nähmaschine hinaus, genau wie Chaim hinausgetragen worden war, nachdem sie mit Hanna um den Preis gefeilscht hatten. Wäre Chaim noch am Leben gewesen, hätte er bestimmt gesagt: „Ha, haha, da kann man nichts machen, so ist das Leben."

Mit Chaims Tod starb auch etwas in mir.

Gestern kam ein Brief von meiner Mutter. Der Umschlag war zerknittert und hatte viele Fettflecken.

„Siehst du, Avrum Leib, sie hat dich nicht vergessen. Mutter ist eben Mutter."

Malka setzte eine Brille mit schnurdünnem Rand auf und las leise: „Ich wohne in Bialystok und habe große Sehnsucht nach dir. Wie immer arbeite ich als Magd." Unter das Wort „Magd" hatte sie drei dicke Striche gezogen. „Das ist wahrscheinlich mein Schicksal. Ich glaubte, daß ich ein bißchen Geld verdienen könnte, damit ich dich zu mir nehmen kann, aber umsonst. Schlimmer noch: Nach drei Monaten Arbeit habe ich nicht einen einzigen Zloty bekommen, und das Schlimmste ist: Sie haben mich beschuldigt, ich hätte eine goldene Uhr und silberne Löffel gestohlen. Nie hätte ich geglaubt, daß ein Jude, der jeden Tag in die Synagoge geht, jeden Tag vor dem heiligen Schrank steht und *Peot*[43] trägt, zu so einer Schweinerei fähig ist. Die Menschen kann er betrügen, aber nicht Gott. Gott weiß alles, und er wird ihm mein Leid zurückzahlen. Und meine Tränen. Avrum Leib, das Leben einer Frau ist schwer. Nicht nur einmal muß ich meine Tränen herunterschlucken und schweigen. Was mir noch Kraft gibt, das ist die Hoffnung, daß wir irgendwann einmal zusammen sein werden und daß du ein Heim kriegst wie jedes Kind. Im Herzen und in meinen Träumen bin ich bei dir. Hier bin ich ein Spielzeug in den Händen des Hausherrn. Aber auch dafür danke ich. Andere Frauen haben noch nicht einmal das. Das bißchen Geld, das ich verdient habe, schicke ich Euch und bitte um Entschuldigung, daß ich so lange nicht geschrieben habe."

„Siehst du, Avrum Leib", erregte sich Schimschon Backel, „man muß denen die Gedärme und die Augen rausziehen, damit sie das geraubte Geld nicht sehen", sagte er zähneknirschend.

Jedes Wort aus dem Brief traf mich wie ein schwerer Stein. Ich stand vor den Tränen, und das brachte Schimschon vollends aus der Fassung:

„Avrum Leib, fang bloß nicht an zu weinen, du Hurensohn. Ich kann alles sehen, aber keine Kindertränen." Seine großen Hände würgten einen vorgestellten Feind.

„Alles wegen der Männer", sagte Rahel. „Für die ist eine Frau nur ein Spielzeug. Ausradiert seien ihre Namen und ihr Andenken. Der Satan hat euch und eure Schwänze gezeugt."

„Vielleicht hört ihr endlich mal auf zu stören, und laßt mich weiterlesen", sagte Malka böse.

[43] volkstümlich Pejes, Schläfenlocken (nach 3. Mose 19, 27)

„Ich will, daß Avrum Leib in den Cheder geht", las Malka weiter, „und daß er nicht mit Straßenkindern spielt. Achtet darauf, daß er jeden Morgen sein Dankgebet verrichtet und daß er als ein guter Jude aufwächst. Gott wird Euch für dieses gute Werk einmal belohnen. Das restliche Geld schicke ich im nächsten Brief. Wenn das Geld nicht für den Cheder reicht, versuche ich, es bis zum nächsten Brief zusammenzubringen."

Malka war fertig mit Lesen. Sie nahm langsam die Brille ab und steckte sie in die Blechdose. Auf dem Deckel war ein lachender Kosak mit einem Riesenschnurrbart aufgemalt.

„Wir müssen ihn in den Cheder schicken", sagte Malka.

„Was, in den Cheder?", stöhnte Schimschon laut. „Was bringen sie ihm dort schon bei, Gott zu danken, daß das Leben ihm so übel mitgespielt hat, daß er Arschtritte kriegt? Was, jeden Tag Dankgebet, wofür denn? Wichtig ist, daß er lernt, wie man der Bourgoisie die Därme herauszieht. Man muß ihm beibringen, das Leid seiner Mutter zu rächen." Schimschon schlug mit den Fäusten auf den Tisch, von seinem eigenen Zorn angefeuert. „Daß er nicht mit Straßenkindern spielen soll? Also mit wem soll er dann spielen, mit den Söhnen vom Graf Potocki? Nein, sein Platz ist doch auf der Straße, dort kann er vom Elend lernen. Dort kann er sehen, wer eine Frau zur Hure macht und den Menschen das letzte Geld aus der Tasche zieht."

„Das geht dich nichts an", sagte Malka ärgerlich. Dafür hat er eine Mutter, bis hundertzwanzig. Wenn seine Mutter will, daß er in den Cheder geht, dann geht er da hin. Wenn seine Mutter will, daß er das Dankgebet verrichtet und nicht auf der Straße spielt, dann sagt er das Dankgebet und spielt nicht auf der Straße."

„Ja, ein guter Rat", sagte Rahel spöttelnd. „Mit welchem Geld willst du ihn denn in den Cheder schicken, mit den paar Zlotys, die seine Mutter geschickt hat? Vielleicht mit dem Geld von Metzger Getzel, das kaum zum Essen reicht? Von dem Geld für die Därme, die du ihm putzt, wirst du nicht reich."

„Vielleicht nimmt ihn Idl inzwischen auch ohne Bezahlung auf. Und wenn seine Mutter dann noch ein paar Zlotys schickt, geben wir's ihm dazu. Ich bin bereit, für Getzels Gasthaus die Därme zu putzen."

„Hahaha", lachte Rahel, „zehn Meter von den gefüllten Därmen, die Malka Licht putzt. Idl, dieser Geizhals von einem Lehrer, wird ihn nicht aufnehmen. Dieser Halsabschneider würde noch für einen Zloty seine Frau an einen Kutscher ausleihen, das weiß doch jeder."

„Wo sind die jüdischen Herzen geblieben", stöhnte Malka. „ Früher war das noch anders. Ich weiß noch: Bei uns im Hof hat ein Schneider gelebt, und was für ein Schneider. Hier hat er einen Flicken aufgenäht, dort einen Flicken, aber das hat nicht zum Essen gereicht, und die Armut war kein seltener Gast. Wie man sagt, springen auf einen geknickten Baum alle Katastrophen, und Gott schickte ihm die Tuberkulose. Kurz: An Problemen herrschte kein Mangel. Aber weil Gott nun auch kein Stiefvater ist, schenkte er ihm zum Trost einen Sohn. Und was für einen Sohn. Mir selbst und dem ganzen Volk Israel wünsche ich so einen. Einfach ein Genie. Nu, dachte der Schneider, ich hab Tuberkulose, meine Frau gehört auch nicht zu den Gesündesten, und die Armut ist nicht selten bei uns. Mit all dem kann man zurechtkommen, ich hab mich schon damit abgefunden. Aber daß ich kein Geld habe, um meinen Sohn zum Studieren zu schicken, das zerreißt mir das Herz. Und ihr könnt mir glauben, damals herrschte bei den Juden kein Mangel an Armut und Problemen.

Dieses Gerücht verbreitete sich unter den Menschen, und dann erwachte ein Herz und ein jüdisches Gewissen auch bei manchen, die dem Judentum fernstanden. Sogar bei den Dieben erwachte das Gewissen. Ich weiß noch: Bei uns gab es einen Dieb, er hieß Faibel. Er war Dieb, aber Jude. Das ganze Geld von einem seiner besten Einbrüche spendete er für das Studium dieses Kindes. Ich erinnere mich auch an einen *Pusche-Isruel Meschumad*[44], der auch ein paar Zlotys beisteuerte. Sein jüdischer Anteil in ihm war noch wach, und ich wünsche, daß Avrum Leib zu dem kommt, wozu dieses Kind auch gekommen ist."

Malka schloß ihre Geschichte mit einem schweren Seufzen: „Ja, ja, damals waren die Zeiten anders."

Schimschon saß zusammengekauert mit böser Miene da. Ich hatte das Gefühl, er nahm Malkas Worte sehr persönlich, vor allem, als Malka die Sache mit dem Dieb so betonte. Plötzlich stand er auf, öffnete das Hemd und fing an, sich auf seine haarige Brust zu klopfen:

„Ich werde für diesen Kacker bezahlen!"

Seine Stimme überschlug sich zu einem Geschrei, als hätte jemand heißes Wasser über ihn geschüttet. „Mein letztes Hemd werde ich verkaufen, und dieser Kacker, dieser kleine Hurensohn wird lernen. Das sag ich euch. Ich, Schimschon Beckel." Sein Blick musterte alle Anwesenden, als suchte er jemand, der ihm widersprechen wollte.

„Ajajaj, schaut ihn euch an, was für ein Gerechter hier in Israel", sagte Rahel spöttisch.

Schimschon sprang auf mit der Bewegung, die er mir in seinem ersten Un-

[44] Schimpfwort für einen kriminellen Juden, der zu den Gojim überlief

terricht beigebracht hatte, als er mir zeigte, wie man die Därme eines Bourgeois herauszieht. Wir hielten den Atem an. Alle erblaßten, am meisten Rahel.

„Du wirst noch sehen, wer Schimschon Beckel ist, du Hurenseele. Ich schwöre mit dem Ehrenwort eines Diebs, daß dieser Kacker, dieser kleine Hurensohn lernen wird."

Bevor er hinter der Tür verschwand, drohte er mit sich überschlagender Stimme. Noch von der Treppe hörten wir ihn rufen:

„Dieser Hurensohn, dieser kleine, dieser Kacker …"

Ein paar Tage später kam Schimschon besoffen zurück. Sein ganzer Körper schwankte. Ohne ein Wort zu sagen, trat er uns entgegen mit einem herausfordernden Blick.

Alle bemerkten die Veränderung in seiner Erscheinung. Nicht wie sonst, mit seinem eleganten Anzug und rotgestreifter Krawatte bekleidet, kam er diesmal in einem grauen Pullover mit glänzenden Knöpfen wie ein Polizist oder ein Feuerwehrmann. Auch die Taschenuhr, die er bei jeder Gelegenheit herauszuholen pflegte, fehlte diesmal. Allen war klar, Schimschon hatte seine Klamotten verkauft. Niemand wagte in seine Richtung zu blicken. Schimschon dagegen versuchte Streit anzufangen. Nur Rahel sagte spottend:

„Ein Mensch wirst du nie werden."

Gerade darauf hatte Schimschon gewartet. Mit einer schnellen Bewegung griff er nach einem Leuchter auf dem Tisch.

„Ich schlag dir den Schädel ein, du Hurensau, die du bist."

Simon sah furchterregend aus. Seine Nase wurde bleich und die Nasenlöcher schwollen an. Er blickte zornig um sich, seine Augen suchten nach Rahel. Auch die brennende Kerze auf dem Leuchter zitterte vor Angst. Die Adern an seinem Nacken waren geschwollen, ich befürchtete, daß sie jeden Moment platzen. Dieser Blick zog mich in seinen Bann. Ich wußte, hier passiert etwas, das ich nie im Leben vergessen würde. Voller Neugier ging ich so nahe heran, wie ich nur konnte. Was mich beschäftigte, war die Frage: Bricht er ihr den Schädel oder nicht? Die Kämpfe mit den Därmen erschienen mir dagegen wie ein Kinderspiel. Im allgemeinen ist es so, daß dabei niemand umkommt. Aber mit einem Leuchter, das ist etwas ganz anderes. Wenn Schimschon tatsächlich Rahel getötet hätte, dann wären alle vor Eifersucht gestorben, daß ich Zeuge eines Mords geworden wäre. Ich betrachtete mich schon als den Helden des Tages, genau wie Hörsch Mottl, als sein Bruder Elo mit einer Schere seine Liebhaberin Ada umbrachte. Und Hörsch

Mottl benahm sich damals, als hätte er selbst die Ada erstochen. Nicht genug damit, daß er mit mir danach nicht mehr sprach aus lauter Stolz, er sprach mit gar keinem mehr. Für die Geschichte, wie sein Bruder die Liebhaberin getötet hatte, mußten wir ihm Äpfel geben, Knöpfe oder Bildchen. Die Apfelkerne spuckte er auf besonders demonstrative Weise aus. Schon der Gedanke, ich könnte auch Äpfel kriegen für die Geschichte, ließ mich den Geschmack im Mund spüren, weich und süß. Mich beschäftigte, auf welche Weise ich von diesem Mord berichten sollte. Am besten, ich würde so anfangen:

Mit meinen eigenen Augen habe ich gesehen, wie Schimschon einen Leuchter auf ihren Kopf niedersausen ließ. Das Blut spritzte wie aus einem Wasserhahn, man hätte es mit Eimern auffangen können …

Aber nach ein paar Überlegungen kam ich zu dem Schluß, daß es sich nicht lohnt zu übertreiben. Die Kinder würden mir nicht glauben, und ich könnte den Äpfeln ade sagen. Besser wäre es, so zu erzählen: Der Boden färbte sich rot vom Blut … Ja, so hörte es sich schon besser an. „Schimschele“, bettelte Rahel schon sterbend. Aber Schimschon ignorierte ihr Betteln völlig und schlug ihr eine nach der anderen auf den Kopf …

Es gibt keine Geschichte, es gibt keine Äpfel, es gibt keine Knöpfe und keine Bildchen. Ich hätte am liebsten auf Rahel gespuckt. Diese Ekelhafte hat alles verdorben. Sie fing an, sich von allen Fronten zurückzuziehen, auf die erniedrigendste Art und Weise.

„Ich rede doch so, weil ich's gut mit dir meine, Schimschele.“

„Ich weiß selber, was für mich gut ist, verstehst du?“

„Ja, Schimschele, mein Süßer.“

Schimschon stellte den Leuchter wieder auf den Tisch mit dem Gefühl, daß er jetzt genug Eindruck auf uns gemacht hatte. In meinen Augen verlor er jeden Respekt. Jetzt wußte ich, daß Schimschon einfach ein Feigling ist. Ohne Rahel zu beachten, sagte er zu mir:

„Und du gehst in den Cheder, damit du ein Zaddik wirst. Und wenn du nicht gut lernst, dann zieh ich dir die Beine aus dem Arsch, kapiert?“

Und um seine Feigheit zu entschuldigen, sagte er noch: „Frauen brauchen eine starke Hand. Sie weiß, zu was ich fähig bin. Einmal hab ich einem Blödmann, der mich bei der Arbeit gestört hat, so die Faust reingehauen, daß sein Kopf einen ganzen Monat lang gewackelt hat. Danach hat er geschielt und ist gestorben. Alles mit einer Faust. So bin ich. Ich bring einen Menschen um, und nachher geh ich weinen an seinem Grab. Ja, ja, an Kraft fehlt's mir noch nicht.“

Ich glaubte ihm schon gar nichts mehr, für mich war er ein charakterloser Lügner. All seine Geschichten dienten nur dazu, seine Feigheit zu vertuschen.

„Nu, und was ist jetzt mit Avrum Leib?“ fragte Malka. „Hast du Geld für ihn?“

„Was das anbelangt, kannst du alle Sorgen aus deinem Kopf radieren. Er geht mit mir.“

„Aber man muß ihm andere Kleider kaufen, er sieht ja aus wie eine Vogelscheuche. Eine Blamage, ihn so auf den Cheder zu schicken.“

„Das übernehme ich schon, nur keine Sorge. Ich kleide ihn ein wie einen Lord.“

Auf einmal war es mir schade darum, das Haus zu verlassen. Ich glaube, Malka spürte das:

„Nur Mut, Avrum Leib, es geht nicht anders. Du bist kein Kind mehr, und außerdem will es Mutter so.“

„Los, Kacker, sag ade zu Malka, dann gehn wir“, sagte Schimschon.

Auf dem Weg zum Cheder machten wir Halt beim Gasthaus von Schmil Schmadnik.

„Wir gehn rein und essen was. Ich hab Kohldampf, du auch?“

„Ja.“

Ich wollte gerade fragen, wann wir zum Cheder gehen, als Schimschon mir zuvorkam:

„Der Cheder läuft uns nicht davon. Du wirst Zaddik mit ein paar Stunden Verspätung.“

Im Gasthaus fühlte sich Schimschon wie zu Hause und begrüßte alle laut und demonstrativ.

„Da, Schimschele, nimm Platz“, sagte Schmil Schmadnik.

Schimschon saß an einem Tisch mit Tellern voll Salzfisch in Öl und Zwiebelstückchen. Der Kneipenbesitzer hatte ein Gesicht wie ein rosaroter Ballon und schaute mich mißtrauisch an.

„Zu wem gehörst du?“

„Ich bin mit Schimschon Beckel gekommen.“

Der rosarote Luftballon verwandelte seinen Blick in ein Lächeln.

„Ah, Schimschon Beckel hat dich eingeladen, das ist was anderes.“

Der Mund des Luftballons war beinahe zahnlos, und seine Rede hörte sich ziemlich undeutlich an. Schimschon weidete sich an der Szene mit sichtlicher Zufriedenheit, als wollte er sagen: Nun, was meinst du dazu … Jetzt weißt du, wer Schimschon Beckel ist.

„Du, Schimschele, sicher willst du ein Bier mit Erbsen in Salz und Pfeffer", sagte der rosarote Luftballon.

„Ja, aber hopp, wir haben's ganz eilig."

„Und was soll ich dem Kind geben?"

„Schmil, hab Respekt vor ihm. Der wird einmal der Rabbiner der Stadt Lodz."

Alle brachen in schallendes Gelächter aus.

„Nu, was soll ich dem Rabbiner von Lodz bringen?"

„Ein süßes Stückchen und eine Flasche Limonade. Komm setz dich neben mich, Avrum Leib, Was für ein Paar, der Hauptrabbi von Lodz und ein Dieb. Das paßt doch ganz gut zusammen."

Am liebsten wäre ich abgehauen von dort, aber mir war klar, daß es für mich kein Zurück mehr gab und daß ich bei Schimschon bleiben mußte.

Schimschon saß vor einer grün tapezierten Wand. Über seinem Kopf hing eine rußgeschwärzte Lampe. Sein Bierglas schäumte über wie von Seifenblasen.

„Nu, wie geht's", fragte ein Mann namens Pessach Chmol. Pessach Chmol blickte mit einem mitleidigen Lächeln auf Schimschons Pullover.

„Hej, Schimschele, wo sind die Zeiten, als du noch alle zum Bier eingeladen hast? Wo sind die Zeiten, als Schimschele noch wie ein Lord angezogen war?"

Ich spürte, daß Schimschon unter dem abfälligen Ton von Pessach Chmol litt. Um ihm zu helfen, sagte ich es – und sofort merkte ich, daß ich einen Fehler gemacht hatte: Seine kleinen, rötlichen Hennenaugen grinsten dabei aus ihren dünnen Schlitzen heraus.

„Er hat seine Kleider verkauft, damit ich in einem Cheder studieren kann."

Schimschon schaute mich an mit einem Blick, als wollte er mich auffressen.

„Halt deinen Mund du Kacker oder ich brech dir alle deine Knochen."

„Aber ich hab das doch gesagt, weil es stimmt."

„Hat dich jemand gefragt?"

„Nein."

„Dann halt dein Maul."

„Ah, ah, ah, jetzt tut Schimschele gute Werke", lachte ihn jemand aus mit Strohhut und roten Pickeln, als hätten ihm Flöhe aufs Gesicht geschissen.

„Ah, ah, ah, willst wohl in den Garten Eden kommen, was, Schimschele! Nu, nehmen wir mal an, du bist im Garten Eden. Was machst du dann dort? Klaust du den Zaddikim dann Läuse?"

Der rosarote Luftballon brach in Gelächter aus. Sein Bauch wackelte wie ein Bein in Sülze. Auch die Gläser, die der Luftballon auf seinem Tablett hatte, wackelten und stießen gegeneinander. Ihr Klang erinnerte an kleine Schellen. „Ah, ah, ah, er wird Läuse klauen von den Gerechten."

Der Ballon wiederholte immer wieder denselben Satz, und sein Sülzbein wackelte noch, als er bereits aufgehört hatte zu lachen.

Diese Auslachfeier unterbrach Pessach Chmol: „Nu, Schimschele, wir lachen halt so unter Freunden. Komm, wir trinken. *Lechaim*[45]."

„Lechaim!" antworteten alle.

Die Stimmung hatte sich zwar verändert, aber diesen Spott von seinen Freunden konnte Schimschon nicht mehr ertragen. Sein Blick war hart geworden, in seinen Augen tanzten kleine, bösartige Blitze. Ich versuchte vor seinem Blick zu fliehen. Ich beneidete den Kanarienvogel in seinem Käfig über der Tür. Der Käfig war so klein, daß man ihn fast nicht sehen konnte. Nach einigen Gläsern verbesserte sich auch Schimschons Laune. Die Gesellschaft lachte wegen jedem Wort, das Pessach Chmol aus seinem Mund herauszog. Schmil Schmadnik versuchte mit seinem Tablett voller Gläser zu tanzen, und schließlich fingen alle an sich zu küssen. Pessach Chmol erinnerte sich an seine erste Arbeit zusammen mit Schimschon, und auch das brachte alle zum Lachen.

„Und was ist mit deinem Rabbi?" erinnerte ihn Pessach Chmol.

„Was soll schon sein mit ihm, ich bring ihn in den Cheder. Wenn er Rabbiner werden will, dann ist das seine eigene Sache."

„Schade um ihn, der hat die Augen von einem Dieb."

„Seine Mutter will wie alle Mütter nur Rabbiner in der Familie. In meiner Familie zum Beispiel gab es einen stattlichen Rabbiner."

„ Was? Wie kommt plötzlich ein stattlicher Rabbiner in deine Familie?"

„Rav im Kol Hair[46], er lag im Streit mit der ganzen Stadt. Nu, Avrum Leib, wenn du ein Rav bist, dann bete zu Gott, daß uns die Polizei nicht erwischt. Versprichst du's?"

Pessach Chmol aß einen Fisch und wischte sich den Mund mit dem Ärmel seine Jacke ab. Ich versuchte,von ihm wegzurücken. Sein Gesicht, sein Ärmel und seine Hände glänzten nicht nur vom Fisch, sondern auch noch von vorausgegangenen fettreichen Mahlzeiten. Immer wieder wischte er die Hände an seiner Hose ab. Zudem stank er nach Wodka, gebratenen Zwiebeln und Essig.

45 Prost

46 Streitrabbi (Wortspiel)

„Nu, warum ißt unser Zaddik nichts? Ist ihm wohl nicht angenehm, mit Dieben zu speisen und zu trinken, was?“

Schimschon antwortete noch vor mir: „Du kannst es glauben, er wird schon noch trinken.“

Und an mich wandte er sich mit drohendem Ton, sein Gesicht war rot vom Suff, in seinem Mundwinkel hing eine erloschene Zigarette. Sie klebte an seiner Unterlippe und wirkte auf mich wie eine schmale Zunge, lang und weiß.

„Jetzt trinkst du, oder wir brechen dir sämtliche Knochen. Ich hab mich genug blamiert wegen dir.“

Mit zitternder Hand reichte er mir ein volles Wodkaglas.

„Trink, oder es ist aus mit dir.“

Schon der Geruch ekelte mich an. Pessach Chmol und Schmil Schmadnik munterten Schimschon auf:

„Los, schütt's ihm rein!“

Rote Augen kamen mir näher, eine Hand schob mir ein Glas bis an den Mund. Das war ein anderer Schimschon, den ich so noch nicht kannte, ein bedrohlicher, furchterregender Schimschon. Aus lauter Angst trank ich das Glas in einem Zug leer.

„Wunderbar, Avrum Leib, du bist ein Mann!“

Die Herumstehenden klatschten vor Begeisterung. Gleich danach wurde mir heiß, als hätte ich glühende Kohlen geschluckt. Dann meinte ich in Flammen aufzugehen. Ich muß wohl komische Grimassen geschnitten haben, denn ich weckte noch mehr Begeisterung bei den Anwesenden. Ich wollte schreien, aber die Worte blieben mir im Halse stecken.

„Avrum Leib, aus dir machen wir einen aufrichtigen Dieb. Du hast alle Voraussetzungen dafür“, rief Schmil Schmadnik.

Irgendeiner hielt meinen Kopf in der Zange, und ein anderer goß mir mit Gewalt noch ein Glas die Kehle hinunter. Nach dem zweiten Glas fingen alle Formen an zu verschwimmen. Zum Beispiel erschien mir bei einem der Hut wie die Fortsetzung des Gesichts und die Jacke eines anderen, den ich nicht mehr erkennen konnte, wie ein langer Bart. Ein Gesicht ohne Augen, ohne Nase, mit einer angeklebten Zigarette, sang ein lustiges Lied. Den Text verstand ich nicht, die einzelnen Wörter verbanden sich zu einem einzigen langen Wort, durch Hicks unterbrochen. Schimschon umarmte mich mit überraschender Zärtlichkeit, dann auch Schmil Schmadnik und Pessech Chmol.

„Nicht weinen, Avrum Leib, du bist kein Waisenkind, solange ich lebe.

Und wenn ich sterbe, dann werden Schmil Schmadnik und Pessach Chmol auf dich aufpassen."

Ihre Versprechungen fand ich so aufregend, daß ich sie am liebsten gleich umarmt hätte aus Dankbarkeit. Aber plötzlich überkam mich eine solche Übelkeit, daß ich mich über Schimschon erbrechen mußte. Jetzt bringt er mich um, durchfuhr es mich.

„Schimschon, es war keine Absicht, mir war so übel." Schimschon fing an zu weinen und schlug sich mit der Faust auf die Brust.

„Du meine reine Seele, du hast es richtig gemacht. Das ist es, was ich wert bin, daß jemand auf mich kotzt. Nichts anderes hab ich verdient, denn meine Seele ist verloren. Kotz nochmal auf mich!"

Schimschon redete noch viel, aber ich verstand nichts mehr davon. Die Stube wurde ein Karussell, das sich immer schneller drehte. Ein Stuhl purzelte über den anderen, Schmil Schmadnik wurde plötzlich ein riesiges rosarotes Schwein und auf ihm ritten Schimschon Beckel und Pessach Chmol, lachend und mit komischen Handbewegungen. Ich schlief ein.

Als ich aufwachte, lag ich in der Küche des Gasthauses. So wie ich lag auch Schimschon auf einer alten Strohmatte. Neben ihm eine Frau mit offenem Mund und gelben Zähnen. Beide waren mit Mänteln zugedeckt. Um sie herum lagen Kleidungsstücke verstreut. Ich hatte großen Durst, aber keine Kraft. Bei jedem Versuch aufzustehen, überkam mich ein Ekelgefühl und Schwindel. Wie lange ich so, halb wach und halb träumend, da lag, weiß ich nicht mehr. Ich versuchte mich daran zu erinnern, was passiert war. Alles was mir wieder ins Bewußtsein kam, war Schmil Schmadnik als riesiges rosarotes Schwein.

Neben mir hörte ich die Stimme von Schimschon, der gerade aufwachte. Dann wieder versuchte er die Frau aufzuwecken: „Steh auf, Franka!"

„Laß mich. Laß mich schlafen, ich bin noch müde."

„Ich sag dir: Steh auf, oder ich laß dich allein, und dann wird's noch schlimmer."

Mit halbgeschlossenen Augen schaute ich zu Schimschon und seiner Bekannten hinüber, die halbnackt auf der Matratze saßen. Schimschon, schlank und muskulös, die Frau, noch schlanker, mit schlaffen Brüsten wie Säckchen, mit großen dunklen Brustwarzen. Ihr Gesicht war müde, faltig und mit rotem Lippenstift beschmiert. Die Frau flüsterte Schimschon etwas zu und lachte dabei. Schimschon lachte mit.

„Daß der Kacker nur nicht aufwacht", sagte die Frau.

Ich schloß die Augen und versuchte zu ergründen, warum es die Männer offensichtlich genießen, mit Frauen zusammenzuliegen, selbst wenn sie so dünn und häßlich sind, mit Hängebrüsten und alten Gesichtern. Was flüstern sie miteinamder, worüber lachen sie? Alles schien mir so ekelhaft und furchtbar. Auch machte mir Angst, als ich daran dachte, daß auch ich mit einer Frau schlafen würde, wenn ich groß bin. Meine Gedanken endeten in dem schweren Atmen der beiden und ein paar Schreien, von wem, ob von der Frau oder von Schimschon, war nicht klar zu unterscheiden.

In der ganzen Szene lag ein Geheimnis, mich ekelte es an. Außerdem riechen die Frauen immer nach Parfüm oder nach Schweiß wie Sauerkraut. Vielleicht kommt dieser Geruch aus den Häusern, in denen sie wohnen. Wenn das so ist, dann heißt das, daß auch ich einmal nach Sauerkraut rieche, wenn ich groß bin. Auch meine Kinder werden so stinken. Ich weiß nicht mehr, wann ich wieder einschlief.

Als ich erwachte, saß Schimschon mir gegenüber auf einem Stuhl, seinen Kopf zwischen die Händc gesenkt.

„Leibke, du hast die ganze Zeit im Schlaf geweint."

Er redete wie mit dem Fußboden.

„Steh auf, zieh dich an, wir gehen."

In der Küche war keine Spur mehr von der Matratze, auf der Schimschon mit der Frau geschlafen hatte.

„Avrum Leib, wenn du dich angezogen hast, dann spuck mir ins Gesicht."

Ich verstand nicht, was er sagen wollte.

„Das Geld für den Cheder hab ich beim Kartenspiel verloren. Gestern abend haben sie mich abgezogen bis auf den letzten Zloty. Alles wegen dieser Hure. Franka hat mit Pessach Chmol zusammengearbeitet. Sie haben mich regelrecht verarscht. Schnell, komm, spuck mich an, oder ich bring mich vor deinen Augen um. Schnell, hörst du!"

Und wieder, aus lauter Angst, spuckte ich ihn an.

„Ja, so hab ich's verdient, ich niedrige Seele. Nicht einmal deine Spucke bin ich wert."

„Was machen wir jetzt, Schimschon?"

Er antwortete mir nicht. Wenig später zog er eine Wodkaflasche heraus und füllte sich ein großes Glas. Seine Hände zitterten; die Hälfte floß auf den Boden, die andere Hälfte leerte er in einem Zug.

Dann stand er schwerfällig auf und glotzte mich mit einem vernebelten Blick an.

„Komm, du Kacker, wir gehen zu Reb Idl."

Die Straße war belebt und laut. Kutschen und darauf Kutscher mit Pelzmützen auf dem Kopf peitschten ihre Pferde aus lauter Langeweile. Ich hatte Hunger, traute mich aber nicht, es Schimschon zu sagen wegen seiner unberechenbaren Reaktionen. Mein Kopf war immer noch schwer, der Wodkanebel hatte sich noch nicht verzogen. Da rettete mich Schimschon:

„Sag, Avrum Leib, hast du Hunger?"

„Sehr großen."

„Warte hier einen Moment, ich bin gleich wieder da."

Schimschon ging durch das Tor eines Hauses. Ich saß auf dem Gehweg und fühlte mich allein und hilflos. Was soll aus mir werden, soll ich vielleicht lieber zu Malka zurückkehren? Ich hatte Angst vor Schimschon, und vielleicht würde mich Malka gar nicht wieder aufnehmen.

Plötzlich hörte ich wüstes Geschrei von einer Frau: „Dieb, Dieb, Hilfe, Dieb!"

Menschen liefen in die Richtung, wo das Geschrei herkam. In der Menge sah ich Schimschon mit einer großen Tasche in der Hand, wie er mit den Leuten zusammen schrie: „Dieb, Dieb!"

Mir flüsterte er zu: „Schnell, Avrum Leib, wir hauen ab."

Eine fette Frau mit Haaren voller Lockenwickler wie eine Krone mit einem geblümten Hausmantel, darunter ein rosarotes seidenes Nachthemd, überflog mit einem Blick rasch die Menge. Indem sie mit dem Finger auf Schimschon zeigte, fing sie an zu schreien, als würde man ihr die Haut herunterreißen:

„Hier, das ist der Dieb!"

Ihre Hand voller Ringe und Armreifen schloß sich zur Faust.

„Avrum Leib", flüsterte Schimschon voller Panik, „wir verduften, sonst machen sie Hackfleisch aus uns."

Er nahm meine Hand, und ich glaubte zu fliegen. Auf einen Schritt von Schimschon mußte ich fünf Schritte machen. Bei dem Tempo hörte ich nur den Wind pfeifen und das Geschrei von Menschen. Meine Kräfte ließen nach, ich mußte schwer atmen. Schimschon bemerkte das und zog mich kraftvoll am Arm. Mit einem Sprung setzten wir über einen Bretterzaun. Die Luft um uns war erfüllt vom Geschrei der Leute und vom Gepfeife der Polizisten. Wir hielten den Atem an. Durch die Ritzen zwischen den Brettern sah ich böse Gesichter, Blicke, die ein Opfer suchten, um mit ihm kurzen Prozeß zu machen. Mein Herz schlug wild. Werden sie uns entdecken? Die wirren Stimmen entfernten sich langsam. Wir atmeten erleichtert auf.

„Puh, was für ein verrücktes Rennen. Schon lang bin ich nicht mehr so gerannt." Sein Gesicht war bleich, fast weiß. Dunkle Schatten legten sich um seine Augen. Schimschon saß mit dem Rücken an den Zaun gelehnt und hielt die Augen geschlossen. Erst jetzt bemerkte ich seine krankhafte Schlankheit. Etwas in ihm war alt. Müde und ungepflegt sah er aus mit seinen großen abgerissenen Schuhen, seiner zu kleinen Schildmütze und seinem Mantel mit Riesentaschen. Er sah verloren und arm aus. Seine Gestalt erinnerte mich an einen alten traurigen Schimpansen, den ich einmal in einem Buch bei Goddl gesehen hatte. Darin war ein Bild von Jägern mit Flinten neben Tierkäfigen. In einem der Käfige saß ein Schimpanse mit schmerzerfülltem, schicksalergebenem Blick. Dieses Bild war in meiner Erinnerung haften geblieben. Ich hatte Mitleid mit den Tieren. Wenn ich dort gewesen wäre, ich glaube, ich hätte sie alle befreit. Aber ganz sicher bin ich mir doch nicht. Einmal versuchte ich auf einem Markt in Aluti Hunde zu befreien, die, in Eisenkäfige gesperrt, zum Verkauf bestimmt waren. Die Hunde sahen verwahrlost aus und hatten das Fell voll Dreck. Einer dieser Hunde, ein schwarzgefleckter, schaute mich an mit der Bitte: „Mach mich frei." Ich schlich mich unter dem Wagen heran, damit der Kutscher mich nicht bemerken sollte. Als ich aber den Deckel des Käfigs berührte, biß mich der Hund in den Finger, und alle anderen Hunde fingen an zu bellen wie verrückt. Bevor ich mich aus dem Staub machte, spuckte ich den Hund voller Abscheu an. Ich erinnere mich auch an einen Zigeuner mit einem riesigen braunen Bären. Der Bär tanzte zur Trommel, die der Zigeuner mit den Händen schlug. Der Zigeuner war klein, schwarz und barfuß und trug abgerissene Kleider. Der Bär wankte wie ein Besoffener nach rechts und nach links. Ich konnte nicht verstehen, warum so ein großer Bär diesen kleinen, armseligen Zigeuner nicht umbringt und wieder im Wald verschwindet.

Ich erzähle von diesen traurigen Tieren, weil Schimschon mich an sie erinnerte. Auch er war groß und stark, und jetzt saß er da, von einem Bretterzaun umgeben, wie in einem Käfig eingesperrt in sein Schicksal. Ja, so wirkte Schimschon auf mich, als er beim Kartenspiel verloren hatte. Er hatte mir einmal erzählt, seine Mutter sei auch eine Kartenspielerin gewesen. „Sie konnte wirklich spielen. Im Vergleich zu ihr bin ich ein Hund." Als seine Mutter gestorben war, glaubte Schimschon, sie würde sich bei Gott für ihn einsetzen. Ich weiß nicht, was zwischen ihm und seiner Mutter war. Er wollte mir nichts davon erzählen, und ich wollte mich nicht in ihren Familienstreit einmischen. Jedenfalls ist das Ergebnis daraus, daß Schimschon jedes Spiel verliert. Und jetzt sitze ich neben Schimschon, der in sich zusammengesunken ist, und die einzige Chance, doch noch in den Cheder zu kommen, liegt in der Tasche vor ihm auf dem Boden.

„Lieber Gott, ich bitte dich, ich flehe dich an, mach, daß in dieser Tasche viel Geld drin ist. Ich bin bereit, alles dafür zu opfern."

Doch da gab es ein Problem: Ich hatte ja gar nichts zu opfern. Wir mußten wohl beide das gleiche Gebet gehabt haben, wobei mir nicht klar war, was Schimschon opfern wollte. Aber ich hatte die ernsthafte Befürchtung, er würde mich opfern. Plötzlich stand Schimschon auf und sagte leise: „Ich hab das Gefühl, in diesem Paket ist sehr viel Geld."

„Amen", sagte ich laut.

Als Schimschon das Paket öffnete, sah ich, wie er bleich wurde. Aber als ich den Inhalt sah, konnte ich mich nicht mehr halten vor Lachen. Das Paket war voll mit zerrissenen Seidenstrümpfen, die wahrscheinlich geflickt werden sollten. Als ich in Lachen ausbrach, fing ich auf der Stelle eine solche Ohrfeige, daß die Welt zum Kreisel wurde.

„Warum denn, habe ich etwa diese Strümpfe da reingepackt?"

Und damit die Welt sich nicht nur in einer Richtung dreht, bekam ich gleich noch eine auf die andere Seite.

„Alles Tricks von meiner Mutter. Nicht mal im Himmel kann sie mir verzeihen. Verrecken soll sie!"

Ich wollte ihn fragen, was ihm denn seine Mutter nicht verzeiht, und ihn auch daran erinnern, daß sie ja gar nicht mehr lebt, aber zwei Ohrfeigen reichten mir erst einmal.

Mit den zerrissenen Seidenstümpfen in der Hand brach Schimschon plötzlich in schallendes Gelächter aus. Wir kugelten uns regelrecht auf dem Boden. Als wir uns wieder gefangen hatten, sagte Schimschon, er bereue die Ohrfeigen sehr, die er mir gegeben hatte. Ich beruhigte ihn: „Laß doch, Schimschon. Was sind schon ein, zwei Ohrfeigen für mich."

Meine Worte stimmten ihn sehr traurig.

„Avrum Leib, ich bin ein Hurensohn."

Nach einer kurzen Pause fuhr er fort: „Wir – ich meine, du gehst zum Cheder."

„Wir gehn zum Cheder?"

Schimschon hatte es gesagt, und ich akzeptierte mein Schicksal. Alles, was ich über den Cheder gehört hatte von den Kindern auf der Straße, war ungefähr dasselbe. Es gab Kinder, die sagten, man kann es ertragen, wenn man keine Angst vor Schlägen hat; andere, die sagten, man könne sich an die Schläge sehr schnell gewöhnen, und ich war vollkommen ihrer Meinung. Andere behaupteten, das Schlimmste sei, zehn Stunden täglich in der Klasse zu sitzen; davon könne man einen platten Arsch bekommen wie eine Brett.

„Laß, Avrum Leib, mach dir keine Sorgen wegen dem Sitzen. Das kommt dir auf jeden Fall zugute, weil, wenn es mit dem Studieren nicht klappt, dann wirst du bestimmt ein Dieb. Und ein Dieb muß sich an das Sitzen gewöhnen. Und was die Schläge anbelangt, mußt du wissen, daß ihr eine ziemlich verwöhnte Generation seid. Du hast Glück, daß du nicht vor fünfzehn Jahren geboren bist. Damals schlug man mit dem Stock."

Seine Worte beruhigten mich sehr.

„Avrum Leib, bevor du jetzt anfängst, Schläge zu kriegen, hast du ein bißchen Verwöhnung verdient. Komm, wir gehen noch schnell bei Sonja vorbei, sie wohnt hier, ganz in der Nähe, in der Dolnastraße. Das ist gleich beim Cheder; und wenn es irgendwelche Probleme gibt, dann kannst du immer zu ihr gehen."

Auf dem Weg legte mir Schimschon die Eigenschaften von Sonja dar. Es handelte sich vor allem um drei Haupteigenschaften. Die erste war, daß sie den Wodka nicht haßt; die zweite, daß sie das Geld nicht haßt; und die dritte, daß sie die Männer nicht haßt. Kurz, eine Frau, die nicht weiß, was Haß ist.

Und noch etwas fügte Schimschon hinzu: „Wenn du, kleiner Kacker, bei ihr bist, dann benimmst du dich wie ein Mensch, der Kultur besitzt. Nicht, daß sie noch glauben, ich würde dich nicht erziehen."

Nachdem ich dies alles über Sonja erfahren hatte, bekam ich Hunger.

„Schimschon, ich brauch was zu essen", sagte ich zögernd.

„Ja, du Kacker, was denkst du, warum wir zu ihr gehen, vielleicht, um einen Minjan aufzusuchen? Und außerdem, wenn sie dich sieht, dann wird sie schnell weich. Sie hat Kinder sehr gern. Auf mich wartet sie nicht gerade."

Sonjas Haus lag am Ende der Dolnastraße. Am Treppenaufgang saßen ein paar Menschen in Decken gehüllt, die mich an Raben erinnerten. Rechts vom Eingang stand eine Bügelmaschine. Durch die offene Tür sah ich einen Haufen Bettwäsche und weiße Kleider, zu Vierecken gefaltet, und ein riesiges Rad bewegte sich ganz langsam über den Tisch, der aus dicken Brettern bestand. Ein paar Männer mit hochgekrempelten Hemdsärmeln liefen eilig hin und her, mit Schweiß auf den Gesichtern, so naß, daß man glauben konnte, sie wären gerade eben aus der *Mikwe*[47] gekommen.

Wir kamen in einen gepflasterten Hof. Ein paar weißbärtige Ziegen mit vorstehenden Augen hielten inne beim Fressen aus der Krippe und schauten uns neugierig an. Auf dem Müllkasten lagen abgemagerte Katzen in allen Farben, reglos, mit geschlossenen Augen. Wir stiegen durch eine Öffnung im Bretterzaun, der weiß gestrichen war. Auch der zweite Hof war gepfla-

[47] rituelles Reinigungsbad

stert. Wagen, meist ohne Räder, standen in einer Reihe. Wir gingen in ein Haus mit abgeblättertem Putz, durch einen schmalen, langen Korridor. Wir stiegen eine Treppe hinauf, die ächzte wie ein alter Mann.

„Sonjas Tür ist die rechts", flüsterte Schimschon mir zu.

Ich zog am Klingelgriff. Das Echo hallte wider wie aus einem leeren Brunnen. Mir wurde ein bißchen mulmig zumute, aber Schimschon munterte mich auf:

„Ich versteck mich hinter dir. Wenn sie aufmacht, dann sagst du einfach, Schimschon habe dich geschickt."

„Hör auf, an der Tür zu schellen, du Hurensohn. Das ist doch keine Kirche am Sonntag", ließ sich eine Frauenstimme vernehmen.

„Wer bist du", fragte sie mich durch den Türspalt. Die Frau war klein, mit schwarzen kurzen Haaren. Auf ihrer Riesenbrust, die kaum Platz fand in ihrem engen Hemd, schaukelten im Takt ihres Atems Reihen von Perlenketten. Als ich mich ein wenig an die Dunkelheit gewöhnt hatte, fielen mir auch ihre Augen auf. Groß, schwarz, mit riesigen Wimpern, wie eine Puppe. Zwischen ihren roten Lippen glänzten kleine scharfe Katzenzähne.

„Ich bin von Schimschon", sagte ich ganz schnell.

Sonja schaute verwundert drein. „Wo ist dieser Räuber?" Ein breites Lächeln zog sich über ihr Gesicht. Sie war mir sofort sympathisch. Ich mochte ihre langen Ohrringe, die ihre Farben mit jeder Kopfbewegung veränderten.

„Schimschon ist hinter mir."

„Ich ...", fing Schimschon an zu stottern, „das ist Avrum Leib."

Sonja war klein, Schimschon ein richtiger Riese neben ihr. Trotzdem benahm er sich wie ein Kind, das sich entschuldigt: „Schau, Sonja, wir sind unterwegs zum Cheder, das heißt, Avrum Leib geht dort hin."

Er versuchte mit einer dunklen Stimme einen ehrwürdigen Eindruck zu machen.

„Lüg doch nicht so, du bist hier nicht im Gericht", schnitt sie ihm den Satz ab. „Steht doch nicht in der Tür rum, los, kommt rein."

Sonjas Zimmer war mit Öllampen beleuchtet, obwohl es noch Tag war. Ich sah, daß sie Arme und Beine voller Armreifen hatte. Mir schien, daß Sonja eine Hure war, wie Tante Esther, denn ihr Zimmer war auch voll mit Kissen, und es ist doch klar, daß ein Haus voller Kissen und mit Würsten, die an der Wand hängen, ein Zeichen dafür ist, daß die Frau eine Hure ist. Sehr gut gefallen hat mir der rotglänzende Fußboden und die blauen Vorhänge, durch die der Himmel noch blauer aussah.

Sonja schaute mit kritischem Blick auf Schimschons und auf meine Klamotten. Sicher war das Ergebnis dieser Prüfung nicht gerade berauschend.

„Hungrig, was?"

„Ja, sehr." Schimschon schaute mich an mit dem Blick eines Mörders. Dieser Blick ließ mich meine Antwort sofort berichtigen:

„Das heißt, nein, nicht besonders."

„Wenn du dich nicht wie ein vornehmer Mensch benimmst und nicht auf vornehme Art reden kannst, dann waren dies deine letzten Worte, kapiert?"

Nach dieser Erklärung von Schimschon habe ich mich noch einmal verbessert:

„Wir haben nur ein bißchen Hunger."

Nach wenigen Minuten – wie im Märchen unter dem Zauberstab einer guten Fee – deckte sich der Tisch mit lauter guten Speisen. Schon lange hatte ich nicht mehr so leckere Sachen zusammen und in solchen Mengen gesehen. Ich war wie gelähmt und wußte gar nicht, womit ich anfangen sollte. Eine wahre Augenweide war das. Jetzt waren mir die Blicke von Schimschon oder von Sonja egal. Ich war bereit, auch eine Ohrfeige zu riskieren, und mit jedem Biß wurde die Welt schöner, angenehmer und entspannter. Mein Verhältnis zur Welt veränderte sich. Schimschon war plötzlich verschwunden, Sonja war weg, und ich war allein übriggeblieben. Ich und dicke Brotscheiben, schwarzes Brot mit Butter, Brot mit runden rötlichen Wurstscheiben, Brot mit rosarotem Salzhering wie ein Kinderarsch. Eine Scheibe Brot mit Gänseschmalz, darauf Zwiebelringe. Ein Brot, fingerdick mit Marmelade bestrichen. Ich könnte ein halbes Buch schreiben mit Erklärungen, was alles genau auf dem Tisch war. Kaum bemerkte ich, daß Schimschon und Sonja im Zimmer waren. Sie saßen Arm in Arm auf dem Sofa zwischen den Kopfkissen. Schimschon suchte etwas zwischen Sonjas Beinen. Scheinbar existierte ich für sie gar nicht. Ich wurde müde. Mein Kopf sank auf den Tisch, und die Welt verschwand in den Massen von Brot, Gänseschmalz und Wurst.

Ihr müßt mich beglückwünschen; ich habe eine neue Tante, und die heißt Sonja. Um diese Veränderung zu bekräftigen, und um jedes Mißverständnis auszuräumen, was meinen neuen Familienstand anbelangt, hob Schimschon eine Faust zuerst zum Himmel, dann an meine Augen, und warnte mich mit herrischer Donnerstimme: „Von heute an bis in alle Zukunft sollst du sie nicht mehr einfach ‚Sonja' nennen, sondern ‚Tante Sonja'! Kapiert?"

Oj, ist das aber ein angenehmes Gefühl, eine Familie zu finden, von deren Vorhandensein du zuvor keine Ahnung hattest; und nicht etwa nur so eine normale Familie, sondern auch noch eine reiche! Nach drei Tagen, genauer gesagt, nach drei Nächten, wurde mir die Sache erst so richtig klar. In der dritten Nacht kriegte ich nämlich einen Streit zwischen meiner neuen Tante und Schimschon mit. Aus ihrem Gespräch konnte ich entnehmen, daß Sonja sehr um mich besorgt war.

„Nu, und was soll nun passieren mit diesem Kacker", fragte Sonja, „was hast du mit ihm vor? Seine Mutter will haben, daß er auf den Cheder kommt, und jetzt ist das Geld weg. Glaub mir, mein letztes Hemd verkaufe ich für ihn."

Obwohl ich zwei Zimmer entfernt lag, hörte ich jedes Wort. Tante Sonja und Schimschon stritten sich wegen so einem Hurensohn von Pessach. Es hieß, Pessach schulde Schimschon einen ganzen Haufen Geld. So viel, daß man mit diesem Geld nicht nur mich in den Cheder schicken, sondern einen ganzen Cheder mit hundert Schülern bezahlen könnte.

„Sonja", flüsterte Schimschon mit süßer Stimme, „ich hol mir das Geld wieder von ihm, zu Ehren von meiner Mutter, glaub mir, das Geld ist ja nicht für mich, sondern für diesen Kacker. Du hast doch Geld. Glaub mir, ich zahl dir jeden Zloty zurück."

„Du hast mir schon mindestens zehnmal jeden Zloty zurückbezahlt."

„Sonjalein, meine Süße, diesmal ist es nicht für mich."

Das Gespräch endete mit dem Anstoßen von zwei Gläsern und dem Lachen von Tante Sonja, das bald darauf in kurze, schwere Atemzüge überging.

Am nächsten Tag meinte Schimschon, ich sähe schlimm aus; so könne ich höchstens zu den Vogelscheuchen aufs Feld, aber nicht unter die Leute gehen.

„Das Geld, das mir Tante Sonja gegeben hat, ist für Klamotten und Schuhe. Und vor allem für Reb Idl. Es soll nicht heißen, ich sorge nicht für dich. Heute noch gehen wir zum Cheder."

Es tat mir in der Seele weh bei dem Gedanken, daß ich so viel Essen auf dem Tisch zurücklassen mußte, das ich wohl nie wieder zu Gesicht bekommen würde.

„Keine Sorge, Avrum Leib, niemand schmeißt uns raus. Wir können hier bleiben, solange wir wollen. Aber jetzt gehn wir ganz leise, damit wir Tante Sonja nicht wecken. Sie hat nämlich hart gearbeitet die ganze Nacht."

Auf der Straße angekommen, änderte Schimschon das komplette Programm. Statt ein Bekleidungsgeschäft aufzusuchen, entschloß er sich kurzerhand, in die Kneipe von Schmil Grieb zu gehen.

„Schau, Avrum Leib, du bist wie ein Sohn für mich. Nur dir kann ich's erzählen." Schimschon sprach jetzt ganz leise, damit keiner es hören konnte. „Verstehst du, Avrum Leib, wenn mir meine Mutter im Traum erscheint und lächelt, dann ist das ein Zeichen dafür, daß ich gute Karten kriege an diesem Tag. Einmal erschien mir meine Mutter, genau wie heute, lächelnd im Traum. Avrum Leib, aus zwei Zloty hab ich ein paar tausend gemacht. Aus dem Geld von Sonja machen wir so viel, daß wir das ganze Leben genug davon haben. Und dann engagiere ich drei Lehrer für dich. Ach was! Statt dich in den Cheder zu bringen, hol ich dir den Cheder ins Haus. Was heißt Haus? Das Haus, das wir gewinnen, das heißt, das wir dann kaufen, das hat Schränke voller Klamotten und Schuhe, die alle dir gehören. Du kannst dir aussuchen, was du anziehen willst. Ha, das wird ein Leben. Nu, was sagst du dazu, Avrum Leib?"

Die Idee erschien mir so einfach, daß ich mich wunderte, warum wir darauf nicht vorher schon gekommen waren. Auf der anderen Seite war es sehr schade, so eine Tante zu verlieren. So eine findet man nicht jeden Tag. Aber ganz schnell vergaß ich die Tante. Der Gedanke, was ich wohl anziehe, was für Klamotten, und was für Schuhe ich mir raussuchen würde, nahm mich ganz in Beschlag, und mich beschäftigte vor allem die Frage, ob schwarze oder braune Schuhe besser zu mir passen würden.

„Schimschele, gibt's da auch einen Schrank mit Hemden?"

„Was heißt hier Schrank, was heißt Hemden? Hemden in allen Farben."

Ich entschloß mich, jede Woche die Schuhe zu wechseln, Hosen jeden Tag und Hemden jede Stunde.

Als wir bei der Kneipe von Schmil Grieb ankamen, war ich gerade bei braunen glänzenden Schuhen, einem blauen Hemd und einer schwarzen Schirmmütze. Ich wollte Schimschon umarmen und ihm sagen, wie sehr ich ihn liebe.

„Avrum Leib, nimm einen Zloty. Geh ein bißchen spazieren und genieß das Leben."

Bevor Schimschon in die Kneipe ging, flüsterte er mir noch einmal leise zu: „Ich kenne meine Mutter, sie erscheint nicht umsonst im Traum. Und wenn ich die Chance nicht nutze, wäre sie leicht beleidigt, weil sie sich solche Mühe gegeben hat. Wenn ich jetzt nicht spiele, dann ist es aus mit meiner Mutter. So ist sie. Du kannst dir sicher sein, wenn du zurückkommst, sind wir schon reiche Leute."

Ja, als Reicher wollte ich schon nichts mehr mit den Kindern zu tun haben, die mit abgerissenen Klamotten und ohne Schuhe herumlaufen. Jawohl, von denen muß man Abstand halten. Ich setzte mich auf eine der Treppenstufen, die ich natürlich vorher putzte, damit meine neue Hose nicht dreckig wird. Nu, wie wird das wohl bald aussehen? Ich werde meine Schuhe ausziehen und sie wieder anziehen. Ich werde meine Hose ausziehen und sie wieder anziehen. Jede Stunde werde ich ein Hemd ausziehen und wieder ein neues anziehen. Richtig müde wurde ich davon. Nie hätte ich gedacht, daß reiche Leute so fleißig arbeiten könnten.

Nachdem ich mich vom Kleider- und Schuhewechseln ein wenig ausgeruht hatte, stellte ich mir vor, wie ich meine Mutter ins Haus führe und ihr stolz anbiete: „Setz dich an den Tisch und iß, was du magst." Und plötzlich bedauere ich auch wieder sehr, daß Schmelke nicht mehr lebte und daß Goddl im Knast sitzt. Vielleicht lasse ich für Schmelke noch mal einen Grabstein errichten. Es stimmt zwar, Schmelke ist nur ein Pferd; aber wenn ich reich bin, wer kann mir schon was vorschreiben? Der Haken ist nur, daß ich nicht mehr weiß, wo er begraben liegt. Na gut, wenn ich es auch vergessen hab, wenigstens werde ich ein *Kaddisch*[48] für ihn bestellen. Man kann immer einen jüdischen Minjan finden, der gegen Bezahlung ein Kaddisch spricht, auch für ein Pferd.

Was werde ich wohl mit dem ganzen übrigen Geld machen? Statt in den Cheder zu gehen, gehe ich in eine Schule, wie Bronek, der Sohn vom Kürschner. Noch nie hatte ich eine Schule von innen gesehen. Aber ich bin sicher, daß meine Schule riesige Räume hat mit elektrischem Licht, daß an jedem Fenster Vorhänge in allen Farben hängen und daß jeder Schüler, statt auf einer harten Bank, auf fünf weichen Kissen sitzt. In der Pause gibt es Kakao umsonst, und es ist strengstens verboten, ein Kind zu schlagen.

Und was mache ich noch mit dem Geld? O Gott, beinahe hätte ich Estherke vergessen. Wo sie wohl jetzt steckt, und was sie gerade macht? Ach, wäre sie doch bei mir, ich würde ihr sagen, wie sehr ich sie liebe, und ich würde ihr goldene Schuhe kaufen. Einmal sah ich in einem Märchenbuch das Bild von einer Prinzessin, die Estherke sehr ähnlich sah. Die Prinzessin trug auf dem Kopf eine Krone und an den Füßen goldene Schuhe. Ganz sicher paßt Gold sehr gut zu Estherke. Ach, wäre sie doch hier.

Ich weiß nicht, war es Traum oder Wirklichkeit. Neben mir hörte ich die Stimme von Estherke. Sie klang rauh, müde, grob und grau wie die Zegerskastraße.

„Avrum Leib, was machst du hier?"

„Estherke!"

[48] Totengebet

Ich wollte so viel fragen und so viel erzählen, zum Beispiel, wo Kaszik steckt, was mit dem Zirkus passiert ist und wo sie alle geblieben sind. Es war Estherke, aber ...

Ich versuchte, den Unterschied zwischen den beiden Estherkes auszumachen. Die Estherke von damals hatte weiße Zähne wie ein Brautkleid. Jetzt war das Brautkleid gelb, und alle paar Minuten spuckte Estherke eine gelbe Soße aus, wie ein Kutscher. Das Brautkleid war hinter roten Lippen ohne Lächeln. Lippen voller Bitterkeit. Selbst wenn sie lächelten, waren sie wie eine Laterne ohne Flamme. Aber auf einmal erinnerten mich ihre Lippen daran, daß es einmal anders gewesen war. Ja, es war doch Estherkes Lächeln von damals.

„Avrum Leib, wie alt bist du?"

„Ich weiß nicht genau, ich glaube acht. Aber zu Gott hat meine Mutter gesagt, ich sei sieben."

„Avrum Leib, versprich mir, daß du nie erwachsen wirst. Versprichst du's?"

„Aber ich will doch groß werden, denn wenn ich groß bin, dann muß ich nicht in den Cheder. Dort schlagen sie nämlich."

„Avrum Leib, die ganze Welt ist Cheder, und überall schlagen sie. Schau mich an."

Jetzt merkte ich, daß ihr linkes Auge geschwollen war.

„Das ist von Kaszik, ich arbeite für ihn." Müdigkeit und Traurigkeit krochen aus ihr heraus. „Avrum Leib, was haben sie aus uns gemacht?"

Mir fiel es schwer, sie anzuhören. Ich wäre am liebsten auf den höchsten Baum gestiegen und hätte geschrien, lauthals geschrien: Gebt mir die Estherke zurück! Das ist nicht meine Estherke. Gebt sie mir wieder zurück!

„Was haben sie aus uns gemacht", fragte Estherke noch einmal.

„Wer?"

„Ich weiß nicht."

„Estherke, sag, wer hat uns das angetan, sag, ich bring ihn um."

„Avrum Leib, ich bin leer. Ich kann noch nicht einmal hassen, geschweige denn lieben. Ich bin ein Nachttopf. Die Männer kommen, öffnen mir die Beine und pinkeln in mich rein. Dann machen sie die Hosen zu und hauen ab. Ich bin kein Mensch für sie."

„Aber Estherke, warum pinkeln sie dir zwischen die Beine?"

„Avrum Leib, ich liebe dich. Du bleibst wohl dein ganzes Leben ein Dummerchen. Komm, laß uns ein paar Minuten umarmt sitzen."

Estherke saß neben mir. Wir saßen nicht auf der Straße, wir saßen in einem

Palast an einem Tisch, und Estherke hatte eine Krone auf dem Kopf. Sie war ganz in Weiß und lächelte zauberhaft. Es war eigentlich gar kein Tisch, sondern eine Wolke, weiß und weich, wie in einem schönen Traum. Ein Wolkentisch, der langsam davonschwebte. Aus der Höhe konnte ich noch die Zegerskastraße sehen, wie einen Fleck, wie einen schwarzen Schatten, wie ein Dreckloch.

Plötzlich teilte sich die Wolke in zwei Hälften. Auf der einen saß Estherke, und die halbe Wolke verschwand mit ihr. Alles, was von ihr übrigblieb, war Parfüm- und Schweißgeruch.

Wo war Schimschon plötzlich hergekommen?

„Avrum Leib, du Hurensohn, du Kacker, wo steckst du denn? Seit einer halben Stunde such ich schon nach dir." Schimschon schaute mich mißtrauisch an.

„Was glotzt du mich an wie ein Idiot?"

„Du siehst aus, als würdest du träumen, als kämst du von irgendeiner Wolke. Was für ein Parfümgeruch? Als hättest du eine Hure umarmt."

Ich brauchte einige Zeit, um von dem Wolkentisch zurückzukommen.

„Avrum Leib, es gibt keine Freundschaft auf der Welt, es gibt keine Freunde, alles nur Betrüger. Auch meine Mutter, diese Hurentochter. Sie hat mir gute Karten versprochen und dabei gelächelt. Wie eine Hure hat sie gelächelt. Was sagst du, Avrum Leib, ist das eine Mutter?

Sie haben mich übers Ohr gehauen. Gezinkte Karten hatten sie, verstehst du?" Schimschon schimpfte, drohte Gott, dem Hurensohn, seiner Mutter, der Hurentochter, und seinen Freunden, diesen Hurensöhnen.

„Denen zeige ich noch, wer Schimschon Beckel ist!"

Mir war klar, daß ich auf die Klamotten, die Schuhe und die bunten Hemden verzichten mußte.

„Schimschon, komm, wir gehen zum Cheder, was?"

„Ja, Avrum Leib."

Im Cheder erklärte Schimschon Reb Idl:

„Idl, ich möchte, daß du aus ihm einen Zaddik machst, einen großen Rabbi. Ich möchte, daß er ein Lamed Wavnik wird. Hast du kapiert, du dreckige Spinne? Und das alles machst du bis in einem Monat, spätestens. Dann komme ich nachprüfen. Und weh dir, wenn du's nicht schaffst. Und wegen dem Geld mach dir keine Sorgen. Das krieg ich zusammen. Meine Mutter schuldet mir eine Menge Geld, und wenn sie's verspricht, dann gibt sie's auch zurück. In der Zwischenzeit lernt Avrum Leib umsonst. Meinetwegen kannst du ihn totprügeln, wichtig ist mir nur, daß er ein Zaddik wird!"

Schimschon war wohl betrunken und hatte noch einige Erklärungen an Reb Idl vergessen. Nachher sagte er zu mir: „Schau mich nicht so an, ich hab deiner Mutter versprochen, aus dir einen Lamed Wavnik zu machen, und was Schimschon verspricht, das hält er."

Reb Idl zitterte am ganzen Leib. „Ja, Schimschele, ja, Schimschele", stotterte er voll Angst.

Als wir für kurze Zeit allein waren, kratzte sich Schimschon unsicher am Kopf. „Avrum Leib, schau mich nicht so an. Ich könnte mich umbringen. Ich bin ein Hurensohn, ein verfluchter Kartenspieler. Spuck auf mich, nur das hab ich verdient. Spuck mich an, oder ich bring mich vor deinen Augen um."

Nie habe ich mit größerer Genugtuung einen Menschen angespuckt. Jetzt bin ich also im Cheder. Soviel ich weiß, sind hier noch dreißig Schüler, und alle bezahlen für ihr Studium, außer uns vier. Aber bevor ich erkläre, wer wir vier sind, erzähle ich noch, wie der Cheder aussieht.

Erstens, er liegt im dritten Stock. Man kann die Stockwerke kaum voneinander unterscheiden. Überall ist der gleiche Geruch von Moder, von Sauerkraut, von Knoblauch und Katzenpisse. Nur im ersten Stock kommen noch gegerbte Häute dazu und ein so starker Leichengeruch, daß ich jedem, der mich besuchen will, wärmstens empfehle, dieses Stockwerk im Laufschritt hinter sich zu bringen. Ich rate auch dringend, sich die Nase dabei mit den Fingern zuzuhalten, vorher jedoch kräftig Luft zu schnappen.

Im zweiten Stock wohnt Zlata Schulz mit vier Töchtern, und es geht das Gerücht, sie hätte gar keine Töchter. Auf jeden Fall ist Zlatas Wohnung geheimnisumwoben. Zlata, die *Zaddikste*[49], wie man sie nennt, ist eine kleine gebeugte Frau, hat ständig Pakete in der Hand, von denen keiner weiß, was drin ist. Zlata erinnert mich ein wenig an Malka und auch an den buckligen Chaim. Von Chaim hat sie ihre Schicksalsergebenheit und von Malka den Fleiß. Was Zlata vor ihrer Umgebung auszeichnet, sind stets gebügelte, saubere Klamotten, wie eben frisch aus der Bügelmaschine. Zlata trägt eine weiße Schürze mit Riesentaschen, und ich versuche immer herauszukriegen, was da wohl drin ist. Manchmal ist Zlata ein paar Tage weg, und niemand weiß, wo. Man sagt, nachts würde sie Alte und Kranke betreuen. Genau an dem Tag, als ich eintraf, kam die Polizei und verhaftete Zlata. Man munkelte, sie hätte einen Kommunisten betreut, der aus dem Knast ausgebrochen war. Ein anderes Gerücht war, sie würde Zionisten über die Grenze nach Israel schmuggeln. Auf jeden Fall gibt es niemand, der über sie etwas Schlechtes sagen könnte.

[49] scherzhaft: Gerechtele

Gleich rechts hat Reb Idl ein Gasthaus. Das Grundstück dieses Lokals ist eingehüllt in Gerüche, an denen man den jeweiligen Wochentag erkennen kann. Sonntags riecht es nach Latkes, gebratenen Zwiebeln, sauren Gurken und Salzfisch. Bis am Dienstag riecht es so. Am Mittwoch riecht es nach gekochtem Geflügel und Zimmes, am Donnerstag und Freitag nach Tscholent und gefilte Fisch. Was gleich bleibt, die ganze Woche über, das ist der Kartoffelgeruch. Auf jeden Fall lassen mir diese Gerüche das Wasser im Mund zusammenlaufen und ich muß meine Därme im Bauch zusammenfalten.

Ich weiß nicht, wer einmal gesagt hat, daß Gesundheit und guter Appetit für den Armen ein Fluch ist. Gott sei Dank gehen mir diese beiden Eigenschaften nicht ab, vor allem der gute Appetit.

Im dritten Stock, das heißt, da, wo unser Cheder ist, stinkt es nach Waschwasser, nach Schweiß und verrottetem Papier. Hier sind Zimmer, in denen Hebräisch gelernt wird; das ist der höchste Grad. In kleineren Zimmern lernt man *Chumasch*[50]. Im dritten, dem kleinsten Zimmer, sitzen Schüler, deren Eltern kein Geld haben, um Reb Idl zu bezahlen. Sie müssen arbeiten, um ihr Studium zu finanzieren.

In diesem Zimmer sitzen außer mir noch Moischele *Tuches*[51], Schmelke Bock und Avrum Kätzle. Wir vier schälen Kartoffeln für Reb Idls Gasthaus, putzen Geflügel und tragen Wassereimer vom Hof her. Moischele Tuches rührt sich nicht von seinem Stuhl, daher sein Name Tuches. Schmelke Bock bringt täglich Wasser, denn er ist der größte. Schmelke Bock hat einen großen Kopf und schmale Schultern. Seine Hände sind groß und rot. Seine Füße haben die Farben Braun und Bläulich. Braun, weil er immer neben dem Stall über den Hof muß, und Bläulich wegen der Kälte. Schmelke Bock hat keinerlei Ausdruck in seinen Augen, und er kann mitten im Gehen einschlafen. Avrum Kätzle achtet auf Sauberkeit. Wegen einer Krankheit redet er nicht, sondern sitzt in der Ecke und blickt leer in den Raum. Meine Aufgabe besteht darin, auf einen Riesentopf aufzupassen, in dem Frau Genia, Reb Idls Gattin, Geflügel mit Kartoffeln fürs Gasthaus kocht.

Frau Genia hat einen flachen Kopf. Ich stelle mir vor, daß sie gleich nach ihrer Geburt eine schwere Pfanne draufgekriegt hat. Selbst ihre Frisur kann das nicht verbergen. Frau Genias Augenfarbe läßt sich nur schwer ermitteln, weil alles an ihr gefärbt ist. Ihr Gesicht ist mit einer dicken Schicht Puder bedeckt, und ihre Backen sind rosarot. Um ihre Augen herum hat sie blaue Farbe geschmiert, darüber sind schmale Brauen, schwarz gefärbt. Wovor man

[50] Thorabücher

[51] jiddisch: Arsch

Angst bekommt, das sind ihre roten Lippen und Fingernägel. Stets geht sie aufrecht, als hätte sie anstelle des Rückgrats einen Stock. Mich nennt sie „mein Süßer" und schiebt mir Süßigkeiten in den Mund, daß ich wirklich an mich halten muß, ihr keinen Biß zu verpassen. Ich kann nicht sagen, ich leide Hunger, aber was ich bekomme, macht mich nicht satt. Obwohl ich verrückt bin auf Zuckerbonbons, kann ich sie nicht schlucken, sondern spucke sie voll Ekel aus. Was ich noch an ihr hasse, ist, daß sie mir die ganze Zeit mein Pipi streichelt. Eines Tages bringe ich sie um. Ich bin zwar noch nicht fest entschlossen, aber täglich denke ich darüber nach. Diese Nacht zum Beispiel träumte ich, daß ich sie mit einer Riesengabel ersteche. Alles, was mich davon abhält, ist die Tatsache, daß ich keinen Platz habe, an den ich mich zurückziehen könnte. Hätte ich einen, so wäre ich längst verduftet. Wo Schimschon ist, weiß ich nicht. Und Malka – ob sie mich wieder zurücknehmen würde , das ist fraglich.

Der Winter naht. Draußen ist der erste Schnee gefallen. Die ganze Straße hat sich in eine Rutsche verwandelt. Hier habe ich wenigstens eine warme Ecke. In dem Zimmer, in dem wir schlafen, brennt der Ofen nur nachts. Wir vier haben unsere Strohmatten um den Ofen gelegt, und es ist sehr angenehm, den Geräuschen darin zuzuhören. Manchmal werde ich auch traurig von diesem Singsang und weiß gar nicht, warum.

MoischeleTuches hatte seine Matte so nah an den Ofen gelegt, daß sie anbrannte. Dafür bekam er von Frau Genia ein paar Ohrfeigen. Moischele ist ein Meister im Ohrfeigenkriegen. Im Vergleich zu ihm schäme ich mich richtig, von meinen Ohrfeigen zu erzählen. Moischele hat auf diesem Gebiet reiche Erfahrung, und er teilt sie uns mit. Ich glaube, es ist so ziemlich das einzige, das ich auf dem Cheder gelernt habe, außer vielleicht an den paar Tagen, als ich in der Klasse saß und mit den anderen Kindern schreien mußte: *„Kamatz alef - oh, kamatz beth - boh, kamatz dalet - doh."*[52]

Von Anfang bis Ende verstand ich nicht, warum das „boh" und nicht „bi" oder „beh" heißt, aber, um nicht den Stock auf den Kopf zu kriegen, schrie ich wie ein Verrückter: „Kamatz alef - oh", was mir aber nichts half. Trotzdem bekam ich Streiche mit dem Stock auf den Kopf, weil ich zu viel schrie, nämlich nicht etwa nur „kamatz alef - oh", sondern „kamatz alef bäh, bäh, bäh", wie eine Ziege. Aber zurück zu Moischeles Erfahrung:

„Nicht alle Schläge sind gleich. Es gibt einen Schlag einfach so, aus Langeweile. So ein Schlag lohnt sich gar nicht, ihn in Erinnerung zu behalten. Es gibt eine Ohrfeige von einer Frau und eine Ohrfeige vom Mann, und das ist

[52] hebräische Vokale mit Konsonanten

nicht dasselbe. Eine Ohrfeige von der Frau ist schneller, vorausgesetzt, du kriegst nicht gleich noch eine von der anderen Seite. Auch das lohnt sich nicht, im Gedächtnis zu behalten. Es gibt eine Ohrfeige vom Mann, die zwar langsamer ist, aber mehr weh tut. Wenn du nur zwei davon kriegst, kannst du's auch vergessen. Jetzt kommt es darauf an, wo du sie gefangen hast. Wenn du eine auf die Backe gekriegt hast und das Auge nicht geschwollen ist, dann lohnt es sich gar nicht, darüber zu reden. Fäuste sind natürlich was anderes. Boxen ist eine ernste Sache, die man auch ernst nehmen muß. Aber es lohnt nicht, sich an diesem Punkt aufzuhalten, es sei denn, ein Auge oder ein Zahn mußte herausgezogen werden. Wenn sie nur einen Zahn ziehen, da lacht ja ein Kind noch darüber. Mir haben sie zum Beispiel einmal sechs Zähne nach einem Fausthieb gezogen, und mich stört das nicht einmal beim Essen.

Aber wenn sie dir einen Zahn gezogen haben und du bist schlau, dann hast du Glück. Warum, werdet ihr jetzt fragen. Ich sag's euch", sagt Moischele weiter. Sein Gesichtsausdruck ist ernst, seine Ton trocken und sachlich.

„Wenn sie dir einen Zahn gezogen haben, kannst du zwei Tage nicht essen, und das ist gar nicht schlecht. Es bedeutet, daß du keinen Hunger hast, und du vergißt auch alle Probleme. Und wenn sie dir einen Zahn gezogen haben und es fließt Blut raus, dann schmierst du dir das Blut aufs Gesicht und schreist wie ein Verrückter: „Juden, helft mir, ihr Juden, sie haben mich umgebracht!" Juden sind nämlich sehr empfindlich, was Ohrfeigen angeht. Um dich zu beruhigen, du kannst fast in jedem Fall auch einen halben Zloty dafür kriegen. Aber du darfst nicht aufhören zu schreien, im Gegenteil, schrei noch lauter, dann kriegst du vielleicht einen Kuchen. Aber auch dann darfst du immer noch nicht aufhören zu schreien, das ist ein Gesetz. Wenn sie dir einen Zahn herausziehen, mußt du ihnen die Seele rausziehen. Und das Stärkste ist, daß sie dich den ganzen Monat nicht mehr anfassen."

Alle hören zu, und jeder zieht seine eigenen persönlichen Schlüsse daraus. Moischele zeigt uns voller Stolz seine Zahnlücken, und wir alle zählen die Zähne, die er noch hat.

„Vor Frau Genia muß man sich in acht nehmen", warnt Moischele.

„Die hat allerdings Erfahrung darin, wie man haut. Ihre Ohrfeige ist trocken, und einen Kuchen kriegst du nicht bei ihr."

Ich zum Beispiel nehme lieber eine Ohrfeige von ihr als ein Streicheln, was sehr, sehr ekelhaft ist. Gestern zum Beispiel behauptete sie, ich hätte ihr einen Ring gestohlen, und fing an, bei mir in den Taschen danach zu suchen, wobei sie mir ständig mein Pipi rieb. Als sie so suchte, hielt sie die Augen geschlossen und atmete schnell. Als ich das Moische erzählte, reagierte er ganz eifersüchtig:

„Hast du ein Glück, jetzt kannst du klauen, was du willst. Es heißt doch, was die Augen sehen, nehmen sich die Hände. Und wenn sie dich haut, sagst du einfach, daß du das allen weitererzählst."

Nachts habe ich wieder davon geträumt, sie umzubringen, aber diesmal mit einem Hammer. Schon seit Tagen bin ich nicht mehr aus dem Haus gekommen, und mir ist, als wäre die ganze Welt dunkel. Das einzige Fenster im Zimmer ist klein und hoch oben. So kommt kaum Sonne herein, nicht einmal für ein paar Minuten. Die paar Strahlen, die es irgendwie trotzdem schaffen, hereinzukriechen, ertrinken sofort in einem Haufen verrotteter Kartoffeln und in den Töpfen.

Nach der Küchenarbeit gehe ich zurück auf mein Strohbett, derart übermüdet, daß ich gar nicht einschlafen kann, das heißt, ich habe Angst einzuschlafen. Ich brauche bloß die Augen zu schließen, und schon kommen Fratzen auf mich zu, die mir Angst einjagen. Die meisten Fratzen haben keine Zähne, oder nur ein, zwei Stück. Alle haben sie geschwollene Augen. Diese Kreaturen setzen sich neben mich und schweigen. Ich versuche, sie wegzuscheuchen, aber sie bewegen sich nicht. Wahrscheinlich haben sie kein Zuhause. Zigele, der neben mir schläft, hat die gleichen Träume, nur daß die Kreaturen, die ihn heimsuchen, in Leichentüchern daherkommen.

„Ich kann zwar ihre Gesichter nicht erkennen, aber ich weiß ganz genau, daß das meine Eltern sind", erzählt mir Zigele leise.

Gut möglich, daß Schmil Bock nachts den gleichen Gestalten begegnet, aber er sagt gar nichts darüber; und selbst wenn er etwas sagen würde, aus ihm kommt so ein Gestotter, daß es schwierig ist, ihn zu verstehen. Nur Moischele Tuches schläft sehr gut. Er hat nur den einen Traum, ein *Chasan*[53] oder ein *Mohel*[54] zu werden. Sein Vater war ein Mohel, und er will auch so einer werden.

Ganz langsam gelingt es mir, mich anzufreunden mit den Dämonen meiner Träume. Sie machen mich richtig neugierig. Ich frage sie, woher sie kommen und was sie tagsüber machen, wo sie sich bis zur Nacht versteckt halten, ob sie schon immer Dämonen gewesen sind, und was sie davor waren. Sie schauen mich einfach an und schweigen. Ich erzähle ihnen von mir, von Schimschon Beckel, von Estherke und wie ich sie liebe.

Einmal habe ich einen der Dämonen tagsüber gesehen. Er sah ganz ähnlich

[53] Vorbeter in der Synagoge

[54] Beschneider

aus wie Menaschke, so klein und glatzköpfig. Er sitzt da in einer Ecke, bewegt seine Hand, als wollte er sagen: Wir sehen uns in der Nacht. Ich verstehe ihn. Auch wenn er mir etwas gesagt hätte, ich kann ihn sowieso nicht hören wegen dem kochenden Wasser in dem großen schwarzen Topf oder wegen dem bösen Kessel, der wie eine Lokomotive faucht.

Meine Welt verengt sich zwischen Töpfen und Dämonen. Ich bin sehr durcheinander und nicht richtig wach. Vielleicht kommt es von dem Spiel, das ich selbst erfunden habe. Das Spiel heißt: Das bin nicht ich, und ich bin nicht da, was so viel bedeutet wie: nicht ich bin hier, sondern ein anderes Kind. Ein anderes Kind paßt auf die Töpfe auf, gießt wieder Wasser in den Kessel, schneidet eine Zwiebel, schält Kartoffeln.

In letzter Zeit hat dieses Kind noch eine Aufgabe dazubekommen, nämlich lauwarmes Wasser vorzubereiten, falls Frau Genia sich waschen will. Es gibt Avrum Leib A, das bedeutet Ich, und es gibt Avrum Leib B. Zwischen den beiden gibt es keinen Kontakt. Avrum Leib A ist klein, dünn, kahlköpfig, übermüdet und blaß. Auch wenn wir uns treffen könnten, wäre es doch recht schwierig, miteinander zurechtzukommen. Avrum Leib A ist in ein dunkles Zimmer eingeschlossen und hat keinen Platz, wo er hingehen könnte. Im Vergleich dazu ist Avrum Leib B frei und bewegt sich unter den Blumen an einem Ort, wo das ganze Jahr Frühling gefeiert wird. Avrum Leib B ist ein Königssohn. Ein sehr berühmter König, dessen Tapferkeit, Weisheit und Mut in allen Geschichtsbüchern gepriesen wird, er heißt mit vollem Namen Suberian der Erste.

Die Mutter von Avrum Leib B hat er bei einer seiner Reisen von einem anderen König geraubt, dessen Namen ich vergessen habe. Sie war berühmt für ihre Schönheit und ihr gutes Herz. Ich denke, sie hatte auch Einfluß auf ihren Mann. Das Land, in dem Avrum Leib B wohnt, heißt Blumenida und liegt zwischen zwei großen blauen Seen. Im Blumenidaland sind alle Kinder glücklich wegen der weisen Gesetzgebung. Zum Beispiel ist es ein schweres Verbrechen dort, ein Kind zu beleidigen. Und wenn es trotzdem jemand tut, dann bringen sie ihn vor ein Gericht, wo der Angeklagte sich entschuldigen muß. Wenn es ein zweites Mal geschieht, kleben sie ihm für drei Monate ein Pflaster auf den Mund, das nur während der Mahlzeiten abgenommen wird.

Wenn ein Mann ein Kind schlägt, dann kommt der König selbst zum Gericht, um zu unterstreichen, wie wichtig diese Sache ist. Im Land Blumenida nimmt man solche Fälle nämlich sehr ernst. Wenn ein Mann ein Kind gehauen hat, dann binden sie die Hand, die das Kind geohrfeigt hat, drei Monate lang auf dem Rücken fest. Und wenn so ein Mann wieder haut, binden sie ihm auch die andere Hand fest, und dann stirbt dieser Mann, denn ohne Hände kann er nicht essen.

Im Land Blumenida gibt es keine Wände um die Zimmer, in denen Kinder lernen. Der ganze Raum besteht aus Fenstern, damit die Kinder immer Vögel und Blumen sehen können. Im Land Blumenida wachsen die Blumen in allen Farben, und das ist der Grund, warum dieses Land Blumenida heißt. In diesen Zimmern sitzen die Kinder auf drei Seidenkissen und nicht auf einer harten Holzbank. Es gibt Kakao und Schokolade umsonst. Man kann essen, so viel man will. Im Land Blumenida ziehen die Frauen goldene Sandalen an, und die Männer dürfen ihnen nicht zwischen die Beine pinkeln. Dieses Gesetz ist im Rat von Blumenida mit Hilfe von Estherke verabschiedet worden, nachdem sie dort erzählt hat, wie beleidigend und verletzend das ist.

König Suberian der Erste und seine Frau Helena wohnen in einem Palast hoch oben auf dem Berg, damit der König sein ganzes Land überblicken und aufpassen kann, daß die Bewohner auch die Gesetze einhalten und daß den Kindern nichts Böses passiert. Die Aufgabe von Avrum Leib B besteht darin, zwischen den Häusern herumzugehen und zu horchen, ob die Kinder Klagen haben. Eine Sache gibt es da allerdings, die den König und die Königin traurig macht und natürlich auch Avrum Leib B, und das ist das Gerücht, daß in einem weit entfernt gelegenen Land wohnen. Und wo Gojim sind, da passieren immer üble Dinge. Das ist auch der Grund, warum in Blumenida kein Goj wohnt. Im Land der Gojim werden den Kindern mit Schlägen die Zähne gezogen. Dort wohnt eine Frau namens Genia, die die Kinder quält. Man kann ihnen gar nicht helfen wegen der Entfernung und der Kälte. Sollte jemand solch ein Kind treffen, dann muß er ihm auf alle Fälle warme Grüße von Avrum Leib B ausrichten, dem Sohn von König Suberian dem Ersten und der Königin Helena.

Seitdem Avrum Leib B weggegangen ist, finde ich mich nicht mehr zurecht und bin ganz von der Umgebung abgeschnitten. Zum Beispiel vergesse ich manchmal beim Anziehen, die zweite Hand in den Ärmel zu stecken, oder ich stehe still mitten in der Arbeit, rühre mich nicht mehr und glotze nur umher. Statt einen Krug Wasser auf den Ofen zu stellen, verschließe ich ihn im Schrank. Das Geschrei von Frau Genia hilft da auch nichts, mein Kopf ist einfach woanders. Ich glaube, ich habe Sehnsucht nach Avrum Leib B. Nur, wenn ich im Bett liege, kommt Avrum Leib B und erzählt von seinem wunderbaren Land. Außer uns sitzen bei mir noch die Dämonen aus den Träumen und hören voller Spannung zu. Manchmal nicken sie zum Zeichen ihres Einverständnisses mit den Köpfen.

Am Freitag erklärte mir Frau Genia mit einem Lächeln und mit einem prüfenden Blick:

„Nu, heute nehm ich ein Bad."

Danach schloß sie die Tür mit dem Schlüssel zu.

„Damit die Strolche aus deinem Zimmer mir nicht reingucken."

Freitag ist der schwierigste Tag. Man muß kochendes Wasser vorbereiten für eine Suppe, kaltes Wasser für einen Tee und jetzt auch noch lauwarmes Wasser für Frau Genia. Ich versuche mich zu konzentrieren: Für wen kaltes Wasser, für wen kochendes Wasser, und für wen lauwarmes? In meinem Kopf schlagen kleine Hämmer. Kochendes Wasser, lauwarmes Wasser, lauwarmes Wasser, heißgekochtes Wasser... Alles dreht sich in mir. Auf dem Ofen stehen drei Töpfe: ein schwarzer Topf mit einem Deckel wie eine Mönchskaputze, auf beiden Seiten schwere Henkel wie Hände, die den Bauch des Topfs halten, damit er nicht platzt. Daneben ein flacher, niedriger Topf mit einem verbogenen Henkel vom vielen Umfallen. Ein dritter Topf, rot und hoch, ohne Deckel. Der Topf, den ich am meisten hasse, ist der schwarze, in dem das Geflügel vor sich hin kocht. Ich weiß gar nicht, warum das Geflügel immer mit den Füßen nach oben kocht, als wollte es mich mit den Krallen einfangen. Obwohl das Geflügel keinen Kopf hat, habe ich das Gefühl, es würde darum bitten, vor dem Ertrinken gerettet zu werden, wenn es Geräusche wie „Blublublub" von sich gibt, und das macht mir Spaß. Ja, er hat nichts anderes verdient, dieser Gockel, soll er doch ertrinken, daß er nie mehr aus dem Topf herauskommt. Die kleinen Karottenstückchen, die auf ihm sitzen, erinnern mich an eine blutende Wunde. Dill und Petersilie um ihn herum lassen mich an das Gras auf einem frischen Grab denken.

Das Ekelhafteste von allem aber ist die Farbe des Hähnchens: weißlich mit schwarzen Punkten. Auch die Haut von Frau Genia ist weißlich mit dunklen Sommersprossen.

Mitten im Zimmer haben wir eine große Wanne aufgestellt und daneben einen Hocker mit Seife und Handtuch. Wahrend sie sich ausgezogen hat, habe ich meinen Kopf weggedreht, um sie nicht anschauen zu müssen.

„Nu, mein Süßer, bevor ich in die Wanne steige, geh und prüf nach, ob die Tür auch abgeschlossen ist, damit wir nicht gestört werden."

Ich habe nicht verstanden, warum „wir". Ich selbst habe nicht gebadet, seitdem ich auf dem Cheder bin.

Moischele Tuches behauptet, eine Schmutzschicht sei gut gegen Kälte, und nennt diese Schicht „der Pelz der Armen". Er kann sich nicht mehr daran erinnern, wann er das letzte Mal gebadet hat. Sein Wissen teilt er uns gern mit. Moischele weiß genau, wie er aus jeder Situation für sich selbst Nutzen herausziehen kann. Folgendes Beispiel aus den letzten paar Wochen: Moischele soll Geflügel zum Metzger bringen, um es schlachten zu lassen. Stattdessen schlachtet er selbst mit einer Glasscherbe und behauptet, so hätten's die Vögel am liebsten. Mit dem Geld, das er auf diese Weise zusammenspart, will er nach Amerika fahren und Millionär werden; und dann will er uns zu sich nehmen. Ich bete zu Gott: „Mach aus ihm schon jetzt einen Millionär."

„Schön", sagt Frau Genia, „du bist süß, das Wasser ist genau wie ich es haben will. Jetzt seif mir den Rücken."

Ihre dünnen Beine mit den roten Krallen machen mir Angst. Auch das Gebiß, das auf dem Hocker liegt, sieht bedrohlich aus. Die ganze Zeit habe ich Angst, daß sie, nachdem sie sich schon das Gebiß aus dem Mund gezogen und ihre falschen Haare abgenommen hat, nicht genug davon kriegen und womöglich noch damit anfangen könnte, sich ein Bein oder eine Hand auszureißen, und in der Wanne schwämme nur noch ein fetter, weißlicher Rücken.

Meine Aufmerksamkeit wird von dem Gebiß angezogen, das auf dem Hocker liegt, als hätte Frau Genia ihren Mund verloren. Vielleicht würde ich jetzt ihre Stimme nicht mehr hören. Vergeblich gehofft; an meine Ohren dringen Befehle: „Kaltes Wasser, heißes Wasser, lauwarmes Wasser ..."

Da fällt mir Avrum Leib B ein. Wären wir zusammen, wir könnten Hand in Hand in der Sonne spazieren gehen, und keiner könnte uns stören. Aber woher kommt plötzlich so eine unangenehm krächzende Stimme? Das ist eigentlich gar keine menschliche Stimme, sondern eher das Gackern eines Huhns. Das Huhn fing an zu schreien wie eine Verrückte, und zwar auf Jiddisch mit litauischem Akzent: „Juden, helft mir, ihr Juden, ich verbrenne!"

Das Huhn in der Wanne fing plötzlich an mit den Flügeln zu schlagen. Für kurze Zeit war es mir unmöglich festzustellen, woher das Geschrei kam. Da, welch ein Wunder, das Huhn hatte Menschenhände. Und noch mehr wunderte mich die Tatsache, daß das Huhn Brüste hatte, die auf den Bauch fielen, und lange krumme Beine. Das herzzerreißende Geschrei des Huhns lockte andere Stimmen herbei, Stimmen von Jeschivaschülern, Stimmen von umstürzenden Töpfen und Tischen, zerbrechenden Tellern, alles kam durcheinander. Hände, Füße, Geflügelteile auf dem Boden, Kartoffeln, Karotten, Dill und Petersilie waren wie Pudding verschmiert, Hände ballten sich zur Faust, Gesichter verzerrten sich vor Haß, schrien ohne Worte.

„Pusche-Isruel! Fangt ihn!" schrie das Geflügel.

Ich machte, daß ich davonkam, aber die Stimmen waren hinter mir her. Reb Idl, der Lehrer, rannte auf mich zu, hinter ihm eine Meute von Händen und Beinen. Die Beine rannten, die Hände waren zu Fäusten geballt und prasselten mir auf den Kopf, ins Gesicht. Wegen einer Augenschwellung war mir die Flucht nicht mehr möglich. Meine Zähne waren an irgendeine Hand geraten, es war wohl die Hand von Idl.

„Faßt ihn!" schrie die Hand mit dünner Stimme wie von einer Frau. Mehrmals rollte ich eine Treppe hinab, ich glaube, ich trat dabei auf eine Katze. Vor mir sah ich ein viereckiges Licht am Ende des Korridors. Es verhieß Rettung.

Erst als ich auf der Straße stand, erstarben die Stimmen langsam. Ich fühlte eine plötzliche Schwäche, die mich zu Boden gehen ließ. Millionen von Fliegen summten in meinem Kopf. Millionen von schwarzen Punkten tanzten vor meinen Augen. Eine Frauenstimme schrie:

„Ihr Juden, Gewalt! Bringt Schimschon Beckel, das ist sein Sohn!"

Die Frauenstimme klang wie die Stimme von Frau Genia. Ich weiß nicht mehr, wie lange ich da auf einer umgekippten Kiste neben dem Bretterzaun saß. Jemand schob mir ein Bonbon in den Mund.

„Nu, nu, nu, beruhig dich, Kind, dein Vater kommt. Avrum Leib, was ist dir passiert, welcher Hurensohn hat dich geschlagen?" Schimschon umarmte mich zärtlich. „Nu, sag schon."

Schimschon versuchte mich zu beruhigen und redete viel, aber ich verstand nichts. Er war sternhagelblau. Seine Worte waren verschwommen und wirr. Manchmal vergaß er, daß ich es war, und verwechselte mich mit jemand anderem. Dann beschuldigte er mich, ich hätte ihn beim Kartenspiel beschissen oder bei der Polizei verpfiffen. In den Momenten, in denen er mich erkannte, erklärte er mir ganz sachlich:

„Avrum Leib, du hast niemanden außer mir." Schimschon stank erbärmlich nach Wodka.

„Das war im Cheder von Idl."

„Was, Idl hat dich gehauen? Dieser stinkende Buckler, dieser Blutegel, der Hurensohn, ich geh und bring ihn um."

Ich versuchte ihm zu erklären, daß es in der Schule von Idl war, daß aber nicht Idl mich gehauen hat, sondern daß alles wegen seiner Frau Genia passiert war.

Schimschon achtete nicht auf meine Erklärung.

„Hat sie dich auch gehauen? Das ist alles nur wegen Idl, ich kenne ihn. Er bescheißt ständig beim Kartenspiel." Seine Stimme ging in Weinen über.

„Juden, ich, Schimschon Beckel, bin schuld an allem. Ein reines Kind, ein ruhiges, angenehmes Kind, das nur den einen Willen hatte, nämlich Thora zu lernen, ein Kind, das keiner Fliege etwas zuleide tun kann, so ein Kind habe ich abgegeben. Nur der Tod von Idl kann das Unrecht, das ich dieser reinen Seele zugefügt habe, wieder gutmachen. Komm, wir bringen Idl um."

Ich versuchte Schimschon zu erklären, daß ich wahrscheinlich kochendes Wasser auf Idls Frau geschüttet hatte. Aber Schimschon unterbrach mich mitten drin: „Glaub das ja nicht. Ich habe es selber gesehen, wie Idl das kochende Wasser über seine Frau geschüttet hat, und jetzt beschuldigt er dich, du reine Seele, komm mit."

„Schimschon, ich bin müde."

„Komm, ich nehm dich auf den Rücken. An meine Schultern kannst du dich dein ganzes Leben lang anlehnen." Alle paar Minuten mußte Schimschon anhalten, weil er so besoffen war. Unterwegs vergaß er ganz, wohin wir eigentlich wollten.

„Du, Avrum Leib, du sagst mir jetzt, wohin wir gehen und wen wir umbringen. Sonst töte ich aus Versehen noch einen unschuldigen Menschen. Versprichst du's?"

„Ja, ich versprech's."

Den Leuten, die wir unterwegs trafen, erklärte er, indem er mit der Faust auf seine Brust schlug:

„Er hat ihn aus Eifersucht geschlagen, weil er begriffen hat, aus Avrum Leib wird einmal das Genie des Jahrhunderts werden. Ja, nur aus Eifersucht. Nach zwei Wochen bereits konnte Avrum Leib die *Chumasch*[55]."

Ich wollte ihn verbessern und erklären, daß das nicht stimmt.

„Seht ihr seine Bescheidenheit? Seht ihr, was für ein Gerechter er ist?"

Alle paar Minuten veränderte Schimschon seine Geschichte.

„Dieser Idl, sein Name soll ausgestrichen werden, hat von seiner Mutter Perlen gestohlen. Ja, kostbare Perlen. Wißt ihr, was er mit diesem Kind gemacht hat?" Diese Geschichte machte den größten Eindruck auf die Umstehenden. „Und zu so einem Dieb schicken wir unsere Kinder."

„Schande über ihn", schnaubte einer der Zuhörer voller Wut.

Als wir in die Nähe des Cheders kamen, erzählte Schimschon einer Gruppe von Leuten auf der Straße: „Ich komme, um ihn zu töten, diesen Idl. Wer zuschauen möchte, soll mitkommen, dann seht ihr, was man mit einem Juden macht, der aus Eifersucht ein Kind schlägt. Ja, ihr Juden, auf meinem Rücken trage ich einen Lamed Wavnik. Sein großes Vergehen bestand darin,

[55] Thorabücher

daß er Thora lernen wollte. Nachts schlich er sich zu den heiligen Büchern und vertiefte sich darin. Es ist ein Glück, daß dieser Blutegel eine Frau hat, die vor Gott eine Höllenangst hat. Sie war es, die ihn vor dem sicheren Tod gerettet hat." Am Eingang des Cheders hatte sich schon eine große Menschenmenge versammelt.

„Bringt ihn um, nehmt ihm unsere Kinder weg!"

Am Fuß der Treppe setzte mich Schimschon von seinem Rücken ab. „So hab ich's leichter, so kann ich ihn besser umbringen."

Dann schrie er: „Idl, mach die Tür auf, das ist dein Ende!"

Hinter der Tür gab es keine Antwort. Schimschon öffnete sie mit einem Fußtritt, und wir traten ein. Die Bänke waren leer. Wahrscheinlich waren die Schüler in dem Moment abgehauen, als gemeldet wurde, was Schimschon mit Idl vorhatte.

„Idl, du Hurensohn, wo bist du?"

Wie ein zitternder Schatten kam Idl unter einer Bank hervorgekrochen. „Schimschele, ich, ich, ich ...", stotterte er voller Angst. Plötzlich tat er mir leid. Sein ganzer Leib bettelte um Erbarmen. Ich hatte den Eindruck, daß Idl in seiner Angst noch mehr zusammengeschrumpft war.

„Gib die Perlen von seiner Mutter heraus", schrie Schimschon mit der Stimme des *Schofar*[56] am Kippurtag.

„Ja, gib dem Waisenkind seine Perlen zurück!" schrie die Menge, die sich in der Türöffnung zusammengedrängt hatte. „Nicht nur gestohlen hast du, nein, sogar noch verhauen hast du dieses Waisenkind. Nicht einmal ein Goj hätte so etwas getan."

„Idl, ich hab keine Wahl, ich muß dich umbringen."

„Ihn umbringen!" schrie die Menge.

Plötzlich sah ich Idl mit seinen kurzen Beinen in der Luft strampeln, von Schimschons Hand hochgehoben.

„Ich gebe die Perlen zurück, Schimschele", stammelte Idl. Sein Gesicht war schweißnaß.

„Zu spät, ich muß dich umbringen. Mein Gewissen befiehlt's mir."

Idls Kopf schaute bereits aus dem winzigen Fenster hinaus. Der Versuch, noch mehr von ihm hinauszustopfen, wurde von einem Riesenbuckel verhindert. Seine Beine hörten nicht auf zu strampeln. Alle Bemühungen, ihn hinauszuwerfen, scheiterten. Noch ein paar Anläufe unternahm Schimschon, um Idl doch noch durch das Fenster zu schieben, dann gab er traurig auf.

[56] Widderhorn, das an bestimmten Festtagen geblasen wird

„Schaut nur, ein Glückspilz von einem Buckligen!"

„Hab Erbarmen mit ihm", bettelte eine Frau in der Menge.

„Also gut, es bleibt mir wohl nichts anderes übrig", sagte Schimschon ruhig, „es ist der Wille Gottes. Avrum Leib, wir gehen."

Und laut überlegte er: „Warum hat ihm Gott nur einen Buckel gemacht?"

Auf dem Rückweg erinnerte sich Schimschon wieder an die Perlen.

„Ach ja, die Perlen hat er doch gestohlen, oder?"

„Schimschon", versuchte ich ihm zu erklären, „meine Mutter hatte nie Perlen."

„Halt dein Maul, du Kacker. Wenn Schimschon sagt, es waren Perlen, dann waren es Perlen. Verstanden?"

Wenn Schimschon besoffen ist, lohnt es sich nicht, sich ihm zu widersetzen.

„Ja, Schimschon, natürlich waren es ihre Perlen."

„Die Perlen sind beim Teufel, dein Studium ist auch beim Teufel. Siehst du, nicht einmal Gott selbst will haben, daß du ein Gerechter wirst. Du hast also keine andere Wahl und wirst ein Dieb."

Ein paar Minuten hielten wir an. Ich spürte, Schimschon hatte keine Kraft mehr weiterzugehen. Er erwähnte noch ein paarmal die Perlen, dann senkte er den Kopf auf seine Knie und schlief ein. Glücklicherweise war das Gasthaus von Schmil Grieb nicht weit. Zosza Klops, die polnische Köchin, eine Riesenfrau mit roten Händen vom Geschirrspülen und mit einem lachenden Gesicht, half mir, zusammen mit einem Mann, Schimschon in den Holzschuppen zu ziehen. Wir legten ihn auf Säcke und deckten ihn zu.

„Und was ist mit dir, meine Ameise", fragte Zosza voller Sorge.

„Weiß ich nicht."

Ich war ganz durcheinander. Mein Kopf war leer. Alles, was um mich herum geschah, berührte mich gar nicht. Das einzige, an das ich mich erinnerte, waren die strampelnden Beine von Idl in der Luft.

Ohne mich zu fragen, gab mir Zosza einen Teller Nudeln mit Fleisch.

„Iß, iß, Avrum Leib. Was du im Bauch hast, gehört dir. Das sind keine Perlen."

Nachdem ich mich sattgegessen hatte, stellte sich erneut die Frage, wohin ich jetzt gehen sollte. Ich ging raus auf die Straße und wanderte zwischen den Häusern und mir unbekannten Höfen hin und her. Wie es zugegangen war, daß ich schließlich wieder vor Malkas Haus stand, weiß ich nicht mehr.

6. Kapitel

Metzger Getzel hatte Malka und noch ein paar Leute gefeuert, darunter auch Zlata, die Mutter von Motke, und Bracha, die Mutter von Nissim. Bracha und Zlata hatten bei der Wäscherin Dvoira angefangen zu arbeiten. Malka wurde diese Arbeit verwehrt.

„Schau, Malka, du bist schon alt, und das ist eine harte Arbeit, nichts für dich."

„Ja, ja", murmelte Malka ruhig, „ich verstehe."

Zlata und Bracha standen noch ein Weilchen da und schauten verlegen zu Malka herüber.

„Wir verstehen deine Lage, aber man kann nichts machen."

Zlata und Bracha waren Schwestern. Beide waren klein, fett und hatten ein rundes Gesicht, Backen und Nasen gerötet. Woran man sie unterscheiden konnte, war eine dickrandige Brille auf Zlatas Nase. Als die beiden aus dem Zimmer gingen, hörten wir noch die Stimme der einen. Beider Stimmen klangen ganz ähnlich.

„Es tut mir leid für sie; sie ist eine gute Frau, aber einfach zu alt."

Mir zog es das Herz zusammen.

„Malka, ich bleibe bei dir für immer. Ich laß dich nicht im Stich. Hab keine Sorge."

Malkas Gesicht war grau, ihre Augen waren von den Brauen verdeckt.

„Danke, Avrum Leib, wir bleiben zusammen", betonte sie mehrmals.

Ich wollte meine Stirn gegen die ihre pressen, wie ich es mit Schmelke, dem Pferd, getan hatte, und die Beschwörung des damaligen Bündnisses wiederholen: Ich und du, wir werden Freunde für immer. Wenn einer zu Schaden kommt, dann muß ihm der andere zu Hilfe eilen. Sie wie auch Schmelke waren schon alt, und keiner brauchte sie.

„Setz dich, Malka, ich mach eine Tasse Tee."

Und um sie zum Lachen zu bringen fing ich an, ihr von Idl zu erzählen und von Schimschon, wobei ich deren Gesichter nachäffte: das von Idl, wie er stotterte vor Angst, und das von Schimschon, wie er versuchte, Idl aus dem Fenster zu werfen. Ich fing an, ihre Bewegungen nachzumachen. Einen Moment lang vergaß Malka das Gespräch mit Zlata und Bracha und fing an, laut zu lachen. Dann spielte ich noch Frau Genia, Moischele Tuches und alle, die ich kennengelernt hatte.

„Oj, Avrum Leib, du bringst mich noch um vor Lachen."

Plötzlich wurde mir bewußt, daß ich mit meinem Spiel jemand zum Lachen bringen konnte, eine Fähigkeit, die mir bis dahin verborgen geblieben war. Menschen zum Lachen zu bringen und selbst mit ihnen zu lachen. Ich spürte eine innere Kraft und das Gefühl, daß ich Menschen lustig machen konnte. Wir tranken Tee, und ich führte vor, wie alte Juden Tee trinken, und Frau Biczkova. Schlagartig erstarb das Lachen auf Malkas Gesicht. In der Tür stand Rahel mit versteinerter Miene.

„Was bringt euch so zum Lachen?"

Und ohne ein weiteres Wort fing sie an, ihre Klamotten zusammenzupacken. Der Zauber war verflogen, und das Zimmer wurde wieder dunkel und trostlos. Wir folgten mit den Blicken ihren Bewegungen. Nach einer Weile stand Rahel mit zwei Koffern in der Hand da, einem großen aus Blech mit bunten Aufklebern, einer davon aus Amerika. Ich hatte einmal versucht, diesen Aufkleber abzumachen, aber ohne Erfolg. Es war ein Cowboy mit einem Pferd darauf, und jetzt waren nur noch das Bein des Cowboys und drei Beine von dem Pferd zu sehen.

„Ich verschwinde", sagte Rahel kurz.

„Bevor du gehst, laß mir noch ein paar Zlotys für den Laden. Ich schulde Zrul noch Geld."

„Wenn ich Geld habe, ist das für mich selbst."

Malka saß auf dem Hocker, sie ließ ihre schweren Arme hängen. Ich sah die geschwollenen dunklen Adern. Noch gestern waren das geschäftige Hände. Jetzt hängen sie kraftlos herab. Malka sah in ihrem langen grauen Kleid aus wie ein alter, vergessener Grabstein.

„Ich hab keine Lust, mein junges Leben hier zu beenden. Denkst du etwa, daß ich dich ernähre und diesen Bastard noch dazu? Vergiß es!"

Rahels Worte legten um die versteinerte Malka noch ein paar schwere Steine dazu.

„Als ich gearbeitet hab, habe ich dich ernährt", sagte Malka wie zu sich selbst.

„Was hast du mir da gegeben?"

„Ich hab gegeben, was ich hatte."

„Solang ich denken kann, hab ich mich selbst ernährt. Und für die Milch, mit der du mich gesäugt hast, bin ich bereit zu zahlen. Was kostet ein Liter Milch, den ich von dir getrunken hab?"

Rahels Gesicht strahlte Bosheit und Kälte aus. Ihr Mund, der mit rotem Lippenstift gerahmt war, klappte auf und zu wie eine blutende Wunde. In der Wunde zeigten sich weiße scharfe Zähne. Die Zähne kamen näher und berührten beinahe Malka. Ich erinnerte mich an unseren Schwur: Du und ich, wir sind Freunde für immer. Ich wollte losrennen, um sie zu beschützen, aber ich war am ganzen Körper gelähmt. Malka wollte etwas erwidern, blieb aber mit offenem Mund sitzen, als wäre sie zu Stein geworden.

Als Rahel das Zimmer mit zwei schweren Koffern verließ, begleitete sie Malkas ausdrucksloser Blick. Ich und Malka blieben allein. Draußen ging die Sonne unter, es wurde dunkel. Malka saß am Fenster. Die Gaslaternen gingen an. Der lange Schatten von Malka traf sich mit den Schatten von allerlei Gegenständen, die auf dem Boden herumstanden. Es waren Sachen, die Rahel zurückgelassen hatte. Wahrscheinlich hatten sie keinen Platz mehr im Koffer, oder sie wollte sie einfach nicht mehr haben. Ich hätte nie geglaubt, daß auch Gegenstände sterben und auf einmal versteinern können. Lange Schatten überkreuzten sich. Der Schatten eines weggeworfenen Schuhs kam mit seiner spitzen Ferse bedrohlich nahe an Malka heran. Tassen und Töpfe öffneten ängstliche, runde Mäuler.

„Malka, geh doch schlafen", bat ich leise und ängstlich, „ich räum das Zimmer schon auf."

Von Malka kam keine Antwort. Nur ihr Schatten schüttelte verneinend den Kopf. Nachher redete der Schatten zu jemanden, den nur er sah:

„Nu, sag du, Gerschon, hättest du geglaubt, daß mir das passiert? Nu, sag schon, warum schweigst du? Ah, siehst du, hast auch keine Antwort."

Was Gerschon ihr antwortete, hörte ich nicht mehr, denn ich schlief ein. Malka, die so beschäftigt und wach gewesen war, verlor jedes Interesse an ihrer Umgebung. In wenigen Tagen alterte sie. Ich spürte, daß auch ich älter wurde, vor allem, weil meine Aufgabe jetzt darin bestand, für Essen zu sorgen. Ein bißchen half mir Zosza Klops dabei. Ich weiß nicht, wie sie von Rahels Benehmen und Malkas Zustand erfahren hatte. Ich hoffte, daß uns Schimschon zu Hilfe kommen würde, aber laut Zoszas Berichten saß er schon im Knast. „Rabbi soll er werden, und kein Dieb. Als Dieb braucht man Mut und Hirn", sagte Zosza. „Komm jeden Abend mit einem Topf. Verhungern werdet ihr nicht."

Ich wärmte das Essen und mußte Malka füttern wie ein kleines Kind. Manchmal mußte ich sie sanft daran erinnern: „Nun iß, Malka, schluck doch das Essen hinunter.“

Manchmal schaute mich Malka an, als ob sie mich das erste Mal sähe, und gab mir den Rat: „Avrum Leib, geh weg von hier, laß mich allein, rette dich selbst.“

Aber es hielt mich etwas zurück. Vielleicht waren es die verzweifelten Blicke von Malka, die mich daran hindern zu gehen.

So wie es nun einmal war, hatte es wiederum auch sein Gutes. Erstmal war jetzt, nachdem Rahel das Haus verlassen hatte und Malka die ganze Zeit am Fenster saß, das ganze Bett für mich allein frei. Was für ein Spaß! Du kannst in der Länge und in der Breite liegen, du kannst auch fünf Kissen unter deinen Kopf legen, wie ein richtiger König. Du liegst im Bett, unter dem Kopf so viele Kissen, wie du willst, vor dir ein Topf mit Resten aus der Küche. Und was es da alles gab! Lauter gute Sachen, ja, das stimmt. Und dann wieder zitterte ich vor Angst. Zum Beispiel, als Malka im weißen Nachthemd dasaß und Töne von sich gab, als redete jemand aus einem leeren Faß heraus. Noch mehr Angst bekam ich, als Malka ein weißes Tuch über den Kopf zog:

„Bald geh ich und treff Gerschon und Hendle. Dort störe ich keinen mehr.“ Malka hob die Hände zum Himmel. Ihre Stimme kam von weit her.

„Gerschon, wo bist du? Nimm mich zu dir!“ Manchmal versteckte sie sich hinter dem Schrank und wurde eins mit der Dunkelheit. Vor lauter Angst traute ich mich nicht einmal aufzustehen und die Öllampen anzuzünden.

„Malka, wo bist du?“ fragte ich in die Dunkelheit.

Das Dunkel schwieg. Ich hatte große Angst, Malka würde in dieser Nacht sterben, während ich schlafe. Dann säße nämlich ihr Geist neben der Leiche, bis sie das Kaddisch sprechen. Dann dachte ich: Was Malka braucht, das ist Hendle. Wahrscheinlich hatte sie Angst vor der Langeweile in der nächsten Welt. Mit Hendle hatte sie immer einen Anlaß zum Streit gehabt. Die Zimmer von Malka und Hendle waren durch eine dünne Wand voneinander getrennt, die mit einer rosaroten, braun gepunkteten Tapete beklebt war. Nur schwer ließ sich abschätzen, ob diese Punkte als Muster aufgedruckt waren oder ob es die Hinterlassenschaft von Flöhen war. Die dünne Wand, die diese beiden Zimmer voneinander abtrennte, hatte den Vorteil, daß man keine Tür öffnen mußte, um miteinander zu streiten. Dieser Vorteil zeigte sich besonders im Winter.

Mit Leiser hatten wir es in dieser Hinsicht nicht ganz so gemütlich. Um mit ihm zu streiten, mußten wir eine Tür offen halten und manchmal sogar ganz herausgehen, um ihn mit allen Weltkatastrophen aus der Nähe zu beglücken. Leiser war nämlich halb taub.

Ich denke, auch im Himmel wird sich Malka nach der Nachbarschaft mit Hendle und Leiser sehnen, hinter einer dünnen Trennwand, versteht sich. Und was sie nicht genug miteinander geschimpft haben, das werden sie im Himmel weiterschimpfen. Aber worüber werden sie dann streiten? Goddl hat mir erzählt, daß die himmlischen Seelen gar nichts brauchen. Niemand hat dort Hunger, keiner friert oder hat Angst vor den Gojim, und keiner braucht Klamotten. Aber wie ich die beiden kenne, werden sie schon einen Anlaß zum Streiten finden.

Nach Hendles Tod mietete sich in dem Zimmer ein Kleinkrämer namens David Schulz mit seiner Tochter ein, die den gojischen Namen Anielcza hatte. Was Streitereien anbelangt, hatte Malka keine gute Zeit mit ihm. David Schulz kam normalerweise erst spät zurück und schlief sofort ein. Außer seiner Tochter interessierte ihn gar nichts. Seine Tochter war sein ganzes Leben. Später kam uns zu Ohren, daß Anielcza blind war und David Schulz jeden Zloty sparte für eine Operation, die ihr das Augenlicht wieder bringen sollte. Die Operation war sehr teuer. Wie er erzählte, versprachen die Ärzte hundert Prozent Erfolgsaussichten bei dieser Operation.

Die Welt von Anielcza war bevölkert von Prinzen, Königen und Zauberinnen. Sie redete über sie, als seien sie ein Teil ihrer Familie. Einmal lud sie mich in ihr Zimmer ein, weil sie eine Maus drin hatte.

„Mach sie tot“, bettelte Anielcza. „Sie verscheucht mir die Prinzessin. Sie hat große Angst vor Mäusen.“

Ich wunderte mich sehr: Wie konnte ein Zimmer, das vorher so vernachlässigt war, auf einmal so sauber sein? Alles glänzte. Der Boden war rot gestrichen, an den Fenstern waren bunte Vorhänge. An den Wänden hingen ihre blumigen Kleider. Auch die Gerüche waren anders als die Gerüche der Zimmer, die ich kannte. Anielcza redete nur polnisch. Ihrer Meinung nach redeten nur unerzogene Menschen jiddisch. In meinen Augen war sie eine Märchengestalt. Selbst eine Scheibe Brot aß sie mit einem Papier, das sie mit zwei Fingern festhielt.

„Alle Prinzessinnen essen so“, erklärte sie mir.

Später fragte sie mich mit einem geheimnisvollen Lächeln: „Sag mal, hast du schon eine Braut?“

„Nein.“

„Ich hab schon einen Bräutigam. Er ist ein Prinz und kommt jeden Tag mich besuchen.“

„Ist das der Prinz, der dir die ganzen Kuchen bringt, die du immer ißt?" fragte ich.

„Ja, er bringt mir viele Kuchen."

Wenn das so ist, dann macht es ja gar nichts aus, wenn ich mir einen von den Kuchen nehme. Erstens sieht es Anielcza nicht, zweitens hat ihr Prinz wahrscheinlich eine Bäckerei, und es wird ihm auf einen Kuchen mehr oder weniger nicht ankommen. Ich weiß nicht, wie es Anielcza gemerkt hat, daß der Kuchen fehlte. Ihre Stimme war nahe am Weinen vor lauter Schmerz und Enttäuschung.

„Du hast mir einen Kuchen gestohlen, weil ich blind bin. Du bist schlecht erzogen. Du bist ein Dieb, und du redest jiddisch."

Ich schämte mich sehr. Wenn ich nur gekonnt hätte, ich hätte den Kuchen wieder aus dem Bauch herausgezogen und auf den Teller zurückgelegt. Ich spürte, wie jemand auf meine Seele spuckt. Ich verließ das Zimmer in großer Scham. Ihr blinder Blick verfolgte mich bis zur Tür. Ich wollte sie um Verzeihung bitten, aber ich traute mich kein zweites Mal mehr, sie zu besuchen. Kurze Zeit später verschwand Anielcza wieder mit ihrem Vater. Oder es war der Prinz, der sie mitgenommen hat. Jetzt ist ihr Zimmer leer, und nachts hört man von dort furchterregende Geräusche. Diese Nacht hörte ich schwere Schritte von einem Mann und das Geschrei von Katzen. Auch unser Zimmer ist schrecklich leer geworden. Niemand kommt uns besuchen. Lea kommt nicht, weil sie einen neuen Bräutigam hat. Nur einmal kam sie vorbei, um ihren Liebsten vorzuzeigen. Malka schaute sie nicht einmal an. Im Vergleich mit Schimschon war ihr Bräutigam ziemlich langweilig. Er konnte keine lustigen Geschichten erzählen. Er hatte ein bleiches Gesicht und helle, hervorquellende Augen, kalt wie ein Karpfen. Nie war er in einem Knast gesessen oder hatte einen Menschen umgebracht. Lea nannte ihn Kucki. Und dieser Kucki war Lastenträger in einer Schuhfabrik. Jeden Gegenstand schaute er an und schätzte das Gewicht.

Ich weiß nicht, wie und wann der Hausbesitzer erfuhr, daß Rahel die Wohnung verlassen hatte und daß Malka nicht mehr arbeitet. Frühmorgens kam Wolf, der Hausbesitzer, und fing schon in der Türöffnung an zu schreien wie ein Schwein. Seine Backen waren aufgeblasen, der *Kaflusch*[57] auf seinem Kopf zitterte vor Wut. Mit seinen kurzen dicken Händen trommelte er auf seinen Bauch. Die Taschenuhr, die unter seiner Weste hing, baumelte im Takt seiner schweren Atemzüge.

„Ihr schuldet mir ein halbes Jahr Miete. Denkt ihr, ich würde ewig darauf

[57] Hut

warten? Auch ein frommer Jude wie ich ist mal mit seiner Geduld am Ende. Ich muß auch von etwas leben!"

Jetzt muß ich erklären, wie Wolf, der Hausbesitzer, aussieht. Er ist klein und breit, und wie ich vorhin schon sagte, hat er auf seinem Kopf einen schwarzen Kaflusch mit harter Krempe. Wenn ich einen Handgriff darangeschraubt hätte, wäre ein Nachttopf daraus geworden. Auf beiden Nachttopfseiten ragen große, fette Ohren heraus, die mich an *Hamantaschen*[58] erinnern. Wenn Wolf von Avremele, dem Sohn des Metzgers Getzel, lernen würde, mit den Ohren zu wackeln, dann könnte er Fliegen damit verscheuchen. Auf beiden Ohrenseiten hängen ihm lange dünne *Peot*[59] wie Regenwürmer herunter. Schimschon Beckel hatte mir einmal erklärt, das seien Läuseschaukeln. Die Nase ist platt und breit mit zwei großen Löchern, in denen lange Haare wachsen. Auf dieser Nase sitzt eine Brille mit goldenem Rahmen. Wenn Wolf seinen Mund aufmacht, das heißt, wenn er schreit, dann blinken goldene Zähne daraus hervor. Die Goldzähne machen Töne wie bei einer Zahnbehandlung. Gleich unter dem dichten Bart fängt ein Riesenbauch an, der gut zusammengebunden ist, damit er nicht auseinandergeht. Unter dem Bauch wachsen zwei kurze Beine, bekleidet mit einer schwarzen Hose und Wildlederschuhen. Die Beine durchmessen das Zimmer der Länge und Breite nach, und die Goldzähne schreien mit lauter Stimme: „Ich will das Geld!"

Am selben Abend kam schwerer Schneefall, und im Zimmer wurde es bitter kalt. Wir hatten kein Holz, und auch der Ofen war kaputt. Malka saß wie immer am Fenster, unbeteiligt, in eine Decke gehüllt. Um der Kälte zu entkommen, versteckte ich mich unter dem Daunenbettzeug. Neben mir lag ein Haufen Krautblätter, die ich am Tag zuvor vom Markt gebracht hatte. Zosza Klops arbeitete nicht mehr im Gasthaus. Ihre Nachfolgerin war nicht bereit, uns etwas abzugeben. Um Wolf, den Hausbesitzer, zu ärgern, gab ich Töne von mir wie eine Ziege: „Mä-ä-ä, Mä-ä-ä."

Ich bin Weltmeister im Ziegenmeckern. Wolf hat eine Ziege, die ans Haus gebunden ist. Sie heißt Zandro. Wenn jemand gehört hätte, wie wir beide unser „Mä-ä-ä" von uns geben, er hätte es schwer gehabt herauszufinden, wer von uns die Ziege ist. Mein „Mä-ä-ä" ärgerte Wolf noch mehr.

„Verkauft eure Betten, eure Decken, euren Tisch. Ich will mein Geld!"

Immer, wenn Wolf seine Stimme erhob, ließ ich auch mein „Mä-ä-ä"

[58] süße Gebäckstückchen an Purim

[59] Schläfenlocken

hören. Schließlich kapierte Wolf, daß man mit einer Ziege nur schwer diskutieren kann, und daß mit Malka nicht zu reden war. Von hinter der Tür hörten wir noch Wolfs Stimme: „Ihr werdet noch von mir hören. Mit euch wird's enden wie mit Bracha!"

Welche Bracha er wohl meinte? Es gibt mehrere Brachas. Da ist Bracha, die Frau des Schuhmachers Aesig, dann Bracha, die Frau des Fischhändlers Izig Chaim, und die Bracha des Hutmachers, die mit ihm zusammen einen Laden mit Namen „Felix Hut" betreibt. Über sie sagte Goddls Vater einmal lachend: „Für solche *Brachas*[60] braucht man keine Flüche."

Jetzt verstand ich seine Worte. Jede Bracha mit ihrem eigenen Fluch. Nehmen wir zum Beispiel die Bracha des Schuhmachers Aesig. Erstens haben sie neun Kinder und ein ziemlich kleines Zimmer. Goddls Vater sagte einmal: „Wenn die Sonne in das Zimmer kommt, dann muß die Familie solange herausgehen, weil gar nicht alle Platz darin haben." Zweitens sterben sie zweimal am Tag vor Hunger. Das heißt nicht, daß sie tatsächlich sterben, richtiger ist, sie haben zum Sterben zuviel und zum Essen zu wenig. Als Wolf, der Hausbesitzer, sie aus der Wohnung hinausgeworfen hatte, und sie mit all ihren Sachen draußen im Hof saßen, gab es keinen Menschen, der ihnen nicht irgendeine Leckerei gebracht hätte. Ihr Sohn Menachem, der so alt ist wie ich, machte überhaupt nicht den Eindruck, daß ihn die Lage bedrückte. Im Gegenteil: Neben ihm saß seine Mutter mit einem Riesenteller. Darauf war ein Berg Kartoffeln und Joghurt.

Ich bete nicht viel zu Gott. Aber einmal habe ich von ganzem Herzen gebetet: „Gott, mach, daß wir auch aus der Wohnung geworfen werden. Dann habe ich endlich auch was zu essen." Ich glaube, Gott hat mein Gebet erhört, denn schon waren wir heraus aus unserer Wohnung. Dieses Wunder hat meinen Glauben an Gott gestärkt.

Wer richtig Lärm geschlagen hat wegen der unglücklichen Lage von Bracha, waren ihre Nachbarinnen. Ein Teil von ihnen schimpfte auf Wolf mit allen Flüchen der Welt. Ein anderer Teil, etwas lebensnäher als der erste, fütterte der kleinen Pessie Kirschkompott, das sie mitsamt den Steinen aufaß. Wenn mich jemand so gefüttert hätte, wollte ich hier im Hof für immer bleiben. Feivel, der mit dem rasierten Kopf, fütterte Zlata mit Bonbons, die in Silberpapier gewickelt waren. Aus diesem Papier machten wir einen Kelch, aus dem am Passahfest zu trinken sich nicht einmal der Prophet Elijah geschämt hätte.

Kurz nach dem Besuch von Wolf, dem Hausbesitzer, kamen zwei Beamte

[60] Bracha (hebräisch) heißt Segen

vom Stadtgericht. Ein großer, der wie ein *Lulav*[61] schwankte und nach Wodka stank, hielt in der Hand eine Tasche mit Heften, um hineinzuschreiben, was es alles in der Wohnung von Malka gibt. Der zweite, mit einem kalten, müden Gesicht und einer glänzenden Glatze, machte eine Pferdebremse auf sich aufmerksam, die auf ihm landete wie auf einer Rutsche. Die Beamten versuchten uns herauszuscheuchen, indem sie Drohungen gegen Schmeißfliegen und Juden verlauten ließen.

„Ich krieg sie schon noch zu fassen, diese jüdische Fliege", drohte der Beamte. „Dann mach ich ihm[62] eine Beschneidung zum zweiten Mal."

„Nu, Kind", redet mich der lange Beamte an, „sag deiner Tante, daß sie ihre Perlen rausholen soll. Alle Juden haben irgendwo Perlen versteckt."

Zlata, die zufällig gerade in der Wohnung war, sagte auf jiddisch, in einer Gebetsmelodie singend: „Daß du und deine ganze Familie noch so viele Jahre leben mögest wie die Perlen, die Malka versteckt."

Ich sagte: „Amen."

Malka saß die ganze Zeit über im Schrank, den sie von innen verschlossen hatte, und führte Gespräche mit ihrem Mann Gerschon. Das machte den Beamten ein bißchen Angst.

„Sag deiner Tante, daß sie aus dem Schrank rauskommen soll."

„Das ist nicht meine Tante", belehrte ich den Beamten.

„Es ist unwichtig, ob sie deine Tante ist oder nicht. Hauptsache, sie gibt ihre Perlen raus. Mamele, tatele, ae wae wae." Der zweite Beamte legte ein Heft auf seine Knie und fing an, alle Sachen zu notieren, die im Zimmer waren. „Ein Eisenofen", schrieb er, und mit dem Stift in der Hand scheuchte er die aufdringliche Fliege weg.

„Was noch, Janosch?" fragte der lange Beamte.

„Eine alte Frau, eine Kucku, sitzt in dem Schrank und bereitet sich für den Karneval vor."

„Hör auf mit deinen Witzen und laß uns schnell zum Ende kommen, sonst ersticke ich noch an diesem jüdischen Gestank."

„Eine Uhr mit abgebrochenen Zeigern und einem Herodesgesicht. Eine Daunendecke und ein Kissen, weich wie der Hintern meiner Frau. Eine ganze Tonne Gestank. Eine Legion von Flöhen. Ein zerbeulter Kessel wie der Buckel eines alten Juden." Der Beamte zog aus seiner Tasche eine kleine Flasche und fing an zu trinken.

[61] junger Dattelzweig (Symbol für Weichheit, Unstabilität).

[62] Die Fliege hat im Hebräischen männliches Geschlecht

„Ausgerechnet jetzt kriegst du Lust zu saufen? Was für eine Cholera von einer Fliege!"

Ja, diese Fliege, diese Cholera, diese Hurentochter, aus lauter Neugier war sie in das Ohr des Beamten hineingekrochen. Wenige Minuten später kamen noch ein paar Fliegen und griffen den Beamten erbarmungslos an. Er ruderte mit seinen Händen und schnitt Grimassen wie ein Ertrinkender. Malka fing an, merkwürdige Geräusche von sich zu geben, die sich fast so anhörten wie das Summen von Fliegen und dann wieder wie ein Mensch mit Bauchweh.

„O Jesus, komm, machen wir das ganz schnell fertig", spornte der Beamte mit der Glatze seinen langen Kollegen an.

„Nu gut, wir sind fertig."

Der Beamte schlug sein Buch zu, stand auf und erklärte uns rülpsend: „Meine Herren, wir sind fertig, es war uns ein Vergnügen", und auf theatralische Weise verbeugte er sich vor mir. „Es war uns ein echtes Vergnügen. Auf Wiedersehen, bis bald."

Die Beamten verließen uns, und ich blieb mit Malkas Tönen aus dem Schrank zurück. Jetzt fing Malka an, mit herzzerreißendem Heulen ein Kaddisch zu beten. Die Angst vor Malkas Stimme trieb mich hinaus vor das Haus. Auf dem Weg zum Markt hielt ich einen Moment neben dem kleinen Laden von Bluma an. Bluma hat die besten Sachen der Welt in ihrem Geschäft. Was für eine komische Welt. Bluma steht zwischen den verlockenden Leckereien und ist selbst so böse. Ach, wäre ich doch an ihrer Stelle!

Bluma hat ein zerknittertes Gesicht und den Ausdruck eines Menschen, der gerade ein Kilo Meerrettich verzehrt hat. Was aus ihrem Gesicht am deutlichsten hervorsticht, sind ihre gelben Zähne. Eigentlich sind es gar nicht ihre Zähne. Es sind falsche, und wenn sie sich ärgert, dann wackeln sie. Einmal fielen sie vor lauter Ärger auf den Boden. Ich glaube, sie hatten es einfach satt, in so einem krummen Maul zu stecken. Das passierte, als sie sich über Malka geärgert hatte, denn Malka wollte schon wieder auf Rechnung einkaufen.

„Auf Rechnung, auf Rechnung!" schrie Bluma. „Man nimmt mich aus, und alles nur wegen meinem guten Herz. Deswegen geh ich eines Tages noch am Bettelstab."

„Mit Gottes Hilfe", sagte Jankel, der Schreiner, der gerade im Laden stand.

Bluma antwortete nicht. Aber dieses Mal passierte etwas ganz Komisches: Bluma, ja Bluma, dieselbe Bluma mit ihrem zerknitterten Gesicht, kam nahe an mich heran, die Falten wurden glatt, ihr Blick war auf einmal weicher geworden. „Komm, Avrum Leib“, sagten ihre Zähne, gar nicht mehr gelb, sondern zärtlich, „Avrum Leib, ich hab für euch ein Paket voll Essen vorbereitet. Das sind Sachen für ein paar Tage.“

Und dann flossen Tränen aus ihren Augen wie nasse Fäden, bis hinunter zu ihren falschen Zähnen.

„Geh, Avrum Leib, geh heim. Vielleicht hat Malka Hunger.“

Ich wollte ihr nicht erzählen, daß Malka fast nichts ißt. Vielleicht hätte sie sonst das Paket wieder zurückgenommen. Auf dem Heimweg wurde ich auf ein dickes Pferd aufmerksam, das an einen Wagen gebunden war. Das Pferd hatte den Kopf gesenkt und sah noch so verschlafen aus, als hätte es jemand ziemlich unsanft geweckt. Der Kutscher überlegte wohl gerade, wohin er nun fahren soll. Der schwere Schweif des Pferdes schlug von rechts und von links auf den Bauch.

„Leibke!“ Eine bekannte Stimme sprach meinen Namen immer und immer wieder. Vor mir stand Zigmund, der Sohn des Hofmanns. „Deine Alte ist rausgeflogen aus der Wohnung. Sie sitzt auf dem Waschtrog und lacht wie ein Kuckuck.“

Jetzt interessierte mich nur noch eins: Was wird aus mir, wohin gehe ich jetzt? Auf dem Weg zum Hof traf ich noch ein paar Menschen. Man redete mich an, und ich verstand nicht viel davon. Mitten im Hof saß Malka in einem Berg Wäsche. Rechts lag ein umgekippter Eisenofen mit einer zum Himmel geöffneten Tür. Zwischen Töpfen und Tellern saß Malka auf dem Trog, so wie Zigmund es beschrieben hatte, mit einem irren Lächeln auf dem Gesicht. Auf einem kleinen Stuhl neben ihr lagen ein paar Brotscheiben.

„Iß, Malka“, versuchte Bracha, die Wäscherin, sie zu überreden.

Ich setzte mich neben sie, legte meinen Kopf auf ihre Knie, und Malka streichelte mich zärtlich.

„Nu, Avrum Leib, du mußt allein zurechtkommen. Deine Mutter ist weit weg, und ich bin schon alt.“

Was mir vollends den Rest gab, war das Lied, das Malka anfing zu singen. Ein Lied, das ich sehr gern hatte. Malka wußte das. Aus der Zeit, als der Eisenofen noch mitten im Zimmer stand und seine Smires summte, wie Malka immer sagte. Wahrscheinlich sang Malka dieses Lied für mich zum letzten Mal:

„Oefen Bripetschik brennt a Faierl un in Schtub is heiß.“

Ich fing an zu schreien: „Hör auf zu singen!“

Ich weiß nicht, welcher Teufel in mich gefahren war, aber ich fing an, sie mit den Fäusten auf den Kopf zu hauen und zu schreien: „Hör auf zu singen!“

Malka hörte auf zu singen.

„Avrum Leib, aber es gab doch eine Zeit, in der du dieses Lied so gern gehört hast.“

Ihr Gesicht war müde, alt, und erinnerte mich an das Pferd Schmelke.

Nachher kam eine Droschke, und heraus stiegen zwei bärtige Juden mit schwarzen Mänteln.

„Nu, Malka, komm mit uns, dort geht es dir besser.“

Malka antwortete nicht. Die zwei Juden halfen ihr aufzustehen. Malka ging unbeteiligt zwischen den Reihen von schweigenden und ängstlichen Menschen hindurch. Erst als Malka mit den beiden schwarzgekleideten Juden in der Droschke verschwunden war, kam ich wieder zu mir und versuchte, ihnen hinterherzurennen. Aber die Droschke entfernte sich rasch.

7. Kapitel

Viele Menschen glauben, ein Rabe sei ein schwarzer oder grauer Vogel, und dieser Vogel säße auf Bäumen, Hausdächern oder auf Misthaufen. Aber es gibt auch noch eine ganz andere Sorte von Raben. Diese Rabenart ist den meisten Menschen gar nicht bekannt. Wir selbst sind nämlich diese Raben.

Die Bezeichnung stammt von Pinchas, dem Meschugge, vielleicht wegen der schwarzen Säcke, mit denen wir uns umwickeln. Oft geschieht das früh am Morgen, wenn es draußen noch kalt ist und man auf das Müllauto wartet, das von den reichen Stadtvierteln kommt. Etwas später stößt dann noch Benni zu uns. Dieser Benni hat früher einmal bei einem Wanderzauberer gearbeitet, dem er einige Tricks abgeschaut hat. Zum Beispiel kann er ein Tuch in seinen Mund stecken und aus dem Ohr wieder herausziehen. Er kann mit dem Mund Gitarrentöne nachmachen und auf einem Kamm, der mit Seidenpapier umwickelt ist, traurige Melodien spielen. Seine Eltern ließen sich scheiden und heirateten beide zum zweiten Mal. Aber weder sein Vater noch seine Mutter wollten ihn bei sich aufnehmen.

Benni hat sich uns angeschlossen, nachdem Moischele Tuches, Kätzele und Schmil Bock das Zimmer im Cheder von Idl und Frau Genia verlassen hatten. Der Grund, weshalb der Cheder geschlossen wurde, war das Gerücht, Idl habe meiner Mutter die Perlen gestohlen. Die meisten Familien nahmen ihre Kinder aus dem Cheder. Ein Teil der Schüler ging auf einen anderen Cheder, der Rest kam wieder nach Hause.

Diese drei hatten kein Zuhause, wohin sie zurückkehren konnten, und auch kein Geld für einen anderen Cheder. Es blieb ihnen nichts anderes übrig, als mit Duwidel Pentak zusammenzuarbeiten. Mit der Zeit kam dann auch Benni noch zu ihnen, denn auch er hatte keinen Platz, wo er nach der Schließung des Cheders hätte hingehen können.

Dieser Duwidel Pentak ist schon seit einem halben Jahr Rabe, und er war es, der mich überredete, auch einer von ihnen zu werden. Nach seinen Worten gibt es keinen Millionär, der nicht irgendwann einmal Rabe war. Zum Beispiel ein Goj namens Ford, der jetzt so reich ist, daß er jeden Müllhaufen der Welt kaufen kann.

Duwidel Pentak zählte noch eine Menge Namen von Gojim und auch von Juden auf, die einmal Raben gewesen waren. Zum Beispiel war auch der Millionär Poznanski als Kind einmal Rabe. Im Müll fand er eine Tüte voll Diamanten, das war der Anfang seiner Karriere. Wenn uns dasselbe passiert, dann haben wir auch eine Chance. Duwidel Pentak kann auch einen Satan dazu überreden, *Tefillin*[63] anzulegen.

„Avrum Leib, du sitzt auf einem Müllhaufen wie ein König. Von unten strahlt der Müll Wärme aus, und wenn du einen Sack um den Kopf gewickelt hast, dann lachst du über die Kälte. Außerdem findest du jederzeit Essensreste. Das meiste Essen findest du immer freitags. Da sitzt du richtig wie an einem Tisch, der in Hülle und Fülle mit Speisen gedeckt ist. Immer wieder findest du auch ein Kleidungsstück oder einen Schuh, Knochen und Flaschen, aus denen du eine Menge Geld machen kannst. Ich rede nicht von Papier und Blechdosen, die auch Geld bringen, nebenbei bemerkt."

Duwidel Pentak hat tatsächlich nicht gelogen. Aus einem Müllhaufen steigt Wärme auf wie aus einem Ofen, und es kommt gar nicht vor, daß du mal kein Essen findest. Da eine Scheibe Brot, Früchte, beinahe unversehrt, und wenn du Glück hast, auch ein Stück Geflügel.

Unser Müllberg ist viel kleiner als der andere, der etwa fünfzig Meter entfernt liegt. Dieser große Haufen gehört den polnischen Raben, und das ist nun einmal so, denn es ist auch ihr Land. Aber Moischele Tuches tröstet uns:

„Wenn der Messias kommt, und wir ziehen ins gelobte Land, dann wird das ganze Land voller Müllhaufen sein, jedes jüdische Kind besitzt einen ganzen Müllberg für sich allein und muß keine Angst vor den Gojim mehr haben."

Das ist uns ein echter Trost. Aber bis die Tage des Messias kommen, müssen wir den Polen ungefähr sechs Prozent von jedem Verkauf abgeben.

Es ist kaum zu glauben, was reiche Leute alles wegwerfen. Zum Beispiel gibt es einen Mann, der eine fast ganze Pelzmütze auf den Müll wirft. Aber ich denke jetzt nicht nur an die Mütze eines Reichen, die auf dem Müll liegt. Das Sitzen auf dem Müllhaufen hat meine Vorstellung von der Welt vollständig verändert.

Zum einen hast du jede Menge Zeit nachzudenken, bis das Auto aus dem reichen Viertel kommt, und wenn du nicht frierst und keinen Hunger hast,

[63] Gebetsriemen

dann kannst du völlig deinen Gedanken nachhängen. Ein Onkel von Moischele Tuches hat uns soweit gebracht. Er hat den russischen Namen Mischa, ist Kommunist und sitzt die meiste Zeit im Knast. Wenn er nicht sitzt, beschäftigt er sich mit der Vorbereitung der Revolution. Dieser Mischa ist ziemlich klein und hat ein flaches Gesicht. In der Mitte seines Gesichts muß man lange nach einer kleinen schwarzen Nase suchen, wie bei dem Hund Burek. Auf diese kleine Nase legt sich eine Brille mit schwarzem Rahmen. Weil sie keinen Halt findet, rutscht sie immer herunter und fällt auf den Mund. Dieser erinnert an den Schlitz einer *Keren-Kajemet-Dose*[64], die ich einmal in der Synagoge der Dolnastraße gesehen habe. Mischa trägt kurze Haare, darüber eine Kosakenmütze aus Pelz. Er redet schnell und angespannt, wobei er halbe Wörter verschluckt. Auch seine Hände kommen keinen Moment zur Ruhe. Meistens schlagen seine Fäuste nervös gegen irgendetwas neben sich. Aus seinem Schlitzmund strömen Wörter in einem nicht endenwollenden Fluß: „Revolution … mit vereinten Kräften … auf die Barikaden … Kommune … Sowjets …"

Die Wörter klingen fremd und machen uns Angst. Außer Moischele Tuches versteht sie keiner. Ich weiß nicht, aus welchem Grund sich Mischa entschloß, ausgerechnet auf uns zu zählen als diejenigen, die die Weltordnung verändern würden. Was ich von den Gesprächen zwischen Moischele Tuches und Mischa schließlich doch verstanden habe, war eine Idee, die mich richtig bezauberte. Die Idee war einfach und leicht verständlich: Jeder Besitz muß in gleiche Teile geteilt werden, zum Beispiel: Wenn du zwei Paar Schuhe hast, gehört eines davon mir. Hast du zwei Zimmer, dann kriege ich eins davon. Diese Idee begeisterte mich derart, daß ich sehr schnell ein überzeugter Kommunist wurde. Die Veränderung meines Weltbilds fing damit an, daß die beiden ein Streitgespräch führten. Mischa redete unaufhörlich, hopste herum wie ein Bock, spuckte und rückte seine Pelzmütze zurecht, die ihm über die Augen gefallen war.

„Es muß die Zeit kommen, da werdet ihr mithelfen, alle Reichen zu vernichten. Ihr werdet diejenigen sein, die die Welt verändern; dann gibt es weder Arme noch Reiche."

Moischele Tuches war, im Vergleich zu seinem Onkel, ruhig und ausgeglichen.

„Du meinst, es wird keine Reichen mehr geben?"

„Ja, ich meine, daß es keine Reichen mehr gibt, und zwar mit eurer Hilfe. Ihr seid die Hoffnung der Welt."

64 Sammelbüchse für Palästina

Alle Raben stehen hinter Moischele. Wir sind sehr stolz auf die überzeugende Haltung, die er gegenüber seinem Onkel im Streit um die Zukunft der Welt einnimmt.

„Du sagst also, es gibt keine Reichen mehr, was? Wenn's keine Reichen mehr gibt, dann gibt's auch keinen Abfall mehr aus ihren Vierteln; und von dem Müll, den die Armen wegwerfen, kann man zweimal am Tag sterben."

Nach dem Streit zwischen den beiden habe ich schnell die Idee von der Gleichmachung fallengelassen. Nicht nur ich, sondern auch Kätzele und Schmil Bock. Onkel Mischa sprang auf seinen kurzen Beinen bedrohlich nah zu Moischele hin und trommelte mit den Fäusten auf seine Brust, so schnell wie ein *Pogromchik*[65]: „Ihr seid nicht der Fortschritt der Welt. Ihr seid die Verstopfung der Welt! Ihr seid die Hasser der Welt. Ihr! Ihr! Ihr!"

Kurz: Wir sind die Katastrophe der Welt.

„Auf solche werde ich nicht zögern zu schießen, so wahr ich Mischa Blum heiße."

Die Lage wurde langsam gefährlich. Schließlich rettete uns Pinchas, der Meschugge. Ich weiß nicht, woher er gekommen war. Plötzlich stand er da, als sei er aus einer Mülltonne gestiegen. Auf dem Kopf trug er ein Tuch, das ihm auf die Schultern herabfiel. Wie immer ging er barfuß in einer zerrissenen Hose, in den Händen einen dicken, langen Stock. Plötzlich fing der Stock an, auf Mischas Schädel niederzusausen, mit blitzartigen Schlägen, fast genauso schnell wie das Gerede von Mischa.

„Daß du es nicht noch einmal wagst, sie zu beleidigen. Von heute an werde ich sie bewachen. Und du, kleine Zecke, behauptest, daß die Reichen aus der Welt verschwinden, was? Die Reichen vielleicht, ja. Aber die Verrückten, die werden nie verschwinden. Die bleiben ewig."

Und Pinchas, so wie er aus dem Müll gekommen war, so verschwand er wieder darin. Onkel Mischa verschwand auch, aber etwas weniger geheimnisvoll, nämlich indem er den Müllberg hinunterrollte. Beim Fallen verlor er seine Pelzmütze, die Moischele Tuches als natürlicher Erbe sich voller Stolz aufsetzte.

Das Nahen des Müllautos ließ uns allen Streit über die Zukunft der Welt vergessen. Die Gegenstände, die man auf dem Müll einsammelt, werden gleichmäßig verteilt. Auch Klamotten und Knochen. Alle diese Sachen verkaufen wir an Leib Bär. Sein Haus befindet sich in einem bretterumzäunten Hof. Der Hof ist voll mit Lumpen, in viereckigen Paketen verschnürt. Auf der rechten Seite des Hofs ist ein Haufen mit Flaschen in allen Formen und

[65] Teilnehmer an einer Judenverfolgung

Farben. Direkt dahinter stehen Kisten voller Knochen. Leib Bär ist ein großer dünner Jude. An sein Gesicht will ich mich nicht gern erinnern, was für Augen er hat, was für eine Nase. Alles an ihm erinnert mich an Lumpen. Sein Gesicht ist zerknittert wie ein alter Lappen und riecht nach Moder. Egal zu welcher Tageszeit man zu ihm kommt, Leib Bär sitzt immer an einem Tisch voller Hefte und schreibt jede Einzelheit auf. Alles, was Leib Bär anzieht, sieht aus, als sei es gerade aus einem Haufen Müll herausgezogen worden. Die Mütze, die lange Jacke mit tausend Flicken. Ich glaube, auch Rosa, seine Frau, wurde aus dem Müll herausgezogen. Auch sie ist ausstaffiert wie ein viereckiges Lumpenpaket.

Man sagt über ihn, daß er zu seinem Reichtum gekommen sei, als er ein Rabe war. Eines Tages habe er einen Ring mit Diamanten gefunden und sich davon ein Haus mit geschlossenem Hof gekauft. Leib Bär ist ein Rabe geblieben, aber seine Seele ist zwischen seinen trockenen Knochen verschwunden. Anfangs hatte ich noch Erbarmen mit ihm. Aber jetzt, nachdem er uns beim Wiegen der Lappen betrogen hat, ist meine Beziehung zu ihm ganz anders geworden. Das geschieht ihm recht. Ich wünsche ihm, daß er niemals aus diesem Hof herauskommt, und daß er völlig vertrocknet.

Den Betrug entdeckte Moischele Tuches. Ich allein hätte so etwas nie bemerkt. Ich weiß nicht, ob das mein Charakter ist, auf jeden Fall bin ich in letzter Zeit ziemlich durcheinander. Wenn ich zum Beispiel einen trockenen Knochen anschaue, dann sehe ich sofort eine traurige alte Kuh, und neben ihr Reb Hirschel, den Hautabzieher. In der Hand von Reb Hirschel ist ein langes, blutverschmiertes Messer. Nur einmal habe ich gesehen, wie eine Henne geschlachtet wurde, und das hat mir fürs ganze Leben gereicht. Arme Henne. Ich hab ihre Augen gesehen, voll Angst und Ohnmacht, zitternd im Sterben. Und das Schlimmste: Ich hatte das Gefühl, die Henne schaut mich an und betet zu mir, daß ich sie rette. Danach habe ich mich entschlossen, kein Fleisch mehr zu essen. Aber schon wenige Tage später, als ich ein gebratenes Hähnchen, braungebrannt, als käme es aus einem Urlaub in den Bergen, auf einem weißen Teller liegen sah .., daß ich es nicht gegessen habe, spielt keine Rolle, das Hähnchen lag nämlich in einem Schaufenster bei Schmil Grieb. Aber hätte es mir jemand vorgesetzt, dann wäre ich nicht lange verlegen gewesen und hätte reingehauen, aber mit geschlossenen Augen, damit ich den Blick nicht aushalten muß.

Oder wenn ich zum Beispiel einen Lappen sehe, dann steht vor meinen Augen erst einmal ein lächelndes Kind, so, als bekäme es gerade das Geschenk, aus dem später dann dieser Lappen wurde.

Als ich meine Gedanken dem Moischele mitteilte, behauptete er glatt: „Du bist ein Nichtsnutz und wirst es nie zu etwas bringen."

Ich habe das Gefühl, Moischele Tuches hat recht. Er selbst dagegen geht den Weg von Leib Bär. Um etwas zu unternehmen gegen den Betrug von Leib Bär, beschloß Moischele, ihn zu rächen.

„Er bescheißt uns, dann bescheißen wir ihn auch."

Jetzt schleichen wir uns fast jede Nacht durch ein Loch im Zaun und füllen Säcke mit allem, was uns in die Hände kommt. Dieses Unternehmen hebt unseren Wohlstand beträchtlich. Deshalb behauptet Moischele, daß man nur durch Betrug und Diebstahl reich werden kann. Darüber muß ich erst nachdenken, bevor ich mich entscheide, reich zu werden. Moischele behauptet weiter, daß man, wenn man erwachsen wird, nur noch Geld im Kopf hat. Da ist viel dran, das ist wahr. Um mich herum denken sie alle nur ans Geld. Und das ist der Grund, warum sie auch gegen Geld Estherke zwischen die Beine pinkeln. Auch wegen Geld warf uns Wolf aus der Wohnung. Meine Mutter ist weit weg, auch wegen Geld. Auch Schimschon sitzt im Knast, weil er Geld wollte. Was soll aus mir werden, wenn ich erwachsen bin. Ich habe so viele Fragen, die das Geld betreffen, aber es gibt niemand, der mich beraten kann. Schmil Bock und Kätzele denken genau wie Moischele Tuches. Die einzigen, die nicht ans Geld denken, sind Pinchas, der Meschugge, und Onkel Mischa. Schon seit ein paar Nächten schläft Pinchas bei uns im Schuppen.

„Verstehst du, Avrum Leib", sagt mir Pinchas leise, „mir ist draußen kalt, und mir ist drinnen kalt. Manchmal hab ich so große Lust, einen Menschen zu sehen, und bei den Erwachsenen hab ich keinen Erfolg. Alles, was sie interessiert, ist Geld."

Da platzt er plötzlich mit einem wilden Lachen heraus.

„Ja, Avrum Leib, nur Verrückte denken nicht ans Geld."

Nachts deckt er sich mit einem langen Damenmantel zu. Seinen Kopf legt er auf eine braune Tüte, die mit einem dicken Seil zugeschnürt ist. Über ihren Inhalt gibt er keine Auskunft. Anfangs hatte ich ein wenig Angst vor ihm, wegen seiner Augen. Ein Auge von ihm ist braun, das andere blau. Das blaue ist wach und böse. Das braune dagegen ist halb geschlossen und traurig. Über beide fallen lange, dreckige, fettverschmierte Haare. Sein Gesicht ist gebräunt. Sein Mund ist nicht zu sehen wegen dem Bart. Manchmal ist der Bart in zwei Teile geteilt, dann sieht man drei große scharfe Zähne. Seine Nase ist lang und schmal und zeigt nach rechts. Seine ganze Gestalt ist Wildheit, Verrücktheit und Gestank. Seine Hände scheinen gar nicht zu seinem Körper zu gehören. Die Finger sind weiß und lang. Sie erinnern an Frauenhände. Keine Minute gönnen sich diese Hände Ruhe, und sie haben ihre eigene Sprache. Die ganze Zeit habe ich das Gefühl, er habe sie von jemand anderem gestohlen. Manchmal schaut mich Pinchas mit seinem braunen Auge an. Seine Hände spielen wie auf einer Flöte eine zarte, langsame und ruhige Melodie. Manchmal ertrinken seine Finger wie in einem Sturm und versuchen verzweifelt irgendetwas zu halten. Am liebsten habe ich es, wenn seine Finger sich bewegen, als streichelten sie die ganze Welt voller Zärtlichkeit und Behutsamkeit. Und plötzlich, ohne Vorwarnung, werden sie auf einmal zu einer Faust, laut, aggressiv und erbarmungslos schreiend, und verstecken sich. Wenig später werden seine Finger ohnmächtig, verlieren ihren letzten Tropfen Kraft und sterben mit einem letzten Schrei. Aus seinen Reden ist es mir kaum möglich zu erfahren, woher er kommt, wer seine Eltern sind, ob er noch Brüder oder Schwestern hat und wo er lebt. Wenn wir miteinander sprechen, bin ich es, der die meiste Zeit redet oder fragt. Aber ich muß warten, bis sich das blaue, aufdringliche Auge schließt und das braune, sanfte und gutmütige Auge Redeerlaubnis bekommt. Die ganze Zeit habe ich ein Gefühl, als hätte er das blaue Auge von einem Goj gestohlen, denn es ist böse und hart. Das braune Auge ist das eines Juden, gemütvoll und sanft wie Samt. Die ganze Zeit rede ich mit dem braunen Auge. Gestern zum Beispiel habe ich es gefragt, warum Pinchas verrückt sei. „Er hat nicht die Kraft, normal zu werden", antwortete das braune Auge traurig lächelnd.

„Und warum hat Gott ihn so gemacht?"

Pinchas hat geheimnisvolle Antworten. Ein großer Teil von dem, was er sagt, ist mir unverständlich. Wenn ein Mensch mit so einer Gestalt geschaffen wird, dann ist das ein Zeichen dafür, daß auch Gott meschugge sein muß.

„Schau, Avrum Leib, in was für einer verrückten Welt wir leben. Wahrscheinlich hat Gott die Verbindung mit seiner Schöpfung verloren."

Ich verstehe nicht, was er meint, aber ich spüre irgendeine schlimme Wahrheit in seiner Rede. Pinchas hat vor nichts Angst. Weder vor Gott noch vor sonst etwas.

Es war am Abend vor *Sukkoth*[66]. Draußen war es kalt. Wir saßen auf dem Müllhaufen. Der Hügel spendete angenehme Wärme. An diesem Tag war der Umsatz an Latten und Flaschen besonders mager, und die Stimmung war traurig. Ich betete inbrünstig zu Gott, daß er den Reichen nicht ihren Besitz nehmen soll, daß sie reich bleiben mögen und daß etwas aus ihrem Besitz auf uns vier herabkommt.

66 Laubhüttenfest

Wir wollten nicht von dem Hügel herunter, weil wir hofften, das Müllauto würde noch kommen. Unterhalb von uns hatten Nachbarn eine große Laubhütte aufgebaut, die beleuchtet und mit bunten Papieren geschmückt war. Um die Hütte herum hatte sich eine Schar strenggläubiger Juden, Chassidim, mit *Streimelach*[67] und *Kapotess*[68], glanzvoll in Seide gekleidet, versammelt. Alles glänzte vor Sattheit. Auf dem Weg zu der Laubhütte schauten sie mit abschätzigen Blicken zu uns herauf. Plötzlich, wie konnte es anders sein, tauchte aus dem Müllberg Pinchas, der Meschugge, auf. Pinchas war mit einem Sack umwickelt und lehnte sich auf einen Stock. Seine Haare hingen voll vertrocknetem Laub. Sicher hatte er die Nacht im Wald verbracht.

„Ihr Juden, Halt! Ich, Pinchas, der Sohn Davids, bin gekommen, euch die Wahrheit zu verkündigen."

Seine Stimme war ruhig, kraftvoll und gebieterisch. Die Chassidim hielten an und blickten ängstlich zu Pinchas hinauf.

„Ich, Pinchas, der Sohn Davids, rede zu euch von diesem Berg Sinai. Auf dem Müll wächst Brot, auf dem Müll wachsen Blumen. Von diesem Berg wird auf euch das Gericht herunterkommen und ein Urteil sprechen ohne Erbarmen. Das Urteil wird Rache sein für die Zurücksetzung und Erniedrigung der Menschen. Ich, Pinchas, Davids Sohn, verkündige euch, daß eines Tages diese Raben hier herunterkommen werden vom Berg der Rache, um eure Leichen und die Kadaver eurer Frauen und Kinder zu picken. Eure Häuser werden sie in Flammen aufgehen lassen. Kommt schnell nach oben und kniet vor diesen Kindern nieder. Bittet sie um Gnade, denn es sind Kinder Gottes, die ein anderes Zeitalter verkünden, ein Zeitalter des Brots und der Blumen."

Die ganze Welt stand still und verstummte. Die ganze Welt erstarrte in Angst. Die ganze Welt ging in Flammen auf. Ich hatte das Gefühl, als sei das gar nicht Pinchas, der da redete, sondern der Prophet Müll – Pinchas Ben David. Was unmittelbar danach passierte, riß mich zu Boden, wo ich mich kugelte und glaubte zu sterben vor Lachen. Pinchas hatte blitzschnell seine Hose heruntergelassen und beugte sich mit dem Hintern zur Schar der Chassidim mit ihren Kindern und Frauen:

„Ich habe in den Worten Gottes zu euch gesprochen. Jetzt küßt mich am Arsch, ihr und alle Lügenrabbiner."

Unter den Chassidim brach das Chaos aus. Die Frauen suchten schreiend das Weite, die Kinder fingen an, rhythmisch zu schreien: „Pinchas meschug-

[67] schwarze Hüte

[68] lange Mantelröcke

ge, Pinchas meschugge, Pinchas meschugge!“ Und ein Steinhagel prasselte auf uns und auf Pinchas. Bevor wir uns aus dem Staub machten, hielt Pinchas neben mir an und schaute mich mit seinem braunen Auge an:

„Nu, hab ich dir nicht gesagt, Avrum Leib, daß die Welt verrückt ist? Solange ich ihnen mein Gesicht gezeigt und aus der Thora zitiert habe, da haben sie mich nicht beachtet. Wann haben sie sich empört? Erst, als ich ihnen den Arsch gezeigt habe. Verstehst du die Welt? Ich nicht.“

Pinchas habe ich seitdem nicht wieder gesehen. Wahrscheinlich war er gegangen, um auf der ganzen Welt das neue Zeitalter der Blumen und des Brots auszurufen. In meiner Erinnerung blieb er nicht als Pinchas, der Meschugge, sondern als Pinchas, der Sohn Davids. Seine Worte gehen mir nie aus dem Kopf. Die ganze Zeit denke ich über sie nach. Ich hatte nicht verstanden, was Zeitalter ist, aber das Wort klang mir in den Ohren wie etwas Schönes und Verheißungsvolles. Ich denke, Zeitalter muß jemand sein, der uns Brot austeilt. Auf die Blumen kann ich momentan noch verzichten. Aber solange der Mann namens Zeitalter noch auf sich warten läßt, ist uns noch etwas sehr Merkwürdiges passiert. Wäre das nicht passiert, hätte ich noch tausend Jahre leben können, ohne zu wissen, daß ich ein polnischer Bürger bin. Nicht nur ich, sondern auch Moischele Tuches, Avrum Kätzele und Schmil Bock. Mir wurde nicht nur klar, daß ich polnischer Bürger bin, sondern daß die polnische Regierung sich große Sorgen um mich macht; und das hört man natürlich sehr gerne, daß sich jemand um einen kümmert.

Wie immer standen wir sehr früh morgens auf und warteten auf den Müll aus den reichen Bezirken. In der Zwischenzeit aßen wir Brot mit harten Eiern. Die Eier hatte Benni aus einem Gasthaus angeschleppt. „Ich bin da so die Straße entlanggegangen“, sagte Benni, „ganz seelenruhig, und denke an nichts Besonderes. Plötzlich höre ich eine Stimme aus einem Gasthaus: ‚Benni, Benni!‘ Ich bin natürlich total erschrocken, als ich das gehört hab, wer kennt mich schon, und wer ruft nach mir? Da gehe ich in Richtung der Stimme. Sie leitet mich durch einen Hof in die Küche von dem Gasthaus. Aber da war kein Mensch weit und breit. Wahrscheinlich ist die Köchin mal kurz pinkeln gegangen. Plötzlich hör ich die Stimme aus einem Topf: ‚Benni, nimm mich, Benni, nimm mich!‘ Ich heb den Deckel hoch, und was seh ich da? Einen Haufen hartgekoche Eier. Da konnte ich einfach nicht nein sagen. Hier sind also die Eier, die ich aus dem Topf gerettet hab.“

Dieser Benni kann immer wieder Leute zum Lachen bringen und erfindet laufend neue Geschichten. Ich aß so viele Eier, daß mir ganz gelb vor den Augen wurde. Zur Sicherheit steckte ich mir noch ein paar in die Tasche.

Plötzlich hörten wir das Geknatter eines Autos. Als es näherkam, sprang kein Müll aus ihm heraus, sondern vier Polizisten und zwei Helferinnen. Es spielt gar keine Rolle, ob du etwas ausgefressen hast oder nicht. In solchen Fällen lohnt es sich immer, lieber abzuhauen. Aber wir hatten nicht mehr die Zeit dazu und gerieten in Panik. Benni flüsterte uns zu: „Sagt, daß ihr die Eier im Müll gefunden habt."

Die Polizisten hatten Pistolen an den Gürteln. Trillerpfeifen hatten sie auch, und viele glänzende Knöpfe, auf welche Adler mit scharfen Krallen geprägt waren. Auf einem der Knöpfe habe ich gesehen, daß der Adler mit dem Kopf nach unten hing. Wahrscheinlich war er in Ohnmacht gefallen. Alle Polizisten wie auch die Helferinnen hatten blaue Uniformen an. Es war so viel Uniform, Gürtel- und Knopfzeug an ihnen, daß ich ihre Gesichter gar nicht sehen konnte. Ich habe große Angst vor Menschen, deren Gesichter unsichtbar sind. Eine der Uniformen erklärte uns mit fetter, verärgerter Stimme, daß wir verhaftet seien. Auf der Stelle beschloß ich, nie mehr harte Eier anzufassen. Ein bißchen komisch fand ich allerdings, daß man sechs Polizisten wegen einer Tüte Eier losschickt.

Bevor wir in das Auto stiegen, erklärte uns eine Dame in Uniform mit geschwellter Brust: „Ihr geht jetzt mit uns, wir bringen euch in die Schule, denn jedes Kind in Polen muß etwas lernen und ein guter Bürger werden."

Ich wollte ihr sagen, daß ich bereit bin, allein in die Schule zu gehen, ohne Polizei. Aber erstens konnte ich nur wenig Polnisch und zweitens streitet man nicht mit einer Uniform. Unterwegs sammelten wir noch sechs Bürger auf, um die sich die polnische Regierung Sorgen machte. Unter ihnen war auch Feivel Tasch. Dieser Feivel ist Taschendieb und war Kumpan bei einem gemeinsamen Taschendiebstahl mit dem Vater von Goddl. Feivel freute sich sehr, mich wiederzusehen. „Hast du was zu essen?" fragte er leise. Sofort gab ich ihm alle Eier aus meiner Tasche, und Feivel schob sie sich mit einer solchen Schnelligkeit in den Mund, daß ich dachte, er würde gleich explodieren.

Ich weiß nicht, warum wir so lange stehenblieben. Auch weiß ich nicht, warum wir plötzlich mit einer derart verrückten Geschwindigkeit losrasten. Vor einem dreistöckigen Gebäude hielten wir an. Das Bauwerk war grau und hatte vergitterte Fenster. Am Eingang hingen zwei rot-weiße Flaggen. Wir kamen in einen beleuchteten Korridor. An den Wänden hingen Bilder von uniformierten Menschen. Alle hatten einen langen Schnurrbart und einen bösen Blick. Alle hatten einen Säbel in der Hand. Ein Bild zog meine besondere Aufmerksamkeit auf sich. Auch darauf hatte der Mann einen Säbel in der Hand, aber er sprang in einen Fluß. Im Gegensatz zum Gesichtsausdruck der anderen lächelte dieser Mensch. Er war offenbar glücklich. Um ihn herum, in den hohen Wellen des Flusses, waren noch mehr ertrinkende Uniformen, und alle hatten glückliche Gesichter. In einer Reihe betraten wir einen großen Saal, und man setzte uns auf Bänke. Mir gegenüber, an einer bildergeschmückten Wand vor dem Hintergrund einer rot-weißen Flagge hingen Bilder von zwei Männern. Einer in Uniform mit vielen Medaillen und auch einem Schnurrbart, der andere glatzköpfig, mit einem Ausdruck, als hätte er zu viele Eier gegessen und jetzt Bauchweh davon. Diese zwei Männer machten mir Angst. Moischele flüsterte mir leise zu, sie sähen aus wie Menschenfresser, und er hätte keine Lust, ihnen in einer dunklen Gasse zu begegnen.

Nach einiger Zeit kam ein Mann in Begleitung von zwei Gehilfinnen. Wie alle in diesem Gebäude hatte auch er einen großen Schnurrbart. Der Mann war klein und muskulös, mit einer Narbe auf der linken Backe. „Mein Name ist Zarembe“, stellte sich der Mann vor. Sein Schnurrbart zitterte vor Erregung, und die rote Narbe breitete sich über das ganze Gesicht aus. „Ich bin der Rektor dieser Schule, in der ihr jetzt seid.“ Die Narbe mit dem Schnurrbart näherte sich uns und zeigte sich angewidert von den Gerüchen, die von uns ausgingen. „Die polnische Regierung hat sich entschlossen, euch zurückzubringen in den Schoß der Kultur, und für euch zu sorgen, damit ihr als Erwachsene einmal treue Staatsbürger werdet.“ Der Narbe mit dem Schnurrbart fiel es offensichtlich schwer, unsere Gerüche zu ertragen, denn sie entfernte sich, so weit sie nur konnte. Kätzele fragte mich leise, ob ich noch ein paar Eier übrig hätte, er sei sehr hungrig. „Nein, ich habe Feivel Tasch alle Eier gegeben.“ „Aufhören mit Jiddisch!“ tobte der Fleck, der sich jetzt sogar bis auf den Hals ausbreitete. „In diesem Gebäude wird ausschließlich polnisch geredet!“ Dieser Zarembe war streng und zornig, und wir hatten große Angst vor ihm. Vom Rest seiner Rede verstand ich nichts, er redete polnisch. Ich schaute nur auf das Zittern seines Schnurrbarts. Daran konnte ich erkennen, wie böse er über uns war und wie sehr ihn unser Gestank anwiderte. Am Schluß nahm er eine Kreide und schrieb auf eine schwarze Tafel. „Das ist der Text der polnischen Nationalhymne. Als Bürger von Polen müßt ihr den Inhalt dieses Lieds kennen und verstehen.“

Jeder von uns hatte Angst zuzugeben, daß wir kaum Polnisch verstehen, außer Benni. Offensichtlich kapierte das dieser Zarembe.

„Ausnahmsweise erlaube ich in diesem Fall eine Übersetzung ins Jiddische“, sagte er voller Verachtung.

Der Inhalt des Liedes hat mich ziemlich aufgeregt. Er lautete ungefähr so: Polen ist noch nicht verloren, solange wir leben. Was der Feind uns genommen hat, werden wir uns mit dem Schwert wieder holen.

Dann folgte noch eine Geschichte über irgendeinen Goj namens Dombrowski. Der kam aus einem Land mit Namen Italien nach Polen. Die restlichen Wörter konnte Benni uns nicht übersetzen, was den Fleck noch mehr ärgerte. Ich verstand nur, daß es um Polen nicht gut steht. Allein, daß sie solche Hoffnungen auf uns setzen, auf mich, auf Moischele Tuches, Kätzele, Benni, Schmelke Bock und Feivel Tasch, das sagt schon alles.

„Mit mir können sie nicht rechnen", sagte ich leise zu Feivel Tasch.

Ich verstand gar nicht, wozu man die Worte „solange wir leben" überhaupt braucht. Es ist doch auch so klar, daß man auf einen Toten schwerlich zählen kann, aber versuche doch mal einer, den Kopf eines Goj zu durchschauen. Ebensowenig verstand ich, was der Feind genau von uns weggenommen haben soll. Es wird ohnehin schwerfallen, es zurückzubekommen. Moischele flüsterte mir leise zu, er sei bereit, alles zurückzugeben, Hauptsache, es gibt bald Ruhe. Kätzele sagte, er von seiner Seite wolle nichts zurückgeben, er hätte ja schließlich auch nichts weggenommen. Von der anderen Seite behauptete Schmelke Bock, für ihn sei es vollkommen unwichtig, was sie genommen hätten, und ihm sei es völlig egal, was zurückgegeben wird und was nicht; das sei ein Problem der Gojim. Seinetwegen sollten sie miteinander streiten, die Gojim suchten sowieso immer nur Streit.

Nachdem man uns den Inhalt des Liedes erklärt hatte, mußten wir stillstehen, und Zarembe sang die Hymne, überzeugt von seiner Wichtigkeit. Mit dem Ende seines Gesangs war das Interesse der polnischen Regierung an uns aber noch keineswegs beendet. Im Gegenteil: Eine Frau, die unmittelbar nach dem Gesang eingetreten war, sagte: „Jetzt werden wir uns mit der Gesundheit beschäftigen. Das ist ein Thema, über das jeder unserer Bürger Bescheid wissen muß."

Auch diese Frau hatte kein Gesicht. Von den Schuhen bis zum Hut war sie weiß gekleidet. Auch ihr Gesicht war weiß, nur der Mund sah rot aus, als ob sie gerade erst mit dem Trinken von Roterübensaft fertiggeworden wäre. Die Frau redete mit dünner Stimme, wie ein Säugling. Sie sprach polnisch, und wir verstanden auch sie nicht. Wieder mußte Benni uns ihre Rede ins Jiddische übersetzen. Seine Übersetzung war schon komisch.

„Die Frau Leichentuch", übersetzte uns Benni, „sagt ..."

Wir brachen in schallendes Gelächter aus, und Benni fing eine Ohrfeige von Zarembe.

„Das ist nicht Aewaewae von eurer Synagoge, das ist eine polnische Schule!“ Frau Leichentuch stellte sich vor als Krankenschwester im Dienst der polnischen Regierung, und ihre Aufgabe bestünde darin, für die Gesundheit zu sorgen und uns beizubringen, wie man auf die eigene Hygiene achtet.

„Wenn euch zum Beispiel eure Eltern beauftragen, einen Mülleimer herunterzutragen, dann müßt ihr danach sorgfältig mit Seife die Hände waschen, denn an den Händen bleiben viele Bakterien, und davon kann man krank werden.“

Nachdem uns Benni ihre Rede übersetzt hatte, sagte Frau Leichentuch mit ihrer dünnen Stimme: „Habt ihr verstanden?“

Dann bemerkte sie weiter: „Unser einziges Ziel ist, eure Gesundheit zu erhalten. Und jetzt geht ihr alle Händewaschen mit Seife, und dann bekommt ihr eine Suppe mit Brot.“

Der letzte in der Hände-Wasch-Reihe war Feivel Tasch, und in seiner Tasche verschwand ein Stück Seife. Sofort nach dem Händewaschen kam ein Wagen mit einem großen Topf angefahren. Sein warmer, häuslicher Geruch erfüllte die ganze Klasse. Zarembe, der Schulleiter, schöpfte uns mit einer Kelle die Teller voll. Die Suppe bestand aus Kartoffeln und großen Fleischstücken. Moischele wollte nichts davon essen und behauptete, Juden dürften kein Schweinefleisch essen. Benni dagegen behauptete, es sei Rindfleisch, worauf ich mich sofort seiner Behauptung anschloß. Die Suppe, um die Wahrheit zu sagen, hat etwas in meiner Beziehung zur polnischen Regierung verändert. Kätzele meinte, er persönlich sei bereit, einen halben Tag lang die polnische Hymne zu singen, wenn er eine Suppe dafür kriegt. So endete der erste Unterricht in Gesundheit und Staatsbürgerschaft.Auf dem Rückweg stellte sich heraus, daß jeder von uns einen Löffel und eine Gabel hatte mitgehen lassen, außer mir, denn meinen Löffel hatte Schmelke Bock gestohlen.

Die Stimmung in unserer Rabengruppe war bald dahin. Es fing an mit einem Streit zwischen Benni und Feivel Tasch, der inzwischen auch zu uns gestoßen war. Benni behauptete, es sei eine Schmach, Rabe zu sein. Wenn wir reich werden wollten, dann müßten wir eine Gruppe von Zauberern und Sängern bilden. Seiner Erfahrung nach würde dann das Geld wie Wasser strömen, wir müßten uns nur danach bücken und es auflesen. Benni wurde von Moischele Tuches und Schmil Bock unterstützt. Feivel dagegen behauptete, daß, wenn wir morgens als Raben arbeiteten und nachmittags auf dem Markt, dann würden wir noch schneller reich werden. Schließlich überwog Bennis Meinung, und wir waren schon alle bereit für eine Wanderung durch die Welt. Sie versuchten auch mich in die Gruppe zu bringen, weil ich als Zirkusmann schon Erfahrung hatte. Ich wollte schon mit ihnen gehen, aber ich erklärte ihnen, ich würde erst nach einem Besuch bei Schimschon im Knast dazukommen.

Es machte mich traurig, daß sie nicht versuchten, meine Meinung zu ändern. Im Gegenteil: „Er ist wie ein Vater für dich. Und wenn ein Vater Schwierigkeiten kriegt und in den Knast kommt, dann darf man ihn nicht im Stich lassen."

Benni wurde Chef der Gruppe. Den ganzen Tag bringt er ihnen bei zu zaubern und zu singen. Kätzele hat eine sehr schöne Stimme, und wie durch ein Wunder stottert er nicht, wenn er singt. Feivel Tasch und Benni machen Lieder, deren Inhalt Liebe, Mord, Betrug sein muß, und Gerechtigkeit, die am Schluß gewinnt.

„Für solche Lieder bezahlen die Leute Geld", sagte Benni überzeugt.

Mosche hat er das Feuerschlucken beigebracht, und das Ausspucken von farbigem Rauch. Außerdem, wie man eine Uhr aufißt und sie aus dem Schuh wieder herauszieht. Diese Auftritte machen mich neugierig, und sie gefallen mir. Ich denke, sofort nach meinem ersten Besuch bei Schimschon werde ich mich ihnen anschließen, natürlich, sofern ich dann weiß, wo sie sich aufhalten. Nach einem nächtlichen Gespräch zwischen Benni und Feivel wußte ich, daß die ganze Schau für Feivel nur dazu diente, den Leuten die Taschen unbemerkt auszuräumen.

„Verstehst du, Benni, in der Zeit, während wir die Schau abziehen, sind die Leute weniger aufmerksam, und wir haben leichtere Arbeit ..."

Was Benni antwortete, konnte ich nicht mehr hören, weil sie immer leiser sprachen. Überhaupt gibt mir das Getuschel unter den Kameraden das Gefühl, ausgeschlossen zu sein, und ich zähle die Tage, bis sie verschwinden. Ich befürchte, daß sie mich vergessen, wenn sie reich werden. Ich bin überzeugt, nach den Übungen, die ich mitgemacht habe, daß sie große Erfolge haben werden. Die letzten Tage, bevor sie weggingen, entschloß ich mich, nicht im Schuppen zu sein. Ihre Fröhlichkeit tut mir weh. Ich bin einfach nicht mehr vorhanden für sie, und ich glaube auch nicht mehr daran, daß sie mich nach Amerika mitnehmen, wenn sie Millionäre werden. Heute ist die letzte Probe. Morgen, sehr früh, werden sie aufbrechen, und ich weiß nicht, wann ich sie wiedersehe. Für mich selbst beschloß ich, nie mehr zu Menschen Verbindung aufzunehmen. Es endet sowieso alles mit Abschied, und jeder Abschied tut so weh.

Bei der letzten Probe bin ich das Publikum. Außer mir spielen alle. Ihre

Stimmen, ihre Lieder, ihr Lachen, alles kommt wie durch Watte bei mir an. Ich ertappe mich dabei, wie ich sie verfluche und ihnen Mißerfolg wünsche. Vielleicht kommen sie so schneller wieder zurück. Jetzt erscheint mir unsere Rabenzeit schön, und ich weiß jetzt schon, daß ich noch viele Nächte lang Sehnsucht nach diesen Tagen haben werde. Der Abschied von allen fiel mir sehr schwer, was ich mir aber nicht anmerken ließ. Die Rabenzeit hatte uns einander nahegebracht. Es war ein dünner Faden von Freundschaft entstanden. Jetzt zerriß dieser Faden. Am meisten schmerzte mich der Abschied von Moischele Tuches, Kätzele und Schmil Bock. Mit denen zusammen war ich noch im Cheder gewesen. Ich versuchte mich noch selbst zu überreden, den Besuch bei Schimschon sausenzulassen und mich im letzten Moment doch noch ihnen anzuschließen. Ich versuchte auch, mich über Schimschon zu ärgern, aber ohne Erfolg. Ich glaube schon, daß es ihnen auch nicht leichtfiel, sich von mir zu verabschieden, außer Feivel und Benni. Sie kennen mich noch nicht lange, und ich war auch nicht auf dem Cheder mit ihnen. Die ganze Länge der Zegerskastraße begleitete ich sie bis zum Balutimarkt. Von dort stiegen sie in einen Wagen, den sie gemietet hatten. Noch lange, nachdem der Wagen verschwunden war, stand ich auf dem Platz. Vielleicht hatte ich die Hoffnung, sie würden den Wagen noch einmal anhalten, zurückkommen und sagen: „Avrum Leib, wir bleiben bei dir, bis du bereit bist mitzukommen auf unsere Wanderung. Ohne dich fahren wir nicht." Aber das geschah nicht. Ich beschloß, mein Rabendasein zu beenden, zumal der Müllberg sowieso schon von den polnischen Raben besetzt war. Solange ich noch keine andere Erwerbsquelle habe, liege ich in einer Kiste. Sie ist mit Holzspänen gefüllt, die nach Wald und Sonne riechen. Inzwischen habe ich auch zu essen. Viele Äpfel, Brot und Krautblätter. Wenn ich nachts so allein in dieser Kiste liege, kommen mir jede Menge harter Gedanken. Alles erscheint wieder vor meinen Augen: Das Gesicht von Mutter, das Gesicht von Schmelke, das Gesicht von Tante Esther, Malkas Gesicht, traurig und verwirrt. Auch das letzte Lied, das Malka mir vorgesungen hat, klingt immer wieder in meinen Ohren. In solchen Fällen hat es keinen Zweck, in einem geschlossenen Raum zu liegen. Ich schlafe dann lieber auf dem Schuppendach, wo ich mich mit ein paar Säcken warm zudecke.

Innerlich warte ich wahrscheinlich darauf, daß ich sie eines Nachts zurückkommen höre, Moischele Tuches, Kätzele und Schmil Bock. Es fällt mir sehr schwer zu erzählen, was in dieser Nacht passiert ist. Vieles kam auf einmal zusammen, so daß ich es ordnen muß, um die Ereignisse der Reihe nach zu berichten.

Vor Einbruch der Dunkelheit, das ist die Zeit, in der ich ins Dach steige, hörte ich Klopfen an der Tür. Danach hörte ich jemand mehrmals meinen Namen rufen: „Avrum Leib, Avrum Leib!" Anfangs strahlte ich vor Glück. Ich war sicher, die Rabengruppe war zurückgekehrt und wollte sagen: „Avrum Leib, wir können nicht ohne dich …" Ich wußte, ich wußte, daß sie zurückkommen. Ich wußte, das würde passieren. Ich tat, als wäre ich gleichgültig, aber innerlich war ich bereit, sie alle herzlich und aufgeregt zu umarmen.

„Avrum Leib, Avrum Leib", rief die Stimme.

Aber nein, nein, das war nicht die Stimme von einem aus der Gruppe. Es war eine weibliche Stimme. Einen Moment lang dachte ich, es wäre meine Mutter. Aber nein, meine Mutter war es nicht, denn in solchen Fällen würde Mutter mich „Avrum Lebenke" nennen.

Das Klopfen an der Tür fing wieder an.

„Ja?" antwortete ich ängstlich. Vielleicht war Malka zurückgekehrt.

„Avrum Leib, mach die Tür auf. Ich bin es, Estherke."

Der Name „Estherke" ließ mich aufspringen. Ich rannte schnell. Vielleicht bleibt sie bei mir. Vielleicht braucht sie mich. Vielleicht hat sie aber einfach nur Sehnsucht. Ich rannte los und vergaß dabei ganz, daß eine Leitersprosse fehlte, und ich fiel auf den Rücken. In meinem Bein spürte ich starke Schmerzen. Einige Minuten lag ich da, bis ich mich endlich aufrappeln konnte.

„Ja, Estherke, ich komme!"

Ich öffnete die Tür. Estherke stand vor mir, eingehüllt in ein Tuch, das beinahe ihr ganzes Gesicht verbarg. Ein Geruch von Armut ging von ihr aus. Es war der Geruch von Moder und Verwahrlosung.

„Estherke, wie schön, dich zu sehen."

„Nu, dann laß mich rein."

Ihre Stimme hörte sich durch das Tuch gedämpft und ungeduldig an.

„Avrum Leib, ich bleib hier über Nacht, und vielleicht auch länger. Und jetzt mach die Tür zu, daß niemand reinkommt. Wenn mich jemand sucht, ich bin nicht da."

„Ja, Estherke." Ich freute mich sehr, daß Estherke bei mir bleiben wollte. Aber mit dem Gefühl der Freude beschlich mich auch eine Unruhe. Es war eine andere Estherke, die da vor mir stand. Mich wunderte, daß sie das Tuch keinen Augenblick abnahm, und daß sie sich auffallend nervös bewegte, als sei jemand hinter ihr her. Ihre Augen, die durch das Tuch glänzten, schauten mich mißtrauisch an.

„Avrum Leib, ich muß allein schlafen. Ich bin sehr müde und ein bißchen krank.“

Dann setzte sie sich auf einen Haufen Säcke. Sie redete mit zu Boden gesenktem Kopf.

„Avrum Leib, hast du meinen Vater gesehen?“

„Nein.“ Ihre Frage wunderte mich. Es wußten doch alle, daß ihr Vater gestorben war. Alle behaupteten, er hätte den Schmerz ihrer Trennung nicht mehr verkraftet.

„Und was ist mit meiner Mutter?“

„Die hab ich auch nicht gesehen.“

Es gab einige Juden, die zwischen Estherke und ihrem Vater Frieden stiften wollten, bevor er starb, aber umsonst. In seinen Augen war sie tot, schon allein deswegen, weil er wegen ihr bereits die *Sieben*[69] gesessen hatte. Es war mir so schwer ums Herz, als ob ich selbst schon tot wäre. Ich wußte nicht, wie ich sie trösten konnte.

„Estherke“, mehr brachte ich nicht heraus. Ihr sagen, daß ich sie liebe, schaffte ich nicht. So etwas kam mir nicht über die Lippen.

„Avrum Leib, versprich mir, daß du niemals eine Goja heiratest.“

„Ich versprech's dir. Aber warum sagst du mir das?“

„Vielleicht rede ich morgen mit dir darüber. Nur eins ist mir klar. Wär ich mit einem Juden abgehauen, hätte mein Vater mir verziehen. Ich hab meinen Vater ins Grab gebracht, und meine Mutter auch. Aber das Traurigste ist, daß sie recht hatten.“

Ich sagte ihr, daß ich im Moment nicht bereit dazu sei, mit einer Goja abzuhauen oder eine zu heiraten. So versuchte ich, Estherke zu beruhigen.

„Avrum Leib, ich bin müde und will schlafen. Wo kann ich mich hinlegen?“ fragte sie flüsternd. Dann sagte sie noch: „Es ist nicht wichtig, wie lange ich schlafe, aber weck mich nicht.“

Ich zeigte ihr die große Kiste, die äußere auf der rechten Seite, mit vielen dünnen Spänen. Das war die Kiste von Moischele Tuches, in der noch einige Strohkissen übriggeblieben waren. Dort legte sich Estherke hin, genauer gesagt, sie fiel auf die Späne. Ich deckte sie mit Säcken zu. Estherke schlief sofort ein. Ich saß verwirrt daneben. Ihr ganzes Benehmen war irgendwie komisch. Sie hatte einen unruhigen Schlaf. Im Traum stritt sie mit irgendjemand, was mich an das Geschrei und Schimpfen von Fuhrmännern über jemand erinnerte, der versuchte, sie zu betrügen. Die Schimpfwörter kamen aus abgrundtiefem Haß:

[69] jüdische Trauerzeremonie, die sieben Tage dauert

„Los, du Bestie, mach schon und hör auf mit deiner endlosen Streichelei!"
Dann zischte sie etwas durch ihre Zähne, daß mich schauderte: „Was bin ich eigentlich, nur ein Loch für dich? Ich bin auch ein Mensch. Ja, ja! Auch eine Frau ist ein Mensch!" Dann weinte sie wieder wie ein kleines Mädchen.

„Avrum Leib, was haben sie uns angetan!"

Einige Male bäumten sich die Säcke in panischer Angst auf und schrien: „Du bist kein Mensch, du bist ein Pferd. Nur ein Pferd hat so einen Schwengel. Wie alle Männer bist du, ihr seid keine Menschen, Bestien seid ihr!"

Manchmal setzten sich die Säcke auf, und durch das Tuch blickten ausdruckslose Augen, als ob sie fragen wollten: „Wie bin ich hierher gekommen?" Die Säcke waren voller Schmerz und Geschrei. Es fiel mir schwer, bei ihr im Schuppen zu bleiben. Ich hatte einfach Angst vor etwas, das ich nicht kapierte. Die Luft war schwer und erstickend. Ich mußte rausgehen. Die Welt draußen war stockdunkel. Häuser versanken darin, Bäume, und das Bellen von geschlagenen Hunden. Am Himmel zogen große, aufgetürmte Wolken.

In den Schuppen ging ich nicht zurück, sondern machte mir ein Versteck auf einem der Wagen von den Kutschern „Mordechai und Schaul".

Am frühen Morgen ging ich raus auf den Markt, um weggeworfene Früchte oder sonst irgendetwas Eßbares zu suchen. Trotz der frühen Stunde war der Markt schon voller Menschen. Ich freute mich, unter all den fremden Leuten Zosza Klops zu treffen. Auch sie freute sich.

„Avrum Leib, was machst du so früh auf dem Marktplatz?"

Ich erzählte ihr von Estherke, von der Zeit, als wir im Zirkus Schmelke zusammengearbeitet hatten, von Kaszik, für den sie arbeitet. Ich wußte nicht genau, was sie arbeitet, ich wußte nur, daß er sie ausnutzt, schlimm ausnutzt. Ich erzählte ihr, daß er aus ihr einen Sack voller Haß und Schimpfwörter gemacht hat, mit einem Gesicht, das sich hinter einem Tuch versteckt. Ich war drauf und dran, ihr noch eine ganze Menge über Estherke zu erzählen, aber Zosza stoppte meinen Redefluß:

„Halt mal, Avrum Leib, was du jetzt machen mußt, ist dafür zu sorgen, daß sie was zu essen kriegt", und aus ihrem Korb zog sie Brot, Salzfisch und Birnen.

„Nimm das, Avrum Leib, und gib's deiner Prinzessin."

Ich blickte sie voll Dankbarkeit an. Estherke schlief bis zum Mittag. Ihr Schlaf war ruhiger geworden. Ein paar Mal lachte sie sogar. Ich legte die Geschenke von Zosza neben ihren Kopf und ging wieder draußen spazieren. Auf dem ganzen Weg malte ich mir in Gedanken aus, wie Estherke aufwacht, das Essen entdeckt und es aufißt. Und wenn ich zurückkomme, umarmt sie mich freudig.

Als ich zurückkam, sah ich Estherke zu meiner Enttäuschung in der Kiste sitzen, das Tuch immer noch um ihr Gesicht und das Essen unberührt, wie ich es hingelegt hatte. Ich setzte mich neben sie.

„Avrum Leib, setz dich nicht neben mich. Avrum Leib, ich bin sehr krank."

„Dann iß, das wird dir die Kraft geben, wieder gesund zu werden."

Estherke antwortet nicht.

„Estherke, hast du keinen Hunger?"

„Doch."

„Warum ißt du dann nicht? Die Geschenke in dem Korb, die sind von Zosza. Sie ist Christin, aber eine gute Frau."

„Avrum Leib, ich kann nicht essen. Ich hab Blasen voll Eiter im Mund und auf der Zunge. Avrum Leib ..."

Estherke fängt einen Satz an und bringt ihn nicht weiter.

„Zeig mir die Blasen, mach den Mund auf."

„Willst du sie wirklich sehen? Dann zeig ich dir alles. Alles!"

Estherke schreit hysterisch. Ich verstehe nicht, warum sie schreit. Ich hab ihr doch nichts Böses gesagt. Estherke schreit. Ich steh vor ihr wie zurückgestoßen. Woher kommt so ein Ausbruch? Aufgeregt versuche ich ihr zu erklären, daß am Ende der Zegerskastraße ein Mann wohnt, der besser ist als zehn andere Ärzte, und es gibt keine Krankheit, die er nicht kurieren könnte. Er heißt Jan Braun und ist auf der ganzen Welt bekannt. Die Allerreichsten kommen zu ihm. Ich flunkere ihr vor, ihn persönlich zu kennen, und daß er von mir kein Geld nehmen würde. Aber statt Estherke zu beruhigen, machen sie meine Worte noch verrückter. Unter dem Tuch entzündet sich ein Gewitter von Verrücktheit. Ihre Worte, ihre Bewegungen rücken mir immer näher. Estherke ist jetzt ganz dicht bei mir. Ich spüre ihren schweren Atmen.

Auf einmal zog sie das Tuch von ihrem Kopf. Ihr Gesicht war voll dunkler Pickel, klein, wie Stecknadelköpfe, mir gelbem Eiter darin. Schockiert schloß ich die Augen. Ich versuchte mir klarzumachen, dies alles sei nur ein Traum, und wenn ich aufwache, steht vor mir eine sonnengebräunte Estherke, lachend, mit schwarzen, glänzenden Augen.

„Verschließ deine Augen nicht, du kleiner Hurensohn. Schau mich an, wie ich wirklich bin."

Ich machte die Augen auf. Abgesehen von den Pickeln fehlten ihr auch noch ein paar Zähne. Ihre Lippen waren geschwollen und bluteten. Jetzt verstand ich, warum Estherke ihr Gesicht vor mir verborgen hatte. In ihrer

Stimme lag Genugtuung über den schlimmen Eindruck, den sie auf mich gemacht hatte. „Na, wie gefalle ich dir, hä?"

Ich wollte ihr sagen, sie solle hier warten, während ich schnell zu Jan Braun, dem Arzt renne.

„Hau jetzt nicht ab, du kleiner Feigling. Das ist noch gar nichts. Jetzt sollst du's erst mal sehn." Estherke warf ihre Klamotten ab. Ihr ganzer Körper war mit Pickeln übersät. „Und jetzt komm näher. Schau's dir gut an."

Mir fehlte die Kraft, mich zu wehren, und ich tat, was Estherke befahl. Sie warf sich mit offenen Beinen auf die Klamotten. Die Lippen von ihrem Pipi waren geschwollen und rot. Zwischen den Lippen floß ein brauner, dicker Rotz. Ich fing an, rückwärts zu gehen.

„Hau nicht ab, du kleiner Hurensohn. Wenn du groß bist, wirst du auch wie sie. Das ist eine Krankheit von den Männern, die mir zwischen die Beine gepinkelt haben."

Ich war bei der Tür, und ich floh mit einem Gefühl von Panik und Ekel. Draußen meinte ich die ganze Welt voller Pickel und Eiter zu sehen. Die Häuser, die Wände, den Himmel und die Menschen. Der Himmel war bedeckt mit Wolken, die aussahen wie das Tuch von Estherke, und ich wartete nur darauf, daß jeden Augenblick dieses Tuch abfallen und ich das Gesicht von Gott sehen würde wie das von Estherke. Das ist es, was ich ihm wünsche.

Alles, was mir übrigblieb, um Estherke zu retten, war, schnell zu dem Arzt zu rennen. Er weiß bestimmt alles. Ich rannte die Straße hinab. Schnell, nur schnell, damit ich ihn noch rechtzeitig erreichte. Er wird sie retten.

Das Haus des Arztes hatte zwei Stockwerke und ein großes Schild über dem Eingang. Im Korridor neben der Tür standen drei Frauen, eine von ihnen mit einer Klappe über dem Auge. Das andere, unbedeckte Auge blickte mich verärgert an. „Was machst du denn hier? Das ist ein Frauenarzt."

Ich versuchte hastig zu erklären: „Ich brauch den Arzt. Estherke hat ein rotes, geschwollenes Pipi. Ich weiß, er wird sie retten."

Die drei Frauen fingen an, mit wütenden Gesichtern im Chor auf mich einzuschreien. So viel verstand ich, daß sie mich aus dem Wartezimmer rausschmeißen wollten. Den weiteren Inhalt ihres Geschreis verstand ich nicht, er interessierte mich auch nicht. Wieder mußte ich ihnen erklären: „Wenn ihr so ein rotes, geschwollenes Pipi hättet, wärt ihr auch hierher gerannt."

Wie auf Befehl fingen die Frauen an mich hinauszuschieben. Ich sträubte mich, aber es half nichts. Sie waren stärker.

„Doktor Braun!" schrie ich laut.

Die Tür des Doktors ging auf. Eine Frau in blauer Schürze, mit einer weißen Haube über den grauen Haaren, stand in der Öffnung. Mit meiner ganzen Kraft befreite ich mich von den drei Frauen und rannte in Richtung der blauen Schürze.

„Du mußt Estherke retten. Sie hat ein rotes Pipi!"

Ich kam nicht dazu, mehr zu erklären. Als die blaue Schürze sich mit den dreien zusammentat, gelang es ihnen, mich über die Treppe hinauszuwerfen.

Wenn sie hier nicht bereit sind, mich anzuhören, vielleicht kann ich Estherke überreden, allein hierherzukommen. Der Arzt wird ihr bestimmt sofort eine richtige Salbe geben, und wenn sie sich die über Gesicht und Körper schmiert, dann werden die Pickel verschwinden, als wären sie nie dagewesen. Ich muß jetzt nur ganz schnell zu ihr, ganz schnell.

Noch bevor ich die Schuppentür erreichte, rief ich so laut ich konnte: „Estherke, ich hab den Arzt gesehen. Er hat eine Salbe für dich. Ich hab mit ihm geredet, und er wartet auf dich in seinem Haus."

Aus dem Schuppen kam keine Antwort. Ich rief noch einmal. Von innen kam Schweigen als Antwort. Ich riß die Tür mit aller Kraft auf und stieß an zwei Beine über mir. Dann geschah alles in verblüffender Langsamkeit, als schwämme ich im Wasser. Über mir baumelten zwei Beine mit goldenen Sandalen. Weiter oben ein halbzerrissener Rock. Ihr halber Oberkörper war nackt. Ihre beiden Brüste sahen aus wie zwei Riesenwunden. Über dem Busen ein Gesicht, bedeckt mit einer Wolke von Fliegen. Aus den Fliegen ragte eine riesige, blaue Zunge heraus. Darüber zwei Augen, die aussahen, als wollten sie aus dem Gesicht herausspringen. Man muß einen Arzt holen. Der wird sie retten. Ich weiß, er wird sie retten.

Da steht neben mir plötzlich Getzel, der Metzger, breit, mit Riesenbauch, um den er eine weiße, blutbefleckte Schürze gebunden hat.

„Na, das war doch klar, daß sie so enden wird. Eine Hure weniger."

Ich weiß nicht, woher ich die Kraft nahm, ihn umzuwerfen. Zwischen meinen Zähnen spürte ich seine Backe, und etwas Nasses floß mir aufs Kinn. Getzel schob mich über sich weg, aber ich ließ ihn nicht aufstehen. Von einer seiner Backen floß Blut herunter. Ich fand mich wieder, als ich ihm mit meinen Fäusten auf den Kopf schlug und dabei schrie: „Das ist keine Hure, das ist keine Hure, verstehst du? Das ist Estherke, das ist keine Hure!"

8. Kapitel

Meine Welt füllte sich mit lauter Fragezeichen. Eine wahre Sintflut. So viele Fragen habe ich, und so wenig davon verstehe ich. Auch habe ich niemanden, den ich fragen könnte.

Das erste große Fragezeichen hat mit Estherkes Tod zu tun: Warum haßte sie mich, bevor sie starb? Was ist *tot*? Und was passiert mit dem Menschen nach seinem Tod? Ein Warum zieht das andere nach sich. Ich habe das Gefühl, allein in einen dichten Wald zu gehen, um mich herum Dunkelheit. Ich fürchte mich davor weiterzugehen, weiß aber auch nicht den Weg zurück. Irgendjemand hat mich hier alleingelassen und ist weitergegangen, oder hat mich vielleicht einfach vergessen.

Vor lauter Angst verstecke ich mich, damit sie mich nicht finden. Bei jedem Geräusch springe ich auf und bin bereit zu flüchten. Jetzt habe ich mich in einer Kiste versteckt. Ich fürchte mich davor herauszukommen und habe Angst, wenn ich drinbleibe. Keinen Menschen will ich mehr sehen. Ich glaube keinem. Vor meinen Augen erscheinen schreckliche Bilder. Wenn ich die Augen zumache, verschwinden sie nicht, nein, sie werden noch wirklicher und noch schrecklicher. Das Bild von Estherkes riesiger blauer Zunge nach ihrem Tod läßt mich nicht los. Die Zunge ist klebrig, voller Speichel, und eine Wolke von summenden Fliegen erreicht meine Ohren, die Augen und versucht durch die Haut in mich einzudringen.

Eine schwarze Zunge mit kleinen gelben Eiterpickeln kriecht auf mich zu. Ihre herausgetretenen Augen blicken mich aus jeder Ecke an. Die Fliegenwolke wird immer aufdringlicher. Ich versuche, sie wegzuscheuchen, aber es hilft alles nichts. Sie sitzen auf mir, klebrig und kalt. Die Kiste ist voller Fliegen. Ich habe keine Kraft, sie wegzuscheuchen, und gebe auf. Mir fehlt auch der Mut, aus der Kiste zu steigen, denn draußen lauert Estherke auf mich. Sie sitzt neben der Kiste und schweigt. Dabei zeigt sie ihre vorstehenden Augen und ihre geschwollene Zunge. Ich versuche mir klarzumachen, daß ich vor niemandem Angst zu haben brauche. Ich habe doch selber die Leute gesehen, die die Leiche heruntergeholt haben. Viele Menschen, fast alle Nachbarn haben sich um sie versammelt. Am auffälligsten unter ihnen waren Frauen mit Kopftüchern, die ihre Augen bedeckten. Sie schwiegen alle und waren bedrückt. Nur ein paar Kinder, die gerade mit einem Stein Himmel und Hölle gespielt hatten, rannten ganz in die Nähe der Leiche und erfüllten die Luft mit ihrem Lachen. Ich erinnere mich an einen weißen Krankenwagen mit einem roten Kreuz darauf. Das Kreuz ist ein Zeichen für Tod, für Blut und Angst. Darum herum standen einige Polizisten mit glänzenden Knöpfen und vielen Abzeichen, auf ihren Mützen Adler mit scharfen Krallen. Ich wollte hingehen zu der Tragbahre, auf der Estherke unter Säcken bedeckt lag. Aber da schob mich jemand zur Seite. „Das ist nichts für dich", sagte er, „du wirst nachts noch davon träumen." Er hatte recht.

Nach einer Weile leerte sich der Hof wieder. Für diese Leute war Estherke ein für allemal weg. Ich blieb an dem Platz sitzen, wo sie noch kurz vorher gelegen hatte, unter den Säcken zwar, aber die waren auch nicht mehr da. Etwas hindert mich daran, in den Schuppen zurückzugehen zu der Kiste, in der Estherke gelegen hat. Etwas anderes jedoch zieht mich hinein. Es ist komisch, aber diese zwei Sachen sind so gegensätzlich und gehen mir im Kopf herum.

Wahrscheinlich wäre ich nicht zurückgekehrt, aber mein ganzer Essensvorrat ist noch in der Kiste: Weißer Käse, braunes Bauernbrot mit Rosinen und Salzfisch; alles Geschenke von Zosza Klops. Ich ging zurück in die Kiste. Aber jetzt habe ich ein Problem: Wie kommt man hier wieder heraus? Estherke möchte, daß ich bei ihr bleibe. Ruhig versuche ich ihr zu erklären: Du bist schon tot, und ich hab deinen Tod nicht verursacht, im Gegenteil, alles hab ich versucht, damit du wieder gesund wirst. Aber es fällt mir schwer, sie zu überzeugen. Ein Schweigen zu überzeugen ist sehr schwierig. Ich weiß, ich spüre, daß sie mich haßt, und ich weiß nicht, warum.

Das Essen in der Kiste ist bis auf den letzten Brösel verzehrt. Estherke weiß das auch und wartet geduldig. Ob es draußen Tag ist oder Nacht, wie lange ich schon in der Kiste bin, ich weiß es nicht. Ein paar Mal habe ich versucht, Estherkes Wachsamkeit abzulenken. Ich sitze ruhig da, und sie redet schweigend zu mir. Ich klappe die Kiste auf und strecke vorsichtig den Kopf hinaus. Wieder sehe ich ihre geschwollenen Augen.

„Was willst du, wie kann ich dir helfen?" frage ich sie.

Mit ihrer Hand zeigt sie auf ihre Zunge und gibt mir zu verstehen, daß man mit einer blauen geschwollenen Zunge nur schwer reden kann. Wieder verstecke ich mich in der Kiste. In dem Krieg zwischen uns hat sie einen bedeutenden Vorteil, nämlich, daß sie nicht hungert. Mir macht mein Hunger langsam zu schaffen, und vor allem der Durst. Ich träume von einem See mit kaltem Wasser, erfrischend und blau wie der Himmel. Ich träume von Bäumen voller Früchte. Estherke weiß, daß wir uns nicht trennen werden, solange ich in der Kiste bin und sie neben mir. Sobald ich die Kiste verlasse, wird sie mich nie mehr sehen. Wahrscheinlich ist Estherke sehr traurig, da, wo sie jetzt ist, und versucht mich mitzunehmen.

Von irgendwoher dringen Stimmen von Menschen zu mir her, die ich schon lange nicht mehr gesehen habe. Am meisten Angst macht mir die Stimme von Malka. Es ist die Melodie des letzten Liedes, das sie für mich gesungen hatte, bevor sie in die Klapse eingeliefert wurde. Einen Moment lang kommt es mir vor, als höre ich die Stimme von Zosza Klops. Sowie diese Stimme auftaucht, verschwindet Estherke, und mir ist etwas traurig zumute deswegen. Zosza steht neben mir, ihr Gesicht schaut mich besorgt an. Das Tageslicht blendet mich, und die Augen tun mir richtig weh. Lieber wäre ich in das Dunkel der Kiste zurückgekrochen, Estherke hätte mir weniger Angst gemacht. Aber Zosza läßt einen Platzregen von Fragen auf mich herunterprasseln und erklärt mir, daß viele Menschen nach mir gesucht haben. Es fällt mir schwer, ihr zu antworten. Neben Zosza stehen noch ein paar Frauen, und an meine Ohren dringen ihre Stimmen:

„Schau mal, wie bleich er ist. Er hat bestimmt Hunger. Er ist sehr schwach." Ich habe auch wirklich nicht einmal die Kraft, in die Hand zu beißen, die mich streichelt. Ich habe auch keine Kraft, irgendjemand von ihnen einen richtig guten Tritt zu versetzen. „Avrum Leib, jetzt kommst du mit zu mir, ich arbeite wieder in der Küche von Schmil Grieb."

Zosza hat ein kleines Zimmerchen links von der Küche neben der Treppe. Die Fenster dieses Zimmers sind so niedrig, daß ich im Liegen die Straße sehen kann. Unter meinem Fenster stehen Kutschen, an denen Pferde angebunden sind; die schauen in mein Zimmer. Das macht mir richtig Spaß. Eines der Pferde nenne ich Dales, das ist jiddisch und bedeutet Armut. Ich nenne es so wegen der schwarzen und weißen Flecken, die es am ganzen Körper hat. Es sieht aus, als hätte der Kutscher nicht genug Geld für eine ganze Haut gehabt und hätte ihm stattdessen eine Flickenhaut auf dem Flohmarkt gekauft. Wenn Zosza nicht im Zimmer ist, füttere ich ihm Zuckerwürfelchen. Die meiste Zeit stehen die Pferde da, mit einem Hafersack um den Hals, in den sie ihre Köpfe stecken, und sie sehen aus wie ein Sack mit wackelnden Ohren.

Zosza mag Dales und auch die Kutscher nicht. Sie behauptet, daß sie ihr ins Fenster schauen würden. Ich habe davon noch nichts bemerkt, aber wenn es stimmt, dann versteh ich die Kutscher nicht. Nackt sieht sie von hinten nicht anders aus als ein Brett, über das man eine Haut gezogen hat. Dieses Brett kniet vor dem Schlafengehen vor drei Bildern, die an der Wand hängen. Auf dem mittleren Bild ist Jesus, der in den Händen ein Schaf hält. Es hat ein Gesicht wie ein Hund. Der Kopf von Jesus ist mit starkem Licht angestrahlt. Hätte er keine Ohren und keinen Bart, könnte er als Gaslaterne in der Zegerskastraße stehen. Auf dem rechten Bild ist Jesus als Kind dargestellt, in den Händen seiner Mutter. Seine Mutter gefällt mir schon. Sie erinnert mich an Tante Esther. Auf dem linken Bild ist ein Mann mit Bart, aber fast ohne Gesicht, wegen einem Wasserfleck. Ein Auge in seinem Gesicht, das von der Nässe nicht zerstört war, zwinkert mir pfiffig zu. Manchmal zwinkere ich zurück.

„Das ist die heilige Familie", erklärt mir Zosza.

Was die ganzen Gestalten auf diesen Bildern gemeinsam haben, das ist die braune Farbe auf ihren Gesichtern. Ihre Ohren sind dunkelbraun, fast schwarz. Das Licht, das aus ihren Köpfen herausleuchtet, ist in drei Farbbereiche aufgeteilt. Nahe am Kopf Hellgelb, dann Rot und außen fast Dunkellila. Das ganze Gesicht erinnert an die Farbe von Tscholent-Kartoffeln am Schabbes-Morgen, nachdem sie die ganze Nacht im Ofen des Bäckers Feldmann waren.

Ich mag Zosza sehr, obwohl sie eine Goja ist. Die Tage, die wir zusammen verbringen, kommen mir vor wie ein schöner Traum. Neben meinem Bett steht immer ein Teller voll mit guten Sachen. Und wie bei jedem Traum, wacht man irgendwann einmal auf, und alles ist verschwunden.

Ich bin sehr traurig darüber, daß Zosza mit der Arbeit in der Küche aufhört. Sie geht wieder ins Dorf zurück, um ihren kranken Vater zu pflegen. Sie wird mir fehlen, und ich hoffe sehr, daß ich weiter in diesem Zimmer schlafen darf, wenn sie es verläßt. Schmil Grieb verspricht mir hoch und heilig: „Du brauchst nur wieder stark zu werden, dann kannst du in der Küche mithelfen." Und Zosza verspricht mir, daß ich zu ihr ins Dorf kommen kann, wenn ich keine Bleibe und nichts zu essen finde.

Noch immer bin ich nicht ganz auf der Höhe. Nach jedem kurzen Spaziergang überkommen mich Schwindelgefühle. Um mir möglichst schnell wieder zu Kräften zu verhelfen, bringt mir Zosza massenweise Frikadellen und ärgert sich sehr, wenn ich auch nur eine davon auf dem Teller übriglasse. Damit sie nicht sauer auf mich wird, schlinge ich sie alle herunter mit dem Gefühl, jeden Moment zu platzen. Von lauter Frikadellen habe ich einen Mordsdurchfall gekriegt. Jetzt darf ich gar nichts essen und muß immer nur Tee trinken. Ich habe großen Hunger und sehne mich nach den Frikadellen.

In wenigen Tagen, das heißt am Mittwoch, gehe ich Schimschon Beckel im Knast besuchen, und ich hoffe, daß ich bis dahin wieder einigermaßen auf dem Damm bin. Mit mir zusammen kommen auch die Mutter von Goddl und Schmil Grieb. Ich hoffe nur, daß mein Durchfall nachläßt und daß mir nicht mehr schwindlig wird.

Jetzt bereue ich meinen Besuch. Schimschon steht vor mir. Ja, es ist wohl der gleiche Schimschon, aber doch ein anderer. Der gleiche Schimschon, aber es hat ihn jemand in graue Farbe getaucht. Seine Klamotten sind grau, und dieses Grau strahlt auf alles andere ab: auf das Gesicht, auf die Augen, auf seinen Blick. Nicht nur er ist grau. Alles um mich herum ist grau, auch der Himmel. Auch die Sonne, die tagsüber scheint, ist grau; eine Welt des Alterns, der Müdigkeit und der Angst. Es tut mir sehr weh, einen geliebten Menschen zu sehen, dem man nicht helfen kann. Die graue Farbe legt sich auf die Seele und macht sie krank. Auch hier fühle ich mich alt und kraftlos. Schimschon tut alles, um mich aufzuheitern:

„Nu, Avrum Leib, was ist los mit dir, was ist passiert? Nimm dir nicht alles so zu Herzen, es lohnt sich nicht. Noch ein paar Wochen, dann bin ich wieder draußen.“

Ich antworte ihm nicht. In mir stockt etwas. Um wieder sachlich zu werden, fragt Schimschon besorgt, aber ohne mich dabei anzuschauen: „Wo bist du jetzt?“

„Bei Schmil Grieb, mit Zosza Klops. Aber sie geht weg. Ich weiß nicht, was aus mir wird.“

Schimschon und ich sitzen auf einer Steinbank. Seine Hände umarmen mich zärtlich. „Avrum Leib, ich komm in ein paar Wochen hier raus, dann nehmen wir uns zusammen ein Zimmerchen.“

Ich höre ihm gar nicht zu. Mir ist klar, daß Schimschon seine Versprechen nicht halten kann, und daß ich für mich selbst sorgen muß. Schimschons Stimme verhallt zwischen den Wänden in dem Raum mit vergitterten, schwarzen Fenstern. Stimmen dringen an meine Ohren, das Quietschen von Eisentüren, Drehgeräusche von Schlüsseln und das Geschrei von Wachleuten. Ihre Stimmen erinnern mich an das Gebell von bissigen Hunden, die an rostige Ketten angebunden sind. Ich habe Angst, daß ich hier nicht mehr rauskomme, und kalte Verzweiflung durchfährt mich.

Zosza Klops steht neben Schimschon mit einem großen roten Topf. Ich weiß, es sind Frikadellen darin. Zosza füttert ihm eine Frikadelle nach der anderen, wie einem kleinen Kind. „Iß, iß, mein Armer."

Schimschons Hand geht unter dem Kleid von Zosza Klops spazieren. Jemand, der aussieht wie Goddl, lächelt mir freundlich zu und erzählt mir etwas. Um mich herum lachende Menschen.

„Nu Leibke, bist du aber groß geworden! Komm, laß uns deine Muskeln sehen."

Ich lasse nicht zu, daß er meine Hand anfaßt. Da ist Goddl beleidigt, dreht mir den Rücken zu und redet mit seiner Mutter. Seine Mutter ist noch gebeugter und noch weiter zusammengeschrumpft. Aus ihrem Gespräch entnehme ich, daß auch Goddls Vater verhaftet ist, aber in einer anderen Stadt. Seine Mutter weint und trocknet ihre Tränen an einem grauen Tuch. Vielleicht hatte das Tuch zuvor eine andere Farbe, aber hier ist ja alles grau. Goddl umarmt seine Mutter, streichelt ihren Kopf und tröstet sie. „Na, Mutter, das ist doch nicht das erste Mal, beruhig dich."

Schmil Grieb flüstert Schimschon etwas ins Ohr, beide zwinkern mit den Augen einander zu und geben sich die Hand. Irgendetwas haben sie miteinander ausgeheckt.

„Schmil, paß auf Avrum Leib auf."

„Schimschon, keine Sorge."

Goddl deutet mit der Hand auf mich, wobei er seiner Mutter etwas ins Ohr flüstert.

„Keine Angst, der kommt bei mir unter, falls er keine andere Bleibe findet", verspricht seine Mutter.

Schimschon stellt mir eine Menge Fragen, aber ich kann nicht antworten, richtiger, ich will nicht. Ich schließe meine Augen, will nichts sehen und auch nichts hören. Nein, ich verzeihe mir nicht, daß ich zu diesem blöden Besuch mitgekommen bin. Hier ist alles blöd. Vielleicht hab ich jetzt die Gruppe von Moischele Tuches verloren. Vielleicht sind sie schon Millionäre. Bestimmt suchen sie mich, um mich mit nach Amerika zu nehmen. Wegen diesem Besuch ist jetzt alles verloren. Ich hasse mich selbst und die ganze Welt. Nie wieder werde ich Schimschon besuchen. Auch wenn er lebenslänglich eingesperrt wird, ich will mich an diesen Besuch nicht wieder erinnern müssen. Ich glaube, mir wird noch lange das Quietschen der Eisentüren und die Stimmen der Aufseher in den Ohren dröhnen, die so ähnlich klingen wie Hundegebell.

9. Kapitel

Ich bin sicher, daß unter allen Großmüttern auf der Welt meine Oma die Allerhäßlichste ist. Also es ist so: Sie ist ja schon ziemlich alt und hat ein zerknittertes gelbes Gesicht, wie Papier, das sehr lange Zeit in der Sonne gelegen hat. Sie ist sehr klein, und ein Auge ist mit weißer Haut bedeckt. Das andere Auge ist klein, grün und böse. Ich denke mir, Gott hat sich gesagt, daß ein böses Auge reicht, und hat deshalb das andere mit einer Haut überzogen. Ihre lange Nase deckt den Mund vollkommen zu. Man kann nur raten, ob es den überhaupt gibt oder nicht. Ihre Stimme klingt immer heiser, und ihr Gang ist wackelig. Außerdem ist sie besonders geizig. Sie lügt, ohne zu stottern, und stiehlt, was ihr in die Finger kommt. Sie mag niemand, weder mich noch ihre Kinder, die schon seit einigen Jahren nicht mehr bei ihr sind. Ich selbst kenne keins von ihnen, außer Tante Esther. Das einzige, was sie zugibt, ist, daß sie ihnen eine Menge Geld schuldet.

Wie also bin ich trotzdem an sie geraten, und warum bleibe ich da?

Meine Großmutter verkauft Obst. Sie hat einen kleinen zweirädrigen Karren, aus einem alten Kinderwagen gemacht, und darin fast immer Äpfel. Damit kommt sie in die Hinterhöfe der Häuser. Ich selbst bin ja der Meinung, daß die Leute bei ihr nur Äpfel kaufen, damit sie ihre Stimme nicht mehr hören müssen, die ähnlich klingt wie das Krächzen von Raben. Später wurde mir dann klar, daß ihre heisere Stimme und der wacklige Gang vom Trinken kommen. Sie ist praktisch immer betrunken. Wie sie mich an jenem Tag gefunden hat, werde ich nie herauskriegen. Wahrscheinlich hat der Engel, der für die Zegerskastraße zuständig ist, im Himmel einen Bericht erstattet: „Gott, die alte Lea ist besoffen und kann ihren Wagen nicht mehr ziehen." Also befahl Gott dem Engel: „Mach, daß Avrum Leib seine Oma trifft." Und das passierte dann tatsächlich.

Und ich, statt daß ich nach dem Besuch bei Schimschon direkt zu Schmil Grieb ging, entschloß mich, ein wenig die Straße entlangzuspazieren. Und ein paar Minuten später traf ich meine Oma, die Säufer-Lea, besoffen wie Lot, wie sie da neben ihrem Wagen saß. Das Treffen war völlig unerwartet. Sonst wäre ich so schnell wie möglich abgehauen. Blöderweise bemerkte sie mich schon vorher, oder richtiger: Ich hatte Mitleid mit ihr, und sie nutzte es schamlos aus.

„Avrum Leib, wo steckst du nur? Ich such dich schon die ganze Zeit." Dabei verzauberte sie ihr Rabengekrächze in den Gesang einer Nachtigall.

„Hilf mir doch nur einmal, den Wagen ein paar Häuser weiterzuziehen. Du kriegst zwanzig Groschen dafür. Außerdem kannst du bei mir schlafen. Ich bin schon alt. Bald werde ich sterben, und dann hast du alles für dich allein.

Wieder flüsterte mir der streitsüchtige Engel ins Ohr: „Sag ja."

Und was kann ich gegen Gott und den Engel zusammen schon ausrichten? Ich stimmte also zu. Jetzt bin ich schon seit vier Tagen bei ihr. Die Wohnung, in der sie lebt, ist dunkel und stinkt nach Äpfeln und Moder. Alles darin hat diesen Geruch. Auch der riesige rote Kater, er heißt Schleume, riecht nach Äpfeln, und ich hasse ihn. Vom ersten Tag an, als ich in die Wohnung kam, fing ein Krieg zwischen uns an wegen dem Platz im Bett. Das Bett ist so schmal, daß für uns beide kein Platz darin ist. In unserem Krieg zeigt er seine Zähne und droht mit den Krallen. Ich dagegen werfe ihm brennende Streichhölzer nach und hoffe, ihn eines Tages ganz verbrennen zu können. Alle in dem Haus essen fast nur Äpfel. Auch Schleume, der rote Kater, lebt davon. Den Mäusen, die im Zimmer herumrennen, schaut er absolut unbeteiligt zu. Mir kommen die Äpfel schon aus den Ohren heraus, und ich träume davon, daß ich, sollte ich einmal reich werden, nie mehr im Leben einen Apfel sehen muß.

Das Zimmer von Oma ist voller Säcke, die mit dicken Seilen zusammengebunden sind. In diesen Säcken sind wieder andere Säcke. Ginge es nach meiner Oma, dann wäre die ganze Welt in Säcken versteckt und mit dicken Seilen zugebunden. Was mir Sorgen macht ist der Gedanke daran, daß es mir nicht leicht fallen wird, nach ihrem Tod den Inhalt ihres Hauses zu verkaufen. Momentan habe ich keine Adresse, wo ich Säcke in Säcken samt Kater Schleume für Geld loswerden könnte. Und in der Zwischenzeit, während ich mir über das zukünftige Erbe den Kopf zerbreche, zahlt sie mir keinen Zloty.

„Ha, nach meinem Tod gehört ja doch alles dir, und das wird zehnmal so viel sein wie das, was dir jetzt zusteht", stellt mir Oma in Aussicht. Mitten durch das Zimmer ist ein Seil von einer Ecke zur anderen gespannt, an dem ihre Unterhosen hängen, Unterhosen in allen Farben, und alle geflickt. Flicken auf Flicken. Ich frage mich, wozu sie so viele Unterhosen braucht.

Ich zum Beispiel habe gar keine Unterhose, und ich werde nie so etwas haben. Wahrscheinlich ist das eine Gewohnheitssache. Den einzigen Besitz, den ich vielleicht einmal zu Geld machen kann, das ist ein dickes Buch, in Leder gebunden, mit goldenen Buchstaben darauf. In diesem Buch liest sie jeden Abend. Es hat einen ziemlich lustigen Namen. Er lautet *"Z'ena ur'ena"*[70]. Dieses Buch ist voller Fettflecken und stinkt, wie alles im Zimmer, nach Äpfeln. In diesem Buch gibt es zwei Kapitel, und wenn Oma darin liest, lacht sie sehr viel. Mich macht es neugierig, was wohl in diesem Buch drinsteht, und warum sie so lacht, aber sie will es mir nicht sagen. Aus Rache habe ich das Buch in lauter kleine Stücke zerrissen. Meine Oma ist beinahe übergeschnappt vor Wut darüber. Ich genoß es sehr, sie so zu erleben, und erzählte ihr dabei, es sci Kater Schleumes Werk. In ihrer Wut schlug Oma mit einem Schuh derart auf ihn ein, daß er fast gestorben wäre, und ich bedaure sehr, daß er die Schläge überlebt hat. Ich hasse ihn wirklich. Und er, nur um mich zu ärgern, zog sich derartige Bauchkrämpfe zu, daß man sogar noch unter meinem Bett hätte sterben können von dem Gestank. Es gibt noch einen Grund, warum ich ihn hasse, nämlich weil Oma ihn abgöttisch liebt. Alles, was sie liebt, hasse ich, und alles, was sie haßt, liebe ich. Zum Beispiel haßt Oma meinen Vater. Bei jeder Gelegenheit schimpft sie auf ihn: „Schade, daß er nicht im Krieg gestorben ist."

Es gibt nur wenige Momente, in denen ich an meinen Vater denke. Aber jetzt interessiere ich mich unaufhörlich für ihn.

„Schade, daß du lebst", gebe ich ihr zurück, um meinen Vater in Schutz zu nehmen.

In letzter Zeit spüre ich: Sie will, daß ich das Haus verlasse. Deshalb entschließe ich mich, es genau deswegen nicht zu tun. Ich werde meinen Vater trotzdem lieben, und bei der nächstbesten Gelegenheit bringe ich Schleume, den Kater, um, und wenn es geht, sie auch.

Ich denke, es ist ihre Rache, daß Oma, statt endlich zu sterben, immer besser aussieht, und das bringt mich in Panik. Wie komme ich darauf? Ihrem Appetit nach zu schließen und den Mengen an Wodka, die sie sich in den Rachen schüttet, fürchte ich, daß sie ewig leben wird. Vor dem Abend trinkt nicht nur sie, sondern auch der Kater Schleume. Oma trinkt direkt aus der Flasche und Schleume aus dem Napf. Beide fangen sie nach ein paar Minuten an, Grimassen zu schneiden. Dann zieht Oma ihr Gebiß aus dem Mund und legt es auf den Tisch. Sie lächelt, und ihre Zähne lächeln auch. Selbst Schleume lächelt, indem er seine Zähne zeigt, die Augen schließt und

[70] hebräisch: „Kommt heraus und schaut, (Töchter Zions)!" (Hohes Lied 3, 11)

Geräusche von sich gibt, die sich anhören, wie wenn er lachte. Beim Weitertrinken fängt Oma an zu singen. Die Worte kann man kaum verstehen, und der Kater fängt an, mit hochgestelltem Schwanz durchs Zimmer zu rennen wie ein Verrückter. Oma amüsiert sich köstlich darüber, und sie spornt ihn zu weiterem Blödsinn an. Als ich einmal versuchte, ihn dabei zu stören, fletschte er die Zähne und fing an, mich zu attackieren. Ich meinerseits warf eine brennende Streichholzschachtel auf ihn. Wirklich, ich wäre sehr glücklich, ihn als brennende Fackel zu sehen.

Nach dem Trinken schläft Oma mit offenem Mund ohne Gebiß ein und fängt an zu schnarchen. Auch Kater Schleume schnarcht unter dem Bett. Einmal versuchte ich, die Gelegenheit auszunutzen, und schlich mich mit einem Hammer in der Hand unter das Bett, um ihm den Schädel zu zerschmettern. Aber ich schaffte es nicht. Obwohl er stockbesoffen war, brachte er es fertig, auf den Schrank zu springen. Beide wissen wir, daß der Krieg zwischen uns noch nicht zu Ende ist. Ich bin bereit, wenn es sein muß, noch tausend Jahre hier zu bleiben, bis ich seine Leiche sehen kann und vielleicht auch ihre.

Am Freitag hatten wir schwer gearbeitet. Dreimal hatten wir den Wagen mit Äpfeln beladen, und ich kam erschöpft zurück. Mit geschlossenen Augen legte ich mich aufs Bett, aber vor lauter Müdigkeit konnte ich nicht einschlafen. An diesem Tag betrank sich Oma stärker als normalerweise. Schleume, der Kater, saß auf ihren Knien, und beide sangen miteinander. Oma mit ihrem gebißlosen Mund, und Schleume gab Bauchstimmen von sich, als Begleitung. Ich tat so, als würde ich schlafen, aber mit einem halboffenen Auge beobachtete ich die beiden.

„Nu, was sagst du, Schleumele, heute haben wir gut verdient, gell? Was sagst du, mein Lieber?" Ich spitzte meine Ohren. „Jetzt bringen wir das Geld an seinen gewohnten Platz. Bald müssen wir nicht mehr arbeiten und können noch viele Jahre weiterleben, ohne Sorgen."

Ich fing an zu schnarchen, um sie zu täuschen. Oma stieg vom Bett herunter. Sie kam ganz in meine Nähe. Ich versuchte alles, um mich nicht zu erbrechen von dem Gestank, den sie verbreitete. Sie faßte mich auch noch an mit ihren kalten, trockenen Fingern. Ich schnarchte noch lauter. Oma nahm den Deckel der Zichoriedose ab, ohne ihren mißtrauischen Blick von mir abzuwenden. Als sie sich vergewissert hatte, daß ich auch schlafe, beruhigte sie sich, ging zum Bett zurück und leerte fast die ganze Flasche, nicht ohne vorher Schleumes Napf vollzugießen.

„Trink, mein Lieber. Wir sind beide alt, und das ist alles, was uns noch übrig geblieben ist."

Ich wartete, bis ich Omas Schnarchen vom Bett hören konnte, und dann war meine Stunde gekommen. Ich stieg von meinem Bett herunter und näherte mich Oma. Zuerst warf ich ihre falschen Zähne aus dem Fenster, danach nahm ich mir die Zichoriedose und ging auf die Straße hinunter. Die Dose versteckte ich unter ein paar Steinen. Danach kam ich leise wieder herein. Mit dem Hammer plazierte ich einen Schlag nach dem anderen auf dem Kopf von Schleume, bis der Kater absolut ruhig wurde. Nie mehr kehrte ich daraufhin zurück.

Und jetzt will ich alle Welt davor warnen, daß keiner den Fehler wiederholt, den ich gemacht habe, daß sich niemand erbarmt oder in irgendeiner Weise hilft, daß man ihr kein Wort glaubt, vor allem, was Geld anbelangt. Um zu unterstreichen, daß es stimmt, was ich sage, erzähle ich eine Geschichte, die ich von meiner Mutter und auch von Tante Esther gehört habe.

Mein Vater war damals sechzehn, als er in die Legion von Pilsudski ging, um für Polen zu kämpfen. Die Polen interessierten ihn genausoviel wie sie mich interessieren, sagte Tante Esther, und er liebte sie so, wie man ein Furunkel am Arsch liebt. Er wollte einfach lieber im Krieg umkommen, als im Haus seiner Mutter bleiben, sagt meine Oma. Als der Krieg zu Ende war, kam mein Vater geschwächt zurück, mit einer Wunde im Bauch. Als Auszeichnung für seine Dienste und seine Verwundung zahlte ihm die polnische Regierung vier Zlotys pro Tag. Sein Problem war, daß er keinen Platz hatte zum Wohnen und sich auszukurieren. Da ging er zu seiner Mutter und bot ihr seine Kriegsrente an. Als Gegenleistung wollte er so lange bei ihr wohnen, bis er gesund würde und anfangen könnte zu arbeiten. Und so, wie ich sie kenne, stimmt das Gerücht, nach dem sie geantwortet haben soll: „Wenn du mir sechs Zlotys bezahlst, kannst du bei mir wohnen." Mein Vater verließ das Haus und kam nie wieder zurück.

Als ich draußen auf der Straße stand, erinnerte ich mich an diese Geschichte und ging noch einmal hinein. Mit dem Hammer zerschmetterte ich ihr sämtliche Teller und alle Gläser auf dem Fenstersims. Aber mein größtes Vergnügen war, ihren Obstkarren in all seine Einzelteile zu zerlegen.

Schimschon kam aus dem Knast, und mit ihm ein Zellengenosse namens Arthur. Wir drei wohnen in einem großen Zimmer, das durch zwei Schränke unterteilt ist. Zwischen den Schränken hängt ein Bettuch. Diese Trennwand grenzt Arthurs Bereich von dem ab, in dem ich und Schimschon wohnen.

Auf dem einzigen Bett in unserem Teil schläft Schimschon. Ich schlafe im Schrank. Durch einen Spalt in diesem Schrank kann man alles beobachten, was bei Arthur passiert. Es hat manchen Vorteil, im Schrank zu schlafen. Erstens hast du dort das totale Privatleben. Zweitens stören keine Fliegen. Aber das wichtigste: Du kannst dir aussuchen, auf welchem Brett du schlafen willst. Auf dem obersten traue ich mich nicht noch einmal, denn eines Nachts brach es einmal durch, und ich fiel kopfüber nach unten. Zum Glück lag der Schrankboden voll mit Klamotten.

Wir kaufen bald zwei Tische, Stühle und Geschirr, damit wir kochen können. Teller und Besteck hat Schimschon schon aus irgendeinem Laden mitgenommen. Das einzige, was uns stört, ist das Fehlen eines Ölkochers. Aber Schimschon verspricht, bei der erstbesten Gelegenheit einen zu organisieren. Bis dahin essen wir im Gasthaus von Schmil Grieb, und alles mit dem Geld von Oma. Ihr werdet es nicht glauben, aber in Omas Zichoriedose waren sechshundertvierundvierzig Zlotys. Schimschon sagt, ich sei ein Glückspilz, und Gott würde mich lieben. Und alles wegen Omas Geiz.

„Verstehst du, Avrum Leib, wäre deine Oma großzügig, dann hättest du vielleicht eine Feige gefunden, aber kein Geld. Ich hatte nie so ein Glück im Leben."

Mein finanzieller Beitrag hob mich auf der Leiter ihrer Wertschätzung in einer Weise, wie ich das vorher nicht gekannt hatte. Er gab auch den Ausschlag dafür, daß meine Meinung in jede Überlegung zwischen Schimschon und Arthur mit einbezogen wurde. Gestern zum Beispiel erhob sich die Frage, was mit dem Geld geschehen soll. Schimschon vertrat die Auffassung, jetzt müsse es sich lohnen, wenn wir modernstes Einbrecherwerkzeug kaufen, zum Beispiel bei Salman Passer. Oder wir gründen einen Club für Kartenspieler. Seiner Meinung nach wäre das die vielversprechendste Einnahmequelle überhaupt, zumal ihm seine Mutter in letzter Zeit öfter mit lächelndem Gesicht im Traum erschienen sei. Das sei ein gutes Erfolgszeichen.

Arthur dagegen möchte ein Verkuppelungsbüro aufmachen. Man brauche ein bißchen Zeitungsreklame, ein paar Möbel und Frauen, die bei uns Schlange stehen. Mir leuchtet eher Schimschons Idee ein, vor allem nachdem er kurz zuvor, mit den Fäusten auf die Brust trommelnd, versprochen hat: „Ich hab viel aus meinen Fehlern gelernt. Diesmal hab ich so eine tolle Adresse, daß wir in einer Nacht Millionäre werden können."

Eine halbe Nacht lang tuschelten Schimschon und Arthur über Zeichnungen, die sie zu Papier brachten, mit Pfeilen darauf, die um ein paar Würfel herum zeigten.

„Verstehst du“, erklärte mir Schimschon, „du gehst in Richtung der Pfeile bis zur Tür, und den Rest mach ich schon.“

Dann sagte er weiter: „Avrum Leib, du kannst sicher sein, dein Geld ist gut aufgehoben. Nicht nur die Summe, die du mir gegeben hast, sondern fünfmal mehr. Avrum Leib, ich hab mein Versprechen noch nicht vergessen, aus dir einen guten Juden zu machen.“

Bei dem Gedanken an die Millionen, die uns erwarten, haben wir uns entschlossen, in Saus und Braus zu feiern, wie es Brauch ist bei Millionären.

Arthur ist völlig anders als Schimschon. Seine Handbewegungen sind weicher, seine Hände sind zart und weiß wie bei einer Frau. Schimschons Hände dagegen sind riesig, mit schwellenden Adern, als wären sie aus dicken Seilen gemacht. Arthur hat einen schon etwas weißen Haarschopf, große schwarze Augen mit langen Wimpern. Sein Blick schläfert jeden ein, der ihm gegenübersteht. Unter seinem ewig lächelnden Mund sitzt ein kleiner Bart, der ihm ein seriöses Aussehen verleiht. Seine ganze Gestalt weckt Vertrauen und Liebe. Ein paar Mal ertappe ich ihn beim Lügen, und trotzdem glaube ich ihm. Noch nie habe ich so einen Menschen gesehen. Egal, was er sagt, er kann es in sechs Sprachen ausdrücken. Es gibt keinen Platz auf der Welt, an dem Arthur noch nicht war. Alle seine Geschichten sind spannend. Arthur war Clown im Zirkus, und bis heute trägt er in der Tasche alle Requisiten dafür bei sich. Zum Beispiel macht er sich aus rotem Knetgummi eine lustige Nase. Mit bunter Kreide malt er einen lachenden Mund. Um die Augen schmiert er weiße Farbe, darauf klebt er Haare anstelle von Augenbrauen. Es ist ein wahres Wunder, wie man sich mit Hilfe von Farbe und Knete verändern kann. In der Tasche, die all diese Wunderdinge birgt, hat Arthur auch ein paar Riesenschuhe, einen blauen Schmetterling mit roten Punkten, eine Schildmütze und eine Flickenhose. Arthur führt uns den Gang eines Mannes vor, den eine Mücke in den Hintern gestochen hat. Ich und Schimschon platzen vor Lachen. Arthurs Abteilung ist zur Zirkusmanege geworden. Alles ist plötzlich bunt. Arthur verbeugt sich vor der Menge und beklatscht sich selbst. Mit seinen Clownklamotten und der Gitarre in der Hand singt Arthur auf französisch, englisch und jiddisch ein lustiges Lied über einen Mann, der einen Regenschirm gekauft hat, um die Jauche abzuhalten, die seine Frau jeden Tag über ihm ausschüttet. Wenn er singt, schaut dir Arthur in die Augen, als wollte er in deine Seele reinkriechen. Jedes Wort ist aus einem dünnen, zarten Seidenfaden gesponnen, und alle Wörter zusammen ergeben ein Spinnennetz. Du merkst gar nicht, wie du darin eingefangen wirst, und dann hast du gar keine Lust mehr herauszukommen.

Ich glaube, wenn ich groß bin, werde ich ein Clown. Was ist das nur für eine wunderbare Sache, mit so wenig Hilfsmitteln Glück zu spenden und Kinder zum Lachen zu bringen. Ich fahre fort in meiner Phantasie. Die Menge jubelt mir zu. Ich besuche zum Beispiel ein Gefängnis, und die graue Farbe aus den Gesichtern der Gefangenen verschwindet. Alles ist bunt, lustig und weich. Oder ich besuche ein Krankenhaus, und für ein paar Stunden vergessen die Patienten ihre Schmerzen, ihr Alter, und sie werden ein paar Stunden lang Kinder. Die Falten verschwinden aus ihren Gesichtern. In der Nacht habe ich für dieses Ereignis ein besonderes Gebet gemacht. Ein bißchen schäme ich mich für mein nicht besonders meisterlich gelungenes Werk, aber es ging darum, daß Gott mir ermöglichen solle, ein Clown zu werden und die Menschen zum Lachen zu bringen. Ich kann nicht schreiben und habe deshalb die Worte vergessen, was ich schade finde. Natürlich traue ich mich nicht zu singen, ich habe ja die Stimme einer Kröte. Außerdem kann ich nicht eine Melodie von der anderen unterscheiden, und das bedrückt mich sehr.

„Arthur, bring mir bei, ein Clown zu werden, auch wenn ich nicht singen kann!“

Ich beknie ihn förmlich. Arthur lächelt, umarmt mich und tröstet mich:

„Ein guter Clown kann nur ein Mensch sein, der viel Leid, Armut und Demütigung erlebt hat. Und du, Avrum Leib, bist ein Clown geworden, auch ohne Schminke.“

Ich habe den Verdacht, er verbirgt seine Berufsgeheimnisse vor mir. Nachts übe ich im Schrank Bewegungen und Grimassen, die meiner Ansicht nach Kinder zum Lachen bringen könnten. Und schon erinnere ich mich wieder an die Gruppe von Moischele Tuches, Kätzele, Schmelke Bock und Feivel Tasch. Wo sind sie jetzt? Was machen sie? Sind sie schon Millionäre geworden? Vielleicht sind sie in Amerika und haben mich vergessen.

Außer seiner Clownsgeschichte war Arthur auch Tänzer in einer Gruppe. Er zeigt uns einen Steptanz, wobei alles an ihm tanzt, als hätte die Schwerkraft aufgehört zu wirken. Seine Gestalt schwebt in der Luft. Seine Beine und Hände gehören nicht mehr zu seinem Körper, sondern sprechen eine eigene Sprache.

Arthur kann auch Menschenportraits zeichnen mit nur einer Linie, und es kommt verblüffend ähnlich heraus. Ganz einfach: Er klaut die Gesichtszüge eines Menschen und bringt sie zu Papier. Arthur kann in einer Minute Geschichten erfinden über jedes Thema der Welt. Gestern erzählte er mir zum Beispiel eine Geschichte über den einzigen Stuhl in unserer Wohnung. Der

Stuhl ist kein Stuhl mehr, sondern wird zu etwas Lebendigem. Ich schaue ihn an, und es ist nicht mehr der Stuhl, den ich vorher gesehen habe.

„Vor vielen, vielen Jahren“, erzählt Arthur, war der Stuhl ein Baum im Wald. Er hatte Blätter, er hatte Blüten, und im Frühjahr kamen Bienen und Vögel, die ihm von der Sonne und vom Tau vorsangen. Die Bienen tranken seinen Saft, und dieser Baum war damals nicht allein. Um ihn herum waren Brüder und Schwestern, auch Vater und Mutter. Aber eines Tages kamen Menschen mit Äxten und Sägen und fällten ihn ohne Erbarmen. Danach zogen sie ihn ins Sägewerk, wo er zu Brettern zerschnitten wurde. Dann machten sie einen Stuhl aus ihm. Manchmal kannst du ihn nachts krächzen hören, das ist seine Sehnsucht nach der Zeit, als er noch im Wald war und Blüten und Blätter hatte. Das ist die Sehnsucht nach dem Wald und nach seinen Geschwistern. Jetzt steht er ganz allein im Zimmer und ist traurig.

Nach der Geschichte von dem Stuhl stehen mir Tränen in den Augen. Schimschon dagegen kratzt sich am Kopf mit seinen Händen, so dick wie ein trockener Ast, und sagt kurz: „Ach, der Stuhl, der ist halt für den Arsch“, und der Zauber, den Arthur bewirkt hat, ist dahin. Gott, warum hast du den Arthur so reichlich beschenkt? Ich merke, wie ich anfange, ihn zu hassen vor lauter Neid, und trotzdem kann ich nicht umhin, ihn auch zu lieben. Ich bin entschlossen herauszufinden, woher er so viel weiß. Einmal, als wir allein waren, weil Schimschon in die Stadt gegangen war wegen einem Projekt, das uns zu Millionären machen sollte, fragte ich ihn vorsichtig, was Kunst sei, und wer die Künstler seien. Und wie sie es schaffen, Gefühle auszudrücken.

„Was ich dir dazu sagen kann, ist natürlich eine persönliche Meinung“, sagt Arthur, „aber meiner Meinung nach ist der Künstler ein Jäger. Es gibt erfolgreiche, und es gibt weniger gute Jäger. Die guten werden natürlich auch mehr jagen. Komm, ich erklär’s dir: Da geht zum Beispiel ein Schriftsteller unter die Menschen und jagt sich Wörter. Wörter, die gesagt werden,und Wörter, die nicht gesagt werden. Die ganze Welt ist doch voller Buchstaben. Und aus diesen Buchstaben baut der Schriftsteller Wörter, aus den Wörtern bildet er Sätze, die Sätze werden zu Kapiteln, und aus den Kapiteln werden Bücher gemacht. Das ist einfach. Der Schriftsteller nimmt sich ein Hörrohr, das er an die Seele anschließt, und jagt sich Seufzen, Sorgen und Lachen. Daraus baut er eine Lebensgeschichte. Ein normaler Mensch hat nämlich nie Zeit und keinen Mut zuzugeben, was mit ihm passiert ist. Der Unterschied zwischen einem guten und einem schlechten Schriftsteller liegt allein darin, daß der gute ein empfindlicheres Hörgerät hat und tiefer eindringt.

Oder, da geht zum Beispiel ein Maler spazieren. Was ihn interessiert, das sind Farben. Die ganze Welt ist ja bekanntlich voller Farben und Farbabstufungen. Schaut sich der Maler den Himmel an, so hat er ein wunderschönes Blau. Da nimmt er sich eine lange, lange Bürste, hält sie in den Himmel und jagt sich die blaue Farbe damit herunter auf seine Palette. Er geht zu einer grünen Wiese und jagt sich grüne Farben. Von Blumen rote, lila und gelbe Farben. Die Farben seiner Palette bringt er auf die Leinwand, und schon hat er ein Bild. Das Bild erwärmt das Herz und zeigt den Menschen, wie schön die Welt ist.

Oder, ein Musiker geht spazieren und hört das Geräusch von Blättern, den Gesang von Vögeln, das Klagen des Windes, packt all diese Klänge in seine Geige und läßt sie so wieder heraus, daß jedes Ohr und Herz sie versteht. Alle diese Künste hat Gott erfunden, um den Menschen das Leben zu erleichtern."

Das ist der eine Arthur, ein weiser Arthur, empfindlich und weich. Aber es gibt auch einen ganz anderen Arthur, nämlich Arthur den Lügner, brutal und stumpf gegenüber jedem Leiden eines anderen. Mir fällt es so schwer, da durchzublicken. Aber am schlimmsten ist Arthur, der Besoffene. Das ist eine dreckige Kreatur, ekelhaft und beängstigend. Es ist ein Arthur, der auf einem Lügenteppich geht, mit lauter Betrügereien bestickt. Seine Lügen können Menschen hypnotisieren, vor allem Frauen. Vor ihnen kann er reden, als sei jede von ihnen eine Königin. Nur sie will er, nur auf sie hat er gewartet. Einmal habe ich ein Gespräch zwischen ihm und einer Frau mitgehört, sie heißt Elisabeth. Aus dem Schrank, durch den Spalt zwischen den Brettern verfolge ich das Geschehen in Arthurs Zimmerhälfte.

„Nur du kannst mir Glück, Wärme und Liebe geben", flüstert Arthur. Dann nimmt er die Gitarre und fängt an zu singen. Seiner Gitarre entlockt er Klänge, die wie Parfüm das Zimmer durchströmen. Seine Stimme geht in ein noch leiseres Flüstern über wie das Streicheln einer scheuen Hand im Dunkeln. Wie er es gerade möchte, kann er seine Augen mit Tränen füllen und seine Lippen zum Zittern bringen vor lauter Aufregung. Selbst im Innern des Schranks spüre ich den Zauber. Arthur, der Lügenzauberer:

„Elisabeth, wenn ich dir nur sagen könnte, was in meinem Herzen vorgeht, aber leider …" Arthur beendet den Satz in der Mitte, sein ganzer Körper zittert.

„Oh, Elisabeth", stammeln seine Lippen.

„Arthur, mir kannst du alles erzählen. Ich gehör dir."

„Vor ein paar Monaten traf ich eine Frau, die hieß Rosa. Damals war ich sehr reich. Elisabeth, alles habe ich ihr zu Füßen gelegt ..." Hier brach er den Satz ab und ging in ein langes Schweigen über.

„Was ist passiert, mein Lieber", fragt Elisabeth.

„Eines Tages", fährt Arthur fort, „kam ich heim in ein leeres Haus. Es war nichts mehr drin. Die Perlen waren weg, das Gold war weg, der Schmuck, und das Traurigste daran war, daß die Sachen alle gar nicht mir gehörten. Es waren Sachen von Menschen, die mich gebeten hatten, darauf aufzupassen. Jetzt klagen diese Leute mich vor Gericht an. Wenn ich ihren Schmuck nicht zurückgebe, komme ich für viele Jahre ins Gefängnis."

In Arthurs Stimme liegt so viel Ehrlichkeit und Schmerz, daß ich mich im Schrank zusammen mit Elisabeth aufrege. Ihre Stimme ist sehr leise, und ich kann ihre Reaktion kaum hören. Auch habe ich Angst davor, Lärm zu machen und entdeckt zu werden. An meine Ohren dringen Wortfetzen:

„Ich bin deine, ich bin reich, alles tu ich für dich ..."

Zahlen höre ich auch: „Tausend, tausendfünfhundert, zweitausend ..."

Arthur will das Geld nicht haben, aber die Hand von Elisabeth streichelt ihn, und sie redet ihm ein, das Angebot anzunehmen. Ich weiß nicht, wie es weitergegangen ist, denn ich mußte heraus aus dem Schrank wegen Schimschons Geschrei. Er war betrunken und drohte jemandem, ihm ein Bein aus dem Arsch zu ziehen. Ich mußte ihn beruhigen und zu Bett bringen, wo er schließlich einschlief. Als ich in den Schrank zurückkehrte, war Elisabeth nicht mehr im Zimmer. Nur Parfümgeruch zeugte davon, daß eine Frau hiergewesen war. Später besoff sich auch Arthur noch, und aus seiner Gitarre quollen tänzerische Klänge zur Begleitung von Rülpsern. Die Luft im Zimmer wurde stickig und roch schlecht, und ich mußte raus.

Noch vor dem Abend, als ich zurückkam, hörte ich bereits auf der Treppe Geschrei und wilde Gesänge von Schimschon und Arthur. Vor ihnen auf dem Boden lagen Teller mit Salzhering, Wurstscheiben, Zwiebeln und sauren Gurken.

„Avrum Leib", begrüßt mich Arthur aufgekratzt, „setz dich her zu uns. Weißt du, was wir feiern?" fragte er.

„Nein."

„Hast du die Kuh gesehen, die am Vormittag hier war?"

„Ja."

„Nu, die, die Elisabeth heißt. Sie hat mir viel Geld versprochen. Noch mehr, als ich schon jetzt gekriegt hab."

Sie biegen sich vor Lachen, und Arthur wiederholt sein ganzes Theater mit sehr viel Talent: „Elisabeth, meine Seele, du bist mein Engel, eine Liebe bist du …“, und vor lauter Lachen erbricht sich Arthur. Das Zimmer stinkt nach Kotze, Wodka und Salzhering, und Schimschon, mit Tränen in den Augen: „Avrum Leib, spuck mich an, aber mach ganz schnell, sonst bring ich mich um. Avrum Leib, ich hab dich schon wieder betrogen, aber glaub mir, ich bin nicht schuld daran. Es ist Avrum Tschomp, dieser Hurenbock. Diese Drecksau hat mich wieder beschissen beim Kartenspiel, und ich muß ihm ein Bein aus dem Arsch rausziehen. Ja, das mach ich auch. Ich kann das Unrecht nicht ertragen, das ich dir zugefügt hab. Nicht nur er allein ist schuld daran, auch meine Mutter hat Schuld, diese Hurentochter. Die Sau hat ihm noch geholfen bei seinem Betrug. Nachts lächelt sie mir zu und ermutigt mich zum Spiel, und tags kehrt sie mir den Arsch zu. Von heute an bis auf weiteres bin ich ein Waisenkind. Ich hab keine Mutter und ich hab keinen Vater. Avrum Leib, ich hab das ganze Geld, das du von deiner Oma mitgebracht hast, verloren. Ich hab nichts mehr zu erwarten. Ihr seid die einzigen, die mir noch auf der Welt geblieben sind. Bringt mich um, los, nehmt ein Messer. Ich geb dir ein kleineres Messer, Avrum Leib, weil du noch ein Kind bist. Steckt es in mein betrügerisches Herz! Avrum Leib, bevor ich sterbe, versprich mir, über meinem Grab ein Kaddisch zu beten.“

Schimschon macht sein Hemd auf und zeigt uns genau, wo wir das Messer reinstecken sollen, so, daß er auf der Stelle stirbt.

„Bevor ich sterbe, Arthur, mein Freund, laß mich dich zum letzten Mal umarmen. Avrum Leib, ich bin es nicht wert, dich anzufassen. Ich spür es auch so.“

Schimschon und Arthur umarmen sich und weinen dabei. Plötzlich erinnert sich Arthur und löst sich von Schimschon.

„Schimschon, bevor du stirbst, mußt du mir noch einen Gefallen tun. Du mußt Rache nehmen an dem größten Arschloch, das ich in meinem Leben getroffen hab.“

„Arthur, für dich bin ich bereit zu sterben. Sag mir bloß, was du willst.“

„Erinnerst du dich, Schimschele, als wir im Gefängnis waren, da hab ich dir von meinem Bruder Ignaz erzählt.“

„Ja.“

„Er ist kein Bruder, er ist ein Straßenräuber. Er hat meinen Anteil an unserem Erbe geraubt. Und du, Schimschele, vor deinem Tod mußt du an ihm Rache nehmen.“

Schimschon kratzt sich am Kopf, was bei ihm immer ein Zeichen von Unsicherheit ist.

„Was stört dich, Schimschele?“

„Hör mal, Arthur, ich muß sterben, weil ich nichts wieder gut machen kann."

„Schimschon, wenn du stirbst, dann hab auch ich kein Leben mehr. Ich sterbe mit dir."

Schimschon schaut ihn lange und durchdringend an.

„Gut, Arthur. Ich bin bereit, dir deinen Anteil am Erbe zurückzuholen, aber unter der Bedingung, daß wir das Geld von deinem Bruder vor unserem Tod Avrum Leib geben. Das bin ich ihm schuldig, weil ich ihn beklaut habe. Mit dem Geld, das wir Avrum Leib zurücklassen, kann er studieren und der Zaddik des Jahrhunderts werden."

„Du, Avrum Leib, flitz los und hol uns zwei Flaschen Wodka. Schließlich ist das alles, was uns noch bleibt, bevor wir sterben."

Als ich mit den Flaschen zurückkam, saßen die beiden mit ernsten Gesichtern da und hatten bereits einen genauen Plan ausgeheckt, wie sie das geraubte Erbe von Arthurs Bruder Ignaz zurückbekommen. Bei ihnen saß Schmil Grieb, der inzwischen zu uns gekommen war. Auch Schmil Grieb war besoffen, sein Gesicht rot, seine Glatze glänzte vom Schweiß. Ich erfahre, daß auch Schmil Grieb bereit ist, zusammen mit ihnen zu sterben.

„Wenn ihr sterbt, dann hab ich auch keinen Geschmack mehr am Leben", versichert er.

Das Opfer von Schmil Grieb wird angenommen mit Verständnis und Händeschütteln. Arthur fühlt sich ein bißchen besser und erklärt mit sachlicher Stimme das Unrecht, das sein Bruder ihm angetan hat.

„Und wo wohnt dein Bruder Ignaz?" fragt Schimschon.

„Zegerska sechsundvierzig, in einem dreistöckigen Haus. Dieser Hurenbock wohnt im dritten Stock mit einer braunen Holztür. Du klopfst an die Tür, und wenn er aufmacht, packst du ihn sofort an der Gurgel und sagst ihm nur das Wort Arthur. Du hörst nicht eher auf, an seiner Gurgel zu drücken, als bis du das Geld siehst."

„Arthur", unterbricht ihn Schimschon, „das überlaß nur mir."

Kurz darauf gehen wir zu seinem Bruder. Schimschon, um ihm die Gurgel zuzudrücken, und wir drei, um das Erbteil in Empfang zu nehmen. Schimschon geht im Zickzack voran. Hinter ihm Arthur mit Schmil Grieb Arm in Arm. Zweimal haben wir uns verirrt auf dem Weg, und bei der Gelegenheit schauen wir gleich im Gasthaus bei Schmil vorbei. Dort haben wir uns erst einmal versorgt mit einer weiteren Wodkaflasche und noch einem Korb Brot. An der Ecke Zegerska-/Plisezkastraße hielten wir an bei einer Ansammlung von aufgebrachten Leuten, die ihre Fäuste ballten.

„Umbringen, diesen Hurenbock!“ schrie jemand in der Menge.

„Vielleicht ist das Ignaz, mein Bruder“, beruhigt sich Arthur, der sich schon fast nicht mehr auf den Beinen halten kann. An einer Wand, neben einem Polizisten, der ein bedeutsames Gesicht aufgesetzt hat, steht ein junger Mann mit geronnenem Blut am Kopf. Auch an seiner geschwollenen Nase bis herunter zum Kinn klebt trockenes Blut. Ein Auge ist geschlossen, blau und geschwollen, das andere ist angstvoll geöffnet.

„Es ist Cheinek, der Taschendieb“, flüstert Schimschon.

Arthur steht ganz nahe bei Cheinek. Schimschon reicht Cheinek den Brotkorb. „Nimm, Cheinek, iß“, beruhigt ihn Arthur.

„Er ist ein Betrüger und ein Dieb“, wehrt eine Dame ab. Sie trägt einen langen braunen Mantel, auf dem Kopf einen breiten gleichfarbigen Hut mit Feder. „Er ist ein Dieb. Er ist ein abgebrühter Gauner“, murmelt sie voller Zorn.

„Meine Dame“, mischt sich Schimschon ein, „wenn er auch ein Dieb ist, darf er dann etwa keinen Hunger haben?“

„So ein Pack noch zu füttern ...“, kocht die Feder.

„Meine Dame, auch ein blöder Mensch hat Hunger. Und wenn Sie mal in Schwierigkeiten kommen, geb ich auch Ihnen Brot.“

Die Menge fängt an zu lachen, und die Feder verschwindet. Wir gehen weiter in Richtung Ignaz, dem Hurensohn, bis zur Mitte der Zegerskastraße. Hier bekommt Schimschon seine letzten Anweisungen, und mit wankendem Schritt sucht er die Nummer sechsundvierzig. Wir drei setzen uns auf die Treppe, und Arthur erzählt uns von seiner Familie. Von seinem kleinen Bruder Moris, dem Hurensohn, von seiner kleinen Schwester Helena, der Hurentochter, von seinem Vater, dem Hurensohn. Nur über seine Mutter verliert er ein gutes Wort:

„Eine gute Frau, aber den Kopf hatte sie nur für die Läuse.“

„Arthur, warum bist du im Knast gesessen?“ frage ich.

„Weil ich Frauen betrüge.“

„Was bedeutet das, du betrügst Frauen?“

„Nu, ich nehm ihnen das Geld ab, es sind alles Huren.“

„Aber, warum machst du das?“

„Das bin nicht ich, mein Sohn, das ist der Satan in mir.“

„Und wie kommt der rein?“

„Der kommt durch jedes stinkende Loch gekrochen.“

Schallendes Gelächter bricht aus, was mich sehr ärgert. Warum nehmen sie meine Frage nicht ernst?

„Und wie kommt er raus?“ Ich versuche die Eigenschaften des Satans herauszufinden.

„Wenn du eine stinkende Seele hast, fühlt sich der Satan wie zu Hause, und warum soll er dann rausgehn?“

Alles ist verdammt schwierig, und ich hab großes Mitleid mit dem Satan, der in einer so stinkenden Umgebung leben muß. Ich versuche noch viel mehr Fragen zu stellen, aber wir werden von einem Krawall überrascht, der sich im Laufschritt auf uns zubewegt. Als der Krawall sich genähert hat, bemerkten wir Schimschon ohne Hut, mit Angst und Panik auf dem Gesicht. Ihm schon bedrohlich nahe mehrere Dutzend Männer und Frauen, die Fäuste geballt und mit Stöcken in den Händen. Der Dicke nach schließe ich, daß es Tischbeine sind. Besonders auffällig unter ihnen war ein großer Mann in einem schwarzen Anzug mit Fliege, ein Messer in der Hand, und neben ihm eine Frau im Brautkleid, barfuß. Schimschons Blick sucht verzweifelt nach Rettung. Als er uns sieht, beschleunigt er seinen Lauf.

„Arthur, du blöder Hurenbock, warum hast du mir nicht gesagt, daß du so eine große Familie hast, und noch dazu alles Christen. Ihr Name und ihr Andenken sei ausradiert!“

Schmil Grieb war der erste, der wieder zur Besinnung kam, und er übernahm die Führung. „Alle rennen in verschiedenen Richtungen davon, jeder rette sich selbst!“

Dem Tempo der Verfolger nach zu schließen waren meine Fluchtmöglichkeiten nur sehr gering. In meiner Not versteckte ich mich unter einer Treppe, die auf die Straße herunterführte. Glücklicherweise war dort genügend Platz für mich. Durch die Ritzen zwischen den Stufen beobachte ich mit pochendem Herz die Vorgänge auf der Straße. Arthur, Schmil und Schimschon waren hinter dem Horizont verschwunden, und mit ihnen hatten sich alle anderen Juden aus dem Staub gemacht. Meine Mutter hatte mich immer gewarnt und gesagt:

„Wenn du ein wildes Biest siehst, eine schnellfahrende Straßenbahn oder einen rasenden Goj, dann hau ab, so schnell du nur kannst.“

Der Krawall war ganz in meiner Nähe, und meine Kiefer klapperten wie verrückt gegeneinander. Der Mann mit der Fliege und mit dem Messer in der Hand und die Frau im Brautkleid brausten wie ein Sturmwind an mir vorbei. Unter der Treppe konnte ich den Haß förmlich riechen. Um mich herum höre ich lautstarkes Geschrei von Polen. Genau neben der Treppe, unter der ich versteckt bin, hält eine Gruppe von Frauen. Alle haben blaue Augen, eine rosa Haut und leinenfarbenes Haar.

„Man muß sie umbringen", schreit eine Goja in einem lila Kleid mit schwarzen Punkten. An ihrem Hals glänzt ein riesiges schwarzes Kreuz. Es baumelt im Rhythmus ihres Atems. „Stellt euch sowas vor: Mitten in der Hochzeit klopft einer an die Tür. Pater Pjoter macht auf, in der Stimmung christlicher Gastfreundschaft, und wer steht da vor der Tür? Ein jüdischer Räuber. Erst spuckte er auf das heilige Kreuz, schimpfte auf unseren Herrn Jesus, dann packte er ihn an der Gurgel, daß er beinah erstickt wäre, und schrie mit Herodes' Fratze: ‚Gib dem Arthur sein Geld zurück, du Hurensohn!'"

„Sie wollen gar kein Geld, sie wollen uns nur demütigen", stichelt eine Goja in schwarzem Kleid. „Man muß sie alle ausrotten. Auch die Säuglinge in den Wiegen muß man umbringen."

Nach dieser Aussage war mir klar: Schimschon hatte sich verirrt, hatte Häuser, Stockwerke und Wohnungen verwechselt und war schließlich ausgerechnet in einer christlichen Hochzeit gelandet. Das Bedrohlichste für mich war, daß die Goja mit dem kleinen goldenen Kreuz zwischen ihren Brüsten offenbar nach einem jüdischen Kind Ausschau hielt. Das Nächstbeste, das ihr in die Hände fiel, würde sie töten. Mit klappernden Zähnen versuche ich mich an ein Gebet zu erinnern, das mich vor ihren Fängen bewahren würde. Das erste Gebet, das mir ins Gedächtnis kommt, ist Modeh Ani. Aber dieses Gebet ist mir zu lang. Ich habe Angst, daß sie mich, bis ich fertiggebetet habe, selbst schon fertiggemacht haben. Außer Modeh Ani ist mir noch ein anderes Gebet in Erinnerung geblieben, nämlich die Segnung des Brotes. Dieses Gebet erscheint mir kurz genug, und Gott kommt auch darin vor. Mit geschlossenen Augen, damit die Gojim mich nicht sehen, beeile ich mich wie beim Essen von heißen Nudeln: „Gelobt seist du, o Herr, der du das Brot aus der Erde wachsen läßt." Und für alle Fälle betete ich sicherheitshalber noch weiter: „... und der du jüdische Kinder errettest aus der Hand von christlichen Schweinen."

Ich hoffe, Gott wird mir verzeihen, daß ich die Ordnung seines Gebets durcheinandergebracht habe. Mir ist klar, daß Gott sich ein wenig geärgert hat über diese, meine Art zu beten, aber den Inhalt hat er verstanden und wird mich vor diesen helläugigen Menschenjägern in Schutz nehmen. Als zusätzliche Sicherheit blieb ich noch unter der Treppe liegen, bis es dunkel geworden war. Erst danach kroch ich vorsichtig heraus, indem ich mich nach rechts und links sorgfältig umsah. Dann rannte ich wie ein Verrückter in Richtung unseres Hauses. Vor der Zimmertür hörte ich Arthur und Schimschon singen, außerdem lachte da noch eine Frau ziemlich hysterisch.

Wahrscheinlich feiern sie die Rettung. Die Freude, mit der sie mich empfingen, wog die ganze Angst, die ich ausgestanden hatte, bei weitem wieder auf. Sie küßten und umarmten mich, und alle stanken nach Wodka, daß man hätte ersticken können.

„Reine Seele, was haben wir uns Sorgen gemacht um dich", stotterte Arthur, den Mund voller Kuchen. „Iß was, du hast sicher Hunger. Du hast doch den ganzen Tag noch nichts gegessen."

Wie immer fing Schimschon an zu weinen, die Augen rot vom Trinken.

„Wenn dir was passiert wäre, ich wollte nicht länger leben, keinen Augenblick."

Und beide überboten sich darin, mir in den Mund zu schieben, was ihnen in die Händc kam. Sie stritten darum, wer von ihnen mir in kürzester Zeit am meisten einflößen konnte. Alles kam durcheinander. Erst die Kuchen, dann Salzhering, Meerrettich und Kartoffeln nach der Wurst. Hinterher fing dann eine Auseinandersetzung darüber an, wer mich mehr liebt und wer sich mehr um mich sorgt. Die Auseinandersetzung endete beinahe in einem Streit. Aber nach wenigen Minuten war ich schon wieder vergessen, und sie begannen ein Lied zu singen von einem Rabbi, der seine Frau im Bett nicht finden konnte und deshalb den Synagogendiener darum bat, dies für ihn zu tun. Dem Chor gesellte sich eine halbnackte Frau bei, die versuchte, mir eine riesige schwarze Brustwarze in den Mund zu stecken. „Ich bin wie eine Mutter für dich. Das ganze Leben lang würde ich dich gern stillen."

Erst als ich die Zähne fletschte, begriff sie, daß es sich für sie nicht lohnen würde, ihre Brustwarzen in Gefahr zu bringen. Mit der Menge, die sie tranken, veränderte sich auch ihre Laune mit großer Geschwindigkeit. Anschuldigungen bis hin zu Drohungen wurden jetzt ausgetauscht: „Du hast mir eine falsche Adresse gegeben!" rief Schimschon verbittert und drohte mit einer Flasche in der Hand.

„Wenn du dich nicht verlaufen hättest auf dem Weg, und hättest wirklich meinen Bruder Ignaz getroffen, dann wären wir jetzt schon reich."

Während dem Streitgespräch verlor Arthur das Gleichgewicht und fiel über den Tisch. Schimschon versuchte, ihn vom Boden aufzuheben, rutschte aber auf zerquetschtem Kompott aus und fiel selber auf die Dielen, die mit rotem Rettich verschmiert waren. Sich in den Armen liegend versprachen sie sich gegenseitig ewige Freundschaft. In der Nacht gab es ein etwas traurig gestimmtes Gespräch zwischen Schimschon und Arthur. Schimschons Traurigkeit rührte daher, daß er sich als Versager vorkam.

„Verstehst du, Arthur, ich bin keine sechzehn mehr, ich bin jetzt zweiundvierzig. Und was hab ich aus meinem Leben gemacht, was hab ich zustandegebracht? Ich hab keine Familie gegründet, hab keine Kinder, hab keinen Beruf. Kurz gesagt, ich bin eine absolute Null, selbst als Dieb tauge ich einen Dreck. Worum ich euch bitte, und vor allem dich, Avrum Leib, ist, auf mich zu spucken."

Seine Hand, die ein Wodkagläschen hielt, zitterte, sein Blick konzentrierte sich auf die halbvolle Flasche. „Hier ist mein Satan, hier ist meine Katastrophe. Ich hab keine andere Wahl, als dieses bittere Glas zu Ende zu trinken."

Jetzt goß er sich ein leeres Glas voll, bis der Wodka auf den Boden herunterfloß. „Mir bleibt nichts anderes mehr übrig, als mich umzubringen. Arthur, du bist der einzige, der helfen kann, nicht nur mir, sondern auch Avrum Leib. Wir sind doch für seine Erziehung und seine Zukunft verantwortlich. Von dem Geld, das du von Elisabeth gekriegt hast, dürfen wir nichts verschwenden. Wir müssen etwas damit tun."

Arthur saß mit dem Rücken zu uns gekehrt, die Gitarre in der Hand, auf der er vergeblich zu spielen versuchte. Sein Gesicht war gelb. Schon seit einigen Tagen klagte er über Leberschmerzen von der Trinkerei.

„Nicht bloß du bist so mißraten, mein Bruder in der Not", sagte Arthur und legte seine linke Hand aufs Herz, während er mit der rechten nach oben zeigte. Seine Stimme hörte sich an, als komme sie aus einem leeren Faß.

„Erzengel, komm runter in dieses Dreckloch, das man auch Erdkugel nennt. Engel, ich warte auf euch mit diesem Glas in der Hand. Erfüllt mein Herz und meinen Kopf mit Hoffnung. Meine Hoffnung war und ist es immer noch, ein Theater aufzubauen, in dem die Menschen nur die Wahrheit sagen. Du, Schimschon, wirst in meinem Theaterstück die Rolle eines Versagers spielen, der keinen Erfolg im Leben hat. Die Rolle eines Verlorenen unter bösen Menschen. Dafür braucht man kein Talent. Du mußt dich nur ganz normal benehmen. Und du, Avrum Leib, spielst eine reine Seele. Ein Kind, dem das Schicksal bös mitgespielt hat, und das einen Teil seines Lebens zwischen zwei Hurenböcken zubringen muß, das heißt, zwischen Schimschon Beckel und dem Betrüger Arthur. Bitter ist dein Leben, mein Sohn. Komm, und schüttel den Dreck deines Schicksals ab. Das wird ein Theaterstück, wie die Welt noch keines gesehen hat."

Der Plan, ein Theater aufzubauen, wurde mit einer Mehrheit von zwei Stimmen gegen eine abgelehnt, und zwar aus dem einfachen Grund, daß Schimschon nicht die Rolle eines Erfolglosen spielen wollte und ich nicht die Rolle dessen, den das Schicksal geschlagen hat.

Das zweite Vorhaben war, ein Bordell unter der Leitung von Arthur zu gründen. „Ein Bordell, meine Herren – und verehrten Zuhörer, das bedeutet, Avrum Leib Eckstein, und du, Schimschon Beckel, Sohn von Izhak – das ist das Geschäft, das von allen Geschäften der Welt am meisten einbringt. Das ist ein Platz, wo man immer nur einschiebt. Du, Avrum Leib, du bist noch ein Kind, du mußt noch nichts einschieben. Du sitzt an unserer Kasse. Es gibt kein menschliches Herz, sei es auch noch so hart, das sich nicht erweichen wird beim Anblick eines reinen Kindes unter Huren beiderlei Geschlechts. Um die Huren werde ich mich kümmern, und deine Aufgabe, Schimschon, wird es sein, Ordnung zu halten, damit die Huren nicht aus dem Zaum geraten. Meine Herren, das ist ein millionenschweres Geschäft."

Auch dieser Vorschlag wurde mit zwei Stimmen Mehrheit abgelehnt. Schimschon meinte, sein Gewissen erlaube ihm nicht, mich zu verderben, und vor allem, weil er meiner Mutter versprochen hatte, aus mir den Zaddik des Jahrhunderts zu machen. Außerdem glaube er nicht, daß sie auch nur einen Zloty zu Gesicht bekämen, wenn ich an der Kasse sitze. Ich habe den Blick eines geborenen Diebs. Auch Arthur pflichtete dem schließlich bei.

In dieser Nacht wurde eine Idee nach der andern ans Licht gehoben und aus verschiedenen Gründen wieder verworfen, bis endlich ein Vorschlag von Schimschon von allen akzeptiert wurde, nämlich ein Kino zu eröffnen, als ein Mittelding zwischen Hurenhaus und Theater. Dann brach ein Streit aus, der beinahe im Zerwürfnis geendet hätte, nämlich, wie dieses Kino heißen soll. Arthur hatte vorgeschlagen „Zauberwelten für jedermann". Schimschon war strikt dagegen, weil es ihn angeblich an den Namen einer katholischen Kirche erinnerte; er schlug den Namen „Hollywood" vor, der mit zwei Stimmen gegen eine angenommen wurde. Ich war auch für „Hollywood", weil Schimschon damit drohte, mir sämtliche Knochen zu brechen und meinen Kopf in einen Nachttopf zu verwandeln, an den er vorher noch einen Henkel dranschraubt, wenn ich nicht für seinen Vorschlag stimme. Das überzeugte mich unmittelbar. Danach wurde ich losgeschickt, eine Flasche Wodka zu holen, damit auch dieses Ereignis gefeiert werden konnte. Mitten im Trinken sanken die beiden um und schliefen bis um die Mittagszeit des nächsten Tages.

Der erste Schritt, um die Idee zu verwirklichen, war, einen Saal zu mieten. Schimschon erinnerte sich an eine Lagerhalle für Viehhäute, die dichtgemacht hatte und die man jetzt als Kinosaal anmieten konnte. Deshalb wurde entschieden, den Besitzer des Schuppens einzuladen, um mit ihm den Mietpreis auszuhandeln. Der Besitzer, mit dem lustigen Namen Janusz Kiczuk, kam am frühen Abend mit seiner Frau bei uns an. Schimschon beschrieb ihn als „trockenen Floh“ und seine Frau als „Frosch, der zweimal von einer Straßenbahn plattgewalzt worden ist“. Arthur meinte, dieser Kiczuk sähe aus wie ein Fragezeichen; und nicht genug, daß er nur so ausssieht, nein, es sei die Frage, ob er überhaupt ein Mensch ist.

Jetzt wurde der Unterschied zwischen Schimschon und Arthur offenbar. Arthur mobilisierte all seinen Zauber und Charme, setzte die Maske des Menschenfreunds auf, der auf alle Probleme verständnisvoll eingeht und jederzeit zuhören kann. Kiczuk fiel tatsächlich auf ihn herein. „Einem Menschen wie dir gebe ich den Schuppen um den Viertelpreis. Du hast mir den Glauben an die Menschheit wiedergegeben.“

Auch seine Frau schmolz unter Arthurs weichem und weisem Blick dahin, als er Kiczuks warmen, gemütvollen Charakter schmeichelnd hervorhob. Sie war so gerührt, daß sie anfing zu weinen. „Pani Arthur, auch wenn du ein Jude bist, ich glaube jedes Wort, das aus deinem Mund kommt. Es tut so gut, einmal einen Juden mit christlichem Edelmut zu treffen. O Jesus, wären alle Juden wie du, dann sähe es in Polen anders aus.“

„Pani Kiczuk, wären alle Polen so wie du ...“ Hier seufzt Arthur und wendet sich voller Hochachtung an Frau Kiczuk: „Mein Herz hat es mir vorausgesagt. Mit Ihnen wird es ein Vergnügen sein, Geschäfte zu machen.“

Am Ende mietete Arthur den Saal um einen Bruchteil des Gewinns, den wir aus dem Kino ziehen würden. Und wieder setzte er eine andere Maske auf, diesmal die des Erziehers:

„Avrum Leib, du mußt lernen, was eine Lüge ist. Nehmen wir einmal an, du triffst eine Frau mit vierzehn Füßen und zwei Köpfen, eine wahrhafte Spinne also. Hat sie nicht Gott schon genug bestraft? Du bist aber nicht Gott. Du bist ein Mensch mit Gefühlen. Wenn du ihr sagst: ‚Ach, wie angenehm, oh, wie sympathisch du bist‘, dann meinst du, das sei eine Lüge. Ja, es stimmt, aber wen stört's? Was soll es schaden, wenn sie für ein paar Momente die bittere Wahrheit vergißt? Und wenn du ihr die Wahrheit sagst, wer braucht so eine Wahrheit? Sie bestimmt nicht. Und dann nimm dich in acht vor Menschen, die im Namen der Wahrheit reden, und in Gottes Namen, und im Namen der Gerechtigkeit.“

Seine Worte fallen auf fruchtbaren Boden. Mir geben sie eine Menge Stoff zum Nachdenken. Auch Schimschon lauscht gespannt unserem Gespräch. Mit dem ersten Glas Wodka ist Arthurs Zauber schon wieder verblaßt. Die Maske des einfühlsamen Menschenfreunds ist gespalten, und Arthur ist wieder nur ein Trinker mit roten Augen, mit gelblicher Haut und einem verbitterten Mund.

„Verstehst du“, sagt dieser bittere Mund, „ohne Kino ist die Menschheit völlig wertlos. Der Traum eines jeden Menschen ist es, mindestens einmal in der Woche ins Kino zu gehen. In Lodz gibt es eine halbe Million Menschen. Sagen wir, es kommt auch nur jeder zweite Einwohner hier her, und jeder zahlt nur einen halben Zloty, dann wissen wir schon nach kurzer Zeit gar nicht mehr, was wir mit dem vielen Geld anfangen sollen. Avrum Leib, flitz in den Laden und kauf alles ein, was du brauchen kannst. Unsere Spar-Zeiten sind jetzt vorbei, und sie kommen nie wieder zurück. Für uns kauf was zu trinken, und für dich, was du willst.“ Als ich zurückkam, ging es zwischen Schimschon und Arthur darum, wie der Gewinn verteilt werden sollte.

„Wir teilen den Gewinn halb und halb“, sagte Schimschon.

„Warum die Hälfte für dich?“

„Das Geld, das wir investiert haben, hat alles mir gehört“, behauptete Arthur stur.

Jetzt schlug Schimschon auf den Tisch und dann auf seine Brust. „Wenn das so ist, dann verzichte ich auf meine Hälfte. Arthur, du bist der beste Freund, den ich in meinem Leben getroffen hab, nimm du die ganze Summe.“

„Nein, Schimschele, das kann ich nicht annehmen. Jetzt merke ich erst, was Großzügigkeit und Freundschaft bedeutet. Nimm du alles.“

Die Diskussion darüber, wer an den anderen alles abgibt, mündete in einen Streit, aus dem Schimschon schließlich mit einem Schädelbruch herauskam, verursacht durch eine darauf zerschlagene Flasche. Auch Arthur war nicht ganz ungeschoren davongekommen. Schimschon blutete am Kopf, Arthur an seiner Backe, und beide kamen schließlich überein, nicht mehr um das Geld zu streiten, sondern alles mir zu überlassen.

„Damit aus ihm einmal ein guter Jude wird.“

„Und jetzt, Avrum Leib, jetzt mußt du erst mal anstoßen auf deine ganzen Millionen“, sagte Arthur.

Ich versuchte, mich von den Millionen nicht beeindrucken zu lassen, was die beiden in Rage versetzte.

„Was, du kleiner Hurenbock“, schrien die beiden im Chor, „du beleidigst uns.“

Von wem ich die Faust bekam, ist schwer zu sagen. Jetzt wackelt ein Zahn von mir, und ich hab geschwollene Lippen. Schließlich fing Schimschon an laut zu weinen. „Schau, Arthur, was für eine noble Seele. Wo hast du je einen Menschen gesehen, der auf Millionen verzichtet!“

Vor lauter Angst, daß mir Zähne und Augen vollends ganz ausgeschlagen werden, ließ ich mich dazu zwingen, auf die Millionen zu trinken, die ich aufgegeben hatte.

Nach dem Streit zwischen Schimschon und Arthur kommen wir schon seit drei Tagen fast gar nicht mehr aus dem Haus, vor allem wegen Schimschon, der fast sein Bewußtsein verloren hat von dem Schlag, den er mit der Flasche auf seinen Kopf bekommen hat. Jetzt liegt er auf dem Bett und singt traurige Lieder über das Haus, über das Familienglück, über die Kinder, die nach seinem Tod das Kaddisch beten. Seine Lieder erfindet er selbst. Aber seine Stimme erinnert mich an einen Mann mit Bauchschmerzen. Dazu kommen die Rülpser eines Betrunkenen. Arthur stellt ihm in Aussicht, wenn er nicht mit dem Singen aufhört, werde er persönlich den Prozeß beschleunigen, und seine Kinder werden das Kaddisch bälder beten als ihm lieb ist.

Heute, in einer gut gelungenen Stunde, findet die Eröffnung des Kinos statt, mit der feierlichen Vorführung des Films „Tarzan und die Tiere des Dschungels". Noch zwei Tage vor dieser Feierlichkeit hätten sie beinahe einander umgebracht, als es darum ging, welcher von zwei Filmen gezeigt werden sollte. Schimschon wollte unbedingt den Film „Tom Mix gegen die Viehräuber" vorführen mit dem Argument, hier in Lodz gebe es kaum Dschungel, dafür aber jede Menge Räuber, und das würde jeden interessieren.

Arthur räumte ein: „Ja, es stimmt, Dschungel haben wir nicht so viel hier, aber Bestien dafür in Hülle und Fülle."

Im Verlauf ihres Streits entschieden sie, ich müsse entscheiden, denn Gott rede bekanntlich durch den Mund von Idioten und Kindern. Als auch ich nicht den Schiedsrichter spielen wollte, entschlossen sie sich, eine Münze zu werfen. Arthur gewann.

Das Kino hat fast hundert Sitzplätze. Wir legten noch Bretter zwischen die Stühle, was uns in die Lage versetzt, je nach Bedarf mehr oder weniger Plätze bereitzustellen. Schimschon steht an der Kasse in einem weißen Hemd mit braunem Schlips und lächelt allen Besuchern zu, wie ein Kellner, der gerade ein Trinkgeld bekommen hat. Arthur hat seinen Platz am Projektor. Dieser steht auf einem Tisch, der durch den Unterbau von vier Stühlen erhöht wurde. Auch Arthur trägt ein weißes Hemd mit braunem Schlips. Ich selbst trage ein weißes Hemd von Schimschon, in dem ich ertrinke. Die Ärmel sind sechsmal umgekrempelt, fast bis an den Kragen, der mir über die Ohren steht. Alle drei haben wir ein Barett auf dem Kopf in einer Farbe, die an einen Furunkel erinnert. Das Barett aufzusetzen ist Pflicht, damit das Publikum auch weiß, wer der Herr im Haus ist. Mein Barett ist zweimal zu groß für meinen Kopf und fällt mir dauernd über die Augen, Ich bin ein Gefangener des Kragens und des Baretts. Nur ein kleiner Spalt zwischen beiden läßt mir den Blick für das Kinolicht frei, und Schimschon wie Arthur versprechen mir, daß von unserem ersten verdienten Geld ein Anzug für mich gekauft wird, der aus mir einen Lord macht. Ich weiß gar nicht, was ein Lord ist, und will es auch nicht wissen, Hauptsache, ich kann etwas sehen. Um Geld zu sparen, hat Schimschon zwei geflickte Bettücher als Leinwand dahergebracht, die auf der rechten Seite ziemlich große Löcher hat, so daß allen Gestalten, die auf der Leinwand erscheinen, immer der halbe Kopf, ein halbes Bein oder eine Hand fehlt.

Der Saal ist weiß gestrichen, und das gibt eine sehr angenehme Atmosphäre. Insbesondere die Blumen wirken sehr stimmungsvoll, und es ist jammerschade, daß aus der ersten Vorstellung alle mit Blumen in der Hand herauskamen, als wären sie auf einer Hochzeit. Ich gehe unter die Leute mit einem Tablett, das ich mir um den Hals gehängt habe. Auf dem Tablett liegen Sonnenblumenkerne und Bonbons, die ich für fünf Groschen verkaufe. Es fällt mir sehr schwer, der Versuchung zu widerstehen, und alle paar Minuten esse ich selbst ein Bonbon. Am Schluß stellte mir noch jemand im Dunkeln ein Bein, so daß ich zwischen die Stühle fiel und mein ganzes Tablett sich über den Fußboden entleerte. Als Strafe dafür bekam ich von Schimschon eine solche Ohrfeige, daß mir schwarz vor den Augen wurde.

Bei der Premiere unseres Kinos war der Saal beinahe ganz voll, und wir nahmen fast zweihundert Zlotys ein. Aus diesem Grund wurde das Kino Hollywood für drei Tage geschlossen, und wir feierten im Gasthaus von Schmil Grieb. Schimschon und Arthur sind durchgehend besoffen und laden jeden Passanten ein, mit ihnen auf unsere zukünftigen Erfolge anzustoßen. Mich zwingen sie zu essen, damit ich schneller wachse, und so werde ich mit Sülzbein, Bohnen und Kartoffeln vollgestopft. Irgend jemand hat ihnen wohl weisgemacht, von Sülzbein würden die Beine wachsen. Aber nicht genug damit, daß meine Beine nicht daran dachten, länger zu werden, nein, stattdessen kamen mir die Gedärme zum Hals heraus, so mußte ich mich übergeben. Was mich vollends fertiggemacht hat, war eine gehackte Leber mit Zwiebeln nach Art des Hauses, das heißt, die Leber hatte schon einige Wochen bei Schmil Grieb gelegen, bis sie die Art des Hauses annahm. Die letzten vierzig Zlotys spendete Schimschon für mein Thorastudium, und Arthur verpflichtete sich, fünfzehn Prozent all unserer Einnahmen an eine Thoraschule abzugeben, damit uns Gott hilft. Und mit solch einem Partner bräuchten wir uns keine Sorgen zu machen, versicherte uns Arthur.

Jetzt stehen wir vor der Frage, ob wir das Kino auch am Freitagabend aufmachen sollen. Immerhin ergeben fünfzehn Prozent eine beträchtliche Summe, und in diesem Zusammenhang meint Arthur, Gott sei am Freitag derart beschäftigt, daß er es gar nicht mitkriegen würde, ob das Kino „Hollywood" gerade offen ist oder geschlossen.

Nach heftiger Auseinandersetzung mit allen Argumenten dafür und dagegen setzte sich Arthurs Meinung durch. Dieser Ausgang versetzte unseren Fünfzehn-Prozent-Kumpel offensichtlich sehr in Zorn. Wie sollten wir auch ahnen, daß Gott solche Kleinigkeiten überhaupt wahrnimmt, und daß er sich darüber aufregt. Wenige Minuten nach Öffnung des Kinos am Freitag brach zwischen zwei Frauen ein Streit aus wegen ihrer Kinder. Natürlich zog dieser Streit sofort auch Männer an, und kurz darauf gerieten die Bretter, die wir zwischen die Stühle gelegt hatten, in Bewegung. Ich sah noch, wie ein Brett auf dem Kopf einer alten Frau mit Pelzmütze landete. Diese hatte eine Brille auf ihrer Nasenspitze, die von dem Aufprall ins Publikum geschleudert wurde. „Meine Brille, meine Brille. Gib mir meine Brille wieder!" schrie eine nackte Nase und biß einen Mann, der neben ihr stand. Ich ging in Deckung aus Angst, auch noch ein Brett auf den Kopf zu kriegen. Mit größter Mühe gelang es Arthur, die Menge zu beruhigen, und er versprach der Frau, die ihre Brille verloren hatte, ihr eine neue zu kaufen.

Die Pechsträhne hörte nicht auf. Das größte Problem des Kinos „Hollywood" war, daß der Abort so weit vom Publikum entfernt lag. Jeder pißte einfach im Dunkeln auf dem Platz, wo er gerade saß; vor allem die Kinder, die sich nichts entgehen lassen wollten, was sich auf der Leinwand gerade abspielte. Sie pinkelten im Stehen über die Stühle, gewöhnlich auf ihren Vordermann. Eines der Kinder fing eine Ohrfeige von einem Mann, der flott gekleidet war. Diesen Mann sah ich wenige Minuten später wieder, mit einem Gesicht, das aussah wie Hackfleisch, so zerkratzt war es.

„Wo soll denn der Junge sonst hinpinkeln, und was versteht er schon? Er ist doch noch ein Kind, außerdem ist er erkältet. Gott soll dich strafen dafür, daß du ein Kind gehauen hast. Sollst du selber nie mehr pinkeln können im Leben, du Schwein."

„Soll dir dein Kind mal in die eigene Tasche seichen!" schrie der Mann mit seinem blutüberströmten Gesicht. „Ich bin hier nicht als Pissoir hergekommen, sondern als Zuschauer, um mir den Film anzusehen!"

Zu allem Überdruß wurde der Platz ein willkommenes Revier für Taschendiebe, und alle paar Minuten hörte man im Saal ein Geschrei: „Ihr Juden, Hilfe! Mich hat man bestohlen!" Im Lauf von sieben Vorführungen brauchten neun Menschen ärztliche Betreuung, wurden zwei Frauen die Perücken geklaut, und eine Frau behauptete sogar, sie sei vergewaltigt worden. Von den Brettern und von den Stühlen blieb fast nichts ganz. Bei der letzten Vorführung brach dann ein Feuer aus, verursacht von einer brennenden Zigarette. Aufgrund all dieser Vorfälle ordnete die Polizei an, das Kino „Hollywood" zu schließen. Diese Nachricht machte uns sehr traurig.

„Nach der ganzen mühseligen Arbeit, die wir da reingesteckt haben", seufzte Schimschon. „Hätten wir das Kino doch nie am Freitag aufgemacht. Jetzt haben wir den Salat."

Arthur sagte nichts. Seinem Gesichtsausdruck und den Falten auf seiner Stirn nach zu schließen überlegte er offenbar schon, wie es weitergehen sollte. „Da siehst du mal, Arthur, wie undankbar die Leute sind. Anstatt Verständnis dafür aufzubringen, daß aller Anfang schwer ist, statt daß sie einem zur Seite stehen, machen sie so einen Laden einfach dicht. Aber das ist noch nicht das Aus. Die werden noch merken, wer Schimschon Beckel ist."

Keiner erfuhr jemals, wie Arthur es geschafft hatte, doch noch einmal eine Erlaubnis zu kriegen, und zwar für eine letzte Vorführung, diesmal ohne Eintrittsgeld, damit man uns im Gedächtnis behält und sich noch lange daran erinnern soll, wie großherzig wir sind. Arthur malt auf weiße Blätter die Werbung für unser Gratis-Unternehmen. Seine Hände halten einen Pinsel, während darunter Buchstaben und Blumen hervorwachsen. Echte Zauberei. Und mit was für einer Leichtigkeit! Ich und Schimschon schauen ihm voller Neid zu. Das Plakat verkündet, daß am Montag eine Filmvorführung unter Mitwirkung der beiden Cowboys Tom Mix und Ken Maynard stattfinden wird, zu der das Publikum eingeladen ist. Die Kinoleitung bittet um Entschuldigung wegen der Unpäßlichkeiten. Unter das Wort „Leitung" setzten Schimschon und ich mit Hilfe von Arthur unsere Unterschriften. Ich war stolz, meinen Namen neben dem von Schimschon und Arthur zu sehen. Das Gerücht von der letzten Gratisvorführung des Films war offensichtlich schon bis zu Schmil Griebs Gasthaus durchgedrungen. Die dortigen Dauergäste, Avrum Czomp, Velvel Litwok, der weiße Cheinek und Leiser Heuker, versuchen uns aufzumuntern: „Man muß auch mal verlieren können", tröstet uns Velvel Litwok.

„Und du, Schimschele, du hast in deinem Leben das Brot auch nicht immer aus dem gleichen Ofen gegessen. Dich schmeißt sowas nicht gleich um, schon gar nicht, wenn Arthur an deiner Seite steht."

Alle nicken im Einverständnis. Das Licht der Öllampen fällt auf halbe Gesichter und auf den Bierschaum an den Schnurrbärten. Die anderen, unbeleuchteten Gesichtshälften verschmelzen mit dem Dunkel. Riesenschatten an den Wänden ahmen die Bewegungen nach, welche die angeleuchteten Hälften vollführen, während sie die Gläser auf ein Prost in die Höhe halten. Die Schatten machen nicht nur dieselben Bewegungen, sie sagen auch genau dasselbe. Erst trinken sie nur ein bißchen, aber mit zunehmender Menge an ausgetrunkenen Gläsern wird uns klar, daß die Schließung des Kinos „Hollywood" nicht nur keine Katastrophe ist, sondern daß es sich sogar um einen echten Glücksfall handelt. Keiner versteht warum, weder sie selbst noch ihre Schatten an den Wänden. Avrum Czomp stottert, und weil seine Vorderzähne fehlen, geraten ihm seine Worte vollkommen außer Kontrolle. Aber die Stimmung steigt. Jemand bringt Arthur eine Gitarre, klopft ihm aufmunternd auf die Schulter und bedrängt ihn: „Arthur, du Hurenbock, Gott hat dir doch ein Talent gegeben. Jetzt laß es doch nicht verkommen wegen ein, zwei Niederlagen."

Arthur streichelt die Gitarre, prüft die Saitenstimmung und fängt an zu singen. Wie immer sind alle von seiner Stimme wie hypnotisiert.

An dem Tag, als die letzte Filmvorführung stattfinden soll, steht schon eine Unmenge von Leuten vor dem Kinoeingang, unter ihnen auch einige Reiche mit ihren Frauen und Kindern. Ihre Anwesenheit bringt Arthur und Schimschon ganz aus dem Häuschen.

„Schau, Schau, kaum riechen sie, daß es was umsonst gibt, dann kommen diese Zecken angekrochen."

Ich stehe mit einem Korb voll *Beigelach*[71] abwartend dabei.

„Avrum Leib, verkauf diesen reichen Hurenböcken alles zum doppelten Preis. Den Armen kannst du's herschenken, das ist mir egal", weist mich Schimschon an und zwickt mich dabei in die Backe.

Punkt acht Uhr macht Arthur die Kinotore auf, und das Publikum strömt aus allen Richtungen herein. Es wird immer schwieriger, zwischen den Leutern herumzulaufen, weil sie zu dicht aneinanderstehen. Der Strom der Menge läßt nicht nach. Man kann kaum noch atmen. Ich finde mich in eine Ecke gedrängt und habe gar nicht gemerkt, wie die ganzen Beigelach aus meinem Korb verschwunden sind, obwohl ich keines davon verkauft habe.

Um halb neun werden die Tore ächzend geschlossen, und Arthurs Stimme erklärt dem Publikum feierlich durch eine Ritze zwischen den Torflügeln: „Ihr Hurenböcke, ihr reichen, ihr Blutsauger, ihr Abschaum der Menschheit, wer hier wieder rauswill, muß bezahlen, was er zahlen kann. Wer kein Geld dabeihat, läßt einen Mantel hier oder ein Paar Schuhe!"

[71] kranzförmiges Brezelgebäck

Ich verstehe vollkommen Arthurs Zorn auf die Reichen, die versucht haben, ein paar Groschen gutzumachen. Zum Beispiel Pessie. Sie betreibt einen Laden für Frauenunterwäsche auf dem Balutimarkt. Ihr mangelt es bestimmt nicht an Geld. Aber wie's der Teufel will, jetzt steht diese Pessie in meiner Ecke und kotzt jemanden an, der neben ihr steht. Ein grüner Schleim fließt ihr aus dem Mund. Auch ihr Gesicht ist schon ganz grün, und ihre Augen fallen ihr gleich aus den Höhlen.

„Oh Gott", stöhnt Pessie, und lehnt ihren Kopf an die Wand. Neben zwei Türflügeln, die mit dicken Ketten zusammengehalten werden, sehe ich einen Haufen von Mützen, Jacken und Schuhen, und ich schreie, so laut ich kann, daß sie mich rauslassen sollen: „Arthur, Schimschon, laßt mich raus, ich krieg keine Luft mehr!"

Aber es hilft auch nichts. Irgendein Riesenjude, mit einem Bart bis zum Gürtel, schiebt mich grob auf die Seite, und ich bin wieder mitten im Saal. Der Ausmarsch der Reichen geht nur sehr schleppend voran, furchtbar schleppend. Wahrscheinlich versuchen die Reichen, so gut es nur geht, den Austrittspreis in die Freiheit herunterzuhandeln. Die stärkeren Reichen schieben die Armen beiseite. Obwohl Arthur groß angekündigt hat, für die Armen sei der Austritt umsonst, bleibt ihnen nichts anderes übrig, als auf alles zu kotzen. Wir waten buchstäblich in der Kotze.

Die einzige Hoffnung liegt in dem Gerücht, unter der Bühne, hinter Stoffen versteckt, sei eine große Öffnung. Sie sei zwar mit einem dicken Drahtgitter abgedeckt, aber dennoch der einzige Weg nach draußen.

Dieses Gerücht verbreitet sich schnell. Es ist nicht nur eine Öffnung unter der Bühne, es ist eine Öffnung für neue Kraft und Hoffnung, für das Leben. Alle galoppieren in Richtung der Bühne, und ich mit ihnen. Auch wenn ich anhalten wollte, es wäre mir unmöglich. Ich werde einfach vom Strom mitgerissen. Wer hier dagegenhält, der wird totgetrampelt. Frauen, mit Kindern im Arm, und etwas größere Kinder springen in die Öffnung. Um mich herum höre ich Geschrei: „Sch'ma Israel", und die Schreienden verschwinden in der Öffnung, aus der schwarzer Staub und dumpfe Stimmen zu uns heraufsteigen. Hannah, wo bist du? Schlcume, hier bin ich! Dvoira, gib mir deine Hand! ... Ich trau mich nicht zu springen. Was machen die da unten? Wohin springen diese Leute? Was bedeutet der schwarze Staub?

Neben mir taucht plötzlich Duvik Kneidel auf, der Sohn des Schneiders Schmil Mendel. Duvik Kneidel ist ungefähr so alt wie Goddl, aber viel größer, viel breiter, und mit einem entspannten Gesicht, das immer Güte ausstrahlt. Nie habe ich ihn böse erlebt. Genauso sein Vater, und auch seine

Mutter, Scheindel. Alle sind sie groß, stark und ruhig. Obwohl wir ein paarmal unter ihrem Fenster Spottlieder über Schneider gesungen haben, welche auch noch auf einen nackten Arsch Flicken draufnähen, ist Scheindel mit ihrem gütigen Lächeln herausgetreten und hat uns aufgefordert hereinzukommen. Dort hat jeder von uns eine Scheibe Brot mit Kirschmarmelade bekommen.

„Avrum Leib, komm mit mir. Hab keine Angst. Gib mir die Hand.“ Aber irgendjemand schiebt uns beiseite. Es ist der Kuppler aus der Plisezkastraße, Nochim Bär. Ein kleiner Mann mit einer langen Nase, kleinen, wachsamen Augen, die vor Pfiffigkeit glänzen. Völlig verdreckt von Erbrochenem, auf seinem Gesicht kleben Reste von Tomaten oder roten Rüben, und sein Bart ist voller Brotkrümel. An seinem linken Auge, neben der Augenbraue, klebt eine Karottenscheibe. Selbst in dieser Lage hat er sich seine Pfiffigkeit bewahrt.

„Sei gegrüßt, Reb Avrum Leib, sei gegrüßt, Duvik Kneidel. Bestimmt fragt ihr euch, wohin ich renne. Natürlich renne ich los, um für euch Bräute einzufangen. Nu, was sagt ihr dazu?“

Ich und Duvik Kneidel fangen an zu lachen, und schließlich weicht meine Angst. Bevor Nochim Bär in dem Loch vollends verschwindet, höre ich noch von drinnen seine dumpfe Stimme: „Auf Wiedersehen auf eurer Hochzeit.“

Wir, das heißt ich und Duvi Kneidel, springen hinunter. Ich lande auf dem Rücken einer dicken Frau, die mir eine klingelnde Backenschelle verpaßt.

„Du bist wohl noch ein bißchen zu jung, um mich zu bespringen.“

„Ich kann nichts dafür, meine Dame, man hat mich geschubst. Den Rest kann ich ihr nicht mehr erklären, mein Mund füllt sich mit dickem Staub. Um mich herum herrscht ägyptische Dunkelheit. Duvik Kneidel und der Kuppler Nochim Bär sind verschwunden. Vor mir rasen schwarze Dämonen und winken mit ihren Händen. So ungefähr habe ich mir immer die Hölle vorgestellt. Irgendeine Christin schreit, als würde ihr gerade ein Zahn gezogen: „Staszek, o Jesus, hilf mir meinen Hut suchen!“

„Du Hurentochter, ausgerechnet jetzt kriegst du Lust, einen Hut zu suchen?“

Wahrscheinlich hat die Frau einen Puff gekriegt, denn ihre Schreie wurden noch lauter: „Du Hurenbock, jetzt hab ich ein geschwollenes Auge von dir. Warte, warte, ich schneid dir die Eier ab, nachts, mit dem Rasiermesser.“

In der Ferne sehe ich ein viereckiges Licht und renne in diese Richtung. Unterwegs falle ich einige Male, um mich herum schwarze Dämonen, die auch hinfallen, durch den Staub rollen, Sprünge machen wie Frösche, durch die Luft fliegen wie Vögel, kriechen wie Schlangen ... Alle in Richtung des Lichts. Plötzlich bin ich geblendet. Um mich herum höre ich panisches Geschrei.

„Hilfe! Neger! O Jesus, Neger!"

Neben mir steht ein kleiner schwarzer Teufel mit einem dünnen Bart und schaukelt wie das Pendel einer Wanduhr hin und her.

„Gelobt sei Gott", murmelt er mit dünner Stimme.

Jetzt erkenne ich, daß der Keller, in den wir gesprungen sind, ein Lagerschuppen für Kohlenstaub war. Ohnmächtig stehe ich da und weiß nicht, wohin ich mich nun wenden soll.

„Avrum Leib", höre ich neben mir die Stimme von Duvik Kneidel, „komm mit!"

Auf der Straße rennen die Passanten verängstigt vor uns davon. Schnell finde ich Gefallen an diesem Spiel. Allen jage ich Angst ein, indem ich unerwartet in ihre Richtung springe. Die Rolle des Satans macht mir Spaß, und ich nutze die Gelegenheit, Schrecken zu verbreiten.

Die Mutter von Duvik Kneidel hat uns wie immer lachend begrüßt, in einer versöhnlichen Stimmung. Nach einer Stunde unter der Wasserpumpe sehen wir wieder aus wie wir selbst, und vor uns liegen riesige Brotscheiben mit Kirschmarmelade und Tee mit Zitronenscheiben in Blechbechern.

Am nächsten Tag hat sich das Gerücht verbreitet, Schimschon sei von der Polizei verhaftet worden. Arthur ist verschwunden, und ich habe ihn nie wiedergesehen. Mir stehen die Tränen in den Augen. Ich weiß, daß ich ihn nie im Leben vergessen werde. Ich erkenne: Er hat mich reicher gemacht in meinem Weltverständnis, vor allem seine Erklärungen über die Jäger von Farben, Klängen und Wörtern. Er hat mir viel Stoff zum Nachdenken und auch zum Lieben und Bewundern gegeben. Aber ich weiß auch, daß er mir nicht einmal fehlen wird. Seine Fehler möchte ich ihm gerne verzeihen. Sollte ihn einer meiner Leser zufällig einmal treffen, dann soll er ihm bitte sagen, daß ich ihm nicht böse bin. Und ich glaube, auch Schimschon nicht. Wenn ich versuche zu beschreiben, was er mir bedeutet hat, dann fällt mir nichts anderes ein, als die drei Worte: Ich liebe ihn.

10. Kapitel

Es wiederholt sich immer wieder auf dieselbe Art: Ich binde mich an jemand, und der verschwindet dann plötzlich. Ich weiß nicht wohin, und ich weiß in den meisten Fällen auch nicht einmal, warum er mich verlassen hat. Ich ärgere mich dann über mich selbst, warum ich mich überhaupt so weit geöffnet habe. Es ist so schwer, mit der Sehnsucht alleinzubleiben. Wie es den anderen dabei geht, weiß ich nicht. Bei Goddl zum Beispiel gibt es so etwas nicht. Oder er lügt. Wahrscheinlich tut er nur so, um mir zu imponieren.

Bei mir jedenfalls ist ein Abschied immer wie ein Eisenring um die Brust, den jemand immer enger schließt, bis zum Ersticken. Ich hätte losheulen, verrückt werden können. Aber das hätte mir weder Arthur noch Estherke oder Malka zurückgebracht.

Gern hätte ich von anderen einmal gehört, wie sie über so etwas hinwegkommen. In solchen Momenten würde ich am liebsten mit Arthur darüber sprechen, wenn er da wäre. Natürlich nicht, wenn er gerade besoffen ist. Ich weiß genau, er könnte mir in seiner weisen Art viel über die Natur des Menschen sagen. Ich bin wirklich neugierig zu erfahren, ob es auch bei den Erwachsenen so etwas wie Sehnsucht und Kummer gibt.

Öfter noch fallen mir seine Worte wieder ins Gedächtnis. Immer noch kann ich sie nicht ganz verstehen, aber ich spüre, es steckt in ihnen eine große Wahrheit: „Künstler sind Jäger … sie jagen Buchstaben aus der Luft und machen Wörter daraus. Aus den Wörtern bauen sie Sätze … und aus den Sätzen Geschichten …“ Gern würde ich ein Künstler werden und Wörter jagen, um zu erzählen und zu schreiben. Vielleicht ist das die beste Art, aus der Angst herauszukommen und zu vergessen. Andere zum Lachen zu bringen und selber mit ihnen zu lachen. Ist Clownsein auch eine Kunst? Ich ringe um eine Antwort. Was jagen die Clowns eigentlich? Ich würde sagen, sie jagen den Wunsch des Menschen, einmal für kurze Zeit den Eisenreifen zu vergessen, der auf ihre Brust drückt.

Arthur hat seine ganzen Clownsrequisiten dagelassen. Ich hüte sie sorgfältig. Als ich einmal allein zu Hause war, versuchte ich Arthur nachzumachen. Ich weiß, da lacht keiner drüber. So gern hätte ich gewußt, wo Arthur bleibt. Was er wohl macht, und ob er sich an mich erinnert? Es würde mich furchtbar traurig machen, müßte ich erfahren, daß er mich vergessen hat. Vielleicht denkt er jetzt gerade dasselbe: Ob Avrum Leib mich wohl vergessen hat?

Am Morgen fragte ich Schimschon, ob wir nicht einen Zettel für Arthur hinterlassen sollten, falls er sich doch noch entscheiden sollte zurückzukommen; ihm mitteilen, daß wir jetzt bei Tante Sonja sind, das heißt, nicht genau bei ihr in der Wohnung, sondern in einem kleinen Zimmer darüber. Sie selbst ist fast nie zu Hause. Meine und Schimschons Aufgabe besteht darin, auf viele Koffer aufzupassen, die von zwielichtigen Gestalten in der Nacht hergebracht werden. Das passiert leise und rasch. Unter den Leuten, die die Koffer anschleppen, fällt besonders eine dicke Frau auf. Ihr Gesicht sieht man nicht, weil sie es unter einem breitkrempigen Hut verbirgt, ich denke, mit Absicht. Immer wenn ich frage, wer sie ist, reagiert Schimschon ungehalten: „Je weniger du weißt, desto besser für dich."

Die Koffer sind groß, und sicher auch nicht leicht, denn die Leute wirken beim Schleppen sehr angestrengt. Schimschon hat ein kleines Heftchen in der Hand und notiert jeden Koffer, der hereinkommt. Ich darf bei diesen Aktionen gar nicht dabeisein. Trotzdem, oder vielleicht gerade weil es mir verboten ist, schaue ich durch ein kleines Fensterchen auf dem Dachboden. Heute nacht kamen Leute, die die ganzen Koffer wieder abholten, genauso schnell, aber noch vorsichtiger. Zwei von ihnen hatten ihr Gesicht vermummt, dennoch glaube ich, Goddl und seinen Vater erkannt zu haben. Aber ich bin mir nicht sicher.

„Wenn je die Polizei kommt", warnt mich Schimschon, „dann hast du nichts gesehen und nichts gehört."

Dieses Geheimnis macht mich immer neugieriger, und ich löchere Schimschon mit meiner wiederkehrenden Frage, wer diese Menschen sind und was hinter dem Geheimnis steckt. Schimschon aber wiederholt immer nur den Satz: „Schloß vors Maul!"

„Vielleicht holen wir auch ein paar Groschen raus dabei", seufzt er noch.

Meistens sind seine Seufzer begleitet von einem starken trockenen Husten, als käme er aus dem Keller. Die Hustenanfälle häufen sich in letzter Zeit immer mehr. Dabei tritt ihm der Schweiß auf die Stirn und auf seine Hände.

„Bring mir ein Glas Wasser", bittet er leise. „Ich leg mich ein bißchen aufs Bett und ruh mich aus. Und du hältst dich fern von mir, während ich huste. Vielleicht ist es ansteckend."

Nach diesen Anfällen schläft Schimschon ein. Sein Gesicht ist schmal geworden. Seine Wangen sind eingefallen. Die Nase ist länger geworden und seine Haut hat sich gelblich verfärbt. Manchmal spuckt er Blut beim Husten, was mir große Angst bereitet. Ich habe das Gefühl, etwas Böses nagt an seinem Körper. Gott, bitte laß Schimschon nicht sterben, bete ich bei mir, und ich wiederhole immer wieder das Gebet, das mich auch schon einmal gerettet hat: Gelobt seist du, o Gott, der du jüdische Kinder aus der Hand der Gojim rettest. Und ich bete weiter: Und du wirst auch Schimschon von seiner schlimmen Krankheit retten.

Ich glaube, mein Gebet hat Schimschon ein bißchen geholfen. Der Husten hat nachgelassen, und der Appetit ist wiedergekommen. Ein paarmal kommt Tante Sonja, um ihn zu betreuen. Meistens sind ihre Besuche kurz, in der Nacht und im verborgenen. Auch das darf ich nicht der Polizei erzählen, falls sie mich fragen. Schimschon und Sonja sehen ängstlich aus und flüstern die ganze Zeit miteinander. Ihre Blicke suchen die ganze Umgebung mißtrauisch ab. Nach jedem Besuch steckt mir Sonja einen ganzen Zloty zu. „Kauf dir davon, was du willst", flüstert sie und verschwindet in der Dunkelheit.

Von dem Geld, das Schimschon von Sonja bekommt, kaufe ich Honig und Hundefett. Das ist Arznei, die ich für Schimschon bei einer alten Frau bekomme. Sie heißt Hannah Kack. Noch eine sonderbare Arznei muß Schimschon einnehmen: schimmelndes Brot, im Ofen erwärmt und mit Spinnweben vermischt. Als ich Schimschon fragte, wie diese Frau zu ihrem lustigen Namen gekommen ist, erklärte er mir, sie sei eine Heilige und könne alle Krankheiten der Welt kurieren. Die erste Frage, die sie immer stellt, ist: Hast du heute schon gekackt? So kam sie zu ihrem Namen.

Ich habe große Angst vor ihr. Einmal hab ich bei Bronek ein Buch gesehen, darin war ein Bild mit einer Frau, die ihr sehr ähnlich sah. Auch die Frau in diesem Bild ist klein und gebeugt, und ihr Gesicht ist voller Falten, wie ein Spinnennetz. Die Finger an ihren Händen sind dünn und lang. Hannah hat immer ein schwarzes Kleid an, und in der Hand hält sie eine Tüte mit ihrer Wunderarznei.

Die Krankheit hat Schimschon verändert, und zum ersten Mal erzählt er von sich, vom Leben und seiner Bedeutung und von seiner kleinen Schwester, die er sehr liebte und die an Diphtherie gestorben ist.

„Verstehst du", sagt mir Schimschon, „der Mensch wird geboren, ob er will oder nicht, von einer Frau, die er sich gar nicht ausgesucht hat. An einem Ort, den er sich nicht ausgesucht hat, mit Schwestern und Brüdern, die er sich nicht ausgesucht hat. Auch nicht die Nachbarn, und auch nicht wie, oder wie lange er lebt, und sicher auch nicht, wann er stirbt. Alle Erleichterungen, die diese Arzneien bringen, sind nur vorübergehend. Innerlich spüre ich genau, daß mein Ende nicht mehr weit ist, und das Schlimmste daran ist, daß ich mein Leben vergeudet habe."

Seine Worte fallen wie Steine auf mich, und ich werde sehr traurig.

„Verstehst du, Avrum Leib, das Leben ist wie ein Kartenspiel. Du verlierst die ganze Zeit, aber du lebst in der Hoffnung, daß eines Tages die richtige Karte kommt, die dein Leben verändert. Vielleicht ist dies jetzt die richtige Karte, auf die ich so lange gewartet hab."

„Hat diese letzte Karte mit den Koffern zu tun und mit diesen Leuten, die immer nachts kommen?" frage ich. „Und mit Goddl und seinem Vater?"

„Avrum Leib, sie dürfen auf keinen Fall erfahren, daß du sie erkannt hast. Sei vorsichtig. Diese Sache kann sie das Leben kosten. Und unter solchen Umständen ist jeder Mensch eine Gefahr."

Auch diese Nacht kamen zwei Leute mit vermummten Gesichtern und mit ihnen eine fette Frau, die einen breiten Hut auf dem Kopf hatte. An meine Ohren dringen zornig klingende Satzfetzen und danach Geschrei.

„Ich bring dich noch um, du Hurenbock. Ich will das Geld", schrie Schimschon und fing sofort wieder an, erbärmlich zu husten.

„Bringt einen Arzt!" schrie die Frau, die ich an ihrer Stimme als Goddls Mutter erkannte. „Gebt ihm kaltes Wasser, gebt ihm Honig mit Milch."

Eines dieser Mittel hat ihm wohl geholfen, denn seine Stimme wurde ein bißchen deutlicher. „Ich will meinen Anteil."

„Schimschele, die Polente ist uns auf den Fersen. Wir konnten gerade noch abhauen, und es läßt sich nicht mehr ausschließen, daß sie auch hier her kommen. Für diesen Fall wäre es besser, das Haus ist sauber", warnte Goddls Mutter.

Ein neuer Hustenanfall schlug alle Anwesenden in die Flucht. Als ich ins Zimmer zurückkam, lag Schimschon halb ohnmächtig auf dem Boden.

„Avrum Leib, ich habe auch noch die letzte Karte verloren, meine und deine. Wir haben keinen Groschen mehr."

Sein Gesicht wurde ernster, seine Miene verdüsterte sich und wurde fremd und böse. „Auf mich zählst du ab heute nicht mehr. Du sorgst für dich selber und ich für mich. Morgen such ich mir eine Arbeit."

Weil er so bleich war, reichte ich ihm ein Glas Wasser, aber Schimschon schob meine Hand verärgert beiseite.

„Du Kacker, hab ich dir nicht gesagt, du sollst für dich selber sorgen? Noch bin ich nicht gestorben, und ich helf mir selber."

Ich war verletzt, aber mir wurde klar, daß dies die Art war, in der Schimschon gegen seine Krankheit kämpfte, nämlich keine Hilfe zu beanspruchen.

„Und von jetzt an", sagt Schimschon, „hat jeder von uns sein eigenes Essen, und keiner faßt das Essen vom anderen an. Und jetzt hau ab und sorg für dich selbst."

Schimschon lehnte sich weit zurück mit offenem Mund. Ich hatte großes Mitleid mit ihm, was er wohl spürte, und es brachte ihn ganz aus dem Häuschen.

„Hau endlich ab, du kleiner Hurensohn, ich brauch niemand, und auch kein Mitleid." Seine Augen glänzten haßerfüllt. Ich war so erschreckt, daß ich aus dem Haus rannte.

Auf der Straße hörte ich von einem der Stammgäste in Schmil Griebs Gasthaus, daß Zosza Klops wieder da sei. Ich freute mich sehr, denn ich wußte, jetzt brauche ich nicht mehr zu hungern. Bis jetzt hatte Schimschon immer fast das ganze Essen für sich beansprucht.

Das Wiedersehen mit Zosza war aufregend. „Avrum Leib, sag, wie geht's dir, was macht Schimschon? Bei mir ist es so, daß mein Vater gestorben ist, da hatte ich in dem Dorf nichts mehr zu suchen. Jetzt arbeite ich wieder bei Schmil."

Ich berichtete ihr von Schimschon, von seinem Befinden und von seiner Entscheidung, daß jeder für sich selbst sorgen soll. Ich bot an, bei ihr zu bleiben und ihr bei jeder Arbeit zu helfen, wenn sie mich brauchen kann.

„Bei mir zu bleiben ist kein Problem, du kannst in meinem Zimmer schlafen. Und wegen Arbeit, da kommst du genau zur richtigen Zeit. Der Blinder Max ist gekommen. Er ißt bei uns, und mit ihm eine große Gesellschaft."

„Zosza, Schimschon hat kaum mehr was zu essen daheim, und ich mach mir Sorgen um ihn."

Zosza dachte kurz nach und machte ein besorgtes Gesicht. „Ich rede mit Schmil. Komm heute abend wieder."

„Ich kann nicht. Ich muß unbedingt sehen, was mit Schimschon los ist."

„Dann geh, und tu, was du für richtig hältst."

Schimschon war nicht zu Hause. Ich wartete auf ihn auf der Straße am Toreingang. Spät in der Nacht kam er zurück. Von weitem bemerkte ich ihn schon. In seinen gesunden Tagen war Schimschons Gang flink und katzenhaft schleichend. Jetzt ging er langsam und hielt alle paar Schritte an. Einmal blieb er stehen und lehnte sich mit dem Kopf gegen eine Wand. Wahrscheinlich hatte er einen Schwächeanfall. Ich eilte zu ihm hin. „Komm, Schimschon, ich helf dir“, sagte ich leise.

„Avrum Leib, gut daß du gekommen bist.“ Seine Stimme war ohne Kraft.

Ich weiß nicht, wie ich es geschafft habe, ihn bis zum Bett zu schleifen. Ich machte ihm einen heißen Tee mit Zitrone. Als er sich beruhigt hatte, erzählte ich ihm, daß ich bei Zosza Arbeit gefunden habe.

„Das ist gut. Sie ist eine gute Frau mit einem jüdischen Herz.“

Aber was ihn mit einem Schlag aus den Kissen hob, war die Nachricht, daß der Blinder Max zurückgekommen war, und daß er jetzt bei Schmil Grieb ist.

„Was sagst du? Der Blinder Max ist zurück?“ Mehrmals wiederholte er diesen Satz. „Blinder Max ... Blinder Max ...“ Der bloße Name elektrisierte ihn. Gemeinsam machten wir uns auf den Weg. „Wenn du ihn siehst, sag ihm einfach, daß du mit mir zusammen bist. Er schuldet mir noch einen beträchtlichen Batzen. Ein paarmal hab ich sein Leben gerettet.“

Schimschon fing an, über seine Kindheit zu reden, über die ersten gemeinsamen Diebstähle. „Er konnte stehlen. Er konnte auch geben. Er konnte bösartig sein, aber auch weich.“ Plötzlich fangen seine Augen an zu glänzen. Seine Gestalt richtet sich auf, die Muskeln strecken sich, und wieder sind Schimschons Bewegungen tierhaft geschmeidig und schnell. Ich stehe vor ihm und kann das Wunder gar nicht fassen. Was alle Arzneien zusammen nicht erreicht haben, weder das Hundefett noch der Honig, eine einzige Nachricht hat es fertiggebracht.

Schimschons Mund entströmt eine Geschichte nach der andern, und alle sind spannend und grausam, aber auch warm und menschlich. Mir offenbart sich eine merkwürdige Welt mit ihren eigenen Gesetzen. In dieser Welt gibt es Freundschaft, Treue, Betrug und Erniedrigung. Ich erfahre, daß in der Hierarchie ganz unten die Zuhälter und die Betrüger angesiedelt sind, zu denen Arthur gehört. Die höchsten Ränge werden von den Tresorknackern und den Räubern besetzt, die's von den Reichen holen.

Die ganze Nacht saß ich an Schimschons Bett. Seine Laune hat sich total geändert. Er verspricht mir wieder, daß die letzte Karte noch nicht aufgetaucht, aber bereits unterwegs ist ... Für einen Moment bin ich nicht in dem Zimmer vorhanden, und Schimschon erzählt von sich, von den Hungerjahren, von Jahren voll Schmerz und Scham, Erniedrigung und Einsamkeit hinter Gefängnismauern. Von der Sehnsucht nach Eltern, die nicht mehr da sind und die wegen ihm zu früh ins Grab gegangen sind. Von den Schlägen und dem Geschrei, vom Schmerz an Leib und Seele und von den Tränen, weil kein Weg zurückführt.

„Ja, Avrum Leib, ich bezahle den Preis dafür, daß ich nicht betrogen und niemanden verraten habe. Manchmal schau ich mich um, und mein Herz weint. Gott hat mir Leib und Seele geschenkt, und was hab ich daraus gemacht?"

Im Zimmer liegt Schweigen. Gestalten aus Schimschons Leben füllen den Raum und hören sich die Geschichten schweigend an. Ihre Gesichtszüge sind verschwommen, weil sie Angst haben, es könnte sie jemand erkennen. Es wird eng im Zimmer. Ich höre Wodkagläser miteinander anstoßen ... wildes Lachen der versammelten Kumpane ... Lachen voller Hohn, Unwissenheit und Dummheit ... Manchmal tanzen diese Gestalten in wildem Takt ... klatschen in die Hände oder schlagen mit geschlossenen Fäusten auf den Tisch ... Anfangs sehe ich sie in kräftigen Farben: Viel Rot auf ihren Gesichtern, gelbe Baskenmützen und Tücher in Grün, Blau oder Lila um den Hals gebunden. Ihre Kleidung ist braun, schwarz oder weiß. Plötzlich hört die Musik mitten im Tanz auf. Die Farben gehen auf einmal in ein Grau über, und die Köpfe schauen aus schwarzgerahmten vergitterten Fenstern. Hände umgreifen die Eisenstäbe, und statt Augen haben sie Höhlen, in denen Schmerz und Trauer begraben sind.

Schimschon schläft ein, aber diesmal hat er einen gesunden Schlaf. Ein schüchternes, kindliches Lächeln erscheint auf seinem Gesicht. Ich nehme an, er ist im Land der Träume, zusammen mit seiner kleinen Schwester, die an Diphtherie gestorben ist, und die er so sehr geliebt hat.

Schimschon hatte nicht übertrieben.

Als der Blinder Max hörte, daß ich mit Schimschon zusammenwohne und ihn betreue, wurde er so aufgeregt, daß er mich vor allen Leuten auf seinen Schoß setzte. Das war etwas sehr Ungewöhnliches für ihn, und ich kann mich auch nicht daran erinnern, daß ich je zuvor bei irgendjemand auf dem Schoß gesessen habe, vor allem nicht bei einem Mann. Ich war so glücklich, so durcheinander und so stolz auf diese mir zuteil gewordene Ehre, daß ich zu stottern anfing und auf keine Frage antworten konnte. Das mußte auch der Blinder Max gespürt haben, denn er beruhigte mich, indem er mir mit der Hand auf den Rücken klopfte, wie es Männer miteinander machen. Das hat meine Hochachtung ihm gegenüber noch verstärkt. Alle lächelten mir zu. Die Gesichter von harten Männern strahlten Wärme und Freundlichkeit aus.

Einige Frauen im Gasthaus versuchten mich zu umarmen und zu küssen, wobei sie ein blödes Gelächter von sich gaben. Es hörte sich ungefähr an wie: Thi hi hi … Ich war drauf und dran, mit dem Fuß in eines der gepuderten Gesichter zu schlagen, deren Lächeln mit dem Lippenstift draufgeschmiert war, als Max dazwischenfuhr:

„Ihr Gackerhennen, haltet eure Schnäbel und setzt euch hin. Avrum Leib ist kein Spielzeug, und kein Pudel, und auch kein armes Kind!"

Der Blick des unbedeckten Auges ging mir durch und durch. Das war nicht Liebe, das war Verständnis. Dieser Blick veränderte seinen Ausdruck von Lächeln und Wärme hin zu Besorgtheit und Härte, als ich Schimschons Lage schilderte. Wie ihn Tante Sonja, Goddl und sein Vater übers Ohr gehauen hatten. Es sprudelte unaufhörlich aus mir heraus. Im Saal herrschte Ruhe. Ich berichtete von seiner Krankheit, und daß er von niemandem Hilfe annehmen will.

„Ja, das ist Schimschon", flüsterte Max bei sich.

Als ich ausmalte, wie krank Schimschon tatsächlich ist, mußte ich mich sehr beherrschen, nicht in Heulen auszubrechen. Alle spürten das, und die Blicke verdüsterten sich. Hier war jedes Wort überflüssig.

„Was willst du jetzt machen, Avrum Leib?"

„Ich weiß auch nicht. Doch, eigentlich weiß ich schon. Ich möchte für Schimschon ausreichend zu essen."

Der Mund von Max sagte: „Von heute ab sollst du zu essen bekommen wie ein König, hier bei Schmil Grieb, auf meine Rechnung." Aber das Auge sagte ohne Umschweife und sachlich: Unsereiner kann sich keine Sentimentalitäten leisten. Und dann zu Mendel Punje: „Los, Mendel, bring sie alle hier her vors Thoragericht. Goddl und seine Mutter an den Ohren, und Sonja schleif an ihren Brüsten her."

Alle nicken zustimmend. Ich kenne sie alle. Avrum Czomp, der weiße Cheinek, Nussen der Ganove, Mendel Ziv, Kalman Punje, und ich fühle mich verbunden mit ihnen.

„Jetzt, Avrum Leib, ein Zeuge im Prozeß braucht auch ein Glas Wodka. Schmil, bring Essen und Trinken für alle. Heute zahle ich."

Schmil Grieb legte eine Schallplatte auf. Von der Platte kamen erst ein paar traurige Lieder, dann fröhliche, bis Max abwinkte: „Wir wollen jetzt keine Schallplatte, wir wollen eine lebendige Stimme von einem von uns hören. Mendel, sing uns was vor. Sing was fürs Herz."

Mendel Ziv kannte ich schon von früher. Ich hatte ihn manchmal im Gasthaus gesehen. Ich konnte es kaum fassen, daß so ein kleiner, verschrumpelter, halbglatziger Jude mit eingefallenen Wangen, im schwarzen, geflickten Rollkragenpullover fähig war, derartige Töne zu erzeugen.

„Gebt ihm was Feuchtes in den Hals“, befahl Max.

Nach einigen Gläsern Wodka saß Mendel am Fenster. Hinter seinem Kopf von der Straße her kam bläuliches Licht von den Gaslaternen. Um seinen Kopf formte sich ein Lichtschein wie auf den Bildern von Zosza Klops. Sein Gesicht blieb im Schatten. Mendel Ziv war bekannt als Meister im Taschendiebstahl, aber ohne Glück. Die meiste Zeit seines Lebens hatte er im Gefängnis verbracht. Dort waren seine Lieder entstanden, über Betrug, über eine verlorene Liebe, über Gott, der das Glück ungerecht verteilt hat. Besonders gefiel mir das Lied über ein Kind, das auszog, um eine Ungerechtigkeit an seinen Eltern zu rächen, indem es den Reichen umbrachte, der sie geschädigt hatte. Bevor es zum Tod verurteilt wurde, sagte es noch, es würde nichts von seinen Taten bereuen.

Mendel singt nicht nur, er selbst ist das Lied. Mendel sang in litauischem Jiddisch, und es fiel schwer, dem Text zu folgen. Aber was macht das schon? Die Klänge breiteten sich bis in die letzte Ecke aus und drangen in jedes Herz. Jeder im Publikum wurde zum Kind, das seine Familie rächte. Jeder rührte in Gedanken die Hand, die das Messer in die Brust eines Reichen steckte. Alle senkten betroffen die Köpfe. Max drückte mich an sein Herz. Ich fühlte mich geborgen. An seiner Seite konnte mir nichts passieren. Aber gleichzeitig mit der Freude über die Nähe zu Max beschlich mich auch schon eine Warnung. Avrum Leib, laß keinen in deine Nähe, öffne dich nicht, verschließe dich, sonst verletzen sie dich wieder. Denk daran, was alles geschehen ist seither. Jeder, den du bis heute kennengelernt hast, ist verschwunden, tot oder hat sich versteckt, und du bist verletzt zurückgeblieben. Glaub keinem Menschen. Du bist allein, allein, allein.

Mendel hörte auf zu singen, aber die Töne hallten noch nach und setzten sich neben jeden von uns.

„Ein Hurensohn. Aber singen kann er“, ließ sich jemand hören. „Gebt ihm zu essen, und uns auch. Schmil, wo bist du? Wo sind die Speisen?“

Ich und Max aßen vom selben Teller.

„Avrum Leib, ab heute sind wir Freunde für immer. Wir essen vom gleichen Teller. Wir dürfen einander nie betrügen“, sagte Max lachend. „Schon deswegen nicht, weil wir einen gemeinsamen Freund haben.“

Ich erzählte ihm, wie aufgeregt Schimschon war, als er von seiner Ankunft hörte.

Mit dem plötzlichen Auftauchen von Sonja, Goddl und seiner Mutter hielten die Leute beim Essen inne und schauten alle in ihre Richtung. Goddl hatte etwas zugenommen, aber sein Gesicht war unverändert. Neben ihm seine Mutter, mit einem Tuch als Kopfbedeckung, drückte sich nervös an ihren Sohn. Sonja dagegen trug einen Fuchskragen mit Kopf. Der Fuchskopf sah ihr gar nicht so unähnlich. Beide hatten glänzende Äuglein und eine kleine Nase. Auf dem Kopf trug sie eine Pelzmütze, ihr Gesicht war gepudert und ihre Backen rougegefleckt.

„Laßt sie erst Platz nehmen", befahl Max mit ausdrucksloser Miene.

„Wieviel Knete habt ihr aus der Partnerschaft mit Schimschon gemacht", fragte Max und kam ohne Umschweife zur Sache, noch bevor sie auf den Stühlen saßen. Sonja versuchte zu lächeln und einer direkten Antwort auszuweichen.

„Schau mal, Max, wir …"

„Halts Maul, du Drecksnutte, ich frage, wieviel Knete ihr gemacht habt."

„Sechstausend Zloty", sagte Goddl an ihrer Stelle.

„Gut, wo ist die Knete?"

Jetzt versuchte auch Goddl auszuweichen. „Verstehst du, Max…"

„Wo ist die Knete, frag ich", wiederholte Max.

„Ich kann sie herbringen", sagte Goddl einlenkend.

„Habt ihr zusammengearbeitet?"

„Ja."

„Habt ihr Halbe-Halbe ausgemacht?"

„Ja."

„Gut. Dann bestimme ich: Tausend Zloty für *Talmud Thora*[72], fünfhundert Zloty für ein Waisenhaus und fünfhundert Zloty für Avrum Leib, weil er Schimschon pflegt. Kapiert? Den Rest teilt ihr Halbe-Halbe."

Sonja versucht noch etwas von der Summe zu retten.

„Schau, Max, wir hatten beträchtliche Ausgaben …"

Aber sofort läßt sie unter dem Blick von Max wieder davon ab.

„Knete auf den Tisch", sagt Max kurz.

Aller Augen starren gebannt auf jeden Geldschein, der auf den Tisch geblättert wird.

„Jetzt nehmt euren Teil und verduftet. Daß ich euch hier nie wieder seh."

Sonjas Hand zählt die Scheine schnell, wohl aus Angst vor weiterem Ärger.

Goddl, seine Mutter und Sonja verschwinden.

Max zählt die Scheine noch einmal durch, faltet sie zusammen und steckt sie in seine Tasche.

[72] Thoraschule

„Avrum Leib, wir gehn zu Schimschon und bringen ihm sein Geld. Aber bevor's losgeht, singt uns Mendel Ziv noch was vor. Aber was Lustiges. Schmil, wo bist du? Warum sind die Flaschen leer? Warum sind die Teller leer?"

Diesmal sang Mendel ein chassidisches Lied über zwei Frauen, von denen die eine blind ist und die andere nicht schwanger werden kann. Der Zaddik bringt dann das Wunder fertig, daß die Blinde schwanger wird und die, die schwanger werden wollte, wird blind. Alle lachen und klatschen zumTakt des Liedes. Ich kann mich nicht richtig mitfreuen. Meiner Erfahrung nach folgen der Freude sofort die Probleme. Wahrscheinlich wegen dem Gleichgewicht.

„Avrum Leib, du kommst nicht drum herum. Ein kleines Gläschen mußt du trinken, und zwar in einem Zug."

Ich schlucke flüssiges Feuer, und mein Kopf wird zur Flamme. Unmittelbar danach überfällt mich Müdigkeit. Ich schließe die Augen und schlafe auf der Bank ein.

Am frühen Morgen gehen ich und Max los, um Schimschon zu treffen und ihm seinen Anteil zu bringen. Unterwegs schaut Max noch in einer Wirtschaft vorbei, die fast leer ist. Hinter der Theke steht eine halbe Frau. Die andere Hälfte sieht man nicht. Die sichtbare Hälfte heißt Suraleh, und sie lächelt andauernd.

„Oj, Max, schön, dich wiederzusehen. Was verschwindest du die ganze Zeit, du Schelm?" Max lächelt zurück.

„Hej, Suraleh, wie geht's bei dir so? Bring Avrum Leib ein Glas Limonade und einen Kuchen, und mir ein Bier."

Wir setzen uns in eine schummrige Ecke. Das Gesicht von Max wird ernst.

„Nu, Avrum Leib, was hast du jetzt vor?"

„Weiß ich nicht."

Max blickt mich lange an.

„Ich hab einen Sohn, einen großen Taugenichts. Aus ihm kommt nichts Ernsthaftes heraus. Er ist feige, aalglatt, und er benimmt sich wie ein Rechtsanwalt oder ein Rabbi. Ich brauch einen Nachfolger. Einen, dem ich all die Erfahrungen weitergeben kann, die ich im Leben gesammelt hab. Ich suche nach einem Jungen, dem ich beibringen kann, wie man in Banken einbricht und Tresore knackt. Du bist flink in Bewegungen und Gedanken. Das sind genau die Eigenschaften, die man für so einen Beruf braucht. Ich verreise bald. Wenn ich zurückkomme, bleibst du bei mir. Du wirst mal ein berühmter Bankräuber."

Was Max da gesagt hat, macht mich recht stolz, aber es fällt mir schwer zu verstehen, warum er gerade mich ausgewählt hat.

„Aber Max, warum ausgerechnet ich?"

„Avrum Leib, eine der Eigenschaften, die ein Einbrecher braucht, ist Treue. Einen Freund nicht im Stich lassen. Das ist das eine. Das andere: Du hast mich einer Sache wegen sofort gewonnen, nämlich mit deiner Treue zu Schimschon. Ich erinnere mich an eine Bitte von dir, als ich dich gefragt habe, was du brauchst. Da hast du geantwortet, Essen für Schimschon. Und das hat mich tief bewegt. Einen Beruf erlernen, dazu gehört nicht viel. Das kann jeder. Aber Charakter, entweder du hast ihn, oder du hast ihn nicht."

Etwas zerriß mich innerlich ... es waren die Worte meiner Mutter: „Ich wünsche mir, ich muß dich nie als Dieb erleben ... Nicht einmal im Grab würde ich Ruhe finden ... Avrum Leib, versprich mir, ein rechtschaffener Jude zu werden ... Gib mir die Hand darauf ... Du mußt wissen, dafür gibt es keine Vergebung ... Wenn jemand ein Versprechen bricht ..."

„Max, ich hab meiner Mutter versprochen, ein aufrichtiger Jude zu werden, und ich hab ihr die Hand darauf gegeben."

„Avrum Leib, das stärkt mich nur in der Überzeugung, daß du das Zeug hast für einen guten Einbrecher. Und jetzt will ich dir mal erklären, warum es kein Verbrechen ist, Bankräuber zu sein. Sag, wem gehören denn die Banken, den Armen etwa? Nein, alles, was die Armen haben, um es auf einer Kasse aufzubewahren, das sind ihre Probleme. Ja, die Kassen, die gehören den Reichen. Und was haben sie da drin? Das Geld, das sie den Armen geklaut haben. Wir klauen nur das Geklaute."

Diese Erklärung leuchtet mir in ihrer Klarheit und Einfachheit sofort ein, und ich wundere mich, daß ich nicht früher schon darauf gekommen bin. Max hat es meinem Gesicht angesehen und lacht befriedigt. Er klopft mir auf die Schulter mit seiner Hand, lang und zart wie die einer Frau.

„Deine Zweifel kann ich verstehen. Wenn ein Kind aufwächst wie du, ohne Eltern, dann unterliegt es leicht den vielen Verführungen, die Welt verbessern zu wollen, für Gerechtigkeit und Gleichheit zu kämpfen. Diese Sachen sollten dich immer anekeln, denn sie sind wirklich zum Kotzen. Wer kämpft denn schon für Gleichheit? Das sind doch genau die, die sowieso nichts darstellen und nichts taugen. Die Sache ist die: Wenn du was wert bist, dann brauchst du diesen Kampf um die Gleichheit nicht. Und wenn du nichts wert bist, was hilft dir das Kämpfen? Genauso ist es mit dem Kampf um Gerechtigkeit. Kämpf du nur für dich selbst. Gerechtigkeit ist immer was ganz

Persönliches. Eine allgemeine Gerechtigkeit gibt es nicht. Davon leben nur Kreaturen, denen man auf keinen Fall glauben darf."

Max spricht von diesen Kreaturen mit Verachtung und voll Ekel, was sich auch deutlich auf seinem Gesicht widerspiegelt. Dieser Vortrag ist mir zu hoch. Ich verstehe rein gar nichts davon, aber was er sagt, klingt logisch. Die Stimme von Max ist voller Kraft und Gewißheit.

„Halt dich fern von jedem *Maniak*[73], der im Namen Gottes redet. Entweder, du lebst, wie Gott dir befohlen hat, bescheiden und aufrichtig, oder du lebst vom Gelaber über Gerechtigkeit. Schau dir die Rabbis an. Die reden von Aufrichtigkeit die ganze Zeit, und sie pumpen sich auf wie die Blutegel von den Spenden der Armen. Wir sind auch keine großen Gerechten, aber wenigstens lügen wir nicht. Und was sind Polizisten zum Beispiel? Polizisten sind die Komplizen der Reichen. Sie passen auf die geklauten Sachen auf, damit kein anderer was von ihrem Diebesgut wegnimmt."

Max trinkt Bier aus einem großen Glas. Der Schaum setzt sich auf seine Nase, was sehr lustig aussieht.

„Nu, Avrum Leib, hast du verstanden, was ich dir gesagt habe?"

Ich zögere mit der Antwort.

„Was willst du werden, wenn du mal groß bist?" fragt der Bierschaum um den Mund.

„Ein Clown."

Max bricht in Lachen aus, und ich lache mit.

Schimschon haben wir nicht zu Hause angetroffen.

„Wahrscheinlich ist er auf Arbeitsuche", erkläre ich Max.

„Eine Seele aus Butter, ein Kopf von einem Esel und ein Herz von einem Löwen", murmelt Max vor sich hin.

Auf dem Rückweg wird Max von allen gegrüßt. Er erwidert mit Kopfnicken und Lächeln. Ich spüre die Blicke der Kinder voll Neid und Bewunderung, daß ich an der Seite von Max gehen darf.

„Dein Geld und Schimschons Geld habe ich hier in meiner Tasche. Wir kommen am Nachmittag wieder. Das Geld von Schimschon nimmst du in Verwahrung. Gib's ihm nicht in die Hand, er wird es sofort verspielen, dieser Taugenichts."

Trotz der frühen Stunde war die Gasthaus von Schmil Grieb schon voller Leute, weil sich das Gerücht verbreitet hatte, es gäbe wieder ein Thoragericht zu verfolgen, diesmal zwischen einem reichen Kaufmann namens Solomon und einem berühmten Bankräuber, Herzl aus Alexandrov. Auch

[73] Wichser

dieses Thoragericht spielte sich schnell und sachlich ab. Solomon war ein kleiner, glatzköpfiger Mann mit kleinen hellwachen Augen, die Finger voller Ringe. Sein Kopf drehte sich wie an Scharnieren, während sein Körper bewegungslos blieb. Herzl dagegen sah aus wie ein Gentleman, elegant gekleidet, mit dunkler Krawatte und einer Goldrahmenbrille auf der Nase. Ich beachtete den Prozeß zwischen den beiden kaum. Viel mehr interessierte mich, wie sich die beiden benahmen. Solomon war nervös und Herzel sehr zurückhaltend. Wie es ausging, registrierte ich gar nicht. Mir ging die ganze Zeit der Vortrag von Max durch den Kopf, den er mir in Suralehs Gaststube gehalten hatte und den ich zu verstehen suchte, und der mich ganz durcheinander gebracht hatte.

Nachdem Solomon und Herzl gegangen waren, fingen alle an, Bier zu trinken und gekochte *Bobes*[74] zu essen, mit viel Pfeffer und Salz. Mendel sang seine Lieder und begleitete sich auf der Gitarre dabei. Die Stimmung war hervorragend. Ich versuchte auch, ein bißchen Bier zu trinken, aber den bitteren Geschmack mochte ich nicht besonders. Ich verstand gar nicht, was die Erwachsenen so aufregend daran finden.

Plötzlich flog die Tür auf wie von einem Sturm. Im Eingang stand Jankele, der jüngere Sohn der Wäscherin Dvoira. Ich mochte Jankele sehr, obwohl ich seine Mutter gar nicht leiden konnte. Ich konnte ihr nie verzeihen, daß sie Malka nicht bei sich arbeiten lassen wollte, was sicher dazu beigetragen hat, daß sie verrückt geworden ist. Ich konnte sie nicht anschauen, wogegen sie ständig wieder mit ihren schleimigen Besänftigungen daherkam:

„Avrum Leib, komm doch zu uns am Freitag. Ich hab ein gutes Essen gemacht."

„Ich komm nicht. Und ich hoff nur, daß du auch mal in der Klapse landest wie Malka", schrie ich dann aus sicherer Entfernung und rannte davon.

„Max, rette meine Mutter", heulte Jankele. „Der reiche Wolf hat uns aus der Wohnung rausgeworfen. Meine Mutter sitzt im Hof und weiß nicht, wohin sie gehen soll. Du bist der einzige, der sie retten kann."

„Nur ruhig, ruhig", versuchte Max ihn zu trösten. Seine Hand streichelte Jankeles Kopf zärtlich, aber sein Gesicht nahm eine furchterregende Blässe an. Alle starrten zu ihm hin.

„Jankele, bleib hier. Schmil Grieb gibt dir was zu essen. Dir und deiner Mutter."

Dann sprach er die Gäste des Wirtshauses an: „Wer kommt mit?"

„Wir sind dabei", sagte Nussen der Ganove.

[74] Bohnen

„Diesmal lesen wir ihm die Leviten!“
„Max, darf ich auch mit?“
„Ja, Avrum Leib.“
Im Hof saß Dvoira, die Wäscherin, umringt von Kindern und Nachbarn. Max blickte sich gar nicht nach ihr um. Er wandte sich schnurstracks zur Wohnung des reichen Wolf. Max marschierte voran. Danach kam ich, Avrum Czomp, Nussen der Ganove und der weiße Cheinek. Wolfs Haustür war verziert mit Holzschnitzereien, darüber ein Porzellanschild mit seinem Namen in goldenen Buchstaben. Max gab der Tür einen Tritt, so daß sie aufsprang und nur noch in einer ihrer beiden Angeln hing. Der Korridor, mit einem roten Teppich ausgelegt, führte uns zum Speisesaal. Jeder noch so kleine Gegenstand strotzte hier vor Reichtum. Leuchter, die von der Decke herabhingen, glitzerten mit zig Gläsern. Es brannten elektrische Birnen darin, obwohl draußen noch heller Tag war. An den Wänden hingen Bilder in goldenen Rahmen, und auf den Regalen standen Porzellanfiguren in allen Größen. Zum ersten Mal sah ich das Haus eines Reichen aus der Nähe. Ich bekam wirklich ein bißchen Angst und klammerte mich an Max. Es sah aus wie in einem Wunderland. Ich wurde neugierig. Nichts war hier echt. Alles wie im Märchen.

Auf einem der Regale standen in einer Reihe kleine Zwerge mit roten Zipfelmützen, mit Bärten bis an die Knie und blauen Schuhen. Alle lächelten mir zu. Aber der kleinste lud mich ein:

„Faß mich an, schau mal, wie kunstvoll ich gemacht bin, ganz aus Porzellan. Keine Angst, nimm mich nur in die Hand.“ Ein anderer Zwerg mit einer Kartoffelnase bettelte mich regelrecht an: „Nimm mich auch. Steck mich in deine Tasche. Komm, wir werden Freunde.“

Ich konnte nicht widerstehen. Seine so unerwartete Freundlichkeit bewegte mich derart, daß ich ihn einsteckte. Da fingen alle übriggebliebenen Zwerge an, sich im Chor zu beschweren: „Warum willst du mich nicht? Gefalle ich dir nicht? Bitte, laß uns um alles in der Welt nicht hier stehen. Sicher, im Haus von Wolf, dem Reichen glänzt alles, das stimmt. Aber wir brauchen Wärme. Wir möchten, daß uns jemand seine Aufmerksamkeit schenkt. Wir haben diese Porzellanschale satt. Mach uns bitte wieder zu lebendigen Zwergen. Dafür erzählen wir dir auch Geschichten aus unserem Leben. Aus unserem Waldleben, von den Schätzen, die unter der Erde verborgen sind.“

Einer der Zwerge war so frech, daß er gar nicht darauf wartete, bis ich ihn einstecke. Er sprang einfach von ganz allein in meine Tasche, da halfen auch alle meine Erklärungen nichts, es sei kein Platz darin. Unter den Zwergen erhob sich ein Aufstand: „Wir waren immer zusammen! Du darfst keinen von uns hier alleinlassen."

Das erschien mir durchaus logisch. Und ohne daß ich sie anfaßte, versammelten sie sich unter meinem Hemd. Ich sah aus wie eine schwangere Frau. Auf einem anderen Regal stand eine Reihe von Musikern. Alle trugen schwarze Jackets, weiße Hemden und Fliegen unter dem Kinn, Alle hatten rote, angestrengte Gesichter, und alle trugen sie Brillen. Jeder von ihnen spielte ein anderes Instrument. Es gab einen Geiger, einen Trompeter, einen Pianisten, einen Trommler und einen Dirigenten. Ich lehnte mich mit den Ellenbogen auf das Regal, um das Orchester aus der Nähe besser hören zu können. Da fingen die Musiker an, auf allen Instrumenten gleichzeitig zu spielen. Das Getöse war furchtbar, aber es kam jetzt nicht mehr vom Regal, sondern vom Fußboden. Es war sehr aufregend, aber zu schade, daß sie nur dies eine, kurze Mal spielten. Das Orchester schwieg.

Mit dem Geräusch des ersterbenden Orchesters mischte sich das Klirren der eingetretenen Glastür, die in den Speisesaal führte. Max lächelte freundlich angesichts der Porzellanzwerge unter meinem Hemd:

„Avrum Leib, nimm, nimm, heut bin ich in großzügiger Stimmung. Nimm alles, was dir gefällt. Heut geht alles auf meine Rechnung."

Avrum Czomp, Nussen der Ganove und der weiße Cheinek lachten sich tot. Plötzlich fanden wir uns in einem riesigen, beleuchteten Saal mit hohen Fenstern und Spitzengardinen. Am meisten beeindruckt, und außerdem an meinen Bärenhunger erinnert, hat mich ein Tisch aus dunkelbraunem Holz mit Beinen, die als Löwenköpfe geschnitzt waren. Die Löwen hatten ihre Rachen wütend aufgerissen und drohten mit ihren Zähnen. Wahrscheinlich hatten sie auch Hunger, und Wolf, dieser Geizhals, gibt ihnen nichts zu fressen. Zwischen weißen Tellern stand eine Suppenschüssel mit Schöpflöffel. Nie hätte ich geglaubt, daß es so eine große Suppenschüssel geben kann. Links und rechts neben den Tellern lag Besteck auf grünen Tüchern. Auf jedem Teller lag ein halbes braungebratenes Hähnchen mit Zwiebelringen, genau, wie ich es schon einmal im Schaufenster eines Gasthauses in der Stadt gesehen hatte. Offensichtlich erwartete Wolf gerade Besuch, denn ich hielt es für unwahrscheinlich, daß er aus allen Tellern gleichzeitig essen kann. Der Teller, der mir am nächsten lag, lud mich freundlich ein: „Probier mal, sieh, wie lecker ich bin." Auch diesmal konnte ich der Einladung nicht widerstehen. Ich setzte mich auf einen lederbezogenen Stuhl. Auch an den Stuhllehnen waren geschnitzte Löwenköpfe, die mich gleichfalls ermutigten: „Obwohl wir jeden Tag die besten Speisen vorgesetzt kriegen, läßt uns Wolf auch nicht den kleinsten Bissen davon probieren. Aber du, Avrum Leib, iß, soviel du willst." Ich wunderte mich sehr, daß die Löwen meinen Namen kannten. Nach mir setzte sich die ganze Bande mit an den Tisch. Wolf der Reiche, saß auf dem höchsten Stuhl, sein Gesicht war versteinert. Auf dem Kopf trug er ein kleines Käppchen, unter dem seine Schläfenlocken herunterbaumelten. Dahinter Riesenohren.

„Meine Herren", lud uns Max ein, „nehmt Platz und fühlt euch wie zu Hause. Dieses Festmahl hat Wolf für uns anrichten lassen. Eßt euch satt wie die Könige."

Die Hähnchen verschwanden von den Tellern, als hätte ein Zauberstab sie berührt. Danach wurden die exotischen Früchte vertilgt, die ich noch nie gesehen hatte. Sie waren orangefarben und rochen wie der Garten Eden. „Das sind Orangen aus Israel", erklärte uns Max. Eßt sie auf, Jungs, wir haben nicht jeden Tag *Purim*[75]." Dann wandte er sich an Wolf: „Ist der Herr Wolf etwa nicht ganz glücklich über seinen unerwarteten Besuch?"

Wolf brachte keinen Ton heraus.

„Verstehe ich richtig, daß der Herr vor lauter Freude und Aufregung so still bleibt?"

Dann aber schaltete er rasch auf Klartext: „Sag mal, du Blutsauger, du elende Zecke, du, mit dir will ich schon lang mal ein Wörtchen reden, he. Wieviele Zlotys hat dich dieses Bankett hier gekostet, daß du sogar noch das Geld von Dvoira, der Wäscherin, dazulegen mußtest? Und sowas läßt sich Schläfenlocken wachsen und setzt sich noch ein frommes Käppele auf die Rübe. Hast du eigentlich gar keinen Respekt vor Gott? Du bist doch so gelehrt in den heiligen Schriften, dann kennst du bestimmt auch den wichtigsten Satz – Liebe deinen Nächsten wie dich selbst. Jetzt raus mit der Sprache, du Hurenbock. Kennst du diesen Satz oder nicht?"

Wolf schwieg immer noch.

„Avrum Czomp, spring raus und hol Dvoira, die Wäscherin, mit ihren Kindern. Sag ihr, sie sei von uns eingeladen zu einem Festmahl.

Avrum Czomp ging nach draußen, und wenige Minuten später füllte sich der Saal mit Kindern, die in alle Ecken ausschwärmten. Die meisten rannten gleich in die Küche, von wo ich den Lärm aufbrechender Türen und von klirrendem Glas hören konnte. Dann kamen sie mit großen Käsestücken, Früchten, frischgeschlachtetem Geflügel, Brotlaiben und zwei riesigen Kirschtorten zurück. Zwei Söhne von Dvoira fingen einen Streit an, wer die Torte

[75] jüdischer Fasching

zuerst entdeckt hat und wem sie gehört. In diesen Streit mischten sich noch ein paar andere Kinder mit ein, bis Nussen, der Ganove, dazwischenfuhr und schlichtete, indem er die Torte in gleiche Stücke teilte, so daß jedes Kind etwas davon abkriegte.

„Schau dir diese Kinder hier gut an. Die hast du rausgeworfen auf die Straße, und selber ertrinkst du in Sattheit bis zum Kotzen.“ Die Stimme von Max überschlug sich zum Geschrei. Sein Kinn zitterte, und seine Hände ballten sich zu Fäusten. Noch nie hatte ich so einen Haß in den Augen eines Menschen gesehen. Plötzlich wurde er ruhig. Aus seinem Mund kam undeutliches Gemurmel. Ich hatte nicht die Zeit zu schauen, da war bereits Wolfs Kopf in der Suppenschüssel verschwunden. Max hielt ihn an den Ohren und tunkte ein. Aus der Schüssel hörte man Blub, blub, blub, und über den Ohren stiegen Luftblasen auf. Als Max den Kopf von Wolf wieder aus der Schüssel hob, war das Gesicht mit Karottenscheibchen beklebt. Karottenscheibchen auf seiner Nase, auf seinem Bart, Petersilie bedeckte sein linkes Auge, und es sah aus, als sei es grün angelaufen. Vor allem als auch noch Suppe aus der Petersilie tropfte, krümmte ich mich vor Lachen. Ich hatte noch nie einen Menschen Hühnersuppe weinen sehen.

„Max, mach das nochmal“, bettelte ich und wurde sofort angefeuert von den anderen Kindern.

„Wolf, was bleibt mir anderes übrig? Den Kindern gefällt's“, entschuldigte sich Max. „Die armen Kinder, sie haben keine Spielsachen oder sonst was, womit man sie beschäftigen kann. Und wenn's ihnen solchen Spaß macht, wie kann man ihnen den verweigern?“ Und wieder stiegen die Blasen von Wolfs Kopf auf, begleitet von dem munteren Blub, blub, blub. Aber das Lustigste war noch der Anblick, als der Kopf wieder auftauchte und der ganze Bart voller Nudeln hing. Einige kamen ihm sogar aus den Ohren.

„Und jetzt hör mir zu, du Blutsauger mit dem Herz eines Goj. Du hast Glück, daß ich dir nicht deine Schläfenlocken mitsamt dem Fleich runterreiße. Du hast es nicht verdient, dich damit zu schmücken. Aber wenn du es noch einmal wagst, einen Juden aus seiner Wohnung rauszuschmeißen, dann erwürge ich dich, wie man eine Giftschlange erwürgt. Ich werde meine Finger nicht von deiner Gurgel nehmen, bevor ich sehe, wie deine Seele von den Teufeln abgeholt wird. Sie freuen sich schon darauf. So. Jetzt bringst du Dvoira zurück in ihre Wohnung, und ihr, Kinder, nehmt euch mit, was ihr haben wollt.“

Nach wenigen Minuten war der Tisch abgeräumt. Teller, Suppenschüssel, Besteck, alles war verschwunden. Einer hatte sogar das Tischtuch und Wolfs

Schabbes-Gewand aus glänzender Seide mitgehen lassen. Bevor wir gingen, trat Max noch einmal nahe an Wolf heran.

„In zwei Wochen ist Passah, und ich komme und hol bei dir Lebensmittel für die Armen. Ich sag dir, Gott bewahre dich, wenn du nicht alles rausrückst, was ich brauche."

Auf der Straße erklärte mir Max mit müder Stimme: „Was wir getan haben, ist ein Tropfen im Ozean. Ein ganzes Volk hungert, ist arm, wird unterdrückt, und sie glauben noch, Gott will das so. Und die stinkenden Räba'lech unterstützen sie noch in diesem Glauben. Die Reichen haben keinen Gott im Herzen. Statt einer Seele haben sie eine kleine Münze. Für dich soll das heute eine erste Lektion gewesen sein, wie man mit Blutsaugern umgeht. Und jetzt nimm dein Geld und das von Schimschon. Geh zu ihm hin und sag ihm, ich komme später." Ich kam nicht mehr dazu, ihm zu antworten. Max hatte sich schon umgedreht und verschwand in den Gassen.

Das Geld, das ich Schimschon mitbrachte, verlor er noch in derselben Nacht. Aber diesmal hatte er nicht mehr die Kraft, Avrum Czomp als Betrüger zu beschuldigen. „Nu, Avrum Leib, wir sind wieder mal blank. Aber keine Sorge, ich hab ein Pärchen kennengelernt, das bei uns wohnen wird. Die beiden kümmern sich um uns."

Das Pärchen, das Schimschon aufgegabelt hat, ist ein sonderbares Gespann namens Aaron und Feige. Schimschon will mir nicht sagen, woher er sie kennt. Ich habe das Gefühl, sie kennen sich schon länger, und zwar aufgrund ihrer Gespräche miteinander, in denen auch gemeinsame Bekannte erwähnt werden.

„Nu, und wie geht's Avigdor?" fragt Aaron.

„Weg", antwortet Schimschon einsilbig.

Oder Aaron fragt: „Was ist mit Esther?"

„Unterwegs."

Alle Namen, nach denen Aaron fragt, haben ein merkwürdiges Schicksal. Entweder sie sind unterwegs, oder sie sind weg, oder sie sind am Platz. Wohin sie verschwunden sind, wohin sie sich auf den Weg machen oder gerade gehen, oder an welchem Platz sie sich befinden, das bleibt mir verborgen.

Ihre gemeinsamen Bekannten wirken auf mich wie Schatten, ungreifbar, schnell und glatt. Auf meine Frage, wer diese Schatten sind, schweigt sich Schimschon aus oder murmelt etwas Unverständliches.

Diese komischen beiden, Feige und Aaron, kennen auch Arthur. Öfter taucht er in ihren Gesprächen auf, und dann heißt es gleich hinterher: Er ist weg. Ich vermisse Arthur sehr. Auch Schimschon vermißt ihn. Ich finde es besonders schade, daß er meine Fortschritte mit der Clownerei nicht verfolgen kann. Ganz allmählich beginne ich nämlich zu verstehen, was Lachen ist, ich meine, was Menschen eigentlich zum Lachen bringt. Wenn mir zum Beispiel sehr traurig zumute ist, dann stelle ich mir vor, was mich nun zum Lachen bringen könnte, wenn ich einer der Zuschauer wäre. Ich glaube, das Amüsanteste, was es überhaupt gibt, ist zuzuschauen, wie andere sich ungeschickt anstellen. Man vergleicht sich gefühlsmäßig. Ich spiele den Stümper, der versucht, Clown zu werden. Zum Beispiel kann ich nicht mit dem Clownskostüm umgehen. Dann schau ich sie an, kratz mich am Kopf und will es schließlich anziehen, indem ich beide Beine in ein Hosenbein stecke; oder beide Füße in einen Schuh, während ich den anderen in der Hand halte, mich ratlos am Kopf kratze und verzweifelt überlege, was ich wohl am besten damit anstelle.

„Oj, Avrum Leib, du bringst mich um vor Lachen“, sagt Schimschon.

Unser komisches Pärchen findet überhaupt keinen Spaß an meinen Vorführungen. Im Gegenteil, sie rümpfen verächtlich die Nase, und Aaron sagt:

„In der Bibel steht, du sollst dich nicht in der Gesellschaft von Clowns niederlassen.“

Ich weiß gar nicht, was die Bibel ist, ich kann die Bibel nicht lesen. Ich kann überhaupt nicht lesen. Und wenn so etwas da drinsteht, dann ist es sowieso ein blödes Buch. Einem Buch, das den Menschen das Lachen verdirbt, kann ich nur Verachtung schenken. Immer hatte ich geglaubt, in Büchern stünden nur Weisheiten, aber seht, es stimmt nicht.

„Was steht noch in dem Buch?“ frage ich sie.

„Du sollst dir kein Bildnis machen“, sagt Aaron mit gewichtiger Miene.

Darin sehe ich eine offene Kriegserklärung von ihrer Seite und eine Beleidigung gegenüber Arthur. Und ich will doch sein wie er. Schon seit zwei Tagen versuche ich, mit bunter Kreide ein Portrait von Schimschon zu malen. Meiner Meinung nach ist mein Versuch durchaus gelungen, und ich treffe Vorbereitungen, aus Kartoffeln auch noch eine Büste von ihm anzufertigen. Alles, um Aaron und Feige zu ärgern. Ja, gerade ihretwegen tu ich es trotzdem.

Um noch tiefer in Arthurs Fußstapfen zu treten, erfinde ich Geschichten über alle möglichen Gegenstände im Zimmer. Heute abend zum Beispiel habe ich eine Geschichte über den Kessel erdichtet, und am Schluß hätte ich beinahe selbst geheult wegen seinem bösen Schicksal. Die Geschichte handelte von zwei alten Juden, die mit ihren letzten Groschen einen neuen, rot glänzenden Kessel erwarben mit einem stolzen Rüssel. Durch diesen Rüssel erzählte ihnen der Kessel immer allerlei lustige Geschichten, um sie aufzuheitern, denn sie waren sehr arm und traurig. Der Dampf aus dem Rüssel nahm die Gestalt von Menschen an, die sie gekannt hatten, die aber seit langem aus der Welt verschwunden waren und nach denen sie große Sehnsucht hatten. Es waren die Gestalten ihrer Kinder, die schon viele Jahre zuvor das Haus verlassen hatten. Jetzt standen sie wieder vor ihnen im Zimmer. Aus den Augen der alten Leute flossen Freudentränen. Die Dampfgestalten redeten Worte, die schon längst in Vergessenheit geraten waren. Manchmal waren die Erscheinungen so lebendig, daß die Alte zu ihrem Mann sagte: „Ich glaube, unsere Simchale weint." Und an kalten Abenden setzten sich die alten Leutchen an den Ofen und legten ihre kalten Hände auf den Kessel. Das erwärmte ihre Herzen. Und als sie spürten, daß ihr Ende nahte, da wünschten sie sich, zusammen mit dem Kessel begraben zu werden, dem einzigen Freund, der ihnen auf ihre alten Tage geblieben war.

Ich traue mich nicht, diese Geschichte jemandem zu erzählen, das wäre, wie wenn man Geheimnisse von Freunden ausplaudert. Um dieses ekelhafte Pärchen noch mehr zu ärgern, fertige ich potthäßliche Figuren von den beiden an. Aaron bekommt riesige Eier, man sagt dazu *Kile*[76], und Feige den Schnabel einer Henne, denn ihre Stimme klingt wie das Gegacker von Hühnern. Ich modelliere auch die Gesichter von meiner Mutter, von Estherke und von Schimschon. Alle sehen ihren Vorbildern sehr ähnlich, vor allem in meinen Augen. Die Meinung von anderen will ich nicht wissen. Erwachsene ziehen nämlich immer die Nase hoch und machen Bemerkungen, als wüßten sie etwas, auch wenn sie keine Ahnung haben. Estherkes Gesicht habe ich zweimal geformt. Einmal schön, mit langen, fallenden Haaren, großen Augen und einem Lächeln auf dem Mund. Die zweite Figur, mit geschlossenen Augen, einer Riesenzunge und kleinen Fliegen, habe ich aus roten Rüben angefertigt, damit die Menschen verstehen können, daß Fliegen ihr Blut gesaugt haben. Aaron und Feige wollen mir immerzu einreden, dies sei ein gojischer Brauch, und ich habe das Gefühl, ich beginne diese Gojim zu lieben. Sie reden mit leiser Stimme, fast flüsternd, ohne Ärger und ohne Wut. Die Wörter, die aus ihren Mündern kommen, sind lang, durch die dünne Stimme von Feige wirken sie wie glitschige Schlangen. Ich spüre, daß ich ihnen nicht glauben darf. Sie erinnern mich an die beiden grünen Frösche, die versucht haben, Kaszik zu überreden, ins Waisenhaus zu gehen, als wäre alles nur zu seinem Besten. Sie erinnern mich auch an die Stimme der Krankenschwester aus der Schule, wie sie erklärte, daß man nach dem Wegwerfen

[76] jiddisch: Leistenbruch

von Müll die Hände waschen muß. Alle diese Menschen haben kleine Schlangen im Bauch, und sie kommen mit den Wörtern heraus wie die Kloake auf beiden Seiten der Zegerskastraße, stinkend und giftig.

Beide, sowohl Aaron als auch Feige, reden die ganze Zeit über Gott, über Zaddikim und über Engel. Und je mehr sie über Liebe und Gebote reden, desto vorsichtiger werde ich.

Gestern abend zum Beispiel haben sie versucht, mich zu überreden, in ein Waisenhaus zu gehen. Dort könnte man aus mir einen Menschen machen, und ich würde im Geiste Gottes aufwachsen. Da läuten bei mir alle Alarmglocken. Schimschon schweigt, müde und zu krank. Er regt sich nicht. Und ich habe niemand, dem ich vertrauen kann. Ich folge jeder Bewegung von Aaron und Feige, vor allem ihren Händen. Ihre Finger sind dünn, mit scharfen Nägeln. Feige hat rote Fingernägel. Noch nie habe ich bei ihnen eine vor Wut geballte Faust oder vor Freude klatschende, geschweige denn aus Liebe streichelnde Hände gesehen. Aarons Gesicht ist schmal. Sein kleiner Mund zwischen einem kleinen, karottenfarbenen Bärtchen und einem knochigen Kiefer ist ständig in Bewegung, als würde er wiederkäuen. Seine Augen sind klein, unter dicken Brauen versteckt. Was mir am meisten Angst macht in seinem Gesicht, sind die hellen Flecken auf Stirn, Nase und Wangen. Auf der Stirn sehen die Flecken aus wie riesige Fliegen, auf den Wangen wie Mäuse und auf der Nase wie ein Riesenfrosch. Wenn er redet, bewegen sich all diese Tiere, und jedes bedroht das andere. Feige ist etwas kleiner als ihr Mann und genauso dünn. Auch auf ihrem Gesicht sind helle Sommersprossen. Sie hat eine unklare Augenfarbe. Ihre aufgeblasenen Backen sind ständig in Bewegung, sich hebend und wieder senkend. Bei jedem ihrer Annäherungsversuche zeige ich ihnen die Zähne, und diesmal bin ich bereit zuzubeißen, so fest ich nur kann, bis auf den Knochen. Feige würde ich sofort ein Auge auskratzen, sollte sie mir zu nahe kommen. Für diesen Fall habe ich mir schon eine Gabel in die Tasche gesteckt. Aaron würde ich auf den Rücken springen, denn er geht leicht gebeugt. Ich würde ihn vom Tisch aus anfallen und ihm mit einem kräftigen Zug eines seiner roten fleischigen Ohren herausreißen, voll mit kleinen Haaren. Ich hasse einfach diese Ohren. Warum, weiß ich nicht, und ich will es auch nicht wissen.

„Gott liebt dich, Avrum Leib", erklärt mir Aaron. „Gott liebt dich, weil du uns getroffen hast, und wir helfen dir, den Weg zu ihm zu finden." Seine Frau, Feige, wiegt zustimmend ihren Kopf.

Schimschon sitzt neben mir mit geschlossenen Augen. Er atmet schwer, und auf seiner Stirn glitzern Schweißperlen. Feige gibt mir und Schimschon je einen Teller mit Kartoffeln und gebratenen Zwiebeln darauf. Normalerweise schmeckt mir so ein Essen sehr. Obwohl ich großen Hunger habe, werde ich von diesem hier keinen Bissen anrühren, auch wenn ich vor Hunger sterbe. Die gebratenen Zwiebeln, die auf den Kartoffeln liegen, erscheinen mir wie Würmer.

„Avrum Leibinke, warum ißt du nicht?“ fragt Feige. Ich hasse es, wenn mich jemand Avrum Leibinke nennt. Nur meine Mutter darf mich so nennen, sonst niemand. Die Gabel in meiner Tasche halte ich fest in meiner Hand. Wenn sie mich noch einmal Leibinke nennt, dann kratz ich ihr mit Gottes Hilfe ein Auge aus.

Warum erwähne ich Gottes Hilfe? Weil alles, was in der Welt passiert, nach ihren eigenen Worten mit Gottes Hilfe geschieht. Und wenn das so ist, dann wird auch ein Auge mit Gottes Hilfe ausgekratzt. „Mit Gottes Hilfe“, so beenden sie jeden Satz. Gott, Gott. Die ganze Zeit führen sie seinen Namen im Mund. Gott, der mich liebt, Gott, der eine Wut auf mich hat, Gott, der mir verzeihen wird. Ich weiß gar nicht, warum er sich ärgert, ich weiß gar nicht, warum er mich liebt und was er mir verzeihen soll. Ich weiß nur, daß ich mich vor ihnen in acht nehmen muß. Ich tu alles, um sie zu ärgern und auch, um ihren Gott mit „Gottes Hilfe“ zu ärgern. Nein, nein, ihr Gott, das ist nicht mein Gott. Meiner sieht aus wie Arthurs Gott. Der kann singen und Gitarre spielen. Der hat ein geschminktes Clownsgesicht, mit dem er Kinder zum Lachen bringt. Die meiste Zeit ist er betrunken. Manchmal betrügt er, manchmal ärgert er sich und verzeiht. Mit so einem Gott ist es leicht zurechtzukommen. Er versteht dich und du ihn. Schimschons Gott zum Beispiel ist auch Säufer, Kartenspieler, ist gutherzig und hält keine Versprechen. Der Gott des buckligen Chaim war alt, weise, und er verstand die Leiden der Welt.

Bei jeder Gelegenheit versuchen sie mir Geschichten aus der Bibel vorzulesen. Ich erlaube es ihnen, solange sie mich in Ruhe lassen. Diesmal ist es die Geschichte von Adam und Eva. Aus Aarons Mund kommt die Geschichte ohne Wärme, ohne Herz, derart langweilig, daß ich kaum verstehe, worum es geht.

Adam und Eva wohnten im Garten Eden. Sie waren die ersten Menschen auf der Welt, und natürlich waren sie Juden. Im Garten Eden, den sie bewohnten, mußte man nicht arbeiten. Ich glaube, Arthur würde sich sehr wohlfühlen dort.

Und Gott sagte ihnen, man dürfe jede Frucht essen, außer einem Apfel. Und eine Schlange kam zwischen den Bäumen angeschlichen und überredete Eva, und Eva Adam, den Apfel zu essen. Und dann hat Gott sie hinausgeworfen aus dem Garten Eden und hat sie zur Arbeit verurteilt. Schimschon ist begeistert von der Geschichte, und ich verstehe nicht, woher diese Begeisterung kommt. Diese Geschichte gefällt mir gar nicht. Mir ist sonnenklar, daß sich Arthurs Gott völlig anders verhalten hätte. Er hätte bestimmt gesagt: Was für eine Aufregung, nur wegen einem Apfel. Man könnte ja noch glauben, Gott hätte nicht genug Äpfel. Dann haben sie also einen Apfel gestohlen. Na und? Oder er hätte ihnen einen Rat gegeben, wie man klaut, ohne erwischt zu werden. Eva hätte er bestimmt schöne Augen gemacht, ihr erzählt, wie sehr er sie liebt, und er hätte versucht, von ihr Geld zu leihen. Die Schlange hätte er bestimmt versucht an einen Zoo zu verkaufen oder an eine Fabrik, in der man Taschen aus Schlangenhaut für die Reichen macht. Der Gott von Aaron und Feige ist ein ekelhafter Geizhals, der mich an Wolf den Reichen erinnert. Wolf der Reiche hat viele Häuser und sehr viel Geld. Und wegen ein paar Zlotys, die Dvoira in Mietrückstand gefallen war, hat er sie aus dem Haus geworfen. Nu, dann haben sie einen Apfel gestohlen. Aber schickt man deswegen ein jüdisches Paar in die Verbannung? Diese Strafe erscheint mir völlig unangemessen.

Überraschenderweise kommt mir Schimschon zu Hilfe und stellt die ganze Geschichte in Frage. Woher weiß man eigentlich den Fall mit dem Apfel? Es gab doch damals noch gar keine Zeugen. Sie waren doch die einzigen Menschen auf der Welt. Und wenn es keine Zeugen gibt, dann legt jedes Gericht den Fall zu den Akten. Und woher weiß man überhaupt, daß Adam ein Jude war? Es gab doch gar keinen Beschneider damals. Ich finde Schimschons Bemerkungen richtig drollig und genieße es, wie die beiden dabei durcheinandergeraten. Die ganze Geschichte interessiert mich einen Dreck, und ich halte mir die Händ an die Ohren, daß ich nicht mit anhören muß, wie es weitergeht. Aber Feige und Aaron lassen sich einfach nicht ärgern, und das bringt mich zur Weißglut. Sie geben nicht auf und machen gerade so weiter mit ihren Erzählungen. Diesmal soll ich hören, was mit dem Menschen nach seinem Tod passiert, und der kranke Schimschon lauscht aufmerksam. Kurz darauf wird er von einem Hustenanfall geschüttelt, und Blut kommt aus seinem Mund. Schimschon hat große Angst vor dem Tod, und sie wissen das.

Am anderen Morgen bittet mich Schimschon, mit Aaron und Feige loszuziehen, um Geld zu sammeln für Waisenhäuser und Altersheime, weil Spenden vor dem Tod bewahren.

„Avrum Leib, wenn ich gesund wäre, würde ich es selber tun, aber ich bin krank und hab einfach nicht die Kraft. Und wenn du mit ihnen gehst, dann hilft es uns auch."

„Ich geh nicht mit denen, keinen Schritt", antworte ich ärgerlich.

Nach meiner Abfuhr flüstert Schimschon wieder mit Aaron und Feige. Ab und zu höre ich meinen Namen und am Schluß einen Seufzer von Schimschon: „Der ist stur wie ein Maulesel. Da hilft alles nichts." Und Aaron stöhnt laut: „Schade, schade."

Ich weiß nicht, worüber sie sonst noch geredet haben, aber Schimschons Beziehung zu mir hat sich verändert. Es zeigt sich in Schweigen und Gleichgültigkeit mir gegenüber, was mir sehr weh tut. Ich weiß, es ist alles wegen den beiden. Und um ihnen noch eins auszuwischen, habe ich sie wieder modelliert: Aaron als Schlange und Feige als Frosch mit hervorquellenden Augen. Es fällt mir auf, daß meine Figuren dem Pärchen sehr ähnlich sehen. Diese Ansicht würde sicher niemand anderes mit mir teilen, aber das macht mir nichts. Ich seh sie so, basta.

Aaron hat immer noch nicht aufgegeben und erzählt mir am laufenden Band biblische Geschichten. Diesmal geht es um eine Sintflut, in der alle ertrunken sind, dann um ein Feuer, das Gott über Sodom und Gomorrah gelegt hat, und in dem alle verbrannt sind. Danach eine Geschichte über Hiob, dem Gott eine Krankheit mit ekelhaften Wunden geschickt hat. Die drei letzten Geschichten haben mich endgültig davon überzeugt, daß Gott nicht ganz richtig im Kopf sein kann. Alle die Strafen kamen von den Götzenbildern, vor denen sich die Menschheit verbeugt hat. Ja, alle Probleme kommen von den Figuren. Aaron versucht mir noch zu erklären, warum sich Gott so über Figuren aufregt, aber ich habe kein Wort davon verstanden. Was mich vor allem dabei stört, ist die Frage, warum Gott eigentlich Krankheiten und Probleme vom Himmel schickt. Haben wir nicht schon genug davon auf der Erde?

„Wenn du nicht mit dem Modellieren aufhörst, straft dich Gott auch noch", sagt Aaron.

Das gefällt mir, und ich werde ihn damit ärgern, wie ich nur kann. Ihm zum Possen habe ich alle meine Figuren auf dem Fenstersims aufgestellt, damit er sie besser sehen kann. Und ich beschließe: Wenn ich groß bin, werde ich Bildhauer. Ja, genau. Bildhauer und nichts anderes. Und dann werde ich auch ein Standbild von Gott anfertigen. Wie genau, weiß ich noch nicht, aber meiner Vorstellung nach wird er wohl ähnlich aussehen wie Wolf, der Hausbesitzer, oder wie ein Polizist ohne Gesicht und mit vielen Knöpfen.

Es war Freitag, als mich Schimschon losschickte, für ihn Wodka zu kaufen, während er selber mit Feige irgendwohin ging, ich nehme an, Spenden sammeln. Das Haus war leer. Ich glaube, sie machten es mit Absicht. Unter ihrem Einfluß ließ sich Schimschon in letzter Zeit aufs Tiefste erniedrigen. Als ich von dem Einkauf zurückkam, fand ich alle meine Figuren zerstückelt im Mülleimer wieder. Erst war ich schockiert. Dann fiel mir ein, daß ich in letzter Zeit schon öfter die Befürchtung hatte, Aaron könnte mir mit Hilfe seines Gottes so etwas zufügen. Es hatte zu dieser Tat eigentlich eine Menge Vorwarnungen gegeben, und jetzt war es geschehen. Ich weiß nicht mehr, wie lange ich vor den abgebrochenen Köpfen von meiner Mutter, von Estherke und von Arthur gestanden habe. Von Estherkes Kopf war noch die Nase und die Riesenzunge übrig, von der Figur meiner Mutter ein Kopftuch mit einem Auge und von Arthur das Kinn mit dem kleinen Bart. Anfangs versuchte ich noch, sie wieder zusammenzuflicken, aber vergeblich. Manche Teile waren einfach auf dem Boden zerbrochen. Ich spürte den Schmerz von jeder Figur. Ich stellte mir die Ohnmacht jeder Figur vor. Vielleicht haben sie geschrien und um ihr Leben gebettelt. Ihre Schreie kamen aus dem Müll und erfüllten mich nach und nach mit Schmerz, dann mit Mitleid, und schließlich mit blankem Haß. Kleine Hämmer schlugen in meinem Schädel: „Nimm Rache, nimm Rache!" An allem war diese ekelhafte Bibel schuld. Dieser Geizhals von Gott, dieser Wahnsinnige.

Mit einem Messer in der Hand suchte ich nach dem Buch mit dem schwarzen Einband. Was für eine Genugtuung war es, ein Blatt nach dem anderen herauszuschneiden, damit kein Andenken mehr davon übrig bleibt. Danach zerschnitt ich auch *Tallit* und *Tefillin*[77], nahm die Reste meiner Figuren vorsichtig aus dem Eimer und warf Bibel und Gebetsutensilien hinein. Dann schnitt ich all ihre Kleider in Streifen. Den Hut, die Schuhe und ihre Koffer. Auf dem Boden eines der Koffer fand ich eine Sammelbüchse voller Münzen und ein Päckchen mit Geldscheinen, in ein Leintuch gewickelt. Erst jetzt war mir klar, daß ihre gesammelten Spenden nie an ein Waisenhaus oder ein Altersheim gegangen waren. Jetzt wußte ich auch, warum ich mit ihnen auf Sammeltour gehen sollte. Das Päckchen war ziemlich schwer. Ich steckte es in meine Tasche und band meine Hose mit den Gebetsriemen zusammen, um es nicht zu verlieren.

Draußen wurde es schon dunkel. Aaron und Feige waren noch nicht zurück. Sicher war Freitag ein guter Tag zum Sammeln. Es kann nicht mehr lange dauern, bis sie zurück sind. Was tun? Ich hoffe, Schimschon ist gewohnheitsgemäß in Schmils Kneipe gegangen. Aber was macht man mit

[77] Gebetsriemen

Aaron und Feige? Etwas in meinem Herz flüstert: Zerschneid sie auch, bring sie um die Ecke. Aber wie macht man das? Ich erinnerte mich daran, daß vor der Tür ein paar Kisten standen, die meisten schon ziemlich morsch. Das wird genau das richtige Versteck, wo ich ihnen auflauern und sie im rechten Augenblick anspringen und erstechen kann, genauso, wie sie es mit Estherke gemacht haben, mit meiner Mutter und mit Arthur. Der Überraschungseffekt mußte ausgenutzt werden; das reine Kräfteverhältnis wäre zu ungleich, da hätte ich keine Chance. Aaron war sehr groß. An seinen Kopf komme ich nur durch einen Sprung von der Kiste. Ich war noch kaum in meinem Versteck, als schon die Schritte von Aaron zu hören waren. Ich war ruhig und kalt. Aaron befand sich jetzt in unmittelbarer Nähe. Sein Zwiebel- und Knoblauchgeruch reizte meine Nase. „Jetzt, jetzt!" schlugen die Hämmer in meinem Kopf. Ich nahm Anlauf auf einer hohen Kiste. Aaron drehte sich in Richtung des Geräusches. In selben Moment, als ich losspringen und zustechen wollte, brachen die Kistenbretter auseinander, und ich fiel hinein. Aaron flüchtete erschreckt ins Zimmer, und die Tür flog hinter ihm zu. Ich brauchte eine Weile, um mich aus der Kiste zu befreien und auf die Straße zu verschwinden.

Ich kam nicht wieder zurück nach Hause. Vor Schimschon hatte ich ein wenig Angst. Ich wußte nichts Näheres über sein Verhältnis zu Aaron und Feige, wie er sie kennengelernt hatte und warum sie zu ihm gekommen waren. Ich hatte auch den Verdacht, daß Schimschon durchaus mit einem beträchtlichen Anteil an den Geldsammlungen für Waisenhäuser und Altersheime beteiligt war. Diese Einschätzung verdichtete sich besonders, nachdem er mich hatte überreden wollen, mit Aaron und Feige auf Sammeltour zu gehen. Aber trotz allem werde ich ihn vermissen. Und ich mache mir auch Sorgen um ihn. Sein befremdliches Verhalten mir gegenüber habe ich ihm verziehen. Aus der Distanz sah alles anders aus. Ich dachte wieder an die Tage, als er noch gesund war. Wir konnten miteinander lachen und verrückt sein. Jetzt habe ich Sehnsucht nach ihm, weil ich traurig bin.

Auch Zosza hat sich sehr verändert, wegen ihrem neuen Bräutigam. Sie nimmt keine Notiz von mir. Ich spüre auch, daß ich ihr im Weg bin. Aber wo soll ich sonst hingehen? Ich versuche, mich möglichst gar nicht bemerkbar zu machen. Alles wegen einer neuen Liebe mit Namen Julian. Dieser Julian arbeitet als Straßenbahnfahrer und sieht aus wie ein Polizist in seiner grünen Uniform mit vielen Knöpfen und einer glänzenden Schirmmütze, auf die er so stolz ist. Julian sieht Zosza ein bißchen ähnlich. Sie sind ungefähr gleich groß, gleich dünn und haben die gleichen hellen Augen. Er ist auch blond und hat einen Riesenschnurrbart und ewig eine Zigarette im Mund. Der Unterschied zwischen den beiden besteht darin, daß Julian keine Juden mag. Mich haßt er weniger, weil ich noch ein Kind bin. Aber er verspricht, wenn ich groß bin, wird er mich genauso hassen, mich hassen wie alle anderen Juden. Nach seinen Worten saugen die Juden das Blut aus dem polnischen Volk. Deswegen sei Polen so arm und so blutleer. Er selbst sieht gar nicht so aus, als hätte ihm jemand Blut abgesaugt. Im Gegenteil: Seine Backen sind rosa und seine Nase knallrot. Wenn er frei hat, ist er mit Zosza zusammen. Ich muß dann das Zimmer verlassen und darf sie auf keinen Fall besuchen. Mir bleibt nichts anderes übrig, als wieder zu dem Schuppen zurückzugehen, was mir nicht leicht fällt. Alles erinnert mich an Estherke. Nachts kann ich vor Angst kaum einschlafen. Wenn es mir doch gelingt, dann kommen im Traum die Gespenster; darunter auch Schimschon ohne Augen und durchsichtig wie Glas. Schimschon ärgert sich sehr über mich. Meine Angst wurde noch größer, als Zosza mir erzählte, Schimschon habe schon mehrmals nach mir gesucht, mit einem Gesicht, das nichts Gutes verheißt. Glücklicherweise hat ihn Zosza dann angelogen und behauptet, sie wisse gar nicht, wo ich bin. Sie ist die einzige, die noch Kontakt zu ihm hat, und durch sie erfahre ich Neuigkeiten über ihn, die mir große Sorgen bereiten.

„Der Todesengel hat auf sein Gesicht schon das Ende gezeichnet. Er ist kaum noch wiederzuerkennen. Von ihm ist nur noch die Hälfte übrig, und trotzdem lehnt er jede Hilfe ab, auch meine." Zosza erzählte mir außerdem noch, daß Aaron und Feige vor wenigen Tagen verhaftet und von der Polizei wegen Betrugs und Scheckfälschung angeklagt worden seien. Ich weiß nicht, warum ich mich gar nicht darüber freuen konnte, im Gegenteil, ich wurde ein bißchen traurig. Einen Menschen fallen zu sehen ist immer etwas Bedrückendes, auch wenn er ein Betrüger und Lügner ist. Schimschon ist jetzt allein zu Hause. Hätte Soscha ihm nicht jeden Tag einen Topf voll Essen gebracht, wäre er bestimmt schon tot.

„Avrum Leib, wir müssen uns auf den Abschied von ihm vorbereiten. Aber er gibt nicht auf. Ihr, die Juden, seid eine starke Rasse", sagt Zosza. Mit Hilfe von Julian, ihrem Bräutigam, hat sie ihm Arbeit in einer Fabrik vermittelt, die Schuhcreme in allen Farben herstellt. Dort soll er als lebende Werbung arbeiten. Die Creme heißt Globin. Auf den Deckeln der Globin-Dosen ist die Gestalt von Charlie Chaplin gemalt, mit Riesenschuhen, von denen Licht ausstrahlt. Charlie Chaplin hat einen schwarzen Hut, einen kleinen Schnurrbart und ein breites Lächeln. In der Hand hält er einen Stock mit gebogenem Griff. Just an diesem Tag hatte ich das Bedürfnis, ihn zu besuchen, mochte kommen was wolle. Schlimmstenfalls würde ich eine Ohrfeige kriegen, aber das ist ja nichts Neues für mich. Eine Ohrfeige mehr oder weniger beeindruckt mich längst nicht mehr. Das Wichtigste für mich war, ihm das Geld zu bringen, das ich in Aarons und Feiges Koffer gefunden hatte, so daß er davon einen Arzt bezahlen kann, oder Arznei, oder das Krankenhaus. Ich selber nehme nur das Kleingeld aus der Sammelbüchse. Ich weiß nicht warum, aber es fällt mir schwer, mit so viel Geld umzugehen. Auch wenn ich Kuchen kaufe, Süßigkeiten oder schwarzes Brot mit Rosinen und dicken Wurstscheiben darauf, ich kann es gar nicht genießen. Es stimmt zwar, sie haben den Geschmack des Gartens Eden, aber mich stört etwas. Irgend etwas zerfrißt mich innerlich. Ich versuche mich zu beruhigen, aber alle Ausreden helfen nichts. Dieses Geld gehört in ein Waisenhaus, in ein Altersheim. Es ist nicht meines. Dieser Schatz ist mir zu schwer, und ich weiß nichts damit anzufangen. Am liebsten wäre es mir, wenn mir jemand das Geld stehlen würde. Dann müßte der andere darunter leiden, und nicht ich. Ich wünsche mir, daß das Geld auf irgendeine Weise verschwindet. Ich will es gar nicht. Das Päckchen habe ich noch nicht geöffnet. Irgend etwas hält mich auch davon ab, es zum Beispiel an Zosza zurückzugeben, der ich wahrhaftig eine Menge schuldig bin. Sie war immer eine Stütze für mich in schwierigen Zeiten. Aber bei ihr stört mich, daß sie eine Goja ist. Und das Geld gehört doch in eine Thoraschule. Und noch mehr stört es mich, daß ihr Bräutigam die Juden haßt. Kurz: Ich habe keine Ahnung, was ich mit dem Geld anfangen soll. An dem Tag, als ich beschlossen hatte, das Geld zu Schimschon zurückzubringen, hätten mir auch ein paar Fausthiebe nichts ausgemacht, wenn ich nur dieses blöde Gefühl losgeworden wäre.

Am Freitag schickte mich Zosza los, Sauerkraut holen bei Jakob, der seinen Laden gleich neben dem Gasthaus hat. Auf dem ganzen Weg war ich zerstreut. Der Eisenring von diesem blöden Gefühl drückte mich sehr. Ich konnte kaum atmen. Diesen Ring sieht man nicht, aber er drückt so unsagbar. Ich muß unbedingt Goddl fragen, wie man so etwas loskriegt. Er weiß alles. Neben dem Zigarettenkiosk des beinlosen Invaliden Zigmund sah ich eine Kinderschar hinter einer Gestalt herrennen, die aussah, als wäre sie gerade vom Deckel einer Globin-Schuhcremedose entflohen. Einige Kinder warfen Dreck und Steine nach ihm. Der Charlie Chaplin von dem Globin-Deckel konnte sich kaum auf den Beinen halten. Sein ganzer Körper wankte. Mir war, als würden sie die Steine auf mich werfen, ich selbst wankte und konnte mich nicht mehr auf den Beinen halten. Ich hatte Angst davor, näherzutreten. Ich wollte nicht wahrhaben, daß es Schimschon ist. Schimschon verbarg sein Gesicht vor dem Steinhagel, der auf ihn niederging. Ich war nicht gewohnt, ihn so ohnmächtig zu sehen. Mein Herz zog sich zusammen vor Schmerz. Ich wollte zu ihm hinrennen, ihn in den Arm nehmen, ihm etwas Schönes sagen, ihm erklären, daß ich ihn sehr lieb habe. Stattdessen stand ich da wie gelähmt. Schimschon Chaplin, wie ich ihn für mich nannte, hielt einen Moment an und lehnte sich mit einer Hand gegen die Wand. Ich ging hin und stand direkt neben ihm. Sein Gesicht war mit einem breiten Lächeln geschminkt. Plötzlich strömte aus diesem Lächeln eine dicke rote Farbe. Schimschon Chaplin fuchtelte mit der Hand in der Luft herum, als suchte er nach einem Halt, dann klappte er zusammen wie eine Lumpenpuppe. Die Kinder hörten nicht damit auf, Dreck nach ihm zu werfen und im Chor zu schreien: Charlie Chaplin, Charlie Chaplin. Ich trat zu ihm hin. Schimschon lag in einer Dreckpfütze. Ich denke, er hat mich erkannt, denn sein Lächeln ist breiter geworden. Die rote Farbe breitete sich über seinen Kleidern aus. Seine Hand verlor den Stock. Die Riesenschuhe zitterten, dann froren sie auf einmal ein. Alles weitere spielte sich ganz langsam ab. Eine Gruppe von Menschen stand im Halbkreis herum. Es waren keine Menschen, es waren flache Gestalten, grau, braun und blau. Einige von ihnen hielten Regenschirme, Taschen und Spazierstöcke. Ich wollte den Halbkreis durchbrechen, um nach Schimschon zu schauen. Eine Gestalt mit Regenschirm in der Hand schob mich grob auf die Seite: „Geh, Kleiner, du störst. Das ist kein Theater. Da ist jemand am Sterben, und man hat schon den Krankenwagen bestellt." Ich erkläre der Gestalt mit dem Regenschirm, daß das Schimschon ist, mein Schimschon. Einige andere Gestalten stehen um ein weißes Viereck mit einem roten Kreuz, von denen zwei herbeikommen, auch in Weiß. Eine von ihnen hat eine Brille mit schwarzem Rand. Das weiße Viereck mit dem roten Kreuz ist verschwunden mit ohrenbetäubendem Gepfeife. Auch die flachen Gestalten in allen Farben, mit Stöcken und Taschen verlieren sich. Ich stand noch lange Zeit allein da.

11. Kapitel

Ich, Reb Yechezkiel Ben Chaim, befehle dir, du verfluchte Krankheit, im Namen Gottes und aller Zaddikim, dich von jüdischen Häusern zu entfernen. Du und alle anderen Krankheiten. Ich, Reb Yechezkiel Ben Chaim befehle dir, dich ins Meer zu stürzen und in Luft aufzulösen und nie wieder zurückzukommen.

Diese Worte stehen auf dem Amulett, das ich für zwei Zlotys bei Yechezkiel gekauft habe. Das heißt, ich habe es nicht selbst gekauft, sondern Bäcker Feldmann. Nicht nur mir hat er eines gekauft, sondern auch allen seinen anderen Arbeitern. Das Amulett ist aus Kalbsleder und steckt zusammengerollt in einem Stoffsäckchen. Das Säckchen hängt um meinen Hals an einer roten Kordel, gegen den bösen Blick. Fast alle Kinder bei uns im Hof tragen solch ein Amulett, und ich kann mir vorstellen, daß Kinder in anderen Höfen auch so eins umhaben. Zusätzlich zu diesen Worten, die auf Jiddisch geschrieben sind, gibt es noch ein Gebet, das man jeden Morgen und Abend sprechen muß. Aber die Worte verstehe ich nicht, und ich habe mich entschlossen, es nicht zu sprechen. Die Worte sind handschriftlich auf die Zeichnung einer Hand geschrieben.

Die Reichen tragen keine solchen Amulette. Sie sind einfach abgehauen. Die Reicheren ins Ausland, die weniger Reichen in andere Städte. Die Krankheit, die in unserer Straße wütet, hat einen lustigen Namen. Man nennt sie Diphtherie. Den anderen jagt dieser Name furchtbare Angst ein. Wer diesen Namen erfunden hat, weiß ich nicht. Warum heißt sie eigentlich nicht Moische oder so? Ich finde, eine Krankheit mit dem Namen Moische wäre leichter zu ertragen. Diphtherie ist ein gojischer Name, und von allem, was nach Gojim riecht, da lohnt es sich, großen Abstand zu nehmen. Trotz des Amuletts ist Jankele gestorben, der Sohn von Dvoira, der Wäscherin. Ich habe ihn sehr gemocht. Am Anfang hat Jankele hohes Fieber gekriegt, dann Halsschmerzen, und nach ein paar Tagen ist er unter großen Qualen erstickt.

Das Geschrei von Dvoira hörte man im ganzen Hof, und es ließ einem vor Angst das Blut in den Adern gefrieren. In dieser Woche sind noch drei Kinder gestorben, darunter ein Mädchen namens Chavaleh. Die Eltern von Chavaleh waren sehr reich. Sie haben wahrlich die teuersten Ärzte der Stadt für sie kommen lassen. Einer dieser Ärzte, mit Namen Kolka, sah in meinen Augen nicht aus wie ein Arzt, sondern wie der Todesengel persönlich. Groß, schlank, glatzköpfig, und eine Hautfarbe, als wäre er eben erst aus dem Grab gestiegen. Und dieser Doktor Kolka wagte es, sie ins Krankenhaus zu bringen. Aber es half nichts. Dazu muß man wissen, daß das Amulett von Chavaleh mit Kalbsblut geschrieben war statt mit Tinte, und es steckte in einem Seidensäckchen mit goldener Kette. Möglicherweise war das Amulett nicht deutlich genug geschrieben, oder daß die Krankheit kein Hebräisch oder Jiddisch lesen konnte. Meiner Meinung nach muß man Amulette in mehreren verschiedenen Sprachen schreiben. Kann man denn von einer Krankheit erwarten, daß sie ausgerechnet die heilige Sprache versteht? Fast jeden Tag kommt ein schwarzer Wagen, geschlossen wie eine Kiste. Die Ankunft dieses Wagens versetzt alle Mütter in Angst und Schrecken. Auf diesem Leichenwagen sitzt Sender, der Kutscher, oder, wie die Kinder ihn nennen, Sender *Peiger*[78]

Dieser Sender hat ein weißes Gesicht, eine flache Nase und große, gelbe Zähne. Sender ist stumm, und jedesmal, wenn er angesprochen wird, nickt er bejahend mit dem Kopf, auch wenn er nichts versteht. Die Beerdigung von Chavaleh war sehr traurig. Ihre Mutter, Zipke Holz, verfluchte Gott mit Wörtern, die ich mich nicht wiederzugeben traue. Aber einige von ihnen muß ich doch loswerden:

„Du bist nicht mehr unser Gott. Hättest du auch nur einen Tropfen der jüdischen Seele in dir, dann hättest du nicht so eine schöne Blume abgepflückt.“ Ich glaube, viele Menschen stimmten ihr im stillen zu. Viele hielten sich auch die Ohren zu, vor allem, als sie laut zum Himmel schrie: „Du siehst von mir keine Kerze mehr, wie ich sie bis jetzt immer in der Synagoge gespendet habe. Ab jetzt siehst du nur noch meinen Arsch, aber keine Kerze mehr!“

Ich mußte laut auflachen. Als Reaktion fing ich eine derartige Ohrfeige, daß in meinem Kopf hundert Kerzen aufleuchteten. *„Schejgez*[79]*, Padle*[80], eine Frau schreit Unsinn in ihrem Schmerz, und du lachst dazu“, sagt Bäcker

[78] hebräisch: Leiche

[79] frecher Bengel

[80] Taugenichts

Feldmann verärgert. Aber was soll ich machen, wenn es mich einfach zum Lachen bringt? Manche Leute sagten, daß solche Beschuldigungen Gott noch mehr erzürnen. Es ist kaum auszuhalten, Chavaleh ins Leichentuch gebunden zu sehen. Sie liegt auf einer Tragbahre. Als die Bahre in dem schwarzen Sarg verschwand, hatten alle Tränen in den Augen. Ich muß unaufhörlich über den Tod nachdenken. Zum Beispiel, wie findet der Todesengel seine Opfer? Wahrscheinlich schleicht er sich durch jede Öffnung. Deswegen verschließe ich die Schuppentür so gut ich nur kann. Und um den Todesengel an der Nase herumzuführen, habe ich eine Lumpenpuppe angefertigt und unter die Decke gelegt, damit ich Zeit zum Abhauen habe, bis er den Schwindel entdeckt. Natürlich kann ich nicht alle Löcher im Speicher zustopfen, denn es gibt mehr Löcher als Bretter. Die größten Löcher sind auf dem Dach, was mich aber eher beruhigt, denn es besteht immer die Möglichkeit, daß der Todesengel sich ein Bein bricht, wenn er klettert. Ich bin der einzige, der die geheimen Wege kennt, die zum Dach hinaufführen. Gern hätte ich woanders geschlafen, aber es gibt keine Alternative nach Schimschons Tod und nach der Hochzeit von Zosza Klops, die übrigens auch anfing, Juden zu hassen, offensichtlich unter dem Einfluß von Julian, ihrem Mann. Auch mich mag sie nicht mehr, und sie klagt, daß ich mit der Zeit mehr und mehr jüdischen Charakter annehme. Ich weiß gar nicht, ob ich deswegen traurig sein soll oder nicht. Max hatte versprochen, bald zurückzukommen, aber ich bin inzwischen ganz allein.

Manchmal besucht mich Goddl, aber immer nur für ein paar Minuten, und immer mit dem gleichen Vorschlag: „Du arbeitest doch bei Feldmann in der Bäckerei. Er ist sehr reich. Schau mal nach, wo er sein Geld versteckt, und du wirst es nicht bereuen. Danach leben wir wie die Lords.“

Ich antwortete ihm, daß ich so etwas niemals machen würde, denn Feldmann ist sehr nett zu mir, einmal abgesehen davon, daß ich ab und zu ein paar Ohrfeigen kriege. Aber alle jungen Lehrlinge kriegen Ohrfeigen, klar, das gehört dazu. Vor allem seine große Tochter, Beile, ist sehr nett zu mir, und im Scherz bietet sie an, mich zu heiraten. Aber in letzter Zeit hat sich die Stimmung in der Bäckerei verschlechtert. Die Tochter von Leiser, der den Teig knetet, ist krank. Alle hoffen, daß sie wieder gesund wird, und haben Mitleid mit ihm. Die Bäckerei spendet Kerzen für die Synagoge und Brötchen fürs Altersheim. Das ist unser Beitrag im Kampf gegen die Krankheit. Offenbar merkt das aber die Krankheit gar nicht, denn sie fährt unbarmherzig darin fort, ihre Opfer an sich zu reißen. Und wieder ist ein Kind gestorben, diesmal nicht bei uns im Hof, sondern in der Dolnastraße. Ich habe dieses Kind nicht gekannt, aber das Traurigste daran ist, daß es zwei Tage vor seiner *Barmitzvah*[81] gestorben ist. Es gab Leute, die sagten, es sei die Strafe des Himmels, weil sein Vater Kommunist war. Nicht nur Kommunist, sondern einfach ein Antisemit. Alles Jüdische habe ihn gestört. Seiner Meinung nach sollten sich alle Juden zum Christentum bekehren und werden wie alle. Seine Frau ist die einzige, bei der noch ein Krümel der jüdischen Art hängengeblieben ist. Und sie bestand darauf, auf jeden Fall Barmitzvah zu feiern. Für diesen Samstag ist ein großes Gebet vorgesehen. Reb Yechezkiel wird sprechen, und wir, das heißt die Bäckerei Feldmann, haben zugesagt, Brot und Kuchen an die Betenden zu verteilen. Überhaupt fingen die Menschen an, einander näherzukommen in dieser bedrückenden Lage. Die Gemeindeältesten haben auch beschlossen, zusammen mit der Menge zu den Gräbern der Zaddikim zu pilgern, um dort Gnade zu erbitten. Sie sollen bei Gott vorsprechen und ihm sagen: „Hör mal, Gott, wir haben auch so schon genug Probleme, das heißt, ohne die Diphtherie. Wer, außer dir, könnte das besser wissen?“ Ich bereite mich darauf vor, mit allen anderen auf den Pilgerweg zu den Gräbern der Zaddikim mitzugehen, aber mit Brötchen. Viele Kinder kommen auch mit, um Kerzen zu verkaufen. An solchen Feiertagen ist das ein ziemlich sicheres Geschäft.

Die Prozession wurde verschoben, aus Gründen, die nicht näher genannt wurden. Goddl sagt, der Grund für den Aufschub liege darin, daß sie noch nicht den richtigen Zaddik gefunden haben, der mit dem Schöpfer eine enge Beziehung hat. Diesmal weiß ich nicht, ob Goddl scherzt oder die Wahrheit sagt. Es gibt auch noch einen anderen Vorschlag, wie man der Krankheit Herr werden kann, und zwar: Man verheiratet zwei Waisenkinder auf Gemeindekosten miteinander, also ein junges Paar, das kein Geld für eine Hochzeit hat. Dieses Vorgehen hat sich schon oft bewährt und als sicher erwiesen. Das Ziel ist ganz einfach: Man will der Krankheit zeigen, daß sie keine Chance hat, das Leben zu besiegen. Es ist ja bekannt, daß eine Hochzeit Leben und Wachstum symbolisiert. Das hat Borech, der Weber, erklärt und ihm glaube ich jedes Wort. Goddl zum Beispiel ist nicht bereit, mit zu dem Friedhof zu gehen, weil er dort als Taschendieb kaum auf seine Kosten kommt. Außerdem glaubt er nicht an Zaddikim, und schon gar nicht an tote Zaddikim. Es fällt mir schwer, mit Goddl über dieses Thema zu sprechen. Er ist älter als ich und hat viel Erfahrung. Ich zum Beispiel habe gar keine Erfahrung mit Zaddikim. Ich habe einfach bis heute noch keinen von ihnen getroffen. Meine Mutter erzählte mir einmal, ein richtiger Zaddik weiß gar

[81] Einführung eines Jünglings in die Gemeinde

nicht, daß er ein Zaddik ist. Und wenn er es selbst nicht einmal weiß, woher soll ich es dann wissen?

Es ist eine ganz schwierige Sache. Ich versuche mich zu erinnern, ob ich je schon einmal einen getroffen habe, der ein Zaddik sein könnte. Der einzige, der vielleicht in Frage kommt, das ist der bucklige Chaim. Ich möchte gern wissen, was er gesagt hätte über die Epidemie und wie man dagegen vorgehen soll. Bei dem großen Gottesdienst, der noch stattfinden soll, mit Reb Yechezkiel als Prediger, wird das Thema lauten: Was ist das für eine Epidemie, was soll mit ihr bestraft werden, und wie soll man mit ihr umgehen.

Sogar Ungläubige wohnen dem Gottesdienst bei, darunter zwei Kommunisten. Ich weiß zwar nicht genau, was die Krankheit mit den Kommunisten zu tun hat, aber böse Zungen behaupten, sie seien an allem schuld. Es ist doch allgemein bekannt, daß die Krankheit von Gott kommt. Wie können sie also an die Krankheit glauben und nicht an den, der sie schickt? Das *Stiebel*[82] konnte nicht alle Betenden aufnehmen, und viele Menschen standen draußen. Männer zogen sich ihre *Talessim*[83] über die Köpfe und wiegten sich hin und her. Unter den Schals hörte man betende Stimmen, manchmal weinende, und es gibt sogar solche, die richtig schreien. Andere wiederum murmeln die Gebete leise und bettelnd. Ihre Gesichter sehe ich nicht. Es sieht aus, als beteten die Talessim alleine. Neben mir steht ein goldverzierter Gebetsschal, unter dem ein Handel mit Gott abgeht: „Sag mir, was willst du haben“, sagt der Tallit weinerlich, „Ich mach alles, was du willst, wenn du nur auf meine Tochter und auf meinen Sohn aufpaßt. Ich will mich verpflichten, den Sohn in den Cheder zu schicken, sag mir nur, was du willst.“ Ich hörte nicht, was Gott dazu sagte, aber ich höre, wie es weitergeht:

„Gut, verbleiben wir also folgendermaßen: Ich verpflichte mich, für die Thoraschule und fürs Waisenhaus zu spenden ... Du weißt genau, wie hart ich für das Geld schuften muß, aber ich mach's.“

Ich habe das Gefühl, daß Gott ein ziemlich sturer Verhandlungspartner ist, denn der Tallit mit den goldenen Verzierungen macht noch ein weiteres Angebot: „Also gut, ich erkläre mich bereit, auch noch das Synagogendach zu reparieren und den Außenputz zu bezahlen.“ Dann war einige Minuten Ruhe. Sicher mußte Gott erst einmal zusammenrechnen, ob dieses Angebot für ihn interessant genug ist. Ich denke, er kennt die Finanzlage des Tallit sehr genau. Und jetzt fängt unter dem Tallit ein offener Streit an: „Was willst du eigentlich noch von mir? Soll ich vollends bankrott gehen? Du bringst mich

[82] kleine Synagoge

[83] Gebetsmantel

noch an den Bettelstab. Meine Möglichkeiten sind jetzt wirklich erschöpft. Aber gut, wenn du so hartnäckig bist, dann bin ich auch noch bereit, auf meine Kosten zwei junge Burschen für fünf Jahre auf eine Yeshiva zu schicken!"

Den Ausgang dieser Verhandlung hörte ich nicht mehr, denn der Tallit war plötzlich verschwunden. Mag sein daß er losgeeilt war, um Geld aus seinem Versteck zu holen. Ab und zu schauen aus den Falten der Talessim Brillen, Bärtchen oder eine lange Nase heraus, meistens mit Pickeln. Von Zeit zu Zeit schreien die Talessim ein Sch'ma Israel. Der Klang eines Horns ertönt über ihren Köpfen, und dann schaukeln die Talessim noch schneller, wobei sich die Köpfe fast bis zu den Knien herunterbeugen. Auf mich wirkt es so, als blase ein starker Wind in ein Kornfeld. Nach ein paar Minuten beruhigt sich der Wind wieder, und die goldverzierten Ähren gehen wieder in ihren alten Rhythmus über.

Im Anschluß an das Gebet hielt Reb Yechezkiel seine Predigt. Aus seinen Worten habe ich entnommen, daß die Krankheit gekommen ist, weil die Juden ihre Gebote mißachtet haben. Sie haben nichts für wohltätige Zwecke gespendet. Vom Stiebel wehte seine Stimme unter die Talessim: „Spenden bewahren vor dem Tod. Die Gaben werden hier am Sonntag angenommen. Und dann wird auch – so Gott will – der Retter kommen."

Auch in der großen Synagoge, wo die Reichen beten, wurde ein Gottesdienst abgehalten. Aber es war nicht zu vergleichen mit dem im Stiebel. Hier lag eine Kühle in der Luft. Als hätten die reichen Gläubigen ihre Geschäfte mit Gott bereits vor dem Gottesdienst abgeschlossen. Und sie zerstreuten sich auch schnell wieder. Das Gebet im Stiebel wirkten auf mich ehrlicher. Daher entschloß ich mich kurzerhand, einen Geldtransfer von der großen in die kleine Synagoge in die Wege zu leiten. Mein Gewissen beruhigte ich folgendermaßen: Du nimmst das Geld ja nicht für dich selbst, du bringst es nur an den richtigeren Platz. Aber ich hatte trotzdem ganz schön Angst. Wer kann denn schon wissen, was Gott so alles an Verrücktheiten im Kopf hat? Ich hatte so manche Auseinandersetzung mit ihm. Meiner Meinung nach ließ sich Gott von meiner guten Absicht überzeugen. Das Fenster von der Synagoge aufzumachen, war kein Problem. Aber als ich gerade dabei war, splitterte das Glas, und ich schnitt mich mit einer Scherbe in die Hand. Trotzdem sprang ich hinein. Normalerweise springe ich ohne weiteres von so einer Höhe herunter, aber diesmal verstauchte ich mir beinahe den Fuß, und ich begann zu spüren, daß Gott noch nicht vollständig überzeugt ist. Das heißt, er hatte wohl auch hin- und herüberlegt, wo die Spende wohl dringender gebraucht wird. Aber aus dem Gebet im Stiebel hatte ich gelernt, daß man mit Gott auch handeln kann.

Auf einem Tisch standen sechs Blechdosen, voll mit kleinen Münzen. „Hör mal zu, Gott. Laß uns einen Kompromiß finden. Wenn es dir nicht recht ist, daß ich alle mitnehme, dann nehme ich eben nur drei davon. Was macht's dir schon aus? Es gehört ja sowieso alles dir. Ich hatte das Gefühl, Gott zwinkerte mit den Augen und war damit einverstanden. Aber er fügte noch hinzu: Wenn sie dich erwischen, dann geht das auf deine eigene Kappe. Ich hab nichts gesehen.

Natürlich war ich sofort damit einverstanden. Aber dennoch war mir die ganze Sache nicht ganz geheuer. Auf einem der Fenstersimse starben ein paar Kerzen vor sich hin. Plötzlich wurde der Vorhang von dem heiligen Schrank hochgeweht, obwohl draußen kein Wind ging. Die beiden Löwen über dem heiligen Schrank fletschten die Zähne, und ihre Köpfe fingen an, sich zu bewegen. Einer von ihnen setzte schon zum Sprung auf mich an. Auch die Tür fing zähneknirschend an, sich zu bewegen. Die Schatten der Synagogenmöbel bewegten sich mit dem sterbenden Geflacker der Kerzen auf dem Sims. Ich sah Schatten von Fledermäusen, die mit den Flügeln schlugen. Andere Schatten krochen ganz langsam auf mich zu. Ich fühlte mich eingekreist. Das Fenster, das ich offengelassen hatte, fing an zu schlagen. Mit einer Sammelbüchse in der Hand sprang ich ins Freie. Ich landete auf einem Stein und fiel hart aufs Gesicht. Meine Nase begann zu bluten, und mein verstauchter Fuß erschwerte meine Flucht beträchtlich. Die ganze Nacht konnte ich kein Auge zutun. Aus der Dunkelheit kam mir das Gesicht meiner Mutter entgegen, mit einem schmerzenden Blick. Sie schaute mich voller Verachtung an, als wollte sie sagen: Dieb, du. Ich versteckte mich in einer dunklen Ecke, aber es nützte nichts. Erst, als ich aufs Dach kletterte, ließ sie mich endlich in Ruhe. Sie hatte wohl Angst vor der Leiter.

Frühmorgens rannte ich mit der Spendenbüchse in der Hand zum Stiebel. Trotz der frühen Stunde saß dort bereits Reb Yechezkiel, in ein aufgeschlagenes Buch vertieft. Ich glaubte ihm anzusehen, daß er die ganze Nacht nicht geschlafen hatte, wegen seinen roten Augen und seiner müden Stimme.

„Guten Morgen, Reb Yechezkiel", sagte ich leise. Und in meinem Herzen betete ich: Nimm mir bitte schnell diese Büchse ab. Hilf mir, sie loszuwerden.

„Ah, Avrum Leib, was bringt dich so früh schon hier her?"

„Dieses Geld hier, das ich spenden will."

„Gut, Avrum Leib, leg's auf den Tisch neben den Teller."

Reb Yechezkiel murmelte noch etwas, ich weiß nicht, ob zu mir oder zu sich selbst. Ich weiß nicht, ob ich in meinem Leben einmal wieder stehlen werde oder nicht. Da will ich keine Versprechungen machen. Aber Geld von einer Synagoge werde ich nie wieder anfassen, das steht fest.

Auf jeden Fall bin ich wegen meiner Spende von der Krankheit verschont geblieben. Wer aber krank wurde, das war die Enkelin von Wolf dem Reichen. Sie hieß Sulamid. Ihre Krankheit hat ihn sehr verändert. Zuerst verschwand der hochmütige Blick aus seinem Gesicht. Er versuchte sogar, mit mir zu reden, als ich zufällig einmal neben ihm ging. Aber ich antwortete nicht. Ich konnte einfach Malkas Gesicht nicht vergessen, voller Leid und ganz verwirrt. Ich glaube, ich bin überhaupt nicht fähig zu verzeihen. Ich weiß, viele Menschen würden sagen: So benimmt sich kein guter Jude. Schau mal, wie er leidet. Er ist auch ein Mensch. Und welcher Mensch macht keine Fehler? Aber ich will das nicht wissen, und ich werde ihm niemals verzeihen. Zwei Tage danach starb seine Enkelin.

„Nu, siehst du, Avrum Leib, der Todesengel läßt sich nicht bestechen", sagte Goddl lächelnd.

Die Krankheit fordert weitere Opfer. Jedes Gerücht über einen Todesfall bringt die Menschen näher zusammen. Auch die Reichsten, die sich bei anderer Gelegenheit nie gegrüßt hätten, stehen beieinander und schauen voll Angst und Hoffnung zum Himmel auf. Am nächsten Morgen legte sich eine schreckliche Traurigkeit über die Siedlung. Drei Kinder waren in einer Nacht gestorben.

Die Nacht ist die Zeit des Todesengels. Immer passiert es nachts. Tagsüber kann man ihn vielleicht schon von weitem erkennen und abhauen. Nachts dagegen kann ihn keiner sehen, und dann schleicht er sich wie ein Schatten herein. Das ist auch der Grund, warum ich nicht auf dem Schuppen schlafe, sondern draußen. Im Schuppen sind so viele dunkle Ecken, in denen er sich verstecken kann. Meistens schlafe ich auf dem Dach. Wenn er mich dort oben fangen will, dann erwarten ihn jede Menge Überraschungen. Zuerst einmal habe ich einige Sprossen von der Leiter angebrochen. Andere Bretter habe ich nur von unten mit einem kleinen Nagel angeheftet. Wer darauf tritt, den werde ich nicht beneiden. Was mich beschäftigt, ist auch die Frage, wie dieser Todesengel überhaupt aussieht. Werde ich ihn wohl gleich erkennen, wenn er auftaucht? Ich stellte ihn mir vor mit einem schwarzen Bart, barfuß, damit er leise schleichen kann, mit einem Riesenrucksack, in dem er die Seelen von den Kindern versteckt.

Plötzlich erstarrte ich auf meinem Platz. Mir gegenüber stand der

Todesengel. Ich konnte mich nicht mehr bewegen. Er sah genauso aus, wie ich ihn mir vorgestellt hatte. Groß, mit schwarzem Bart, breitschultrig, barfuß, mit einem Riesenrucksack. Und das Furchtbarste an ihm war sein Lächeln. Wahrscheinlich lächelt er, um mich zu täuschen, dachte ich kurz bei mir, dann hat er es leichter, mich zu fangen. Ich muß abhauen, damit er mich verfolgen muß. Ich werde mich nicht einfach ergeben. Ich werde kämpfen, ich werde beißen, ich werde kratzen. Plötzlich spürte ich eine beinahe bestialische Kraft in mir. Aber erst muß ich ihm einmal klarmachen, daß er mich nicht einfach mal so mitnehmen kann.

„Erstmal muß ich krank werden. Und hohes Fieber kriegen, dann Halsweh und eine Entzündung, und am Schluß ..."

„Wovon redest du denn, Kind?" unterbrach mich da der Todesengel.

„Komm ja nicht näher. Ich werde kämpfen. Ich weiß, wer du bist", und ich fletschte die Zähne. „Ich weiß genau, du willst mir nur Sand in die Augen streuen. Aber ich bin kein wehrloser Säugling. Ich bin nicht die Enkeltochter von Wolf dem Reichen. Ich bin auch nicht Jankele, die du mitten in der Nacht fortgeschleppt hast. Ich weiß, du bist der Todesengel!" schrie ich, vollkommen aufgebracht. „Versuch nur, mir nahezukommen. Na, komm schon. Ich will mal sehen, ob du dich traust!"

„Wer, ich?" fragte der Todesengel verwundert.

„Ja, du bist groß, hast einen schwarzen Bart, bist barfuß, und du hast einen Rucksack, in den du die Seelen von Kindern reinsteckst."

Der Todesengel brach in ein herzlich klingendes Lachen aus, was mich ganz verwirrte. „Nein, Kind, du hast dich getäuscht. Ich bin nicht der Todesengel. Ich heiße Avrum. Avrum Ben Josef. Und wie heißt du?"

„Avrum Leib."

„Siehst du, wir haben sogar die gleichen Namen. Denkst du, jemand mit so einem Namen kann einem jüdischen Kind etwas antun?"

Obwohl seine Worte überzeugten, wich ich schnell nach hinten, als er näherkam. Ich schaute seinen langen Mantel an, ausgebleicht und voller Flicken, seine verwaschene Hose, und ich blickte auf seine Füße, die mit dünnen Schnüren in Lumpen gebunden waren, genau wie meine. Da beruhigte ich mich langsam wieder. Wer so angezogen ist, der ist auch einer von uns. Und das Wichtigste von allem: Ein Jude kann nicht der Todesengel sein. Solch eine Aufgabe kann nur ein Goj übernehmen. Tatsächlich sind bis heute nur jüdische Kinder gestorben.

Mir fiel noch eine Prüfung ein. Wenn er die bestand, hatte ich nichts zu fürchten: „Heb mal deinen Bart hoch und zeig mir deinen Hals." Avrum hob seinen Bart. Auf der nackten Brust trug er *Zizit*[84]. An seinem Hals hing kein Kreuz. Eine lähmende Schwäche überkam mich. Der kalte Schweiß stand auf meiner Stirn. Ich muß sehr blaß gewesen sein. Avrum machte ein besorgtes Gesicht. „Setz dich, nur ruhig", sagte er leise.

Aus der Nähe wirkte Avrum völlig anders. Auch wenn sein Mund lächelte, blieben seine Augen traurig. Er hatte einen innigen Blick voller Sanftmut. Seine Hände machten großen Eindruck auf mich. Ich spüre sie eher, als daß ich sie sehe. Es waren Hände, die noch nie jemandem etwas zuleide getan hatten. Sie waren ungelenk und doch voller Kraft. Auf seinem Kopf trug er ein weißes Käppele, unter dem die Haare in Locken hervorquollen. Zum ersten Mal passiert mir etwas mit einem Menschen, den ich noch keine Stunde lang kenne: Mir war, als würden wir uns schon ewig kennen. Vielleicht war das wegen unserer gleichen Vornamen. Vielleicht waren wir uns schon einmal begegnet zu einer Zeit, an die ich mich nicht mehr erinnere. Trotz seiner ernsten Miene konnten seine Mundwinkel das Lächeln nicht verbergen. Doch die Stirn verriet mehr. In den Falten saßen Sorgen, Bitterkeit und Angst. Ich weiß nicht mehr, wie lange wir so zusammensaßen. Wir saßen einfach da und blickten in den Himmel. Wir blickten auf die Dächer herab, die aussahen wie schief aufgesetzte Hüte von Besoffenen. Aus einem von ihnen stieg eine dünne Rauchfahne auf wie eine Feder.

„Nu, was sagst du, Avrum Leib, ist das Leben nicht schön?"

In seiner Gegenwart sieht sogar ein graues Haus mit krummem Dach schön aus. Und das versetzte mich schon wieder in Panik. Öffne dich nicht, er wird auch wieder verschwinden wie alle anderen, und du bleibst allein zurück. Es stimmt zwar: Max ist nicht verschwunden, er ist nur eine Weile weggefahren, und mit ihm der Haß gegen die Reichen.

„Avrum, haßt du die Reichen?"

„Nein, ich hab Mitleid mit ihnen. Gott hat ihnen ein Geschenk gegeben, und sie verschließen sich diesem Geschenk und leben in Angst. Sie haben auch Angst, in den Spiegel zu schauen, so sehr haben sie sich entfernt von sich selbst."

„Avrum, wo kommst du her, und wo willst du leben?"

„Vielleicht hier in der Nähe."

„Avrum, haßt du die Gojim? Ich hasse sie nämlich sehr. Und ich hab auch große Angst vor ihnen."

„Ehrlich gesagt, ich hab auch Angst vor ihnen. Aber Angst bringt immer Haß mit sich. Angst ist ein Gefühl, und die Gefühle kommen vom Satan. Nur

[84] Schaufäden an den Ecken des Gebetsmantels (nach 4. Mose 15, 38)

der Verstand kann den Satan besiegen. Ich bin bereit, mit den Gojim in Frieden zusammenzuleben, aber umgekehrt ist es nicht so. Sie werden uns nie in Ruhe lassen. Wir sind Juden. Wir spüren anders. Wir denken anders, auch unsere Bestimmung ist anders. Wir sind einfach anders, und dafür können wir nichts. Wir Juden dürfen nicht hassen, sonst werden wir selbst zu Gojim, um Gottes Willen, wenn wir hassen, verlieren wir unser eigenes Inneres, die Schönheit, die in uns steckt."

Seine Worte bewirkten nichts bei mir, erklärten auch nichts. Ich hatte immer noch Angst vor den Gojim und haßte sie. Kaszik nicht ganz so sehr, und Zosza Klops noch weniger. Anfangs mochte ich sie sehr, und sie mich auch. Aber seit sie Julian geheiratet hat, ist sie nicht mehr dieselbe Zosza. Ich mag sie immer noch ein bißchen, aber ich habe schon Angst. Kurz bevor ich Avrum traf, hatte ich von einem Ort geträumt, an dem nur Juden wohnen und wo man keine Angst zu haben braucht vor dem bösen Blick der Gojim, wenn man allein auf die Straße geht.

„Avrum, ich kann sie trotzdem nicht ausstehen."

„Avrum Leib, angenommen du siehst einen verwundeten Goj, würdest du ihm helfen?"

„Natürlich helfe ich ihm, aber dann hau ich sofort ab."

„Und wenn du einen ganzen Brotlaib hast, und du siehst einen hungrigen Goj, gibst du ihm dann die Hälfte?"

„Die Hälfte nicht, aber ich würde ihm ..." Schnell dachte ich nach, wieviel ich wohl hergeben würde. „Es hängt davon ab, was für ein Brot ich gerade hab. Ist es ein schwarzes Brot mit Rosinen, dann nur eine Scheibe. Aber wenn es ein normales Brot ist, dann wäre ich bereit, ihm ein Viertel davon abzugeben."

„Wenn es so ist, dann hab ich keine Angst, daß du irgendwann einmal ein Goj wirst."

Wieder erwacht in meinem Kopf der Gedanke, auch Avrum würde eines Tages verschwinden, wie alle anderen. Dieses Gefühl verläßt mich keine Minute. Alles Gute muß verschwinden.

„Avrum, du kannst hier bei mir wohnen, im Schuppen."

„Nein, Avrum Leib, vielen Dank für dein Angebot. Aber ich werde mir eine Hütte für mich allein bauen. Hier. Ich sehe jede Menge Bretter. Für mich reichen sie."

„Aber darf ich dich dann besuchen?"

„Wann immer du willst."

„Dann helf ich dir beim Bauen."

„Danke, Avrum Leib."

Noch in derselben Nacht fingen wir mit den Bauarbeiten an. Die Hütte bauten wir an die Mauer des Feuerwehrhofs. Avrum zog aus seiner Tasche einen Hammer, eine Beißzange und Nägel. Seine Bewegungen waren flink und fachmännisch. Man sah ihm an, daß er so etwas nicht zum ersten Mal tat.

„Avrum, hast du immer einen Hammer, Nägel und Beißzange bei dir?"

„Ja, das ist mein Haus", lachte er.

„Warst du mal Zimmermann?"

„Zimmermann auch."

Das Hämmern im Dunkeln weckte die Nachbarschaft. Zuerst schoben sich zwei Köpfe verwundert aus dem Fenster, dann füllten sich langsam auch die anderen Fenster mit Neugierigen. Trotz der Dunkelheit spürten wir in diesen Blicken Ermutigung. Eine Ausnahme bildete natürlich Zlata. Sie sucht immer einen Grund für Geschrei und Streit.

„Was ist los, habt ihr keine Zeit, tagsüber zu hämmern? Muß das ausgerechnet jetzt in der Nacht sein?"

„Du solltest dich freuen", antwortete eines der Fenster, „daß du endlich noch einen Nachbarn dazukriegst, mit dem du Streit anfangen kannst."

„Soll sich deine Kiefer so verdrehen, daß auch Gott nicht mal mehr weiß, ob du aus dem Mund redest oder aus dem Ohr?"

Ich amüsierte mich sehr, als Avrum von ganzem Herzen anfing zu lachen wie ein Kind, und ich lachte mit ihm. Wir lachten wirklich wie zwei Besessene. Nach einigen Minuten öffneten sich noch mehr Fenster zu uns hin.

„Macht nichts", beruhigte Avrum die Fenster, „Flüche haben keine Adressen." Auch am nächsten Tag arbeiteten wir durchgehend. Am Abend stand ein Häuschen an die Steinmauer angelehnt, das Dach mit Ästen gedeckt. Die ganze Zeit, während wir arbeiteten, ließ mich die Frage nicht in Ruhe, woher er wohl gekommen sein mag. Besonders wunderte mich auch, daß es in dem Häuschen kein Bett gab. Es war gar kein Platz für so etwas da. Das einzige Möbel, das hineinpaßte, war ein Brett, das als Tisch diente, und darüber eine Blechdose mit einer Kerze darin. Unter dem Brett stand ein Eimer Wasser, daneben eine Blechtasse, darüber ein grobgeflochtener Korb, in dem man einen Brotlaib und Zwiebeln sehen konnte. Am Schluß zog Avrum noch ein dickes Buch aus seiner Tasche und legte es auf das Brett.

„Und jetzt, Avrum Leib, wenn du mich sprechen willst, dann komm abends. Tagsüber muß ich allein bleiben."

Ich war beleidigt. Ich fühlte mich von Avrum rausgeschmissen. Was für eine Undankbarkeit. Ich hab ihm beim Bauen geholfen, und jetzt, wo das Häuschen steht, braucht er mich nicht mehr. Avrum muß wohl gespürt haben, wie es mir ging, und er versuchte mich zu trösten.

„Avrum Leib, sei nicht beleidigt, ich muß allein sein.“

Einige Stunden später traf ich Goddl, und ich erzählte ihm, wie Avrum sich benimmt. „Ich hab mit ihm zusammen gearbeitet, und am Schluß: Geh!“, sagte ich ziemlich verbittert.

Meine Verbitterung fand bei Goddl ein offenes Ohr. „Das ist immer so, bei all diesen Zaddikim. Sie denken, sie sind was Besseres als wir. Du wirst sehn, schon in dieser Nacht schleppt er sich Huren an. Man muß sich vor ihnen in acht nehmen. Wieviele Betten hat er denn in seiner Hütte, he?“

„Da ist nicht mal Platz für ein Bett.“

Goddl überlegte einige Minuten. „Dann ist er sicher ein Geldfälscher. Keine Angst, wir nehmen ihn schon in die Hand.“ Goddl redete viele Boshaftigkeiten über Avrum. Mir war, als hätte er Gift in mich eingeflößt. Am Abend ging ich nicht zu ihm, weil ich verärgert und beleidigt war. Von weitem, durch die Ritzen zwischen den Brettern, blinzelte der Schein einer Kerze. Ich konnte mich nicht beherrschen und näherte mich der viereckigen Öffnung, die als Fenster diente und die mit einem Sack verhangen war. Avrum stand neben einem rasch gezimmerten Tisch, aber es war nicht derselbe Avrum, den ich kennengelernt hatte. Seine Augen blickten wie in eine weite, weite Ferne. Auf Zehenspitzen ging ich wieder zurück und rannte in Panik davon.

Die Ankunft von Avrum im Hof löste wilde Gerüchte aus. Einige behaupteten, Gott habe ihn geschickt, und er sei der Retter. Er sei aufgrund der Epidemie erschienen. Mir leuchtete der Gedanke von Borech, dem Weber, ein:

„Es ist offensichtlich, daß er ein Heiliger ist, und man darf ihn nicht stören. Aber auch Heilige brauchen etwas zu essen.“ Und Dvoira, die Wäscherin, deren Sohn Jankele gestorben war, machte trotz ihres Zerwürfnisses mit Gott – vielleicht wollte sie sich auch entschuldigen für die harten Worte an ihn, oder auch aus Angst vor einer zweiten Katastrophe – sie hatte schließlich noch vier weitere Kinder – den Vorschlag: „Gott ist Gott, aber der Mensch muß was essen. Und du, Avrum Leib, geh und sammle jeden Tag Essen ein. Jeder soll geben, was er kann. Du stehst ihm am nächsten, dich kennt er. Aber sieh zu, daß du ihn nicht beleidigst.“

„Ja, er hat seine Hütte schon seit zwei Tagen nicht mehr verlassen.“

„Siehst du? Er wird von sich aus gar nichts erbitten. Du bleibst bei ihm.“

Die meisten Nachbarn schlossen sich Dvoiras Vorschlag an. Ab diesem

Tag veränderte sich mein Leben vollkommen. Zuerst einmal kündigte ich meine Arbeit bei Bäcker Feldmann. Und ich fing an, Speisen zu sammeln. Von Dvoira bekam ich zwei Blechtöpfe, einen für Milchspeisen und einen für Fleischgerichte. Ich habe freien Zugang zum Haus von Wolf dem Reichen, dessen Enkelin Sulamid gestorben ist. Für Avrum darf ich dort alles bestellen, worauf ich gerade Lust habe. Von den anderen Nachbarn sammle ich, was sie geben können. Einige geben ein paar Scheiben Brot. Andere geben ein bißchen Zimmes oder gefilte Fisch. Die Ärmsten geben ein paar gekochte Kartoffeln. Feldmann, der Bäcker, gibt Mohnbrötchen mit Rosinen, die er extra für Avrum bäckt. Das Sammeln bei den Armen habe ich bald aufgegeben. Ich hatte mehr als genug von Wolf dem Reichen und von Bäcker Feldmann. Ich bin der einzige, der Avrums Geschmack kennt. Und jetzt muß ich ein schreckliches Geheimnis verraten. Ich hoffe, daß Gott mich nicht bestraft – nicht nur nicht bestraft, sondern daß er mich auch verstehen wird. Ich bin sicher, daß er bei sich sagt: „Na und, tut euch das Herz weh, wenn sich Avrum Leib auch einmal satt ißt? Und wem nimmt er denn das Essen weg? Wolf dem Reichen? Dem Bäcker Feldmann? Was ist dabei? Fehlt's ihnen am Essen? Ja, es stimmt, daß Avrum sich ausschließlich von Brot und Zwiebeln ernährt. Es ist sein gutes Recht zu essen, was er will. Avrum Leib nimmt ihm sein Essen nicht weg."

In jüngster Zeit, kurz bevor Avrum ankam, habe ich doch tatsächlich von Latkes geträumt. Und nicht nur einfach Latkes, sondern Latkes, wie ich es wirklich mag, nämlich mit gebratenen Zwiebeln, aber gebraten in Gänsefett. Da schloß ich mit Gott einen Handel ab und verblieb ungefähr so mit ihm:

„Hör mal, Gott. Ich weiß, du hast außer mir noch andere Probleme. Aber ich erbitte auch nicht besonders viel von dir. Ich will nur eines Tages einmal Latkes essen, bis zum Platzen. Dann verzichte ich auch gerne solange auf Kakao und Schokolade. das Geld dafür kannst du dir sparen, wenn ich nur Latkes bekomme. Was ist das schon für dich, ein bißchen Latkes?"

Und jetzt ist mein Traum in Erfüllung gegangen. Darum habe ich wieder angefangen, an Gott zu glauben. Ich denke, wenn ich groß bin, werde ich von Heiligen leben oder in ihrer Nähe. Das garantiert mir, daß ich nie wieder hungern muß. Gestern zum Beispiel erzählte ich der Frau von Wolf dem Reichen – eine sehr angenehme Frau übrigens, sie heißt Lora und hat sehr traurige, verträumte Augen, ist ziemlich bleich im Gesicht, ihre Lippen sind fleischig und dick, aber auch traurig, vielleicht wegen dem Tod ihrer Enkelin Sulamid –, ich erzählte ihr, Avrum habe Geburtstag, und er wünsche sich eine Kirschtorte mit Schokoladenüberzug. Bis heute bereue ich, daß ich gesagt habe, es handle sich um den Geburtstag. Den gibt's doch nur einmal im Jahr. Ich hätte ihr doch ohne weiteres sagen können, er ißt sowas an jedem Schabbes. Feldmann, dem Bäcker, habe ich erzählt, Avrum segne ihn jeden Tag wegen der Brötchen, und er betet darum, daß sein Haus von keiner Krankheit heimgesucht wird. Aber er bittet darum, daß die Brötchen mit ein bißchen mehr Mohn und Rosinen gebacken werden. Seitdem haben die Brötchen mehr Rosinen als Teig. Auch die Mohnportion darauf hat sich verdoppelt. Die Torte habe ich mit in den Schuppen genommen. Ich habe einen Sack ausgebreitet, habe mir ein Stück Sack als Lätzchen unter das Kinn gebunden, genau, wie ich es einmal in einem Gasthaus für reiche Leute gesehen habe. Ich bin kein Reicher, deshalb habe ich auch keine besondere Ordnung in meiner Speisenabfolge. Ich kann zum Beispiel die Torte mit Zwiebeln und Latkes zusammen mit einem Sülzbein und Rettich essen. Im Bauch vermischt sich doch sowieso alles miteinander.

Mittlerweile ist mir auch ein Freund zugelaufen, ein kleiner Hund, schwarz wie der Satan. Er heißt Burek. Dieser Burek ist sehr klug und hat auch keine besondere Tischordnung. Es macht ihm überhaupt nichts aus, Käse zusammen mit Fleisch zu essen[85]. Er ist ein Tier und hat keine Angst, daß Gott ihn bestraft. Der Hund Burek weicht keinen Augenblick von meiner Seite. Ich wünschte, ich könnte ihn losschicken, das Essen für Avrum einzusammeln, während ich auf dem Rücken liege wie ein Patrizier. Ich glaube, Avrum weiß davon, daß ich das Essen einsammle, das für ihn bestimmt ist. Denn jedes Mal, wenn ich ihn am Abend besuche, lächelt er mir ganz verschmitzt zu.

„Nu, Avrum Leib, hast wohl ein bißchen zugenommen. Gut, gut. Sammle nur das Essen. Ein Jude muß zwei Eigenschaften besitzen: Er muß stark und tapfer sein, um unter den Gojim leben zu können, und er muß auch klug sein, denn Mut und Klugheit gehören zusammen. Einen Juden, der dumm, schwach und ängstlich ist, kann man leicht zum Christentum bekehren. Und ist das etwa klug, ein Goj zu sein?"

In derselben Nacht hatte ich noch ein langes Gespräch mit Avrum. Genauer gesagt: Er redete, und ich hörte zu. Was mir gut gefallen hat, war, daß er mich nicht wie ein Kind behandelt hat, sondern wie einen Erwachsenen. Ich denke, in dieser Nacht habe ich den Stolz in mir entdeckt, Jude zu sein.

„Avrum Leib", sagte Avrum, „wir leben in einer Zeit von Erniedrigung, Verfolgung und Mord. Um uns herum ist ein Meer von Haß. Das einzige, was uns aufrecht hält, ist die Anerkennung des Wertes, den wir repräsentie-

85 Die jüdischen Speisevorschriften erlauben kein Fleisch mit Milchprodukten.

ren. Den höchsten moralischen Wert haben wir dem Gebot beigemessen: Du sollst nicht töten. Und was haben sie daraus gemacht? Ein Meer von Blut und Verfolgung. Mit Unterstützung von Priestern und des Papstes selbst. Wir zeigten ihnen Erbarmen in dem Satz: Liebe deinen Nächsten wie dich selbst. Und sie morden erbarmungslos im Namen desselben Gebotes. Avrum Leib, ich werde es wohl kaum mehr erleben, aber du wirst eines Tages noch einen stolzen, starken Juden sehen, der es versteht zurückzuschlagen. Auge um Auge."

Avrums Stimme richtet sich nicht direkt an mich, sondern in eine räumliche und zeitliche Ferne, die nur er wahrnimmt. Ich verstehe nicht viel von alldem. Er benutzt eine Menge Wörter, die mir unklar sind, aber ich spüre, daß er in mir einen Selbstwert aufbaut. Drei Dinge aus unserer Begegnung werde ich wohl kaum vergessen, nämlich den Stolz, Jude zu sein, Latkes und Kirschtorte mit Schokoladenguß. Avrum redete noch über viele bedeutende Themen, aber es war mir zuviel. Und um mich zu zerstreuen, dachte ich, es würde sich vielleicht lohnen, in seinem Namen ein Tscholent für Schabbes bei Bäcker Feldmann zu bestellen.

Nach langem Schweigen verkündet mir Avrum: „Ab morgen werde ich damit anfangen, die Kranken zu betreuen. Vielleicht willst du mich dabei begleiten?"

„Nein."

„Das ist gut, das ist gut."

Ich verstand nicht, warum das gut sein sollte, deshalb fragte ich ihn.

„Das ist gut, weil du nicht lügst."

Bei mir selbst dachte ich, daß ich es mir bei Avrum leisten kann, die Wahrheit zu sagen. Hätte ich zum Beispiel dem Bäcker Feldmann die Wahrheit gesagt, nämlich, daß ich keine Lust habe zu helfen, dann hätte mir nur Gott helfen können.

„Avrum, glaubst du, eine Hochzeit auf dem Friedhof wird die Krankheit vertreiben?"

„Eine Hochzeit ist eine gute Sache, denn es ist ein Fest. Aber ein Jude lebt nicht vom Feiern. Ein Jude lebt davon, daß er Tag für Tag Gottes Gebote einhält. Wer nicht durch die normalen Werktage geht, der erlebt auch nicht den Schabbes."

Ich dachte lange über das nach, was er da gesagt hatte, und war so in meine Gedanken versunken, daß ich gar nicht merkte, daß er nicht mehr in der Hütte war. Ich sah ihn auch nicht zurückkommen, aber es muß wohl mitten in der Nacht gewesen sein.

Avrums erster Besuch war bei Naftali, dem Schreiber. Sein Sohn Srulik war krank geworden, und niemand konnte sagen, war es Diphtherie oder eine andere Krankheit. Sein Besuch erregte großes Aufsehen. Selbst Feigel, die alte Klatschtante – sonst ist es schwieriger, aus ihr ein gutes Wort herauszubringen, als daß man einem Stein das Singen beibringt –, diese Feigel sagte später zu den Frauen im Hof: „Zuerst einmal hat er die Bettücher, die Handtücher und die Kleider des Kindes gewaschen. Dann hat er das Zimmer sauber geputzt, wie zu Passah. Er hat Srulik gewaschen, den Boden naß aufgewischt, und, ob ihr's glaubt oder nicht, er setzte sich aufs Bett und fing an, ihm Kinderlieder vorzusingen, und er hat die Stimme von einem Engel, nicht von einem Mensch." Feigel war außer sich vor Begeisterung. „Stellt euch vor, das Kind ist tatsächlich wieder gesund geworden und hat nach Essen gefragt. Das ist ein Wunder! Er ist ein großer Mann."

In jedem Haus hat man dasselbe erzählt. Avrum arbeitet ohne Pause, ohne Anzeichen von Müdigkeit. Egal, wann er zurückkam, er hat immer Zeit für Gebete fast bis zum Morgen. Langsam haben auch Gerüchte über seine Vergangenheit angefangen, sich zu verbreiten. Einer Geschichte zufolge soll er ein reicher Mann gewesen sein, der eine Frau mit zwei Kindern zurückgelassen hat, um sich ganz der Wohltätigkeit zu widmen. In einer anderen Geschichte heißt es, er habe sein ganzes Vermögen verteilt, und jetzt wandert er um die Welt und hilft den Armen. Ein weiteres Gerücht sagt, er sei in seinem früheren Leben ein bekannter Verbrecher gewesen, der jetzt für seine Sünden Buße tut. Die verrückteste Geschichte ist die, daß er gar kein Jude ist, sondern ein Goj, der sich aus unbekannten Gründen zum Judentum bekehrt hat.

Einige Male habe ich versucht, etwas über seine Vergangenheit aus ihm selbst herauszubekommen.

„Laß das, Avrum Leib. Menschen sind eben neugierig."

Aber das Lustigste war, als Chavaleh Poritz versuchte, Avrum mit Fruma, der Tochter von Mosche Meir, zu verkuppeln. Mir kam es sehr komisch vor, daß Fruma schon verkuppelt werden sollte. Es war mir, als hätte ich erst gestern noch mit ihr Himmel und Hölle gespielt, und heute soll sie schon mit Avrum verkuppelt werden. Fast eine ganze Stunde lang hat ihn Chavaleh Poritz vollgelabert. Avrum hat nur gelächelt und versprochen, daß er darüber nachdenkt. Überhaupt reagiert Avrum Leib fast immer mit Lächeln. Nur einmal habe ich ihn weinen sehen, als eines der Kinder gestorben ist. Ich weiß nicht mehr, wie es hieß. Es wohnte weiter weg. Tränen flossen ihm aus den Augen, als er die Mutter des Kindes tröstete:

„Bis hierher reicht die Kraft des Menschen. Und trotzdem dürfen wir uns nicht damit abfinden. Zusammen gingen wir hinter der schwarzen Kutsche her, und mit uns eine große Menge von Nachbarn und viele Juden, die gerade vorbeikamen. Auf den Friedhof durfte er nicht mit, weil er ein *Cohen*[86] war. Alle weinten, aber ich hatte das Gefühl, daß seine Trauer tiefer ging. „Es wird der Tag kommen, an dem die Menschen wissen, wie man diese Krankheit und ihre Ursache bekämpft. Als ich Medizin studiert habe ..."

„Avrum, warst du auch Doktor?"

„Ja, Avrum Leib, das war die Medizin des Körpers. Und jetzt muß ich die Medizin der Seele studieren."

Avrum war so anders als alle, die ich bisher gekannt hatte. Er besaß Kraft und Sanftmut gleichermaßen. Einmal bat ich darum, ihn bei einem Krankenbesuch begleiten zu dürfen, obwohl die Gefahr bestand, daß ich mich anstecke. Aber an der Seite von Avrum fühlte ich mich fast ganz sicher.

Dieser Besuch war bei Meirke, dem Sohn von Ruben, dem Goldschmied. Ihre Wohnung liegt nicht weit von unserem Hof. Man muß nur die Straße überqueren. Man mußte durch einen Laden voller Uhren und Chanukkah-Leuchtern. Es war das erste Mal, daß ich diese Lampen einmal aus der Nähe betrachten konnte. Völlig verzaubert stand ich davor. Am besten hat mir ein Leuchter mit Palmen gefallen, darunter Löwen, die auf ihren Rücken kleine bunte Kerzen trugen. Ich könnte den ganzen Tag dort verbringen, um sie anzuschauen. Vielleicht werde ich auch mal Goldschmied, wenn ich groß bin, dachte ich bei mir. Es muß einfach wunderbar sein, sich mit Gold und Silber zu beschäftigen. Statt Löwen hätte ich bestimmt Köpfe von mir bekannten Menschen modelliert, die immer weinen, wegen der Wachstropfen von den Kerzen.

Danach mußten wir durch einen kleinen Hof voller Kisten gehen und dann eine enge Treppe hinauf ohne Geländer. Wir erreichten eine offene Tür, aus der dicke Rauchschwaden kamen. „Der Ofen raucht schon wieder", sagte Meirkes Mutter. Neben dem Bett von Meirke stand ein Stuhl, und darauf Flaschen in allen Farben und Größen. Hannah Leah, seine Mutter, wies ihn an, Platz zu nehmen.

„Wie geht es ihm?" fragte Avrum.

„Er hat Fieber", sagte sie leise.

Dann schaute sie mich an.

„Vielleicht ist es nicht gut, wenn Avrum Leib so nahe kommt."

„Er hat sehr darum gebeten."

[86] Abkömmling Aarons, darf sich nicht verunreinigen (zum Beispiel auf Friedhöfen)

Hannah Leah nickte zustimmend. Ich war ziemlich enttäuscht von ihrer Wohnung. Ich hatte mir vorgestellt, die Wohnung eines Goldschmieds ist ganz aus Silberschmuck, glänzt von Edelsteinen und bunten Gläsern in den Fenstern. Stattdessen war die Wohnung klein, voll mit dunklen Möbeln ohne Verzierungen, ohne Palmen und Löwen. An den Wänden klebten Tapeten in kaum zu bestimmender Farbe. Auch das Kleid von Hannah Leah sah aus, als wäre es aus den Tapeten gemacht. Ihr Gesicht war braun wie ihre Möbel. Im Hof nannte man sie Hannah die Zigeunerin. Das einzige, was ich interessant fand, war eine Riesenuhr, darin ein Schmied mit roter Schürze und blauem Hemd. Er hatte einen Hammer in der Hand, der jede Minute auf den Amboß klopfte.

Avrum trat zu Meirke, legte die Hände einige Zeit auf seinen Kopf und schaute ihn dabei eingehend an. Auf dem Gesicht des blassen Meirke, um seine geschlossenen Augen hatte die Krankheit einen blauen Rahmen gezeichnet. Gespannt blickte ich auf die Hände von Avrum. Seine Finger wanderten über das Gesicht, zur Stirn, wo sie schließlich anhielten. Hannah Leah kam näher. Ihr Gesicht drückte Angst und Erwartung aus. Meirke atmete schwer. Unter der Decke hob und senkte sich seine Brust rasch hintereinander. Die Adern auf seiner Stirn schwollen an und wieder ab, als hätte auch dort sich ein kleiner Schmied versteckt, der im Takt hämmerte. Ich und Hannah Leah spürten, wie Avrum mit diesem Schmied in den Adern zu kämpfen hatte. Avrum schloß seine Augen und murmelte etwas zu sich selbst. Ich weiß nicht mehr, wie lange der Kampf gedauert hat, ein Jahr, einen Tag, oder eine Minute, die Zeit stand still. Ganz langsam entspannte sich das Gesicht von Meirke. Seine Atemzüge beruhigten sich. Seine Wangen röteten sich leicht. Ich hatte das Gefühl, Meirke lächelte. Ich, sein Vater Ruben und seine Mutter Hannah Leah schauten auf Avrum mit ein bißchen Angst und Bewunderung. Avrum sprach leise:

„Nu, Meirke, ist es wahr, daß du dich besser fühlst?"

Meirke machte seine Augen auf und fing an zu lächeln.

„Nu, Lausbub, du solltest schon im Cheder sein. Was liegst du hier im Bett wie ein Patrizier?"

Avrum streichelte sein Gesicht, seinen Kopf und seine Hände. Wir spürten, Avrum hatte die Krankheit besiegt. Da brach Hannah Leah in ein herzzerreißendes Geheul aus. Ihr ganzer Körper zitterte. Ruben, sein Vater, stand da wie im Schock. Nur seine Augen bedankten sich still bei Avrum. Da setzte sich Avrum plötzlich auf das Bett, sein Gesicht war blaß und mit Schweiß bedeckt, und der kleine Schmied hatte sich mit einem Sprung plötzlich mitten auf seine Stirn gesetzt. Wir konnten förmlich seinen Hammer schlagen hören. Hannah Leah gab ihm eine Tasse kaltes Wasser aus einem Eimer, und Avrum trank gierig daraus. Wir erkannten, daß der Kampf mit dem Todesengel ihn alle seine Kräfte gekostet hatte.

„Nu, Hannah Leah, dein Sohn wird wieder gesund. Morgen steht er auf, und alles ist wieder in Ordnung."

Hannah Leah versuchte uns mit einem Stück Kuchen zu verwöhnen. Avrum lehnte höflich ab. Ich verstand nicht, warum Heiligkeit und Kuchen nicht zusammengehen sollten, und ich ärgerte mich ein bißchen über ihn. So einen Kuchen einfach abzulehnen. Ich werde die Heiligen nie verstehen.

Avrum ging noch zu zwei weiteren Adressen, und ich kehrte in den Schuppen zurück. Seit Avrum damit angefangen hatte, die Kranken in den Häusern zu besuchen, gaben mir Wolf der Reiche und Bäcker Feldmann keine Speisen mehr für ihn. Avrum ißt doch in den Häusern, die er besucht, sagten beide, und da wird er auch bedient wie ein König. Und für mich waren Latkes, gefilte Fisch und Sülzbein plötzlich wie ein Traum, der sich in Luft aufgelöst hat.

Seit zwei Nächten träume ich schon von Latkes mit Zwiebelscheiben, in Gänsefett gebraten. Ganze Wände sind daraus gemacht. Nicht nur die Wände; was ich auch anfasse, alles ist Latkes oder Kirschtorte mit Schokolade. Der Übergang aus dem Traum in die Wirklichkeit fällt mir unheimlich schwer. Ich denke, ich muß wieder bei Feldmann, dem Bäcker, arbeiten. Nie hätte ich geglaubt, wie leicht es ist, sich an gute Sachen zu gewöhnen, und wie schwierig, sich dann wieder davon zu verabschieden. Avrum sehe ich kaum noch. Er kommt irgendwann in der Nacht, und wenn ich aufstehe, ist er schon wieder weg. Langsam verlieren wir jede Verbindung miteinander. Ich hatte die Hoffnung, ihn wenigstens freitags und am Schabbes zu sehen, um vor diesem Hintergrund vielleicht den Essensstrom für ihn wieder zum Fließen zu bringen. Aber umsonst. An diesen Tagen wäscht Avrum den Boden im jüdischen Krankenhaus in der Pomorskastraße und die Wäsche im Altersheim. Die letzten zwei Tage habe ich ihn gar nicht gesehen, er ist einfach verschwunden. Ich habe große Angst, daß er nicht mehr zurückkommt. Ich wäre sogar bereit, krank zu werden, wenn er nur neben mir säße. So große Sehnsucht habe ich nach ihm, daß ich entschlossen bin, bis Mitternacht auf ihn zu warten, um ihm zu sagen, wie sehr ich ihn liebe. Spät am Abend kam aber nicht Avrum, sondern zu meiner Überraschung Goddl, und mit ihm zusammen schwarze Brotscheiben mit Butter und Wurst. Ich wunderte mich sehr, wie Goddl herausgekriegt hatte, daß ich so hungrig bin. Er war also doch ein Freund. Andere kamen jedenfalls nicht, aber er. Und das sagt etwas. Ich hatte ein Problem: Wurst mit Butter zu essen ist natürlich verboten. Vielleicht hätte ich es allein gar nicht bemerkt, aber in der Nähe von Avrum solche Sachen zu essen, das wäre wie ein Betrug.

„Vergiß es, Avrum Leib. Glaubst du wirklich, daß Gott sich dafür interessiert, was du in den Mund schiebst? Und daß du vor Hunger stirbst, juckt ihn gar nicht. Ist sowas etwa in Ordnung?"

Da lag viel Wahrheit drin. Ja, eigentlich kommt alles von Gott, also kommt auch mein Hunger von Gott. Mein Kopf wehrte sich dagegen: Schau dir den Avrum an, wie bescheiden er lebt. Noch nie hat er sich beklagt, und ich bin sicher, daß er nicht nur einmal Hunger hatte. Das Dumme daran ist aber, daß sich der Bauch davon nur schwer überzeugen läßt. Siehst du nicht, wie alles in mir zusammenschrumpft, sagt er. Es ißt doch nicht der Kopf, sondern der Bauch. Also wieso ist dir das so wichtig?

Der Bauch hatte Recht. Schon seit zwei Tagen hatte ich nichts gegessen, außer zwei Brötchen, die ich in Feldmanns Bäckerei hatte mitlaufen lassen, als ich dort nach Arbeit fragte. In das Gasthaus von Schmil Grieb bin ich nicht gegangen, weil er selbst gar nicht da war. Er war mit Max unterwegs, und seine Stelle hatte ein anderer aus seiner Familie eingenommen. Ein Mensch mit gelbem Gesicht, gelben Haaren, einem kleinen Mund und gelb getönten Augen. Einmal war ich auch bei ihm, um nach Arbeit zu fragen.

„Komm wieder, wenn Schmil zurück ist", spuckten seine verschrumpelten Lippen. Wegen seiner unfreundlichen Art blieben fast alle Stammgäste aus, und die Kneipe stand so gut wie leer. Auch Zosza kündigte aus diesem Grund. Inzwischen wohnt sie übrigens in einer noblen Straße. Sie war schon schwanger. Mich schaute sie an, als wäre ich durchsichtig, dabei weiß ich ganz genau, daß sie mich erkannt hat. Sie zog die Nase hoch. Ihre Augen schauten mich feindselig an, und ihr Gesicht war dem ihres Mannes Julian verblüffend ähnlich geworden.

„Was machst du dir für ein Problem daraus, Avrum Leib?" triumphierte Goddl. Was ist schon dabei? Geht Gottes Gasthaus denn gleich bankrott, wenn du mal bei der Konkurenz essen gehst? Übrigens soll ich dir warme Grüße von meiner Mutter ausrichten. Sie würde sich sehr freuen, wenn du sie besuchst. Los, komm."

Goddl hatte recht. Ich aß die Brote, die er mir zubereitet hatte, extra langsam, um Gott zu ärgern. Soll er es nur sehen. Es geschieht ihm recht. Er hat mich mit Hunger geplagt, jetzt geb ich ihm zurück, was er verdient hat. Goddl setzte sich neben mich auf einen Stein unter einem Baum. Schatten von Ästen, die im Wind hin und her schwankten, spazierten über sein Gesicht und veränderten seine Züge unaufhörlich. Manchmal bekam er Hörner und eine verlängerte Nase, oder plötzlich Riesenzähne. Dann verbreiterte sich sein Mund zu einem Lachen von Ohr zu Ohr. Manchmal sah es so aus, als würde ihm jemand in einem verrückten Takt auf den Kopf peitschen. Unter den Schatten der Äste schlängelten sich zweideutige Wörter direkt in meinen Kopf. Es ist ganz merkwürdig: Vorhin, als der Kopf denken wollte, da hinderte ihn der Bauch daran mit furchtbarem Knurren. Jetzt, wo der Bauch voll ist, wird alles schläfrig in mir. Der Schlaf kriecht immer höher und hüllt mich schließlich ganz ein. Mein Kopf wurde immer träger und vermochte sich nicht mehr dagegen zu wehren.

„Avrum Leib, wir kümmern uns um dich. Mein Alter ist fast nie daheim, und meine Mutter mag dich sehr. Sie ist eine gute Frau. Du wirst nichts vermissen. Sei nicht so stur, komm zu uns. Avrum zieht sicher bald weiter, dann bleibst du allein. Schimschon ist tot und Max ist weggefahren; wer weiß, wann er wiederkommt. Er ist nicht gefahren, um einen Minjan aufzusuchen. Kann sein, daß er ein paar Jahre festsitzt. Soviel ich weiß, arbeitet er an einem heißen Ding. Kann gut sein, daß du ihn nie wiedersiehst. Und Avrum, kein Mensch weiß, wer er wirklich ist. Vielleicht war er auch mal ein Dieb, vielleicht ein Mörder, oder ein Fälscher. Daß er immer betet, das sagt gar nichts. Du hast mir selbst die Geschichte von Aaron und Feige erzählt, wie sie die ganze Zeit gebetet und über Gott geredet haben. Und was hat sich am Ende herausgestellt? Ein paar lumpige Betrüger."

Mein Kopf war eingeschlafen. Die Worte sickerten als ein träges, dünnes Rinnsal in mich ein. Dennoch wußte ein Teil von mir, daß sie gelogen waren. Aber dieser Teil war so klein, daß ich seine Warnung kaum noch hören konnte.

„Du sagst, Avrum sei ein Heiliger? Das könnten wir doch mal auf die Probe stellen."

„Wie?"

„Das überlaß getrost mir."

Goddl saß noch lange da. Seine Worte tröpfelten noch in mich ein, bis der wache Teil vollends ertrunken war. Plötzlich hörten wir Schritte, die sich uns näherten."

„Still. Ich glaub er kommt. Wir verstecken uns."

Vom Hofeingang her näherte sich die Gestalt von Avrum, mit einem kleinen Päckchen unter dem Arm. Ich wollte zu ihm hinrennen und ihm sagen: Ich weiß, daß es nicht stimmt, was Goddl gesagt hat. Aber Goddl hielt mich fest an der Hand und flüsterte: „Bald sterben wir vor Lachen über den Streich, den ich ihm gleich spiele. Keine Sorge. Ich tu ihm nichts Böses." Seinem Gang nach zu schließen war Avrum müde und in sich versunken. Jedes Mal, wenn sein Schatten mich beinahe berührte, zog mich Goddl beiseite. Avrum ging in sein Häuschen. Kurz darauf leuchteten die Ritzen zwischen den Brettern vom Schein der Kerze. Aus dem Inneren hörte man ein ruhiges Gebet, als wolle er jemanden von einer Sache überzeugen.

„Jetzt", flüsterte Goddl, ohne meine Hand loszulassen. Goddl kletterte als erster auf den eingefallenen Teil der Mauer wie ein Schatten. Ich hinter ihm her. Von der hohen Mauer herab konnten wir Avrum durch die Äste seines Daches erkennen. Er sah aus, als würde er gerade jemand Unsichtbarem etwas erklären. Wir warteten einige Minuten. Obwohl die Kerze so klein war, sah es aus, als leuchteten tausend Kerzen in der Hütte. Ich fürchtete mich ein wenig. Das weiße Käppele auf seinem Kopf brannte richtig, wie ein Heiligenschein. Ich vergaß, daß ich auf der Mauer neben Goddl stand. Ich konnte meine Augen nicht von seiner Gestalt abwenden. Da ertönte die Stimme von Goddl, tief, wie aus weiter Ferne: „Avrum, Avrum."

„Hier bin ich", antwortete der Heiligenschein in einer zitternden Erregung, daß mir ein Schauder durch den ganzen Körper fuhr.

„Pack deinen Schnurrbart und küß mir den Arsch."

Avrum erstarrte, mit seinen Händen in der Luft. Goddl machte sich aus dem Staub, und ich hinter ihm her. Sekunden später war er verschwunden, als hätte ihn die Erde verschluckt. Ich rannte an der Mauer entlang, und hinter mir galoppierten tausend Reiter auf ihren Pferden. Das Trampeln ihrer Hufe kam immer näher. Jetzt waren sie da, und auch das Geschrei der Reiter, voller Haß und Wut. Peitschende Äste im Wind versuchten mich mit ihren langen Fingern einzufangen. Die dicken, pechschwarzen Wolken über meinem Kopf erschwerten mir die Flucht. Plötzlich fiel ich in ein tiefes Loch, das ich übersehen hatte. Mein Körper sank langsam, ganz langsam in eine bodenlose Tiefe, und alles verschwand. Totenstille breitete sich aus über die ganze Welt.

Ich weiß nicht, wie lange ich in der Dunkelheit gelegen hatte. Da kam es mir vor, als zündete jemand in der Ferne ein Streichholz an, dann eine Kerze. Mit ihr näherte sich ein Licht, und ich hörte Stimmen. Von weit her kamen Menschen, es war schwer zu sagen, aus welcher Richtung. Auch der Inhalt ihrer Worte war unklar. Zusammen mit dem sich nähernden Licht hörte ich eine Stimme, die wie Avrums Stimme klang. Ich spürte, wie Entspannung, Ruhe und Erleichterung sich in meinem Körper ausbreiteten.

„Nur ruhig, Avrum Leib.“ Die Worte flossen mit der Ruhe zusammen. Avrums Hände lagen auf meinem Kopf.

„Er muß hier schon ein paar Tage gelegen haben“, sagte eine Stimme an meiner Seite. Ich mochte diese Stimme nicht. Ich wollte, daß sie verschwindet. Ich versuchte, die Ereignisse zu erinnern, die zu meiner jetzigen Lage geführt hatten. Vertraute Bilder flackerten vor meinen Augen auf: Goddl, ein Bild von der Mauer, eine Kerze, der Heiligenschein auf Avrums Kopf, Goddls Stimme und die Gifttropfen, die mich infiziert hatten. Da brach plötzlich ein Damm. Es war eigentlich kein Heulen. Alles in mir kehrte sich nach außen: Goddls Brote mit Butter und Wurst, und ein Eisblock in mir fing an zu schmelzen.

„Avrum, ich war's nicht. Goddl war's.“ Ich versuchte zu erklären, daß ich es eigentlich gar nicht wollte, und daß ich ihn lieb habe.

„Beruhige dich, Avrum Leib. Schon gut, schon gut. In jedem von uns steckt ein kleiner Goddl.“

Und was jetzt passierte, verstand ich rein gar nicht mehr. Avrum, der große, starke, allwissende Avrum küßt mir Hände und Füße und redet zu sich selbst:

„Avrum Leib, manchmal redet Gott durch den Mund eines Kindes oder eines ganz einfachen Menschen, der gar nicht weiß, daß er nur ein Sprachrohr ist. Als ihr mich gerufen habt: Avrum, Avrum, und ich antwortete: Hier bin ich, da stand ich gerade direkt vor dem Thron des Allmächtigen. Aber als ihr mir zugerufen habt: Pack deinen Schnurrbart und küß mir den Arsch, da hab ich gemerkt, daß mein Platz wirklich hier unten ist, unter den Menschen. Er braucht mich nicht da oben neben sich, sondern hier unten, bei den Menschen.“

Noch am selben Tag verließ Avrum den Hof, so unerwartet wie er gekommen war, ohne sich von mir zu verabschieden. Ich blieb zurück mit seinen Worten, die sich in Großbuchstaben bei mir einprägten: Mein Platz ist hier, unter den Menschen.